Kit Auburn

Where my  belongs

Roman

blanvalet

Sollte diese Publikation Links auf Webseiten Dritter enthalten,
so übernehmen wir für deren Inhalte keine Haftung,
da wir uns diese nicht zu eigen machen, sondern lediglich auf
deren Stand zum Zeitpunkt der Erstveröffentlichung verweisen.

Penguin Random House Verlagsgruppe FSC® N00167

1. Auflage 2023
Copyright © 2023 by Blanvalet
in der Penguin Random House Verlagsgruppe GmbH,
Neumarkter Str. 28, 81673 München
Dieses Werk wurde vermittelt durch die Literarische Agentur
Thomas Schlück GmbH, 30161 Hannover.
Umschlaggestaltung: Anke Koopmann | Designomicon
Umschlagmotive: Shutterstock.com (Umaporn Thoonkhunthod;
Marish; Dimec; Boyko.Pictures)
LO Herstellung: sam
Satz: Uhl + Massopust, Aalen
Druck und Einband: GGP Media GmbH, Pößneck
Printed in Germany
ISBN: 978-3-7341-1212-6
www.blanvalet.de

Für M.
Du bist mein Beweis dafür,
dass aus einem Gewitter etwas Schönes entsteht.
Und für alle, die sich fürchten und es trotzdem wagen.

Prolog

Seine geflüsterten Worte hallten in mir wider. Sein Vorwurf löste Wellen aus, in denen ich zu ertrinken drohte. Alles, was ich zu meiner Rettung unternehmen musste, war, die Augen zu öffnen.

I. Kapitel

Leena

»Verdammt!« Ich lachte ausgelassen und streckte meiner besten Freundin die Zunge heraus, nachdem ich sie entdeckt hatte. »Das kann unmöglich wahr sein! Nur ein einziges Mal möchte ich schneller sein als du!« Ich war kurz davor, wie ein bockiges Kleinkind auf den Boden zu stampfen, selbst wenn das für gewöhnlich nicht meine Art war.

Sue legte den Kopf schief und wackelte triumphierend mit ihren makellos geschwungenen Augenbrauen. »Gib es auf, Leeni. Du kannst gern Jahr für Jahr den Lageplan auswendig lernen, deine Orientierung gleicht trotzdem der eines Würstchens.« Sie strich mir versöhnend über den Oberarm. Meiner Meinung nach hinkte ihr Vergleich gewaltig, seit wann hatten Würste ein Bewusstsein? »Ausnahmslos jeder würde vor dir den Weg aus dem Heu-Blumen-Labyrinth finden. Im Übrigen führt mich dieses kleine Schätzchen jederzeit an mein Ziel.« Siegesgewiss tippte sie sich an ihre Nasenspitze.

»Seit wann wartest du schon?«, knurrte ich gespielt beleidigt und ignorierte das Gefasel über ihre Spürnase.

»Ach, gar nicht endlos lang.« Sie machte eine betont gleichgültige, wegwerfende Handbewegung.

Ich ließ sie nicht vom Haken. »Wie lange, Sue?«

Meine beste Freundin zuckte mit den Schultern. »Möglicherweise ... fünf Minuten?«

Ich erkannte, dass sie schwindelte. Sie war praktisch nicht imstande, irgendetwas vor mir zu verheimlichen. »Und jetzt die Wahrheit, bitte.«

Sie griff zögerlich nach ihrem Handy, um mir das Display zu zeigen – mit einem verdammt schelmischen Grinsen im Gesicht. »Sieben Minuten und 43 Sekunden.«

»Du hast nicht ernsthaft die Zeit gestoppt, du kleines Biest?« Fassungslos fiel mir die Kinnlade herunter, dennoch versuchte ich gar nicht erst, mir das dicke Schmunzeln zu verkneifen. Auch wenn ich es nicht gern zugab, mein Zeitgefühl war, ähnlich wie mein Orientierungssinn, wirklich kaum vorhanden. Ich hätte sogar geschworen, dass ich insgesamt keine drei Minuten im Labyrinth verbracht hatte.

Seit mittlerweile fünf Tagen fand das alljährliche Tombola-Frühlingsfest im April in Saint Mellows statt, und ich genoss es, meine beste Freundin wieder um mich zu haben. Wir Mellowianer ließen keine Möglichkeit verstreichen, ein Fest zu feiern. Die Lieblingsserie unserer Bürgermeisterin war *Gilmore Girls* – das erklärte wohl alles. Die ersten Krokusse kämpften sich aus der Erde? Höchste Eisenbahn für die Frühlingsfeste. Ja, Mehrzahl, es gab nicht nur eins. Ich konnte es jedes Jahr kaum erwarten, im Frühling meine alte fliederfarbene Cord-Latzhose aus dem Schrank zu kramen, deren Kniepartien ich schon unzählige Male geflickt hatte. Zwar nahm ich nicht an allen Veranstaltungen teil, doch das gemeinsame Frühlingsblumen-Festival, zu dem ganz Saint Mellows auf Knien durch den Stadtpark robbte, um Blümchen zu pflanzen, gehörte zu meinen liebsten Veranstaltungen. In meiner frühsten Kindheitserinnerung hatte ich meiner Grandma Edith dabei geholfen, und ich erinnerte mich so gern daran. Im Sommer war das Wasserbombenfestival mein Favorit. Es war der einzige Tag, an dem man all seinen Frust herauslassen und jeden abwerfen konnte, der einen nervte. Es wurden Teams zusammengestellt, auch wenn es eigentlich keine Verlierenden gab. Verloren hatte nur, wer am Ende des Tages nicht von oben bis unten klitschnass war. Wenn man es genauer betrachtete, richtete sich das Leben in Saint Mellows einzig und allein nach der Blätterpracht unserer Bäume. Und von denen hatten wir massig. Unsere überschaubare Stadt war umgeben von der Natur, und egal, auf welchem Wege man sie verließ: Er führte mitten durch einen Forst. Als Kind hatte ich mir immer vorgestellt, dass Saint Mellows ein Schloss war und die Wälder der schützende Burggraben.

Ich lebte schon immer hier und hatte nie das Bedürfnis wahrgenommen, woandershin zu gehen. Die große, weite Welt hatte schlicht und einfach nicht nach mir gerufen. Was, wenn man mich fragte, völlig in Ordnung war. Nicht in jedem von uns steckte ein Weltenbummler, zumal ich mir kein schöneres Zuhause als Saint Mellows vorstellen konnte. Sue war da anders. Sie studierte Jura im Big Apple, und ich vertraute darauf, dass sie es mal echt weit bringen würde, denn sie war schon immer der Mensch mit den größten Träumen und Zielen gewesen, den ich kannte. Zuerst war ich fuchsteufelswild gewesen, dass sie mich wie einen Eremiten zurückließ. Erst nach einem Streit, bei dem sie mir an den Kopf warf, dass ich selbst schuld wäre, realisierte ich widerwillig, dass sie recht hatte. Nur weil *ich* hier nicht wegwollte, hieß das nicht, dass sie ebenfalls hierbleiben musste. Dass sie rastlos war und sich mehr wünschte, wurde mir leider erst zu dem Zeitpunkt schmerzlich bewusst, als sie in das Flugzeug stieg und für acht Wochen am Stück verschwand. Ich hoffte, sie würde ihr *Mehr* in New York finden. Sue war immer auf der Suche, immer rastlos und hatte das Gefühl, irgendetwas finden zu müssen. Ihre Abreise war für mich, als würde man mir einen Arm ausreißen. Ohne Betäubung. Ich vermisste sie sofort. Selbstredend hatte ich das bis heute niemandem verraten, denn ich zeigte keine Schwäche. Das kam für mich gar nicht in die Tüte. Wer verletzlich agierte, würde ausgenutzt werden. Wenn nicht direkt, dann garantiert später.

»Leeni?« Sue schnippte vor meinem Gesicht herum. Peinlich berührt strich ich mir die hellblonden Haare, die ich erst kürzlich radikal hatte abschneiden lassen, hinter die Ohren. Noch vor zwei Wochen reichten sie mir bis zur Taille, heute endeten sie auf Höhe der Schlüsselbeine. Ich liebte meine neue Frisur, doch wäre es gelogen zu behaupten, ich hätte mich längst daran gewöhnt. Ständig ertappte ich mich dabei, wie ich geistesabwesend nach den Haarspitzen griff, die nicht mehr da waren. Stattdessen landete ich an meinem Busen, was zu meinem Bedauern nicht immer unbeobachtet geschah.

»Äh, ja?« Hoffentlich hatte sie nicht bemerkt, wie ich wieder Tagträumen nachhing.

Aufgeregt hüpfte Sue auf der Stelle. »Wollen wir?«

»Wollen wir was?« Ich runzelte die Stirn. Manchmal benahm sie sich wie ein Kind, dem man jedes Wort einzeln aus der selbst ernannten Spürnase ziehen musste. Zugegeben: Dafür liebte ich sie. Dafür und für unzählige weitere

Gründe, die Sue zu meiner besten Freundin machten. Vor allem dafür, dass sie mir gern einen Spiegel vorhielt, wenn ich selbst nicht erkannte, dass ich mich fehl verhielt. Sie zeigte augenrollend auf das Glücksrad, vor dem die Warteschlange in diesem Augenblick auffallend kurz war. Offenbar hatten längst alle gedreht und sich ihr Los abgeholt. Die Ziehung würde bald kommen. Es hatte mittlerweile Tradition, dass Sue und ich bis zum Schluss dieses Frühlingsfestes warteten, ehe wir unser Glück versuchten. Einmal hatten wir ein Wellnesswochenende gewonnen – den Hauptpreis! Ich lächelte in Erinnerung daran, wie wir aus dem Häuschen gewesen waren.

Knall auf Fall war auch ich Feuer und Flamme und fühlte mich in mein zehnjähriges Ich zurückversetzt. »Du hast letztes Jahr das Rad gedreht, nicht wahr?« Mit schief gelegtem Kopf grinste ich sie an.

Sie knuffte mich gegen den Oberarm. »Du versuchst es echt immer wieder aufs Neue!«

»Es klappt ja eh nie«, seufzte ich resigniert und hob die Arme kapitulierend an.

»Dieses Jahr bin ich dran!« Um die Bedeutung ihrer Worte zu unterstreichen, wies sie mit dem Finger auf ihre Brust. »Du brauchst auch nicht zu versuchen, mich mit deinen blauen Engelsäuglein umzustimmen, Fräulein.«

»Na gut«, schmollend zog ich die Unterlippe nach oben.

»Jep. So und nicht anders. Muss ja alles seine Richtigkeit haben.« Mit erhobenem Zeigefinger äffte ich Sue und ihren Gerechtigkeitssinn nach, wofür ich ein breites Grinsen erntete. »So beknackt bin ich nun auch wieder nicht.«

»Oh doch, das bist du sehr wohl«, kicherte ich und

schubste sie behutsam voran. Sie flitzte zum Glücksrad, und ich senkte für einen Moment die Lider, sog den Duft des Frühlingsfestes tief ein. Die sanfte Brise wehte diese Mischung aus warmer Zuckerwatte, Himbeerscones, Karamellpopcorn, Krokussen und Feuerholz zu mir herüber. Diese Gerüche würden mich immer an Saint Mellows im Frühling erinnern. Der Rasen unter meinen Füßen gewann schon an sattem Grün, und er knisterte leicht bei jedem Schritt. Mit geschlossenen Augen nahm ich all die Eindrücke noch intensiver auf, so auch die fröhliche Musik, die aus sämtlichen, mehr schlecht als recht versteckten, Lautsprechern ertönte. Das Gekreische der vielen Kinder, die sich über den Platz jagten, um sich mit Futter zu bewerfen, das sie den Ziegen und Schafen aus dem provisorischen Streichelzoo geklaut hatten, klingelte in meinen Ohren. Ich öffnete lächelnd die Augen und senkte den Blick auf meine Hände, in denen ich eine senfgelbe Wollmütze hielt. Die Nägel hatte ich passend zur Saison in einem pastelligen Hellblau lackiert, und ich grinste glücklich beim Anblick des Tulpen-Rings. Ich liebte es, meine Accessoires harmonisch zur Jahreszeit auszuwählen, und erst recht liebte ich meine hellblauen Doc Martens, die ich aus meinem Kleiderschrank kramte, sobald der letzte Frost verschwunden war.

Sam

Ich stöhnte auf, da der nervige Weckton meines Handys mich aus dem enorm kurzen Schlaf riss. Ich hatte die ganze Nacht kein Auge zugetan und mich deshalb nach dem Frühstück und einer verausgabenden Joggingrunde noch einmal hingelegt. Seit ich wieder bei meinen Eltern in Saint Mellows gelandet war, prasselten all die Erinnerungen an die Highschoolzeit auf mich ein und hielten mich nächtelang wach. Ich erinnerte mich an all die falschen Freundschaften, die ohnehin nie eine Chance auf Beständigkeit gehabt hatten und im Laufe der letzten Jahre zerbrochen waren. Ich entsann mich all der Personen, die es niemals aus diesem Ort herausgeschafft haben. Und all derjenigen, die nicht schnell genug davonrennen konnten. So wie ich. Ich lächelte müde und schüttelte kaum merklich den Kopf, wischte mir mit den Handflächen über das Gesicht. Was versuchte ich mir hier eigentlich einzureden? Zwar hatte ich Saint Mellows ein paar Jahre den Rücken gekehrt, war aber dennoch wieder hier gestrandet, obwohl ich es besser hätte wissen sollen. An dem Ort, der kurz davor gewesen war, mich zu zerstören. Ich strampelte die breite Bettdecke von meinem Körper und angelte mit vom Schlaf steifen Knochen nach dem Handy, um dem nervtötenden Piepsen ein Ende zu setzen.

»Aus«, befahl ich diesem und tippte das Display an. Stöhnend ließ ich mich nochmal zurück in das weiche Kissen fallen und legte den Unterarm über meine geschlossenen Augen. Das Einzige, das mir helfen würde, war eine eiskalte Dusche. Mom und Dad planten das mit voller Absicht. Sie wussten, wie ich zu unserem Familienunternehmen stand. Das hatte ich ihnen unmissverständlich klargemacht. Sie waren darüber im Bilde, dass es nie mein Wunsch gewesen war, zurückzukommen, geschweige denn zu bleiben. Die Jahre in Yale waren die einzigen, in denen ich endlich Freiheit geschnuppert hatte. Ich hatte die Klamotten getragen, die mir gefielen. Ich war aufgestanden, wann es mir beliebte, und war nach Hause gekommen, wann es mir passte. Und ich war nie, wirklich niemals verpflichtet gewesen, irgendjemandem Rede und Antwort zu stehen für Angelegenheiten, die ausschließlich mich angingen. Und das Wichtigste war, dass ich nicht jeden verdammten Tag mit dem maßgeblichsten Fehler konfrontiert worden war, den ich in meinem Leben begangen hatte. Wieder hier zu sein war der größte Tiefschlag für mich. Jede Ecke in Saint Mellows rief Erinnerungen wach, die ich lang vergessen geglaubt hatte, und doch stattete ich dem Stadtkern jedes Mal, wenn ich zu Feiertagen oder Geburtstagen hier war, einen heimlichen Besuch ab. Dieses Mal war es anders, denn ich war im Grunde nur zurückgekommen, da ich mit dem Abschluss meines Studiums auch meine Studentenjobs im Campus-Café und der Yale Daily News verlor und ich keine Berechtigung mehr für eine Wohnung auf dem Campus hatte. Meine vergebliche Wohnungssuche hatte ich nach zwei Monaten aufgegeben, denn leider war die Universität das einzig Glanzvolle in New Haven. Und da ich nicht wusste, in welche Ecke des Landes es mich schlussendlich verschlagen würde, hatte ich den irrwitzigen Entschluss gefasst, erst mal wieder nach Hause zu kommen. In dem Moment, in dem das Taxi mich vor zwei Tagen unsere Einfahrt entlanggefahren hatte, setzte sich auch der wiederkehrend schwere Stein in meinem Magen fest. Kurz hatte ich überlegt, doch das Angebot meines Freundes Kyle anzunehmen und auf seinem Sofa in Boston zu übernachten.

Ächzend stützte ich mich auf den Ellenbogen auf, stemmte meinen Körper hoch und verfluchte alles. Warum war diese

Stadt derart versessen aufs Festefeiern? Mein Blick fiel auf den Stuhl neben dem Kleiderschrank, auf dem fein säuberlich die Uniform für heute bereitlag. Offenbar hatte das Hausmädchen sie dort drapiert. In was für ein spießiges Umfeld war ich nur hineingeboren worden? Na, wenigstens die Farbe stimmte. Ich stand auf und schlenderte mit verkrampften Muskeln zum Schrank, um das schwarze Polohemd zu begutachten. Es war Jahre her, dass ich es getragen hatte. Als Jugendlicher hatte ich oft Fahrten für Dad übernommen. Und hätte man mir vor wenigen Wochen gesagt, dass ich heute wieder hineinschlüpfen würde, wäre ich garantiert in hysterisches Gelächter ausgebrochen. In gewohnter Schrittfolge trottete ich auf mein Bad zu. Dieser Luxus eines eigenen Badezimmers war das Einzige, das mir in der Zeit am College gefehlt hatte, auch wenn ich mit Kyle den wohl umgänglichsten Mitbewohner erwischt hatte. Nicht umsonst war er mein bester Freund geworden. Ich zog mir ungelenk das Shirt über den Kopf, stellte mich nackt in die verglaste Duschkabine und drehte das eiskalte Wasser ruckartig auf, sodass ich keine Chance hatte, diesem auszuweichen. In dem Moment, in dem es mich berührte, sog ich die Luft ein, und alles in mir zog sich schmerzhaft zusammen. Es war, als bedeckten Tausende winzige Messerstiche meine Haut. Langsam regelte ich die Temperatur nach oben und wünschte mir, dass ich in dieser verdammten Dusche ausrutschte, nur um diesem lästigen Frühlingsfest heute zu entkommen. Hoffentlich begegnete ich so wenigen Personen wie möglich, die ich aus meiner Jugend kannte, denn ich hatte nicht vor, lange zu bleiben. Die Menschen, die niemals erfahren hatten, was *wirklich* geschehen war. Die lediglich mit dem Finger auf uns zeigten, hinter unseren Rücken tuschelten und sich die wildesten Geschichten ausdachten. Das Deprimierende daran war, dass keins der Gerüchte auch nur ansatzweise an die Wahrheit herankam. Mom und Dad hatten alles verschleiert. Einfach alles. Sie wollten das Gerede im Keim ersticken, wollten ihren guten Ruf nicht gefährden und erst recht nicht den Ruf unseres Familienunternehmens, mit dem all das zusammenhing. Ihre feigen Ausflüchte, in denen sie uns erklärt hatten, sie täten das nur zu unserem Schutz, klangen in mir auch nach all den Jahren noch nach. Sie hatten nur ihre eigene Haut retten wollen, und nicht uns. Um ehrlich zu sein, war ich mir nicht sicher, ob ich es aushalten würde, mit meiner Vergangenheit konfrontiert zu werden. Die Zeit, in der ich Abstand gewonnen hatte, kam mir nicht länger vor als ein flüchtiger Wimpernschlag.

Später betrat ich unsere geräumige Küche im Erdgeschoss, und die Bedienstete wirbelte umher. Ihren Namen kannte ich bislang nicht. Ich schritt zum Kühlschrank, um mir Orangensaft daraus hervorzuholen, der noch an exakt derselben Stelle stand wie schon vor 24 Jahren. »Guten Morgen.« Ich nickte ihr dank meiner guten Erziehung diskret zu und zwang mich sogar zu einem zuvorkommenden Lächeln. Zu meiner Verwunderung hielt sie scheu die Luft an, quiekte mir einen erstickten Gruß entgegen und verschwand durch die breite Flügeltür, die zum Esszimmer führte. In den Händen trug sie ein, hoffentlich gekochtes, Ei, was dem Bild eine traurige Komik verlieh. Wenn ich es nicht besser wüsste, hätte ich gesagt, sie war auf der Flucht. Ich zog eine Augenbraue in Richtung Haaransatz und seufzte kaum vernehmlich. Was war denn hier wieder los? Meinen Blick auf den blitzblanken Fliesenboden gerichtet, in dem ich mich als schemenhafter Umriss spiegelte, atmete ich tief ein, drückte den Rücken durch und wappnete mich für die nächsten Minuten. Zögerlich setzte ich einen Fuß vor den anderen und betrat das Esszimmer, in dem meine Mom und mein Dad an ihren alteingesessenen Plätzen weilten, um einen Mittagssnack einzunehmen. Das Beständigste in jeder Familie auf diesem Planeten war wohl die Sitzordnung im Elternhaus. Für den Bruchteil einer Sekunde ploppte eine Erinnerung vor meinem geistigen Auge auf, die uns in Form einer euphorischen Gemeinschaft zeigte. Mom, Dad, mich und – ich kniff die Augen zu, um das Bild zu verscheuchen. Ausgerechnet heute konnte ich keinen Flashback gebrauchen, der mich um Jahre zurückwarf und der den tief in mir verwurzelten Schuldgefühlen Feuer gab. Der dafür sorgte, dass ich nicht fähig war, einen einzigen klaren Gedanken zu fassen. Ich schluckte und schlenderte stumm auf die beiden zu.

»Hi, Samuel«, begrüßte Mom mich so steif wie eine verflixte Stafford-Ehefrau und zeigte kultiviert auf *meinen* Stuhl. »Setz dich doch, *bitte*.« Mir entging nicht der flehende Blick, den sie Dad zuwarf, und es kostete mich enorme Selbstbeherrschung, nicht lautstark zu schnauben. Mit meinem Dad an einem Tisch zu sitzen ging nicht oft gut aus.

»Passt schon.« Ich fuhr mir ruhelos mit der Hand durch die Haare. »Ich muss nämlich los.« Furchtlos und irgendwie auch auf Krawall gebürstet, suchte ich den Blick meines Vaters und hoffte, diesem standzuhalten. »Immerhin sollte ich nicht erst zur Preisverleihung heute Abend beim ach so charmanten Tombola-Frühlingsfest sein, nicht wahr?« Ich hatte mir diese Spitze wirklich nicht verkneifen können.

Mir war bewusst, dass ich ihn provozierte. Und auch, dass ich schon bessere Ideen hatte. Doch ich wusste, dass er persönlich es veranlasst hatte, mich für heute einzuteilen. Bloß keine Zeit verlieren und dem Sohn zeigen, wer der Boss war.

»Samuel!« Ich erkannte an seiner fordernden Stimmlage, dass er versuchte, mich zu maßregeln, was mir ein Schmunzeln entlockte. Ich war kein Kind mehr, und früher oder später würde er es kapieren. »Hör endlich auf, in allem, was deine Familie betrifft, irgendetwas Schlechtes zu suchen, und tu das, was du schon vor Jahren hättest anpacken sollen.« Erregt legte er das Besteck neben seinem Teller ab und ballte die Hände zu Fäusten. Seine Stimme überschlug sich vor anschwellender Wut, und ich realisierte, dass es mich nicht mehr befriedigte, ihn rasend zu machen. Ich hatte ihn seit Jahren kaum noch anders erlebt.

»Sean, bitte. Nicht jetzt.« Mom fasste sich geniert an ihre perfekt gelegten Haare, die die gleiche dunkelblonde Farbe hatten wie meine, massierte sich die Nasenwurzel und ließ ihren Blick zwischen Dad und mir hin- und herwandern. Ich riss mich von Dad los, atmete tief durch und machte wortlos auf dem Absatz kehrt, um das Haus zu verlassen, ein Lächeln auf den Lippen, von dem ich nicht genau sagen konnte, ob es aus gefühlter Überlegenheit oder Unsicherheit entstanden war. Ich wusste nur, dass ich keine Lust hatte, mich auf sein Wutlevel zu begeben, und entschied, einfach nichts zu erwidern, denn genau das schürte sein Feuer. Er hatte es verdient. Unklug war nur, dass ich durch diesen Abgang hungrig das Haus verließ, obwohl die selbst gebackenen Brötchen so verführerisch geduftet hatten. Ach, verdammt.

Luna

»Nein, nein, weiter, ja, jaaa, STOPP«, brüllte Sue das Glücksrad an, als würde es dadurch genau dann halten, wann sie es wünschte. Es war jedes Jahr das Gleiche.

»Du spinnst gewaltig«, murmelte ich hinter ihr und scannte heimlich die Umgebung nach möglichen Beobachtern ab.

»Hast du etwa vor, in der ersten Runde rauszufliegen?« Geschockt über meine gespielte Teilnahmslosigkeit, riss sie ihre Augen auf.

Ich schüttelte lächelnd den Kopf und zeigte auf das Rad, das mittlerweile stehen geblieben war. »Schau! Wir sind nicht raus. Du darfst ein Los ziehen. Aus Lostopf fünf.«

Triumphierend reckte sie die Faust in die Höhe. »Yes! Das ist ein guter Topf«, verriet sie mir und tippte sich wieder an ihre Nase. »Das spüre ich.«

Ich versteckte das Gesicht hinter meinen Händen. »Ohne dich fehlt hier wirklich etwas!«

Sie fasste sich dramatisch an die Brust und blinzelte übertrieben, wobei ihre langen Wimpern hinter ihrem geraden Pony verschwanden. »Ohne Scherz?«

»Ja«, bestätigte ich nickend. »Ruhe.«

»Du Kuh, ich vermisse dich doch auch.« Grinsend tänzelte sie zum Lostopf und fischte einen Zettel daraus hervor. Ihre Worte zwickten mich in den Magen, denn *vermissen* war etwas, das ich die letzten Wochen und Monate häufig tat, insbesondere meine Eltern, die im November, vor nunmehr fünf Monaten, ihre jahrelang geplante Weltreise angetreten hatten. Es wäre gelogen gewesen, wenn ich behaupten würde, mir aus egoistischen Gründen gewünscht zu haben, dass sie auf ihren Traum noch etwas länger hätten warten müssen. Doch kaum jemand hatte diese Weltreise so sehr verdient wie Mom und Dad, und ich war erwachsen, stand auf eigenen Beinen und würde es schon ein paar Monate ohne sie schaffen. Immerhin hatte ich doch auch ohne Sue die letzten Jahre gut überstanden, oder? Meine Eltern sendeten mir zwar Fotos und glücklicherweise auch Updates zu ihrem Standort, aber es war dennoch nicht das Gleiche, wie jeden Sonntag bei ihnen am Tisch zu sitzen. Sie zu umarmen und ihre Stimmen ohne Verzögerung zu hören.

Ich beobachtete Sue, wie sie das Los an Neil weiterreichte, der schon beim Glücksrad aushalf, seit ich die ersten eigenständigen Schritte gesetzt hatte. Wie jedes Jahr notierte er unsere Namen neben der Nummer, die Sue gezogen hatte, und sie kam mit dem Zettel zurück zu mir.

»Hier«, hielt sie ihn mir hin und wurde durch ihr klingelndes Handy unterbrochen. »Oh, Moment, da muss ich rangehen.« Entschuldigend lächelte sie mir zu und entfernte sich ein paar Schritte, das Los noch immer in der Hand. Ich betrachtete sie dabei, wie sie aufgebracht gestikulierte. Das sah alles andere als nach einem spaßigen Pläuschchen aus. Ich wandte mich ab und schlenderte ein Stückchen weiter, Sue würde mich einholen, denn besonders ausufernd war unsere Festwiese nicht. Ich trödelte vorbei an einem Wagen, auf dem sich verschiedenste Schnittblumen stapelten, und einem mickrigen Feuer, über dem ein paar Kinder Marshmallows rösteten. Irgendwie war das hier unser Ding in Saint Mellows, obwohl der Stadtname ursprünglich nicht im Entferntesten irgendetwas mit dem klebrigen Schaumzeug zu schaffen hatte. Ungeachtet dessen gab es kein Café oder Restaurant, in dem nicht mindestens ein Gericht mit Marshmallows auf der Karte stand.

In dem Moment, in dem ich mich zu einer jungen Katze hinunterbückte, um diese hinter den Öhrchen zu kraulen, tippte mir jemand auf die Schulter. »Süße, ich muss leider los.« Niedergeschlagen zog Sue eine Schmolllippe und blitzte ihr Smartphone finster an. Sie hielt es in die Höhe, um ihren Frust zu unterstreichen. »Mein Chef verlangt, dass ich mich noch heute um die Akte eines Mandanten kümmere.«

Ich versuchte, mir die Enttäuschung nicht anmerken zu lassen. Seit Sue nicht bloß in New York studierte, sondern dort zudem in einer renommierten Anwaltskanzlei jobbte, hatte ich nicht einmal mehr dann richtig was von meiner besten Freundin, wenn sie in Saint Mellows war. Ihr Job hatte stets Vorrang. Daran hatte ich mich auch nach drei Jahren nicht gewöhnen können, und ehrlich gesagt bezweifelte ich, dass ich dies in absehbarer Zeit tun würde. Da mir trotz alledem klar war, wie lebenswichtig ihr der Job und ihre Unabhängigkeit in New York waren, versteckte ich ihr zuliebe meinen Unmut.

»Okay. Treffen wir uns morgen früh im *Anne's* zum Frühstück?« Ich klang flehentlich, was mir normalerweise gewaltig gegen den Strich ging. Nur Sue kannte auch meine zerbrechliche Seite. Ja, ich war nicht immer so widerstandsfähig, wie alle annahmen. Im Speziellen dann nicht, wenn es um Sue ging, und jetzt waren auch noch Mom und Dad auf der anderen Seite des Erdballs. Mich von Sue zu verabschieden riss mir das Herz aus der Brust. Ich gehörte zu der Sorte Mensch, die mit jeder Faser des Körpers vermisste.

»Na klar, neun Uhr! Dort kannst du mir erzählen, was du heute alles erlebt hast!« Sie zuckte entschuldigend mit den Schultern und reichte mir das Glücksrad-Los, damit ich, sollten wir Glück haben, unseren Gewinn gleich würde abholen können.

Ich prustete los und steckte das Stück Papier achtlos in die Jackentasche. »Ja. Genau. Heute wird garantiert irgendetwas geschehen, das mein Leben von Grund auf verändern, in seinen Grundfesten erschüttern und problemlos alles durcheinanderbringen wird.«

»Davon bin ich überzeugt!« Wieder hob sie ihren Zeigefinger in die Höhe. Das war neben dem An-die-Nase-Tippen ihre typischste Geste. Bis zum jetzigen Zeitpunkt schwante mir nicht, dass dieser eine Frühlingstag allen Ernstes dafür sorgen würde, dass mein Leben eine Hundertachtziggradwende nehmen sollte.

»Bis morgen, du Quatschkopf.« Ich umarmte sie kurz, wobei der zarte Vanilleduft ihrer Bodylotion um meine Nase wehte, und widmete mich wieder dem schwarzen Kätzchen, das keinen Zentimeter von mir abgerückt war und auf seine Streicheleinheit wartete. »Na, du goldiges Baby«, sprach ich mit ihm und nahm Sues Worte noch am Rand wahr, die sich darüber amüsierte, dass ich meine Zeit lieber mit Tieren als mit Menschen verbrachte. Ganz ehrlich, wer konnte es mir bei all den schrägen Charakteren in Saint Mellows verübeln?

Der Blick auf meine Armbanduhr verriet mir, dass die Auslosung des alljährlichen Glücksrad-Lostopfs bald stattfinden würde, weshalb ich entschied, die restliche Zeit über den Festplatz zu spazieren. Es verstand sich von selbst, dass ich einen Bogen um den Stand meiner Chefin Sally machte, die keine Chance ausließ, ihre Beautyprodukte an den Mann zu bringen. Aber an freien Tagen war ich nicht scharf darauf, in Verkaufsgespräche verwickelt zu werden. Ich war nicht nur eine Eins-a-Verkäuferin, sondern genoss es außerdem, Menschen dabei zu helfen, ihren idealen Duft zu finden. Ja, ich liebte den Job in der winzigen Parfümerie, die gleichzeitig eine Schreibwarenabteilung hatte. Diese Doppelfunktion war nicht ungewöhnlich für unsere Stadt. Unser Florist war gleichzeitig die Anlaufstelle für Autoversicherungen, und im Plattenladen gab es das beste Obst der Stadt. Heute beabsichtigte ich trotz alledem, das Fest zu genießen. Immerhin war es noch im vollen Gange, und wenn es irgendetwas gab, das ich an meiner Heimatstadt liebte, dann den Umstand, dass man zwar für sich sein konnte, im Unterschied dazu dennoch niemals einsam war. Zumindest nicht so richtig. Saint Mellows war das Netz unter dem Seil, auf dem ich versuchte, mein Leben zu balancieren. Ich sah Annes Getränkewagen, der auf keinem Festival fehlte, und schlenderte geradewegs auf sie zu.

»Hi, Liebes, was darf's denn sein?«, begrüßte mich Anne und musterte mein Gesicht, wie sie es ständig tat. Sie war mittlerweile über sechzig Jahre alt, und mir graute es bei dem Gedanken, dass bald Tag X kommen würde: Der Tag, an dem sie sich zur Ruhe setzen würde. In meiner Kindheit hatte sie mir die beste heiße Schokolade gezaubert, selbstredend mit einem derart gewaltigen Haufen Marshmallows verziert, dass es mir heute bei dem Gedanken im Kiefer kribbelte. Als ich daraufhin vor ein paar Jahren das Kaffeetrinken für mich entdeckt hatte, blieb ihr Café meine erste Wahl. Bei ihr hatte ich sogar meinen ersten und einzigen Job neben der

Highschool. Anne war einer der Menschen, die sich äußerlich kaum veränderten. Ihre grauen Haare, die sie sich jeden Tag zu einem lockeren Dutt drehte, waren mittlerweile weiß geworden und ihre Hüften etwas ausladender. Wenn ich sie genauer betrachtete, erkannte ich auch ein paar mehr Falten um ihre Augen.

»Hi, Anne«, lächelte ich und verdrehte die Augen, da es nicht schwer war vorauszuahnen, wie ihre nächsten Worte lauteten.

Mit schief gelegtem Kopf musterte sie mich, und ich zählte stumm die Sekunden. *Eins, zwei, drei, vi...* »Ohne diesen Nasenring sähest du um Längen reizender aus!«

Ich zuckte lächelnd mit den Schultern und fasste mir an den silbernen, dezenten Ring, der mein rechtes Nasenloch zierte, seit ich ein Teenager war. »Also mir gefällt er. Immer noch!« Schon damals hatten wir rege Diskussionen über meinen Schmuck geführt, doch eigentlich hatte mich Anne immer nur necken wollen.

Anne seufzte und griff kopfschüttelnd nach einem Pappbecher, die sie mittlerweile einzig und allein auf Festen wie diesem ausgab. Im Alltagsgeschäft wurde entweder im Café getrunken, oder wir alle waren verpflichtet, unsere To-go-Becher dabeizuhaben. Sie betitelte es als ihre *radikale Save-the-Planet*-Methode. »Ich weiß, ich weiß. Und das ist das Wichtigste.«

Ich ließ meinen Blick über die handgeschriebene Tafel gleiten, was absolut unnötig war. Seit ich mich in den Wundertrank namens Kaffee verliebt hatte, bestellte ich im Frühling immer das Gleiche. »Lavender Latte«, sprachen Anne und ich wie aus einem Mund und grinsten uns an. Wenige Augenblicke und ein Gespräch über angebliche Blutvergiftungen durch Nasenringe später, marschierte ich auf die popelige Bühne zu, die durch das ständige Auf- und Abbauen langsam eine Generalüberholung nötig hatte. Jeden Monat wurde sie für irgendein Fest aus den Tiefen unseres Veranstaltungslagers gekramt, was mittlerweile seine Spuren hinterlassen hatte. Ich nippte an meinem Lieblingsgetränk und genoss die blumige Wärme, die durch meine Kehle floss.

Ein geknicktes *Oooooh* raunte durch die Menschenmenge, in der kaum ein Mensch stand, den ich nicht kannte. Es nahmen immer dieselben Verdächtigen teil. Vor ein paar Sekunden hatte Bürgermeisterin Innings verraten, dass alle Gewinne, bis auf den Hauptpreis, vergeben waren. Wie jedes Jahr war der Hauptgewinn ein streng gehütetes Geheimnis.

»Kein Grund, Trübsal zu blasen«, strahlte sie. »Die nächsten Gewinnspiele kommen doch bald. So. Ich ziehe jetzt den diesjährigen Hauptgewinner.« Mrs Innings wirbelte die beachtliche Anzahl an Zetteln durcheinander, die in einem Glasgefäß lagen, und zog letztlich eines daraus hervor. Sie ließ sich extra eine Menge Zeit beim Auseinanderfalten und sorgte dadurch dafür, dass sogar in meinem Bauch ein aufgeregtes Kribbeln angekurbelt wurde. »Nummer 168«, las sie mit kräftigem Klang vor. »Herzlichen Glückwunsch. Wer ist denn der Glückspilz?« Ich schielte auf das Papier in meiner Hand und runzelte die Stirn. 168. Sue und ich hatten gewonnen. Schon wieder. *Wellnesswochenende, wir kommen.*

»Hier. Ich!« Ich hielt den Zettel mit meiner ringbesetzten Hand in die Höhe. Die neiderfüllten Blicke, die sich in meinen Rücken und die Seite bohrten, ignorierte ich gekonnt. Energisch versuchte ich, den Kloß im Hals herunterzuschlucken, der sich ausbreitete wie ein Hefeklops. Ja, ich hatte vor geraumer Zeit schon einmal Glück gehabt. Na und? Bewirkte das etwa das lebenslange Verbot, weiterhin Fortuna herauszufordern? Nö. Wohl kaum.

»Miss Pierson. Na los, komm herauf zu mir, damit es mir endlich gestattet ist zu verraten, was du gewonnen hast.« Sie winkte mich zu sich heran und wackelte voller Ungeduld mit dem Kopf, wobei ihre kompliziert aussehende Hochsteckfrisur bedrohlich wankte. Mit einem flatterigen Gefühl im Bauch stieg ich die vier Stufen zur Bühne empor. Ich strahlte in Vorfreude darauf, Sue morgen im *Anne's* zu erzählen, dass und vor allem, *was* wir gewonnen hatten. »Samuel? Komm ebenfalls einmal her, bitte«, rief sie einen Kerl zu uns auf die Bühne, und das Herz rutschte mir in dem Moment in die Hose, in dem er das Podest betrat. Seine schwarze Kapuze hing ihm zwar in die Stirn, dennoch brauchte ich keinen Bruchteil einer Sekunde, um ihn zu erkennen. Ich erinnerte mich an seinen Gang und daran, wie er die Hände unbefangen in seinen Hosentaschen versenkte. Unzählige Male hatte ich ihn heimlich dabei beobachtet. Er brauchte sich gar nicht erst die Kapuze vom Kopf und die Haare aus dem Gesicht wischen, seine waldgrünen, durchdringenden Augen würde ich niemals vergessen können. »Ihr Preis hat mit diesem adretten Herrn zu tun.« Ich kannte ihn. Ich kannte Sam. Und ich bezweifelte, dass er mich vergessen hatte, auch wenn er seit Jahren nicht mehr zu Hause in Saint Mellows gewesen war. Mrs Innings verkündete den Gewinn, doch ihre Stimme drang nicht mehr zu meinem Bewusstsein hindurch. Ich brauchte es nicht zu hören, denn es fiel mir wie Schuppen von den Augen, womit sich Sams Familie beschäftigte. Mein

Blut gefror zu Eis. *Scheiße.* Ich fluche selten, aber jetzt erschien mir nichts angemessener. *Verdammte, riesengroße, verzwickte Scheiße.*

Sam

Das war eindeutig nicht mein bester Schachzug gewesen. Nur um eine weitere verbale Konfrontation mit Dad zu umgehen, war ich hungrig aus dem Haus geflüchtet. Plötzlich fühlte es sich für mich, dank meines knurrenden Magens, nicht mehr wie ein Triumph an. Er war stets der Stärkere von uns beiden gewesen, der Dominierende, und je länger ich darüber nachdachte, desto eher wurde mir klar, dass es armselig von mir gewesen war, ihm keine Widerworte gegeben zu haben. Ich erkannte eine flaue Übelkeit in mir aufsteigen. Ob vor Schmach oder Hunger, konnte ich nicht sagen, doch egal, was es war: Ich sollte unter allen Umständen noch etwas essen, bevor es losging. Langsamen Schrittes schlenderte ich über die Festwiese, auf der sich Menschen tummelten wie Ameisen um ihren Bau. Ich zog die Schultern höher und senkte den Blick. Wie lang würde meine Rückkehr wohl unbeobachtet bleiben? Aller Voraussicht nach bis zur dämlichen Preisverleihung. Es bestand die klitzekleine Möglichkeit, dass ich mich umsonst sorgte und es keinen interessierte, dass einer der Forstersöhne wieder hier war. Quatsch, wem versuchte ich, das einzureden? Die Bewohner von Saint Mellows waren schon immer sensationsgeil gewesen. »Juhu, ich kann es kaum erwarten«, murmelte ich mürrisch, presste angestrengt die Luft aus der Lunge und versuchte, die ansteigende Anspannung in der Brust zu ignorieren, die sich wie ein unsichtbares, straffes Band um meinen Brustkorb wickelte. Es war Jahre her, dass ich für Dad gearbeitet hatte. Dass ich dem ins Gesicht sah, das mich für das gesamte Leben aus dem Gleichgewicht gebracht hatte. Dads Worte in jener Zeit spielten sich in meinem Kopf auf und ab wie eine Dauerwerbesendung. *Es muss weitergehen, Samuel. Ihr wart Kinder und wusstet nicht, was ihr tut. Schließ damit ab. Lass die Vergangenheit ruhen. Er hat es geschafft. Warum bist du nicht in der Lage dazu? Niemand verurteilt euch.* Du herzloser Arsch, beschimpfte ich Dad lautlos und schluckte schwer. Ich hatte niemals einfach weitermachen können. Es war egal, dass wir Kinder gewesen waren, als es geschah. Wir waren trotzdem schuld. Und ich war es, der ohne Schäden davongekommen war. Dad hatte leicht reden, indem er meine Lage mit Conors verglich. Es war nicht vergleichbar, ein Stück unwiederbringlich verloren zu haben und dieses Schicksal zu akzeptieren oder die Person zu sein, die es zwar miterlebt hatte, aber verschont geblieben war. Schon damals hätte ich alles dafür gegeben, Conors Umstände auf mich zu bürden. Sie zu meinen zu machen. Warum war ich es, der heute hierstand, und nicht er? Mitten auf der Festwiese, umgeben von Hunderten Gesichtern, die nichts als Schuldgefühle in mir weckten.

Der Frühlingswind, der mir um die Nase wehte, und der trockene Rasen, der knisternd unter meinen Schuhsohlen zerbrach, schafften es, mich aus den schwarzen Gedanken ins Hier und Jetzt zu bringen. Wenn ich eines gelernt hatte, dann, dass es nichts brachte, sich woandershin zu wünschen. Auf keinen Fall würde ich einen Rückzieher machen, auch wenn ich die Schlüssel vom Dodge in meiner Hosentasche einsatzbereit mit den Fingern umschloss. Ein Teil von mir war gewillt, Dad zu beweisen, dass ich nicht mehr abhaute. Dass ich mich alldem stellte, vor dem ich seiner Meinung nach geflüchtet war. Schnaubend kickte ich einen faustgroßen Stein ein paar Meter von mir. »Wenn er wüsste.«

»Na, na, na«, drang eine tadelnde Stimme zu mir durch, die es mich augenblicklich warm ums Herz werden ließ. »Strebst du an, jemanden zu verletzen, junger Mann?«

Anne. Ich hob langsam den Kopf an und schaute in die Richtung, aus der ihre Stimme zu mir wehte. Anne war eine der schönen Seelen, die für mich den winzigen Prozentteil von Saint Mellows ausmachten, den ich bis in alle Ewigkeit bedingungslos lieben würde. Ich zählte stumm bis drei, ehe ich die Schlüssel in der Hosentasche losließ und meine Kapuze vom Kopf schob, um mich ihr zu erkennen zu geben. Der folgende Moment verging wie in Zeitlupe. Ich entdeckte Anne mit in die Hüfte gestemmten Händen neben dem ausladenden Schild ihres Kaffeestandes stehend und mir einen tadelnden Blick zuwerfend. Es dauerte keine zwei Sekunden, bis sie mich wiedererkannte. »Oh Himmel.« Ich registrierte, wie ihr Mund die Worte formte, und schlenderte direkt auf sie zu. Es fiel mir unheimlich schwer, ein Lächeln aufzusetzen, doch wenn irgendwer hier eines verdient hatte, war es Anne. »Sam«, flüsterte sie. Ich stand unmittelbar vor ihr, wobei mir nicht entging, dass sich ihre hellblauen Augen mit Tränen füllten.

»Hi, Anne. Ich hab dich vermisst.« Angespannt fuhr ich mir mit der Hand durch die Haare, nicht sicher, wie sie auf mich reagieren würde. Ich war damals aufgebrochen, ohne mich zu verabschieden, und hatte mich bei keinem meiner Besuche der letzten Jahre bei ihr blicken lassen, und das, obwohl Anne und mein Aushilfsjob in ihrem Café es gewesen waren, die mich davor bewahrt hatten, komplett durchzudrehen.

Anders als erwartet, lachte Anne und zog mich kopfschüttelnd in eine mütterliche Umarmung, wobei sie mir beruhigend über den Rücken strich. Ihr vertrauter Duft nach Kaffeebohnen und Puderzucker ließ meinen Magen hüpfen. Vor Wiedersehensfreude und Vergangenheitsschmerz gleichzeitig. »Du hast dein Herz schon immer auf der Zunge getragen«, murmelte sie mir gedämpft ins Ohr. »Behalte dir das ruhig bei.«

Ich schluckte und nickte ihr zu, trat einen Schritt zurück, nachdem sie mich wieder freigegeben hatte, und las das Schild mit ihren Angeboten. »Hier hat sich, zum Glück, überhaupt nichts verändert«, stichelte ich sanft und erntete dafür einen Lappen im Gesicht, mit dem sie soeben über ihre provisorische Arbeitsplatte gewischt hatte.

»Frech wie eh und je«, grinste sie, und ich warf ihr den Stofffetzen zurück, den sie in ihre Schürze steckte.

»Ich hätte gern einen Americano, bitte.« Ich fischte das Portemonnaie aus der hinteren Tasche meiner Jeans.

»Das geht auf mich, mein Schatz, als kleines *Willkommen zurück*«, winkte sie ab und machte sich daran, das flüssige Gold in einen Pappbecher zu füllen. Bei ihren letzten Worten zuckte ich, hoffentlich unbemerkt, zusammen. »Hier.« Einen Augenblick später hielt sie mir neben dem Kaffee eine Serviette hin, auf dem ein Gebäckstück lag. Fragend zog ich eine Augenbraue nach oben. »Iss«, forderte sie mich unmissverständlich auf, und ich fühlte mich wieder wie siebzehn. »Das ist ein Kirsch-Lavendel-Scone. Garantiert ohne Marshmallows.«

Lachend nahm ich beides entgegen, machte einen Schritt auf sie zu und lehnte mich ein Stückchen zu ihr hinunter, um ihr einen unschuldigen Kuss auf die Wange zu drücken. »Danke, Anne«, flüsterte ich an ihr Ohr, und statt zu antworten, strich sie mir mit dem Handrücken über die Schläfe. Es wärmte mich von innen, dass sie nicht vergessen hatte, wie mir all die *Marshmallow-Spezialitäten* bei den ganzen Festlichkeiten auf den Sack gingen. Irgendwann war es auch mal gut damit, dem Namen der Stadt alle Ehre machen zu wollen. Noch mehr wärmte es mich, wie voller Liebe sie mich nach all den Jahren empfing. Ich drehte mich kurz um meine eigene Achse und bereute sofort, die Kapuze nicht wieder tief ins Gesicht gezogen zu haben. Ich bildete mir ein, von jedem angestarrt zu werden. Was nicht der Fall war, das war mir klar. Unabhängig davon rieselte es mir eiskalt den Rücken herunter. Obwohl es nicht mehr kalt war, entwickelte sich eine Gänsehaut in meinem Nacken, die sich ungebremst über meinen gesamten Körper ausbreitete. Es würde nicht mehr lange dauern, bis eh jeder erfuhr, dass ich zurück war. Mir war durchaus bewusst, dass mitten auf dem Festplatz nicht der beste Ort war, um unterzutauchen. Mein Blick blieb an einer freien Bank hängen, und ich nahm die Beine in die Hand. Ich ließ mich diskret stöhnend auf ihr nieder und verteufelte den Umstand, dass ich die letzten Nächte kaum Schlaf gefunden hatte. Die Schlaflosigkeit war nicht spurlos an meinem Körper vorbeigegangen, sondern hatte mir Gliederschmerzen beschert. Ich stellte den Kaffeebecher umsichtig zu meiner linken, den Scone zur rechten Seite ab und versteckte mich schleunigst wieder unter der sicheren Kapuze. Der Blick auf die Armbanduhr verriet mir, dass noch ein paar Minuten blieben, ehe ich den Verpflegungskorb abholen und mich auf den Weg zur Bühne machen musste, hinter der ein freiwilliger Frühlingsfesthelfer und mein Dodge bereits warteten.

* * *

Ich ließ meinen Blick über all die Menschen schweifen, die in freudiger Erregung auf die Verkündung des Hauptgewinns warteten. Manche kneteten ihre Hände, ein paar tippelten hin und her, und wieder andere checkten im Sekundentakt ihr Handy. Ich für meinen Teil hatte nie auf der gleichen Seite gestanden wie sie. Nicht einmal als Kind hatte ich an einer dieser Tombolas teilgenommen. Was wäre, wenn ich gewonnen hätte? Niemand hätte es mir gegönnt. Die Söhne der Forsters hatten es schon vor dem schwärzesten aller Tage schwierig, ein normales Leben zu führen. Warum sollte man an einer Verlosung teilnehmen, wenn man sich den Gewinn doch bequem selbst kaufen konnte? Angespannt untersuchte ich die Menge und schaute in die einzelnen Gesichter, die ich aus der Distanz erkannte. Sie alle waren nicht nur dabei, um den fettesten Gewinn einzufahren. Oder täuschte ich mich? Vielmehr war die alljährliche Frühlingstombola ein Gefühl von Gemeinschaft. Mir war dieses Empfinden nie zuteilgeworden, was nüchtern betrachtet unfair war. Gemeinschaftsgefühl konnte man mit keinem Geld der Welt kaufen. Es war etwas, das mir meine Eltern nicht schenken konnten, und niemand war gewillt gewesen, das zu erkennen oder gar zu begreifen. Heute stand ich hinter der Bühne und war nach wie vor kein Teil der Gemeinschaft. Ich war ein Detail des Gewinns, wurde auf ein Podest gestellt, obwohl mir nicht danach war hinaufzusteigen. Seufzend fuhr ich mir mit den Händen über die Oberarme und beobachtete, wie Bürgermeisterin Mrs Innings mit einer mir unbekannten Person sprach.

»Hoffentlich geht dieser Tag so schnell vorbei, wie er gestartet ist«, wünschte ich mir flüsternd und verfluchte die ansteigende Aufregung im Magen, zu der sich langsam ein kärglicher Teil Wut gesellte und sich wie ein Feuer an meinen Mageninnenwänden labte. Veranlasst durch Dad, stand ich in diesem Augenblick hier. Wegen Dad, der keine Widerrede zuließ und mich ohne Rücksicht in diesen Schauplatz zwängte. Jeder andere Mitarbeiter wäre imstande gewesen, das hier heute zu übernehmen. Dad hatte nicht einmal gefragt, ob ich *bereit* war. Ob ich es mir zutraute, nachdem ich seit über drei Jahren keinen Gedanken mehr daran verschwendet hatte. Schon während des Beladens meines Dodges war mir flau im Magen geworden. Ich kniff die Augen zusammen und legte meinen Kopf in den Nacken, um die vereinzelten Wolken am hellblauen Himmel zu beobachten. Sie zogen wie in Zeitlupe über ihn hinweg und ließen der Sonne genug Kraft. In meinem Hals bildete sich ein Kloß, als ich bemerkte, wie meine Fingerspitzen kribbelten. Gleichzeitig wurden meine Knie weich wie Pudding, und die Kehle kratzte, als hätte ich an Kreide gelutscht. Was war das? Aufregung? Vorfreude? Freute ich mich darauf, in weniger als einer Stunde das zu tun, was mein Leben vor so vielen Jahren aus seinen Angeln gehoben hatte? Das aus dem fipsigen, angstfreien, abenteuerlustigen Jungen ein Kind beschwor, das zu schnell erwachsen wurde? Das im Alter von acht Jahren am eigenen Leib erfuhr, was Folgen waren? Unwiederbringliche Konsequenzen? Ein unsicheres Lächeln stahl sich auf mein Gesicht, und ich schluckte. Ich musste zugeben, dass ich mich ehrlich darauf freute, und fuhr mit den Händen über meine geschlossenen Lider. Es blieb mir weiterhin zu hoffen, dass keiner der Typen gewann, die von *Anne's* Kakao mit Frühlingsschuss einen zu viel intus hatten.

Eine Bewegung zu meiner Rechten holte mich aus dem Gedankenkarussell, und ich beobachtete, wie Mrs Innings in ihrem wadenlangen olivfarbenen Mantel die winzige Treppe zur Bühne hinaufstieg. Es ging los. Ich biss mir von innen auf die Wange, was ich zuletzt getan hatte, als ich meine allerletzte und wichtigste Abschlussprüfung in Yale geschrieben hatte. Kaum dass sie das Mikrofon stürmte, verstummte die Menge, und alle starrten wie gebannt zu ihr hinauf. Viele der Gesichter erkannte ich wieder, doch einige waren mir neu. Sie alle hielten aufgeregt einen weißen Papierfetzen in den Händen. Das waren die Lose, und auf irgendeine Art freute ich mich darauf, irgendjemandem von ihnen eine Freude bereiten zu können. Möglicherweise gewann ja die Frau dort am Rand, die ein kleines Mädchen auf dem Arm hielt, das mehr Zuckerwatte in den Haaren statt im Mund hatte. Oder der ältere Herr weiter hinten, der wackelig den Rollstuhl seiner Ehefrau umklammerte. Mein Blick landete letztlich bei einer Gruppe Jugendlicher, die dröhnend lachten und garantiert nicht bloß Kakao in ihren Bechern hatten. Bitte keiner von denen. Ich atmete tief ein.

»168.« Die Gewinnerzahl war verkündet. Wie zur Eisskulptur erstarrt wartete ich ab, welche Person sich aus der Menge löste, und bemerkte gleichzeitig, wie ich am ganzen Körper zu schwitzen begann. Wow, das letzte Mal, dass ich dermaßen aufgeregt gewesen war, war der Moment, in dem mir der Dekan nach meinem Master das Zeugnis überreicht hatte. Was machte diese Stadt nur mit mir? Es half mir nicht einmal mehr, die *4-Sekunden-Atmung* anzuwenden, die mich in nervenaufreibenden Situationen normalerweise erdete. Vier Sekunden einatmen, anhalten und vier Sekunden ausatmen. Das war eine gängige Praxis beim Militär, ich hatte sie von einem Kollegen bei der Studentenzeitung gelernt, der eine Weile gedient hatte, ehe er sich für ein Studium entschieden hatte.

Ich fixierte einen schlanken Arm mit porzellanweißer Haut in einer schwarzen Jacke, der sich aus der Menge erhob, und kniff die Augen zusammen, um die dazugehörige Person zu erkennen – vergebens. Es war eine junge Frau mit hellblonden Haaren, und die Art, wie sie zögerte, ließ mein Herz einen scheuen Hüpfer machen, was mir unerklärlich war. Es brachte mich aus dem Konzept, dass sie in aller Seelenruhe auf die Bühne zulief. Andere wären stattdessen garantiert wie von der Tarantel gestochen darauf zugerannt. Doch sie ließ sich nicht vom Murren der Vielzahl an Personen, die nicht gewonnen hatten, beirren, zumindest erweckte sie den Anschein, stieg die Treppenstufen zu Mrs Innings empor und reichte ihr den Zettel. Die Bürgermeisterin vergewisserte sich mit einem raschen Blick zu Neil, ob Leena die richtige Gewinnerin war, der ihr dies nickend bestätigte. Das Blut in meinen Adern gefror zu Eis, denn ich erinnerte mich an sie, wusste, wer sie war. Ihr Name war mir, ohne über diesen nachzudenken, ins Gedächtnis geschlüpft, denn natürlich kannte ich sie. Genau wie ich hatte sie nach der Schule bei Anne gearbeitet, unzählige Male hatte ich sie dabei beobachtet, wie sie den Gästen lächelnd ihre Bestellungen zu den Tischen gebracht hatte. Selbst wenn sie wusste, wer ich war, wo ich wohnte und wer meine Eltern waren, hatte sie jeden Abend ihr Trinkgeld mit mir geteilt, da sie der Meinung war, dass ich es genauso verdiente, auch wenn ich die meiste Zeit hinter dem Tresen arbeitete und Kaffee zubereitete. Ich erinnerte mich noch genau daran, wie eine unerklärliche Eifersucht mich heimsuchte, wenn sie irgendein Typ am Abend zu einem Date abgeholt hatte, und war doch nie mutig genug gewesen, sie um eins zu bitten. Und ich war mir sicher, dass ich ihr durch meine stets mürrische Zurückhaltung auch nie das Gefühl gegeben hatte, dass ich eine gute Partie gewesen wäre.

Leenas Körperhaltung verriet, dass sie nicht glücklich darüber schien, gewonnen zu haben. Sie schaute umher, als suchte sie jemanden. »Samuel? Komm ebenfalls einmal her, bitte.« Mrs Innings rief mich zu sich, und mein erster Impuls war wegzurennen. Was sollte das? Warum wollte sie mich auf der Bühne haben? Ich schluckte die Angst im Hals herunter und machte mich auf die Blicke gefasst, die mich in spätestens zehn Sekunden erdolchten. Richtig. Ich, Sam Forsters, war zurück. Lasset die Gerüchteküche brodeln in drei, zwei, eins.

2. Kapitel

Leena

Mit vor der Brust verschränkten Armen stand ich neben Sam und starrte den Hauptgewinn an. »Ich kann das nicht«, murmelte ich und schaffte es kaum, mich davon abzuhalten, angespannt auf meiner Lippe zu kauen. Wo war Sue bitte, wenn ich sie am meisten brauchte? Wie von unsichtbarer Hand geführt, war ich Sam und der Bürgermeisterin zu einem Auto mit riesiger Ladefläche gefolgt, das uns zu einer breiten Wiese außerhalb des Stadtkerns gebracht hatte. Ich checkte nicht, wie lang wir überhaupt unterwegs gewesen waren, da sich meine Gedanken auf Sam fokussierten. Wie auf Kommando prasselten all die Erinnerungen von früher auf mich ein. All die Gegebenheiten, in denen ich ihn heimlich angeschmachtet und mir gewünscht hatte, er würde mir nur ein einziges Mal außerhalb des Cafés *Hallo* sagen. Ich erinnerte mich an das Kribbeln in meinem Körper, das mich jedes Mal überfiel, wenn er mir eins seiner seltenen Lächeln schenkte, bei dem sich auf seiner linken Wange ein Grübchen bildete, das ich nie hatte vergessen können.

Sam neben mir räusperte sich, ehe er sich mir zuwandte. »Das ist schon ein bisschen enttäuschend. Ich habe ihn doch nicht umsonst hierhergebracht.«

»*Du* hast ihn hergebracht?« Verständnislos sah ich ihm erst direkt in die waldgrünen Augen und suchte dann mit meinem Blick vergeblich nach Mrs Innings, drehte mich suchend um die eigene Achse. Ich war so in Gedanken vertieft gewesen, dass ich nicht mitbekommen hatte, wie sie verschwunden war.

»Wie darf ich das denn deuten?« Er hielt meinem Blick stand und grinste schelmisch. »Wirke ich auf dich nicht wie jemand, der einen Heißluftballon fahren kann? Glaubst du etwa, ich kann nur Kaffee kochen, Leena?«

Moment! Hatte er mich beim Vornamen genannt? Seine letzte Frage fegte einen Wirbelsturm an Emotionen und Erinnerungen durch meine Venen, und ich versuchte, mir nicht anmerken zu lassen, was es mir bedeutete, dass er mich wiedererkannte. Es bedeutete wiederum auch, dass er gar kein distanzierter, aufgeblasener und egoistischer Arsch war, wie ihm zu Highschool-Zeiten nachgesagt wurde. Doch diese Meinung hatte ich ohnehin nie geteilt. Es konnte aber genauso sein, dass er nichts weiter als ein ausgezeichnetes Namensgedächtnis besaß und ich mehr in diese Situation hineininterpretierte, als sie eigentlich war. Wenn man das Getuschel für bare Münze nahm, war er einer der paar Überflieger gewesen, die es obendrein auf irgendeine Eliteuniversität geschafft hatten. So wie Sue. Ich schüttelte kurz den Kopf, wobei mich meine Haarspitzen am Hals kitzelten. »*Du* wirst das Teil da fliegen?« Mit einer Hand drehte ich fieberhaft an einem meiner Bienen-Ohrringe, mit der anderen deutete ich auf den unheimlichen hellblauen Ballon, der sich mit Gas füllte.

»Fahren«, berichtigte er meine Worte beiläufig und kam einen Schritt auf mich zu, damit wir uns besser hörten, wahrte jedoch genug Abstand. Damals, als Teenager, war ich jedes Mal fast zu einer Pfütze zerschmolzen, wenn er mir so beiläufig nahe kam, mich berührte, und irgendetwas verriet mir, dass sich das anscheinend bis heute nicht geändert hatte. »Und ja, natürlich. Das wurde mir in die Wiege gelegt.«

Das wusste ich. Jeder Bewohner von Saint Mellows war im Bilde um den Familienbetrieb seiner Eltern. Ich hätte trotzdem nie angenommen, dass er dort wieder mitmischte. Ungeachtet dessen hatte man ihn seit Jahren nicht mehr gesehen, und es gab mindestens zehn Theorien über sein Fernbleiben. Eines Nachmittags war er nicht zu seiner Schicht erschienen und seitdem zu keiner mehr, was mich damals für Monate traurig gestimmt hatte. Denn auch wenn er ein wortkarger, eher in sich gekehrter Grumpy gewesen war, der nichts von sich preisgab, hatte mein naives Kleinmädchenhirn gedacht, wir wären vielleicht so etwas wie Freunde gewesen. Die mellowianische Gerüchteküche brodelte 24/7, da war es klar, dass das Verschwinden von Sam nicht unbemerkt blieb. Täuschte ich mich, oder war seine Stimme mit einem Schlag belegt, als er auf seinen Familienbetrieb verwies? Ich zwang mich dazu, den Blick von ihm abzuwenden. »Schon mal abgestürzt?« Ich versuchte, Zeit zu schinden, denn ich musste mir auf Teufel komm raus eine Ausrede einfallen lassen, damit ich nicht gezwungen war, dieses Ungetüm zu betreten. Warum konnte der Hauptgewinn nicht einfach ein Wellnesstrip sein? Nicht weit entfernt und garantiert nicht irgendwo in dreihundert Meter Höhe.

»Dann würde ich vermutlich nicht hier neben dir stehen.« Lässig steckte er beide Hände in seine Hosentaschen, und mein Puls raste. »Hast du Angst?«

Stichelte er etwa? »Nö.« Ich log wie gedruckt.

»Na dann, komm.« Sam setzte sich in Bewegung, und ich folgte ihm mit meinem Blick. Er war komplett in Schwarz gekleidet, trug ein kohlrabenschwarzes Polohemd unter einer geöffneten Pulloverjacke, auf dessen linker Brust ein hellblauer Heißluftballon und sein Familienname eingestickt waren. *Forsters* – Samuel Forsters. Dazu eine schwarze Jeans, die ihm unheimlich gut stand, und schwarze Sneakers. Mir fiel auf, dass ich ihm auf den Hintern gestarrt hatte, und ich vergewisserte mich mit einem heimlichen Blick zu seinem Gesicht, dass er es nicht mitbekommen hatte. Er öffnete die schmale Tür zum Innenraum und winkte mich zu sich. Im Gegensatz dazu bewegte mein Körper sich keinen Zentimeter. »Angsthase«, rief er mir zu und legte doch tatsächlich damit los, die erste Bodensicherung zu lösen. Er würde jawohl nicht allen Ernstes ohne mich losfliegen? Erst jetzt fiel mir auf, dass er einem der Frühlingsfesthelfer zunickte, damit dieser uns beim Start half. Mir war gar nicht aufgefallen, dass wir nicht alleine waren. Na super, noch eine Person mehr, vor der ich mir die Blöße geben würde, wenn ich jetzt nicht auf Sam zulief. Wie gern hätte ich Sue an meiner Seite gehabt, mit ihr war jeder Graben nur halb so breit, und ich wusste, dass ich jeden Sprung schaffte.

»Warte!« Ich ballte meine Hände zu Fäusten, atmete wiederholt tief ein und wieder aus. »Ist es nicht zu … windig?«

Sams Mundwinkel zuckte, und er zeigte auf ein paar Fichten, die unweit von uns entfernt wuchsen. Sie wiegten sich kaum im Wind, wobei *kaum* noch übertrieben war. Sie standen starr da, als hätte Elsa aus Frozen sie ohne Handschuhe angefasst.

»Das bedeutet wohl nein, hm?«, sprach ich mehr zu mir als zu ihm. Wie von einem unsichtbaren Faden gezogen, bewegte ich mich auf Sam zu, der sich unterdessen am zweiten der vier Seile zu schaffen machte.

»Na? Traust du dich doch?«, hakte er eher beiläufig nach, aber ich hatte deutlich gesehen, wie er versuchte, ein Lächeln zu unterdrücken. Er redete mit mir, als wäre er nie fortgegangen, als wären wir Freunde. Ja, das verunsicherte mich, verdammt nochmal.

»Na klar, warum auch nicht?« Meine Stimme war fest. Ich würde mich vor ihm nicht blamieren.

»Hysterisches Rumgeheule und -gezappel kann ich da oben nicht gebrauchen.« Die plötzliche Ernsthaftigkeit in seiner Stimme stieß mich vor den Kopf, und ich zog eine Augenbraue in die Höhe.

»Das werde ich schon nicht tun.« Oh nein. Das klang, als hätte ich soeben zugestimmt mitzufliegen. Dabei wollte ich das gar nicht. Oder doch? Oh mein Gott, was war los mit mir? War ich in diesem Moment überhaupt zurechnungsfähig, oder spielten meine Gefühle mir einen Streich? Ich hatte eine Heidenangst, dieses *Teil* zu besteigen. Andererseits klopfte mir das Herz bis zum Hals, breitete sich eine seltsame Wärme in meinem Inneren aus und sorgten die Erinnerungen an Sam dafür, dass ich ihm vielleicht kopflos überallhin folgen würde. Okay, Letzteres war übertrieben, denn ich handelte niemals kopflos, niemals. Das war eher Sues Part.

»Ich meine ja nur. Du wärst nicht die Erste. Und glaub mir: Panikattacken da oben sind nicht komisch.«

Ich funkelte ihn entrüstet an und verschränkte abwehrend

die Arme vor meiner Brust. »Das sind sie *hier unten* auch eher selten.«

»Nach wie vor nicht auf den Mund gefallen.« Er nickte mir anerkennend zu. »Das mag ich.«

Ein Kribbeln meldete sich in meinem Unterleib. War ich nicht ganz dicht? Bloß weil ein gut aussehender Kerl, in dessen Liga ich anscheinend nie gespielt hatte, sagte, dass ihm meine Schlagfertigkeit gefiel? Wenn ich diesen Ballon bestieg, brauchte ich dringend einen kühlen Kopf und musste den Umstand ignorieren, ohne Ausweg auf engstem Raum mit Sam zu sein. In was weiß ich wie vielen Metern Höhe. Allein. Mit. Sam. Ohne Sue.

»Was ist, Leena? Steig endlich ein«, forderte er mich auf. Sein triezender Tonfall gefiel mir nicht im Geringsten.

»Ist da jemand ungeduldig?«, forderte ich ihn heraus. Manchmal, leider zu oft, war mein Mundwerk meinem Gehirn eine Nasenlänge voraus. Das verlief absolut in eine falsche Richtung. Nämlich nach oben. Konnten wir nicht einfach einen Kaffee trinken gehen und behaupten, ich hätte meinen absurden Gewinn eingelöst? Der Frühlingsfesthelfer war garantiert bestechlich. Unauffällig hob ich den Kopf an, um zum Himmel zu sehen. Die vereinzelten Wolken saßen friedlich dort. Kein Wunder, sie gehörten ja auch dorthin. Genauso wie die Vögel, die den lieben langen Tag am Horizont entlangjagten. Ich für meinen Teil gehörte mit den Füßen fest auf den Boden. Aber was sollte schon passieren? Außer, dass wir abstürzten und starben? Garantiert war die Wahrscheinlichkeit geringer, als sich auf dem Weg zur Arbeit den Fuß zu brechen. Und das war mir immerhin noch nicht passiert. Sollte ich es echt wagen?

»Zögert da jemand den Flug heraus, weil dieser Jemand sich gleich in die Hosen macht vor lauter Angst?«

»Auf jeden Fall ist da jemand sehr vorlaut«, erwiderte ich augenrollend und genoss diesen kurzen Schlagabtausch mehr, als ich vermutlich sollte.

Sam warf seinen Kopf lachend in den Nacken. »Entweder du kommst freiwillig, oder ich trage dich her. Eins steht fest: Der Ballon ist startklar, und ich werde heute nicht ohne Partnerin hochsteigen.«

»Ist ja gut, ist ja gut, ich komme ja.« Bei dem Gedanken, dass Sam mich tragen und dementsprechend berühren würde, wurden meine Knie zu Brei. Noch mehr, als sie es schon bei dem Wort *Partnerin* taten.

Es vergingen weitere zehn Sekunden, in denen ich versuchte, mich zu sammeln und derweil keinen Meter auf ihn zusetzte. Es war gar nicht einfach, sich selbst zu überzeugen, dass schon nichts dabei war, wenn sich alles in einem sträubte und *Nein* schrie. »Zehn ... neun ... acht ...«, zählte er rückwärts und machte Anstalten, wieder auszusteigen.

»IST JA GUT!« Ehe er aus dem Passagierbereich stieg, flitzte ich zur Mini-Tür, kletterte in den überdimensionierten Brotkorb und krallte mich an einem der dicken Seile fest, die den Korb mit dem Ballon verbanden. Wow, Sue wäre sicher stolz auf mich.

»Bist du dir sicher?« In Sams verhaltener Stimmlage schwang überraschenderweise kein Spott mit.

»Ja, klar. Hoch jetzt, bevor ich das alles hier überdenken kann.« Ich war lebensmüde geworden, ohne Zweifel. Sam, der vor wenigen Momenten in der gegenüberliegenden Ecke des Korbes gestanden hatte, kam zu mir herüber, um die schmale Tür zu verriegeln. Ohne Überleitung begann es in meinem Körper an allen möglichen und unmöglichen Stellen zu kribbeln. Sogar die Fußsohlen vibrierten, was garantiert an der Aufregung vor dem Flug lag, versuchte ich mir einzureden. Es lag gewiss nicht an dem Umstand, dass ich allein mit dem Mann in einem Heißluftballon saß, dem ich im Highschool-Alter verfallen war. Der bloße Gedanke daran ließ mir die Röte ins Gesicht schießen. Selbst Sue hatte ich nicht in meine damalige Schwärmerei für Sam eingeweiht, da es mir so unsäglich peinlich gewesen war. »Samuel Forsters.«

»Was?« Sams tiefe, melodische Stimme holte mich aus der Erinnerung. Hatte ich seinen Namen hörbar ausgesprochen? *Oh, bitte nicht.*

»Was?«, plapperte ich ihm dusselig nach und realisierte im selben Augenblick, dass wir in schwindelerregender Höhe steckten. Das waren mindestens … zwei Meter. »Scheiße!«

»Scheiße?« Er wiederholte mich laut, um gegen den ohrenbetäubenden Lärm anzukommen, den der Start eines Heißluftballons mit sich brachte.

Ich stammelte, da es mir aus heiterem Himmel unmöglich war, sinnvolle Sätze zu bilden. »Zu hoch. Nicht … Ich … Das … Nein.«

»Ein Stückchen höher müssen wir aber noch«, erklärte er beiläufig und vergrößerte routiniert die Flamme, damit der Ballon an mehr Höhe gewann. War das sein Ernst? Bemerkte er nicht, dass ich hyperventilierte? Warum nur ruckelte es hier so stark?

»Nein, nein, nein. Alles ist in Ordnung. Nicht nach unten gucken«, flüsterte ich mir zu und kniff die Augen fest zusammen, während ich mich weiterhin an das Seil klammerte. Ich würde mir gerade lieber den Fuß brechen, als eine weitere Minute in dieser Todesfalle zu hocken. Ich registrierte, wie sich die Fingernägel um das Tau herum in meine Handflächen bohrten, doch war mir der Schmerz egal. Der Heißluftballon wankte, der Fahrtwind zerzauste meine Haare, und ich wünschte mir nichts sehnlicher, als sofort wieder festen Boden unter den Füßen zu spüren.

Während ich krampfhaft versuchte, Herrin meiner Sinne zu bleiben und mich nicht zu übergeben, faselte Sam unbekümmert weiter. »Gleich haben wir die perfekte Höhe.«

»Runter«, presste ich hervor. Mir blieb die Luft im Hals stecken, und in meinen Ohren rauschte es. »Runter!«, befahl ich erneut, dieses Mal aus voller Kehle.

»Was sagst du?« Sam stellte sich direkt neben mich, wodurch der Korb wiederholt bedrohlich schaukelte.

»Bist du total von der Rolle? Wir kippen um«, kreischte ich zitternd.

In dem Moment, in dem sich unsere Blicke erneut trafen, durchlief seine Miene eine ganze Palette an Gefühlen. Von unbesorgt über belustigt, hin zu rücksichtsvoll, panisch und letztlich versöhnlich. »Leena, ich verspreche dir, uns wird nichts passieren.« Er tippte meine verkrampfte Hand an, und ich starrte die Hautstelle an. »Lass ein bisschen locker.«

»Sag mir nicht, was ich zu tun habe«, presste ich zwischen zusammengebissenen Zähnen hervor. Loslassen? Das konnte wohl kaum sein Ernst sein.

»Doch.«

»Wie bitte?« Ich war so perplex, diesen Widerspruch von ihm zu hören, dass ich nicht sofort bemerkte, wie sich meine Verkrampfung allmählich löste.

»Du hast schon verstanden«, beharrte er. »Es war vorhin kein Witz von mir, als ich meinte, dass ich hier oben weder Hysterie noch einen Nervenzusammenbruch gebrauchen kann. Also beruhige dich und vertrau mir. Dir wird nichts passieren. Unter der Voraussetzung, dass du locker bleibst.«

Wie ich es hasste, wenn man mich bevormundete. Ich agierte auf eine Art, die praktisch nie bei mir vorkam: Ich schluckte meinen Stolz herunter und nickte seufzend. »Okay.«

»Astrein, dann fangen wir jetzt mit dem spaßigen Part an.«

»Der da wäre?« Ich bezweifelte, dass irgendetwas hier oben überhaupt Spaß brachte.

»Snacks!«

»Snacks?« Wie konnte er in diesem Moment an Essen denken? Allein bei dem Gedanken daran drehte sich mir der Magen um.

»Klar, alles inklusive.« Er senkte sich in die Hocke ab, wobei die Kabine noch mehr schwankte, um einen hölzernen Picknickkorb in die Mitte des Bodens zu ziehen, öffnete ihn, und ich erblickte ein paar Sandwiches, Weintrauben und Kekse mit Schokoladensplittern. »Was hättest du gern zuerst?«

Statt auf seine Frage einzugehen, schüttelte ich den Kopf. Sam starrte mich weiterhin an, was hieß, dass ich um eine Antwort nicht herumkam. »Unmöglich«, murmelte ich, obwohl mir beim Anblick der Leckereien, so zweifelhaft das auch klang, das Wasser im Mund zusammenlief.

Sam hob eine Augenbraue an. »Warum nicht?«

»Ich würde ja echt alles für Gebäck in jeder Form tun, aber ich kann das Seil nicht loslassen.« Ich nickte zu meinen Händen. »Unter keinen Umständen kann ich das tun.«

»Kein Problem.« Er griff nach einem Keks und stellte sich wieder neben mich. Viel zu nah neben mich, denn ich konnte den Duft seines Shampoos riechen, das ein Mix aus Minze und Wald und nicht förderlich für meinen klaren Kopf war. Und warum hielt er sich nicht fest? Er bewegte sich in diesem Heißluftballon, als stünden wir auf sicherem Boden. »Dann füttere ich dich halt.«

Ich verdrehte die Augen und legte eine gigantische Portion Ironie in meine Stimmlage. »Wie romantisch.« Auf keinen Fall durfte er zur Kenntnis nehmen, was für eine Nervosität er in mir auslöste.

»Von Romantik war hier nicht die Rede«, erwiderte er gespielt geschockt. »Das Romantik-Paket wurde nicht mitgebucht.«

»Du Nuss«, lachte ich und löste meine Hand für einen kurzen Augenblick risikobereit vom Seil, um ihm gegen den Oberarm zu boxen. Womit ich jedoch nicht gerechnet hatte, war, dass er pfeilschnell nach meinen Fingern griff.

»Eine Hand reicht vollkommen, um sich festzuhalten.« Er lächelte mich an, was mich schlucken ließ. Mir war urplötzlich heiß und eiskalt zugleich, und ich kam nicht umhin, mir einzugestehen, dass das nicht die Schuld der schwindelerregenden Höhe war, in der wir schwebten. Nein, es lag daran, dass er mich leichtfertig berührte. Als wäre es das Normalste der Welt.

Ich starrte misstrauisch auf meine Hand in seiner. »Was machst du da?« Es gefiel mir. Warum gefiel es mir so sehr?

Sam schaute zu unseren Händen und zuckte entspannt mit den Schultern, ließ sie wieder los. »Ich probiere nur, dir die Angst zu nehmen.«

»Ich hab doch gar keine Angst«, versicherte ich ihm und brachte all meine Selbstbeherrschung auf, mich nicht direkt wieder ans Seil zu krallen.

»Ach nein?« Das verdammte Grübchen entstand auf seiner linken Wange. »Das glaube ich dir aufs Wort.«

»Gib mir einen Keks!« Er kam meiner Forderung, die einzig und allein dafür da war, das Thema von meiner Angst zu lenken, schmunzelnd nach. Ich starrte derweil auf den Fußboden unter mir.

»Suchst du etwas?« Er reichte mir einen Keks, den ich heldenhaft mit meiner freien Hand entgegennahm.

»Nope.«

»Schau mal.« Er zeigte mit seiner Hand auf irgendetwas, aber ich schaffte es nicht, mich zu überwinden, meinen Blick über die Brüstung schweifen zu lassen. Immer ruhig. Einen Schritt nach dem anderen! »Da ist unsere alte Schule, erkennst du sie?«

Mit einem Mal von Neugier erfüllt, folgte ich seinem Blick und blieb an einer Reihe gelblicher Gebäude hängen, die rote Dächer hatten. Gleichzeitig wanderte meine Hand wieder zurück zum sicheren Seil, um sich festzukrallen. »Der Sportplatz wirkt winzig von hier aus«, sinnierte ich.

»Aus der Luft sieht einfach alles anders aus.« Er seufzte.

»Machst du das oft?« Ich druckste herum im Versuch, von mir abzulenken. »Also ich meine *das* hier.«

Er verneinte kopfschüttelnd. »Ich bin zu selten hier oben.«

»Warum?« Ich war erleichtert, dass die Aufmerksamkeit endlich nicht mehr mir und meiner Höhenangst galt.

»Na ja, ich war lange Zeit nicht zu Hause.« *Also doch!* Dachte ich insgeheim, unterbrach ihn jedoch nicht. Irgendetwas in seiner Stimme übertrug eine Traurigkeit auf mich, und ich erinnerte mich daran, dass das schon damals so gewesen war. »Und ehrlich gesagt finde ich Flugtouren ätzend.«

»Du meinst solche wie diese?«

Er legte den Kopf schief und lächelte mich an, als wäre er ein Welpe, sodass mir mein Herz prompt in die Hose rutschte. »Zugegeben: Heute Morgen hatte ich keinen Bock drauf, aber die Tour ist um Längen besser, als ich erwartet hatte.«

»Da habe ich ja Glück gehabt«, scherzte ich und ließ unbedacht alles los, um beiläufig abzuwinken. Kurz stand ich komplett freihändig da, was Sam mit einem anerkennenden Pfeifen und einem Nicken zu meinen freien Händen würdigte. Er zuckte nur mit den Schultern, weil ich ihm deswegen einen funkelnden Blick zuwarf.

»Ich auch«, pflichtete er mir sanft bei und jagte erneut ein Kribbeln durch meinen Körper. Er schaffte es, mir die Angst zu nehmen, einfach, indem er mich gefühlsmäßig verunsicherte. Garantiert war das eine Masche, und doch bewunderte ich, dass er keinerlei Berührungsängste zeigte. Meine innere Stimme warnte mich vor Sam. Sie suggerierte mir, dass es gefährlich sein könnte, ihn an mich heranzulassen. Es wäre ja nicht das erste Mal, dass er abhaute.

Ich konnte nicht sagen, wie lange wir schon mit dem Heißluftballon durch die Lüfte schaukelten. Mir war jegliches Raum-Zeit-Gefühl abhandengekommen. Wie nah sich Angst und Geborgenheit doch sein konnten. Auf der einen Seite hatte ich einen irrationalen Respekt vor der Höhe, auf der anderen Seite vermittelte mir Sams routinierter Umgang mit dem Ballon, dass uns nichts widerfahren konnte. Wir ließen langsam, aber sicher den Stadtkern Saint Mellows' hinter uns und steckten mitten über einem Feld. Gar nicht weit von uns entfernt zogen sich Wolken oberhalb eines Waldstücks zusammen, und die Sonne tauchte die Welt um uns herum in ein märchenhaftes Zwielicht.

»Wow«, hauchte ich. »Es ist einfach so traumhaft schön.« Sue würde es hier oben lieben.

Sam knuffte mich in die Seite, ehe er sich wieder darum kümmerte, den Heißluftballon auf Kurs zu halten. Es war ein seltsam wohliges Gefühl, auf diese beiläufige, aber selbstverständliche Art von ihm berührt zu werden. Bestimmt wollte er mir dadurch schlicht und ergreifend Sicherheit geben. Ich musste dringend aufhören, mehr in die Gesamtlage hineinzuinterpretieren, denn bestimmt würde er das auch tun, wenn wir nicht allein hier wären.

Er seufzte. »Das sind die Momente hier oben, die es alles wert sind.«

»Die was wert sind?« Für gewöhnlich lenkte ich Gespräche nicht so schnell in eine private und persönliche Richtung. Doch war mir, seit ich mit Sam diesen Heißluftballon betreten hatte, bewusst, dass wir nach wenigen Minuten die Small-Talk-Schwelle überschritten hatten. Es war einfach seltsam, sich nach so langer Zeit wieder gegenüberzustehen.

Ich sah ihm an, dass er mit sich rang, weiterzusprechen. »Es war ... ist nicht immer leicht. Im Gegensatz dazu entlohnen mich solche Bilder. Es fällt ein Stück Missmut von mir ab, verstehst du, was ich meine?« Er lachte verschüchtert und fuhr sich mit der Hand über den Nacken. »Ach sorry, ich rede wirres Zeug für dich.«

Ich schüttelte teilnahmsvoll den Kopf. »Nein, ich kann

annähernd nachvollziehen, was du damit meinst«, erwiderte ich sanft und ließ langsam meinen Blick durch die Landschaft schweifen und begann ehrlich, diesen Trip ein klein wenig zu genießen. »Unter normalen Umständen hätte ich die Welt ...« Ich verstummte kurz. »... *meine bescheidene* Welt niemals aus dieser Perspektive kennengelernt. Danke, Sam.« Die letzten beiden Worte ließen mich mich nackt fühlen, und doch war ich beruhigt, sie ausgesprochen zu haben. Er strich sanft mit seiner Hand über meinen Oberarm, was mutmaßlich *gern geschehen* hieß. Mir stieg die Röte ins Gesicht, und ich wandte den Blick ab, damit der Moment nicht noch inniger wurde. Ich war ein Feigling. Fürchtete mich vor menschlicher Nähe, davor, mich jemandem *wirklich* zu öffnen. Dieses elendige Misstrauen. Es war mein ewiger Begleiter, und das, obwohl ich nie einen grauenvollen Verrat oder Ähnliches erlebt hatte. Es war ganz natürlich da, gehörte zu mir wie der Käse zur Maus. Dass Sam nach dieser kurzen Zeit schon mit Anlauf in meinen Wohlfühlbereich gesprungen war, fachte das Feuer der Verwirrung in mir zusätzlich an. Ich räusperte mich und suchte krampfhaft nach einem unverfänglichen Thema. Miteinander zu reden, half mir dabei, die Ruhe zu bewahren. »Du hast studiert, oder?«

Sam nickte, und ich sah, dass ein zögerliches Lächeln seinen Mund streifte. »Ja, ich war auf dem College.«

Erleichtert, kein Tabuthema getroffen zu haben, stieß ich die Luft aus. »Auf welchem?« Mir war zu Ohren gekommen, dass er, wie auch Sue, an einer *Ivy League* Universität studiert hatte.

»Ich war in ...« Er vergrub seine Hände in den Taschen

seiner Jacke. Die Aufregung wanderte in meine Knie, die immer wackliger wurden, daher griff ich wieder mit beiden Händen zum Tau, um mich festzukrallen. Ich hakte nach, was mich selbst wunderte, da es an ein Verhör erinnerte. Andererseits schadete es nicht, sich wieder ein wenig kennenzulernen, oder? »In?«

»In Yale.«

Jackpot, ein weiterer Beweis dafür, dass man manchen Gerüchten trauen konnte. »Wow«, lächelte ich und versuchte, den Stich in meiner Magengegend zu ignorieren. Ich hatte nie das College besucht, nicht mal ein Community College. Es gab Tage, an denen ich mich dafür schämte, doch die Angst vor Neuem, vor einem Leben fernab von Saint Mellows und meiner Familie hatte mir diesen Lebensabschnitt versaut, mir diese Entscheidung schlichtweg abgenommen. Ich war nicht bereit gewesen, zu viele Dinge waren zu dieser Zeit geschehen.

»Jep.« Sam schluckte.

Ich runzelte die Stirn. »Gefiel es dir nicht?«

Anders als erwartet, schüttelte er lachend den Kopf. »Doch. Sogar sehr. Es war meine beste Zeit.«

»Dann darfst du ruhig auch lächeln«, piesackte ich ihn. »Du musst nichts über Yale erzählen, wenn du nicht willst. Aber bitte sage irgendetwas, ja?«

Er suchte meinen Blick und hob lächelnd eine Augenbraue an, als forderte er mich heraus. »Warum?«

Ich verdrehte grinsend die Augen und deutete mit einem Nicken aus dem Heißluftballon heraus. »Weil ich hier oben sonst durchdrehe.«

»Okay, was möchtest du wissen?« Er trommelte mit den

Handflächen auf die Balustrade, richtete sich auf und wandte sich zu mir um, als wäre er startklar für eine mündliche Prüfung.

»Darf ich alles fragen?« Aufregung kroch meine Mageninnenwand hinauf.

»Fangen wir doch bei Yale an«, bat er lachend und stupste mich sanft an. Ich versuchte, der Berührung kein Gewicht beizumessen, auch wenn mein Puls bei ihr in die Höhe geschnellt war. Was vielleicht daran lag, dass ich dadurch meinen halbwegs sicheren Stand gefährdete.

»In Ordnung. Was hast du studiert?«

»Okay, du fängst mit den unkomplizierten Fragen an. Politik und Ethik«, kam es von ihm wie aus der Pistole geschossen. »Und im Master Journalismus.«

»Meine Güte. Wie kam es zu diesem Trio?« Beeindruckt riss ich die Augen auf und nickte anerkennend. Er ließ sich Zeit zu antworten, gerade so viel, dass ich aufgrund der Höhe nicht wieder kurz vorm Durchdrehen war. In dieser Pause fiel mir auf, dass wir nahezu lautlos schwebten. Das einzige Geräusch kam vom Brenner, der gleichmäßig zischte, und die Langsamkeit, mit der wir über die Landschaft hinwegzogen, verlieh allem eine friedliche Umgebung. Kein noch so winziger Windhauch war zu spüren.

»Das ist ein ziemlich persönliches Motiv. Im Grunde reizte mich schon immer das gesellschaftliche Miteinander. Ich will etwas gegen soziale Ungleichheit tun, mich für Gerechtigkeit einsetzen. Besonders für Menschen, die aus diversen Gründen kaum oder selten gehört werden.«

Mein Blick heftete sich auf seine zu Fäusten geballten Hände. Ich hatte den Eindruck, Sam war ein Mensch, dessen

Gefühle man an seiner Gestik und Mimik ablesen konnte. »Das klingt, als wärst du ein Superheld.«

Lachend zuckte er mit den Schultern. »Leider stehen mir Capes nicht.«

»Oh ja, und Schwarz ist bedauerlicherweise schon an Batman vergeben«, neckte ich ihn.

»Pure Verschwendung, wenn du mich fragst«, schmunzelte er.

»Da stimme ich dir zu einhundert Prozent zu«, kicherte ich und deutete mit einem Zwinkern zu den paar Keksen, die Sam noch übrig gelassen hatte. »Gibst du mir einen?«

Gespielt geschockt riss er die Augen auf. »Was, willst du etwa das arme Tau loslassen?«

»Nein. Ich kriege ihn ganz in den Mund«, erwiderte ich und bemerkte erst, wie das klang, als die Worte bereits meinen Mund verlassen hatten. »Wenn du darüber jetzt lachst, streue ich das Gerücht, dass du nachts mit Superheldenumhang schläfst.«

Er warf lachend den Kopf in den Nacken, wobei mir die Lachfalten auffielen, die tiefe Furchen auf seinen Wangen hinterließen. Ich hatte das Gefühl, dass er nicht oft lachte, und aus irgendeinem Grund stimmte mich das traurig. Diese wunderschönen Lachfalten waren viel zu schade, um sie nicht in vollster Pracht zu zeigen. »Ich würde ja gern behaupten, dass es mir egal ist, was die Leute in Saint Mellows von mir denken. Aber das wäre dreist gelogen.«

Stutzig zog ich die Augenbrauen zusammen. Ja, er blieb wohl lieber ein Geheimnis für alle. Ich kam nicht umhin, mir einzugestehen, dass ich ihn mir ebenfalls anders vorgestellt hatte. Diese finstere Aura hatte mich schon als Teenager fasziniert. Wie kam es nur, dass man sich so in Personen täuschte? Oder sah man in ihnen nur das, was man sehen wollte? Vielleicht war man viel zu oft blind für die Wahrheit.

»Hier.« Sam hielt mir einen Keks vor den Mund und zog grinsend eine Augenbraue in die Höhe.

»Der ist ja riesig«, motzte ich ihn an. »Du hast den größten ausgesucht, oder?«

»Nö«, sagte er zwinkernd und drehte das Gebäck in seiner Hand.

»Du lügst.«

In gespielter Empörung riss er die Augen auf. »Fiese Anschuldigung.«

»Hab ich recht?« Ich legte den Kopf schief, und wenn ich mich nicht hätte festhalten müssen, hätte ich auch noch die Arme vor der Brust verschränkt.

»Das, liebe Leena, werden wir nie erfahren.« Er lächelte und senkte für eine Sekunde den Blick. Er brach den Keks in zwei Teile und steckte sich eine Hälfte in den Mund. Die andere hielt er vor mein Gesicht, und ich neigte mich nach vorn, um sie mit dem Mund aus seinen Fingern zu schnappen. Für den Bruchteil einer Sekunde berührten sich meine Oberlippe und sein Zeigefinger, wodurch wir wortwörtlich einen Schlag bekamen. Wir zuckten zusammen, starrten uns für einen Augenblick betreten an und senkten dann gleichzeitig die Köpfe. Es war einfach filmreif.

»Ganke fur gen Kekf«, nuschelte ich und konzentrierte mich darauf, mich nicht zu verschlucken.

Er nickte mir kauend zu, vergrub seine Hände wieder lächelnd in den Taschen seiner Jacke und ließ den Blick zum

Himmel schweifen. Ohne Vorwarnung räusperte er sich und tippte gegen meine Hand, um mir zu bedeuten, das Seil loszulassen. Mit gerunzelter Stirn ließ ich locker und fühlte als Belohnung seine warme Hand um meine, die meine Hand neben seine auf die Balustrade legte. »Eine Hand reicht immer noch«, murmelte er, ohne mich anzublicken.

In weiter Ferne erblickte ich zwei kreisende Falken. Sie drehten ein paar Runden, ehe sie in dem kargen Waldstück verschwanden, in dessen Richtung wir uns ebenfalls bewegten. Mit gerunzelter Stirn stellte ich fest, dass kaum mehr ein Vogel am Horizont zu sehen war. Heimlich senkte ich den Blick und starrte auf meine Hand neben seiner, was mein Innenleben schmerzhaft zusammenzog. Ich schluckte und genoss das seltsame Kribbeln im Kiefer. Was war das hier für eine abgedrehte Konstellation? War ich ernsthaft mit Sam Forsters in einem Heißluftballon, oder träumte ich? Ich zwang mich, den Blick von unseren Händen loszueisen, und runzelte die Stirn. Urplötzlich verdichteten sich die Wolken, und ein beklemmendes Gefühl beschlich mich. Die Sonne schaffte es kaum mehr durch die Wolkendecke hindurch, und täuschte ich mich, oder schaukelte der Heißluftballon stärker als in den Minuten zuvor? Es war noch immer still um uns herum, doch plötzlich beunruhigte mich das. Es war *zu* still. Mutig blickte ich über die Brüstung und beobachtete ein paar Bäume, die am Rand des Feldes standen. Ihre teils noch kargen Wipfel wiegten sich erschreckend heftig im Wind. Keine Vögel. War das hier die sprichwörtliche Ruhe vor dem Sturm? Davon war nichts in meiner Wetter-App angezeigt worden! »Sam?«, piepste ich mit klappernden Zähnen, da mich fröstelte. Ein einzelner, sanfter Regentropfen landete auf meinem Handrücken und ließ die Panik mit voller Wucht zurückkehren. Es fiel mir unheimlich schwer, meine gleichmäßige Atmung beizubehalten. *Mir passiert nichts, ich muss Sam vertrauen,* sprach ich zu mir wie ein Mantra. Unsere Blicke trafen sich, und die Sorge war ihm deutlich anzusehen. *Oh. Mein. Gott.*

Er handelte postwendend und wies auf den Boden. »Setz dich hin!« Sein barscher Befehlston lähmte mich für eine Sekunde. »Setz dich bitte sofort hin!« Er wies weiterhin nachdrücklich nach unten und presste seine Kiefer aufeinander. Garantiert, um sich davon abzuhalten, mich anzubrüllen. »Scheiße«, redete er vor sich hin, was Nahrung für meine heranwachsende Panik war.

»Wir werden sterben«, jammerte ich theatralisch, zog die Beine ganz nah an meinen Körper heran und legte die Stirn auf die Knie. »Ich will nicht sterben. Oh bitte, lass mich nicht …«

»Du wirst nicht sterben, Leena.« Die Zuversicht in seiner Stimme half mir bedauerlicherweise nicht im Geringsten. Der Heißluftballon schaukelte wie eine klapprige Holzachterbahn, und Sams konzentrierter Gesichtsausdruck jagte mir die blanke Angst durch den Körper. Er zog an einem Seil, und der Ballon verlor rasant an Höhe, das registrierte ich, selbst wenn ich rein gar nichts sah. Mein Magen rebellierte gegen diesen turbulenten Abstieg, und es fühlte sich an, als würde sich mein Innerstes nach außen kehren. Ich bildete mir ein, im freien Fall zu sein, und rang nach Luft. Sams polternde Stimme drang zu mir durch. »Atme, Leena.«

»Kannichnicht«, presste ich angestrengt hervor, die erste Träne rann mir über die Wange. Flugs wischte ich sie weg.

»Fuck! Fuck, Fuck, Fuck«, brummte Sam, und ich sah ihn mit all seiner Kraft an einem Seil ziehen. Es bewegte sich nichts, daher richtete ich mich langsam auf und versuchte, nicht zu heftig zu verkrampfen, um nicht so wackelig auf den Beinen zu sein. Unsere Blicke trafen sich, und wir nickten uns stumm zu. Ich musste helfen, und ihm blieb nichts anderes übrig, als meine Hilfe anzunehmen.

»Was …?« Ich brauchte nicht mehr zu sagen.

»Hilf mir hierbei.« Er zeigte auf das Seil in seinen Händen, und ich trat vor ihn, legte die Hände um den Strick, und gemeinsam zogen wir daran. Ich nahm seinen erhitzten Körper direkt an meinem wahr, ehe er seine Finger auf meine Schultern legte, um mich wieder zu Boden zu drücken. Ohne zu widersprechen, folgte ich seinem Drängen und ließ mich erneut nach unten sinken. Ich schirmte mit den Händen meine Augen vor dem Regen ab und versuchte, jede seiner Handlungen zu beobachten. Der Wind peitschte uns den Sturzregen ins Gesicht, der von Sekunde zu Sekunde zunahm. Der Himmel war mittlerweile nahezu schwarz geworden, und ich konnte kaum noch etwas erkennen. Es war, als würden wir von einer unsichtbaren Kraft in ein bedrohliches Loch gezogen werden.

»Wir werden gleich landen«, brüllte er, da es schlagartig ungeheuerlich laut um uns war. »Versuch bitte, behutsam wieder aufzustehen.«

»Okay«, schrie ich zurück, kniete mich erst hin, ehe ich mich langsam aufstellte, und umklammerte erneut fest das Tau. Ich sah rein gar nichts, spürte den prasselnden Regen, der durch meine Kleidung sickerte, dafür umso mehr. Ich hatte keine Ahnung, wo wir waren, noch, wie hoch wir flogen. Letzteres war vermutlich besser so. Es half mir, mechanisch seinen Anweisungen zu folgen, denn sie lenkten mich von der Angst ab, mein Leben zu verlieren.

»Es wird keine sanfte Landung«, erklärte er mir laut und deutlich, aber mit einer Ruhe in der Stimme, die ich selbst in solch einer Lebenslage niemals an den Tag legen könnte. »Bitte erschreck dich nicht, der Aufprall wird womöglich hart, und wir werden ein Stück auf der Erde entlangschlittern. Sobald wir stehen, rennen wir los.«

»Warum?« Meine überlaute Stimme überschlug sich.

»Damit sich der Ballon nicht wie eine Decke auf uns legt!« Das leuchtete mir ein, und ich sah ihn an, als er mir antwortete. Seine Gesichtszüge waren vor Anstrengung verzerrt, er kniff die Augen zusammen, um trotz des peitschenden Regens irgendetwas zu erkennen. Seine Kiefer presste er aufeinander, was sein Gesicht umso markanter erscheinen ließ. Von seinen Grübchen war nichts zu sehen. Er sah unheimlich belastungsfähig aus, und ich realisierte in diesem Augenblick, dass ich ihm vertraute. Ich vertraute Sam mein Leben an. Zum einen, weil ich keine andere Wahl hatte, zum anderen, weil ich mich tatsächlich sicher bei ihm fühlte. Und das nach so kurzer Zeit.

»Wohin?«

»Hütte!«, presste er aus voller Kehle hervor.

»Was?«

»HÜTTE!« Gerade, als ich nachfragen wollte, was er damit meinte, rumste es markerschütternd über uns. Donnergrollen. Noch nie war ich einem plötzlichen Gewitter derart ausgeliefert gewesen. Mein Körper vibrierte, als säße der Donner in meinen Eingeweiden fest. Ein Blitz durchzuckte den Himmel, dicht gefolgt von einem weiteren Donnergrollen. Wir steckten mittendrin.

»Verdammte Scheiße! Verdammtes Gewinnspiel! Verdammt, verdammt, verdammt«, schrie ich. Zu schreien war das einzige Ventil, das meine Angst in Schach hielt.

»JETZT!« Er ließ das Seil los und bedeutete mir mit einem Blick, es ihm gleichzutun. Ich sah eine Flamme emporsteigen, und kurz wurden wir ein bisschen langsamer, bis wir nach allem den Boden erreichten. Der Aufprall war wie erwartet heftig, fühlte sich an, als würden meine Knochen durcheinanderwirbeln, und ließ mich direkt in seine Arme taumeln. Unter anderen Umständen wäre mir wegen dieser Nähe das Herz stehen geblieben, nur Romantik war das Letzte, das ich annähernd im Sinn hatte. Schnell, aber besonnen umfasste er meine Schultern und schob mich von sich.

»Alles okay?« Er wischte sich den Regen aus dem Gesicht und musterte mich von Kopf bis Fuß. Ich nickte, unfähig zu sprechen. »Schön.« Sam griff nach meiner Hand, pfriemelte am Schloss der Tür herum und fluchte wie ein Kesselflicker. »Verdammt, das kann doch nicht wahr sein.« Geschockt starrte ich auf seine regennassen Hände, mit denen er versuchte, die Verriegelung zu öffnen, doch rutschte er immer wieder ab. Das Herz schlug gegen meinen Brustkorb, und ich fühlte den Puls im Hals pochen. Mit zu Fäusten geballten Händen hob ich den Kopf gen Himmel, um die Gefahr abzuwägen, in der wir uns befanden. Der Ballon senkte sich bedrohlich über uns ab, Gott sei Dank blies der Sturm ihn ein Stückchen zur Seite. Jetzt realisierte ich erst richtig, was es bedeutete, wenn sich der Ballon auf uns legte. Es kam einer Todesdecke gleich. Sam stieß einen Frustschrei aus und ließ vom Schloss ab, nachdem er dagegenschlug. Er stützte sich mit seinen Oberarmen auf der Brüstung ab und sprang in einem geschickten Satz darüber. Ich musste ernstlich unter Schock stehen, denn ich hatte mit keiner Silbe in Betracht gezogen, dass wir einfach herausklettern könnten. Es bereitete mir Sorge, dass mein Köpfchen in Stresssituationen offenbar nicht rational arbeitete. »Komm, Leena.« Er hielt mir eine Hand hin und stabilisierte sich mit der anderen an der Kabine. Klettern war keine Sache, die ich einwandfrei beherrschte. Mit zittrigen Armen stützte ich mich ab wie er zuvor und schwang ein Bein über die Brüstung, sodass ich wie ein nasser Sack darüberhing. Ein Lachen drang zu mir herüber. Dieses Geräusch weckte natürlich mein Selbstwertgefühl. Nicht. An dieser Situation war nichts witzig.

»Ist das dein Ernst?«, giftete ich ihn an. Es war mir egal, dass ich wackelig auf der Reling hing. Oder wie auch immer man diesen Part des Brotkorbs nannte. »Wir könnten jede Sekunde draufgehen und DU LACHST MICH AUS?«

Er zuckte mit den Schultern und hielt mir weiterhin die Hand hin, als sei nichts geschehen. »Ich kann mir nichts Schöneres vorstellen, als lachend zu sterben.« Er machte eine Bewegung auf mich zu und nickte mit dem Kopf hinter sich, um mir zu suggerieren, dass wir gut beraten wären, wenn ich mich beeilte.

»Ach nein? Ich schon«, erwiderte ich mürrisch, griff nach seiner Hand und ließ mich auf die Füße fallen. »Nämlich gar nicht! Nicht heute, nicht hier!« Den Schmerz, der mir dabei durch die Beine zog, versuchte ich zu ignorieren. Er zog mich hoch, und wir rannten im strömenden Regen über die weitläufige Wiese, auf der wir notgelandet waren. Keine Ahnung, ob es nur der Regen war, der laut in meinen Ohren rauschte, oder die Furcht, die mir Tränen aus den Augen laufen ließ. Meine Lunge stand in Flammen, doch die Angst, von einem Blitz getroffen zu werden, ließ uns weiterrennen. Ich hatte keinen Schimmer, wo wir waren und ob es irgendwo in der Nähe einen sicheren Ort für uns gab.

»Hier entlang.« Sam fasste mich am Oberarm und zog mich auf den Waldabschnitt zu, in dem vorhin die Falken verschwunden waren. Im Normalfall schafften es keine zehn Pferde, dass ich einen dunklen Wald betrat, doch war mir bewusst, dass mir in diesem Augenblick keine andere Wahl blieb. Augen zu und rein da. Der Regen wurde sogar im Wald immer heftiger und verschleierte meine Sicht, jedoch erkannte ich langsam die schemenhaften Umrisse einer Hütte.

Sam

Wir rannten, als wäre jemand hinter uns her. Wie von einem unsichtbaren Faden gezogen, trugen meine Beine mich zu dem Ort, den ich niemals wieder betreten wollte. Zu viele Erinnerungen versteckten sich hinter den Holzbalken, die die alte Hütte zusammenhielten. Früher war sie unser Zufluchtsort gewesen. Immer, wenn es uns möglich gewesen war, waren wir gemeinsam den Weg hierhergerannt, um an diesem Ort den Tag zu verbringen. Wir hatten vorgegeben, Räuber zu sein, waren auf Bäume geklettert und auf das Dach, bis Dad uns dabei ertappt und uns drei Wochen Hausarrest verordnet hatte. Wir hatten gespielt, dass dies ein Geheimversteck wäre, und uns unbesiegbar gefühlt, so erwachsen und selbstständig, was uns eines Tages zum Verhängnis geworden war. Conor viel mehr noch als mir. Ich verteufelte das Gewitter und die Wolken, die sich unverhofft vor die Sonne geschoben hatten. Leenas Hand in meiner war eiskalt, und ich umklammerte sie fester. Vermutlich nahm sie an, dass ich das tat, um ihr Trost zu spenden, ihr zu zeigen, dass alles unter Kontrolle war. Doch vielmehr hielt ich mich an ihr fest. Ich wollte sie nicht loslassen, da mir die Berührung die Kraft gab, gleich in die Vergangenheit zurückzureisen. Im Alleingang würde ich nie wieder einen Fuß über die Türschwelle setzen, doch mit Leena hatte ich keine andere Wahl. Ich konnte sie unmöglich dem Gewitter aussetzen, bloß weil ich mich nicht meiner Angst stellte. Das wäre egoistisch und falsch gewesen. So was von falsch. Ihre Anwesenheit machte irgendetwas in mir. Mit mir. In der Zeit, die wir oben am Himmel geschwebt waren, hatte ich meine Sorgen vergessen, wenn auch nur für kurze Zeit. Sie waren da, würden niemals verschwinden, doch war es, als hätte Leena mir eine Auszeit von meinen eigenen schwarzen Gedanken gegeben. Sie ließ mich für einen Wimpernschlag aus der Geisterbahn meiner Gedanken aussteigen und schenkte mir dadurch mehr, als sie ahnte. Es war die Art, wie sie grinste, ihre hohe, aber kräftige Stimme und dieser Blick, den sie meisterhaft draufhatte. Eine Augenbraue hochgezogen, den Kopf zur Seite geneigt, sah sie taff aus, als könnte sie nichts erschüttern. Und das, obwohl sie sich aus Panik um das Tau gekrallt hatte. Wenn Leena es vor einer Stunde geschafft hatte, sich einer offensichtlichen Angst zu stellen, warum sollte ich das jetzt nicht auch schaffen? Es war im Grunde nur eine Hütte. Eine

Hütte, die uns Zuflucht schenkte. Und mir vielleicht neuen Mut.

»Wo rennen wir denn hin?« Leena schnappte nach Atem, und ich verlangsamte den Schritt um ein Minimum.

»Wir sind gleich da.« Die Luft in meiner Lunge nahm ab, und ein pochender Schmerz bohrte sich in meine Kehle.

»Das hab ich nicht gefragt«, japste sie.

Ich lachte schnaufend auf. »Du wirst es gleich sehen, Frechdachs.« Ich drehte den Kopf, schenkte ihr ein Lächeln.

»Besser jetzt …«, sie holte tief Luft. »… als gleich. Ich kann nicht mehr, Sam.«

Wir folgten einem Trampelpfad, und ich wies mit meiner freien Hand vor uns. »Schau, dort.«

»Ist das eine Hütte?« Leenas Stimme überschlug sich.

»Nein, ein Märchenschloss.« Lachend drückte ich ihre Hand, um sie zu necken.

»Witzig.« Sie zog eine Grimasse, ehe sie abrupt stehen blieb, wodurch ich zurücktaumelte. »Wir können da nicht rein.«

3. Kapitel

Leena

»Was redest du da, Leena? Komm jetzt!« Ich sah mich kurz um und erkannte, dass die einzige andere Option war, im Wald zu bleiben. Im strömenden Regen, bei Blitz und Donner. Nicht ausgeschlossen, dass es wilde Tiere gab. Und Axtmörder. Ich würde niemals wieder an irgendeinem Gewinnspiel teilnehmen. Sorry, Sue, ab jetzt würde die Tombola wohl dein alleiniges Ding sein. Sam ging voraus, drehte den Knauf der alten Holztür und betrat die Blockhütte, ohne zuvor einen Blick durch ein Fenster zu werfen oder gar anzuklopfen.

»Du kannst nicht einfach einbrechen«, zischte ich bange und versuchte, meinen Atem zu regulieren. Das Herz pochte mir bis zum Hals, meine Knie schlotterten. Die ganze Situation jagte mir eine Heidenangst ein, und ich wünschte mich nach Hause ins Bett. Mit einem *Lavender Latte*, einem fesselnden Fantasyroman oder ein paar seichten Teeniefilmen auf Netflix, meinen geliebten Lichterketten, drölftausend Teelichtern und meiner Duftkerze, die nach frischer Wäsche roch. Gern gemeinsam mit Sam. Erschrocken über diese Eingebung, sog ich scharf die Luft ein. Diesen Wunsch hatte ich jahrelang nicht mehr gehegt. Es war, als würde meine Teenagerschwärmerei für ihn mit voller Wucht zurückkehren. Bloß dass es nun erwachsene Gedanken waren, die mir durch den Kopf schwirrten. Im vorstellbar unpassendsten Moment.

»Kommst du jetzt bitte rein, Leena?« Seine angenervte Stimme duldete keinen Widerspruch, demzufolge setzte ich notgedrungen den ersten Fuß über die Türschwelle, um in ein fremdes Haus einzudringen.

»Hier wohnt vielleicht jemand«, flüsterte ich und ließ den Blick durch die Hütte schweifen. Viel konnte ich durch die Dämmerung und das Gewitter nicht erkennen, aber es machte auf mich weder einen heruntergekommenen noch vernachlässigten Eindruck. Ein Lachen drang aus Sams Kehle, und er sah mich an, als hätte ich nicht mehr alle Latten am Zaun. Was hatte ich getan, um ihm so einen Lachanfall zu bescheren? Zu allem Überfluss beugte er sich vornüber, stützte sich auf seinen Knien ab. *Wow, Übertreiber!* »Ist ja gut.« Mit zu Fäusten geballten Händen schenkte ich ihm einen finsteren Blick, was alles verschlimmerte.

»Leena?«, japste er.

»Was?« Angriffslustig verschränkte ich die Arme vor der Brust und zog eine Augenbraue in die Höhe.

»Du dachtest, wir wären hier … eingebrochen?« Sein Mundwinkel berührte um ein Haar seine Augen, und dieses verdammte Grübchen lenkte mich ab. Wie konnte er von einer Sekunde zur anderen von ernst zu mopsfidel wechseln?

Ich runzelte die Stirn, verstand nur Bahnhof. »Sind wir das denn nicht?«

Kopfschüttelnd kam er auf mich zu, und ich war erst versucht, einen Schritt zurückzuweichen, blieb aber standhaft. »Nein.« Er ließ seinen Blick schulterzuckend durch den

Raum schweifen. Ich beobachtete ihn, und mir fiel auf, wie er schluckte und kurz die Augen zusammenkniff. »Die Hütte gehört meiner Familie – wie auch das Feld, auf dem wir notgelandet sind. Es ist nicht weit bis zu unserem Haus.«

»Was? Aber ...«

Er unterbrach mich. »Nichts aber. Ist ja auch egal, hier sind wir erst mal sicher und können das Gewitter abwarten.«

»Okay.« *Wie peinlich.* Warum hatte er das nicht gleich gesagt? Er griff an mir vorbei, um einen Lichtschalter zu betätigen, wodurch die Hütte in schummriges, orangefarbenes Licht getaucht wurde. Keiner von uns sagte ein Wort. Die einzigen Geräusche waren die peitschenden Regentropfen auf dem Dach und ein weiteres Donnergrollen, das mich zusammenzucken ließ. Das Gewitter schien direkt über uns zu sein. Die Angst und die Kälte ließen mich frösteln. Der Winter war nicht lang vorbei. Auch wenn die Sonnenstrahlen am Tag ihr Bestes gaben, wurde es abends bitterkalt.

»Zieh dich aus«, forderte er mich auf.

»Ich soll bitte was?« Perplex glotzte ich ihn an, schlang die Arme enger um meinen Oberkörper, um mich zu schützen.

»Sorry«, er kratzte sich peinlich berührt am Hinterkopf. »Das klang jetzt irgendwie falsch.«

Ich legte den Kopf schief. »Irgendwie schon, ja.«

Ein Grinsen schlich sich auf sein Gesicht, und er hob eine Augenbraue an. »Hätte ja klappen können«, scherzte er und kassierte dafür einen Hieb von mir gegen seinen Oberarm.

»Du spinnst wohl«, lachte ich und zitterte mittlerweile am ganzen Körper. Meine Kleidung war vom Regen durchweicht. Mit vor Kälte und Schock eiskalten Fingern zog ich das Handy aus meinem kleinen gelben Rucksack, das zwar feucht, aber noch funktionstüchtig war. Was für ein Glück im Unglück! Ich sah, dass Mom mir ein Foto gesendet hatte, wischte die Benachrichtigung aber beiseite, um es mir später anzusehen.

»Nein, ich meine es ernst. Ich suche uns trockene Kleidung, dann können wir aus den nassen Klamotten steigen. Sonst holen wir uns womöglich den Tod.« Täuschte ich mich, oder zuckte er bei seinen eigenen Worten zusammen?

»In Ordnung. Mach schnell«, bat ich bibbernd und tat so, als fiele mir seine Zerstreutheit nicht auf. Er drehte auf dem Absatz um, durchquerte zielstrebig den Raum und verschwand in einem schmalen Flur. Ich zog die Boots aus und stellte sie an die Tür, gleich zu Sams Sneakers. Wann hatte er die denn ausgezogen? Stand ich dermaßen neben mir, dass ich nichts mehr mitbekam? Meine fliederfarbenen Socken mit Blumenmotiv zog ich ebenfalls aus und legte sie auf einen Heizkörper, obwohl er eiskalt war. Ich tippelte auf Zehenspitzen hinüber zu einer schlichten Küchenzeile, die aus zwei eierschalenfarbenen Hängeschränken, einem alten, petrolfarbenen Herd sowie einem rustikalen Holztisch mit vier Stühlen bestand. Ich öffnete sachte die quietschende Tür des Schranks und entdeckte, was ich erhofft hatte zu finden. Einen gusseisernen Teekessel, der unheimlich schwer und garantiert älter als ich war. Daneben stand eine Packung Früchtetee. *Tipptopp*! Ich drehte und wendete den Karton und rümpfte die Nase, als ich das Verfallsdatum entdeckte. Dieser Tee war abgelaufen, als ich noch zur Schule gegangen war. Skeptisch öffnete ich die Packung und schnupperte zögerlich daran. Ich roch deutlich die Hagebutte heraus und auch irgendetwas Blumiges. War es Apfelblüte? »Oh Mann«, seufzte ich im Flüsterton. »Ich benehme mich schon wie auf Arbeit.« Hoffentlich hatte die Hütte einen funktionierenden Wasseranschluss. Ich betätigte probehalber den Wasserhahn und erinnerte mich nicht, wann ich mich zuletzt über fließendes Wasser gefreut hatte, befüllte den Kessel und beäugte kritisch den Herd. Es war nicht das erste Mal, dass ich mit einem Gasherd zu tun hatte, doch würde ich ohne Streichhölzer nicht weit kommen. Zögernd öffnete ich die einzige Schublade. Sie hakte, sodass ich mehr Kraft aufwenden musste. Besteck, Flaschenöffner, Grillzange und: Zündhölzer. »Yes«, triumphierte ich. Wenige Sekunden später heizte der Herd den Teekessel auf, und ich hing je einen Teebeutel in eine Emailletasse, die an Haken an der Wand gehangen hatten. Aus einer rieselte eine tote Motte heraus. Egal, in der Not fraß der Teufel bekanntermaßen Fliegen. Ein wenig mulmig war mir nach wie vor zumute, da ich mich in einer fremden Küche bewegte.

»Hier«, Sams Stimme schreckte mich auf. Garantiert hatte er sich absichtlich angeschlichen. Er trug eine hellgraue Jogginghose, einen dunkelblauen Kapuzenpullover, dicke Wollsocken und hielt mir einen Stapel Kleidung entgegen. Er hatte versucht, seine dunkelblonden Haare trocken zu reiben, sodass sie jetzt in alle Himmelsrichtungen abstanden. »Geh einfach dort durch die Tür.« Er deutete mit dem Daumen hinter sich. »Da ist das Schlafzimmer, wo du dich umziehen kannst. Deine nassen Klamotten hängst du im Bad einfach zu meinen, eventuell trocknen sie.«

»Danke.« Ich schluckte, denn bei seinem Anblick versagte mir die Stimme. Er sah kuschelig aus, und irgendwas in mir wünschte sich, mich sofort in seine Arme zu schmiegen.

Ehe er mir meine Gedanken noch vom Gesicht ablas, nahm ich die Kleidung entgegen und verschwand durch die enge Holztür. Das Schlafzimmer war ein überschaubarer Raum, in dem ein schmales Doppelbett und ein Kleiderschrank untergebracht waren. Superminimalistisch! Aber was benötigte man hier draußen schon? Außer Gesellschaft, Kaminholz und Streichhölzer vielleicht. Ich legte den Stapel zusammengefalteter Kleidung auf dem Bett ab und ließ meinen Rucksack folgen. Ich zog zuerst die Jacke aus und ließ sie klatschend auf den Boden fallen. Meine Jeans, die durch den Regen knalleng geworden war und anfangs keinen Zentimeter von meinen Oberschenkeln weichen wollte, folgte ihr. Gleich darauf auch der Pullover und mein Top. Eine hartnäckige Gänsehaut bedeckte meinen Körper, da mir die Kälte in die Knochen fuhr. Ich stand in Unterwäsche bekleidet da und fasste mir an die Brüste, um zu checken, ob mein BH durchnässt war. War er. Der Slip ebenfalls. »War ja klar«, brummte ich. Mir würde nichts anderes übrig bleiben, als mich *aller* Kleidungsstücke zu entledigen, wenn ich nicht riskieren wollte, mich zu erkälten. Warum nur hatte ich dieses Faible für bedruckte Unterwäsche? Wenn Sam meinen Slip, in dessen Mitte zwei Eichhörnchen knutschten, sah, würde ich ihm nie wieder unter die Augen treten können. Ich begutachtete den Stapel frischer Kleidung und fischte ein langarmiges Männershirt hervor, das ich mir schleunigst überzog. Die Ärmel reichten mir bis über die Hände, und es bedeckte meinen Hintern. Ich steckte es locker in den Bund der Jogginghose, die mir zu groß war. Ich krempelte die Beine mehrmals um, zog die riesigen Wollsocken darüber, schlüpfte in einen Pullover, dessen Ärmel zu lang waren, und begutachtete mich im Spiegel, der in den Kleiderschrank eingelassen war. Da es mich immer noch fröstelte, sah man, dass ich keinen BH trug. Wie kleine Perlen zeichneten sich meine Nippel unter dem dicken Pulloverstoff ab. *Einsame Spitze.* Es war so kalt, dass ich meinen eigenen Atem kondensieren sah. Ich rieb mir seufzend über die Oberarme, in der vergeblichen Hoffnung, mich zu wärmen. Das Bad grenzte direkt an das Schlafzimmer und war ebenso spärlich eingerichtet wie der Rest der Blockhütte. Was folgerichtig am nicht vorhandenen Platz lag. Duschkopf, Toilette, Waschbecken und ein ausklappbarer Wand-Trockner in der Dusche, auf dem Sams Kleidung hing. Seine Jeans, sein Shirt und … ich schluckte: seine Boxershorts. Nicht schwarz, sondern blau. *Er. Hatte. Nichts. Drunter.* Nicht, dass dieser Umstand irgendetwas änderte, doch das Wissen vernebelte meinen Verstand. Instinktiv stellte ich ihn mir nackt vor, und bei dem Gedanken schoss mir die Hitze zu Kopf. Rasch hängte ich die Kleidung neben seine, band mir die nassen Haare zu einem hohen Pferdeschwanz und atmete durch, bevor ich in den Wohnraum stapfte. Das Feuer im Kamin zog meine Aufmerksamkeit auf sich, als ich den Raum betrat.

Sam, der mit einem Schürhaken darin herumstach, bemerkte mich und schenkte mir ein Lächeln. »Ich dachte schon, du bist eingeschlafen«, neckte er mich augenzwinkernd.

»Quatsch«, nuschelte ich nervös und verschränkte erneut die Arme vor der Brust. Nicht aus Selbstschutz, sondern weil ich mir ohne BH so vorkam, als würde ich gar nichts tragen. Ich entdeckte die zwei dampfenden Tassen Tee auf einem hölzernen Beistelltisch beim Sofa, das vor dem Kamin stand.

Mist. Woher sollte ich jetzt wissen, welche der Tassen die mit der toten Motte war?

»Ich hole Kissen und eine Decke, mach es dir gemütlich.« Er zeigte auf das Sofa, und sein Blick folgte mir, als ich langsam auf ihn zuging. Warum starrte er mich so an?

»Alles okay?« Verunsichert durch seinen intensiven Blick, biss ich mir auf die Unterlippe.

Er schluckte und nickte. »J-ja, klar. Alles cool.« Alles cool? Hatte er das gerade wirklich gesagt? Ich verkniff mir ein Grinsen. Irgendetwas musste ihn aus der Fassung gebracht haben. Und irgendwie gefiel mir das. Wenig später kam er mit zwei großen Kissen und einer Decke zurück. »Hier, fang«, rief er und warf eines der Kissen in hohem Bogen zu mir. Reflexartig riss ich die Arme in die Höhe, um es aufzufangen. »Wusste ich es doch.« Verschmitzt lächelte er und hob eine Augenbraue an.

Verdutzt beäugte ich erst ihn, dann misstrauisch das Kissen in meinem Schoß. »Was wusstest du?«

»Dass du nichts drunter trägst.« Er kam auf mich zu und zuckte mit den Schultern, als er sich lässig neben mir fallen ließ. Das Grübchen auf seiner Wange zeigte sich wieder, und mir fiel die Kinnlade herunter.

»Ist das dein Ernst du … Spanner?« Empört hielt ich das Kissen vor den Oberkörper und blitzte ihn finster an.

Er lachte. »Echt jetzt? *Spanner*? Eine bessere Beleidigung fällt dir nicht ein?«

Mein Mund klappte auf und zu, wieder auf und wieder zu. Dieser Knallkopf schaffte es, mir meine Schlagfertigkeit zu rauben. Das würde er früher oder später büßen. Er breitete die Decke über uns aus, und mit einem Mal wurde mir die Nähe zu ihm richtig bewusst. Ich verkrampfte, wünschte mich meilenweit weg und gleichzeitig näher an ihn heran. Ich war ein inkonsequentes, gefühlsbestimmtes Wrack. Aber zu meiner Verteidigung: Der heutige Tag passte absolut nicht in meine Routine. Und die liebte ich. Wirklich! Ich liebte es, jeden Tag gleich zu beginnen: mit einer Tasse Kaffee und einem Roman im Lesesessel, mit Blick auf den Baum vorm Wohnzimmerfenster. Mir gefiel es, denselben Weg zur Arbeit zu nehmen. Wenn man genau hinsah, erkannte man sogar im Identischen Unterschiede, die den Leuten verborgen blieben, die nicht achtsam waren und ihr Umfeld nur grob wahrnahmen. Meine Routine gab mir Sicherheit und Rückhalt. Sie schützte mich, und keiner verstand besser als ich, dass aus ihr auszubrechen fatale Folgen haben konnte. Egal wie schlimm ein Tag war, abends in *meinem* Bett zu liegen, der Duft *meiner* Wäsche und die Luft, die durch die Fenster wehte, beruhigten mich. Nein, das heute passte nicht zu mir. Die Stoffe an meinem Körper fühlten sich fremd an, kratzig und dufteten nach altem Holzschrank. Meine Füße steckten in fremden Wollsocken, und es roch nach Feuer. Nach Kohle, Holz, Flammen und Eisen. Ich behauptete nicht, dass mir das alles missfiel, doch es verunsicherte mich und zeigte mir einmal mehr, welchen Wert ich darauf legte, die Kontrolle zu behalten. Keine Ahnung, wie viel Zeit verging, in der wir einfach nebeneinandersaßen und stumm an unseren Tees nippten. Ich versuchte wirklich, nicht an die Motte zu denken, doch bildete ich mir ein, zerbröselte Mottenflügel zu schmecken. Garantiert hatte *ich* die Tote-Motten-Tasse abbekommen. Die Stille um uns herum, die in unregelmäßigen Abständen von Ästen, die gegen die Fenster oder auf das Dach peitschten, unterbrochen wurde, wurde immer angespannter. Je länger ich neben Sam saß, desto mulmiger wurde mir. Warum sagte er nichts mehr? Warum wurde ich den Gedanken nicht los, dass hinter Sams forscher, frecher Fassade die pure Traurigkeit schlummerte? Zu gern würde ich in seine Gedankenwelt eintauchen, um zu begreifen, warum er in einem Moment lachte und sich im nächsten zurückzog. Lag es an dieser Hütte? Mir war sein Zögern nicht entgangen, als er die Tür geöffnet hatte.

»Du, Sam?« Ich räusperte mich und stellte die Emailletasse vor mir auf dem Tisch ab. Er antwortete nicht, sondern schenkte mir ein müdes Lächeln. Garantiert war er wieder in Gedanken vertieft gewesen. »Bist du immer so still?«

Lachend stellte er seine Tasse neben meiner ab. Kurz überlegte ich, ihn abzulenken, damit ich sie mit meiner tauschen und von seinem Tee probieren konnte. Meiner schmeckte nämlich wirklich nach Motte. »Nein. Bist *du* immer so still?« Er drehte den Spieß um, ich fühlte mich ertappt.

Ich knabberte auf der Unterlippe herum und entschied, nicht zu flunkern. »Manchmal schon, ja«, schmunzelte ich. »Aber heute ist sowieso alles anders, als es sein sollte.«

Sam hob gähnend die Arme über seinen Kopf, um sich zu strecken, wobei sein Pullover einen Streifen Haut freilegte. Sofort riss ich den Blick los, bevor sich meine Pupillen weiteten und verrieten, was solch ein klitzekleiner Ausschnitt seiner Haut mit meinem Verstand anrichtete. War es plötzlich heiß hier drin? »Da hast du absolut recht, Leena«, seufzte er und knautschte sich ein Kissen zurecht, positionierte es an seiner Lehne und wandte sich mir zu. »Also, du wolltest mir vorhin Fragen stellen, oder?« Grinsend beugte er den Kopf zur Seite.

»Wollte ich das?«

»Ich sag mal so. Wir werden die nächsten, schätzungsweise, acht Stunden allein in dieser Hütte verbringen. Es schadet bestimmt nicht, wenn wir uns kennenlernen. Was meinst du?«

Lachend griff ich ebenfalls nach einem Kissen, schüttelte es auf und kuschelte mich hinein. »Könnte was dran sein. Aber du bist jetzt dran.« Ich zwinkerte ihm zu. Ich war froh über den halben Meter Abstand zwischen uns. Es fiel mir so schon schwer, geradeaus zu denken. Kaum auszumalen, wie durcheinander ich wäre, wenn wir uns berühren würden.

»Was ist dein Lieblingsgetränk?«

Ich prustete los und hielt mir beim Lachen die Hand vor den Mund. »Echt? Das ist, was dich brennend interessiert?«

Er zuckte mir den Schultern. »Ich fange einfach an.«

»Kaffee. Ich liebe Kaffee in allen Variationen.«

»Siehst du? Und schon hast du einen Pluspunkt gesammelt.« Sein breites Grinsen erreichte seine Augen, die im schummrigen Licht leuchteten.

»Da hab ich ja Glück gehabt.« In gespielter Erleichterung wischte ich mir den Schweiß von der Stirn.

»Du bist wieder dran«, erinnerte er mich.

»Hat es einen Grund, dass du immer Schwarz trägst?«

Sam kniff die Augen zusammen und blinzelte belustigt. »Hast du etwa damals Tagebuch über meine Outfits geführt?«

Ertappt schluckte ich und versuchte krampfhaft, mir eine Ausrede einfallen zu lassen. »Ich bin einfach aufmerksam?«

Amüsiert legte er den Kopf schief. »Ach ja?«

»Ja!« Ich nickte übertrieben.

»Es gibt eigentlich keinen bestimmten Grund.« Er sah an sich herab, zupfte schulterzuckend am Bund des hellgrauen Pullovers. »Ich glaub, es steht mir einfach. Verrate mir, woher du es wusstest.«

Ich hob eine Augenbraue an und setzte einen überlegenen Blick auf. Zumindest hoffte ich, dass mein Pokerface funktionierte. »Na, hör mal, wir haben zwei Jahre lang gemeinsam im *Anne's* gearbeitet.«

Sam streckte sein Bein aus, um mir mit dem Fuß gegen das Knie zu tippen. »Als ob ich *das* vergessen hätte.«

»Bis du eines Tages nicht zu deiner Schicht erschienen bist. Und dann nie wieder.« Ich schnippte gegen sein Schienbein, damit er das Bein wieder einzog.

»Was würdest du sagen, wenn ich dir verrate, dass ich zu schüchtern war, um mich zu verabschieden?« Seine raue Stimme kletterte eine Oktave tiefer und drang mir bis ins Mark.

»Das kann ich mir nicht vorstellen, Sam. Du warst vielleicht etwas mürrisch, aber doch nicht schüchtern«, wisperte ich und wackelte angespannt hin und her.

»Diesen Eindruck hattest du von mir?« Er schluckte. »Glaub mir, ich hätte dich gern näher kennengelernt, aber damals stand ich mir bei vielen Dingen selbst im Weg.« Die Intimität, die sich plötzlich zwischen uns anbahnte, setzte meiner Feinfühligkeit einen Riegel vor.

»Blöd gelaufen«, nickte ich schulterzuckend und hoffte, er nahm mir die Teilnahmslosigkeit nicht ab.

»Blöd war wohl nur ich«, gab er zu. »Ich mochte dich echt gern und hab gern mit dir zusammen bei Anne gearbeitet.«

Verblüfft starrte ich ihn an. »Okay? Ich hatte eher den

Eindruck, du duldest mich nur.« Nervös grinsend legte ich den Kopf schief. »Seitdem ist eine Menge Zeit vergangen.«

Lachend fuhr er sich über den Nacken. »Da hast du recht. Manchmal kommen mir die letzten Jahre vor wie ein ganzes Leben, in dem ich versucht hatte, Saint Mellows aus meinem Gedächtnis zu streichen.«

»Hatte es denn geklappt?«

Sam warf die Stirn in Falten. »Vieles schon, ja. Aber das Besondere an dieser Stadt ist, dass man nach nur fünfzehn Minuten im Stadtkern all seine Erinnerungen auf dem Silbertablett serviert bekommt.« Er suchte lachend meinen Blick.

»Die Uhren ticken hier eben langsamer, ich mag das.« Ich blinzelte ihn an und lächelte mitfühlend. Er wendete seinen intensiven Blick nicht ab, wodurch mir die Hitze in die Wangen schoss. Nervös hob ich die Hand zu meinem Nasenring, drehte ihn, weil die Situation mich überforderte.

Er legte den Kopf schief und tippte sich an die Nase. »Den hattest du damals schon. Und die hellblonden Haare auch.«

Betreten nahm ich die Hand vom Piercing, umfasste stattdessen meinen kurzen Zopf. »Die sind von Natur aus so«, nuschelte ich, wandte mich von ihm ab und starrte meine Mottentasse an. Irgendwie überforderte mich das Wissen, dass ich für ihn damals nicht unsichtbar gewesen war. So wie für viele andere doch auch. Selbst das Nasenpiercing, das ich mir mit 14 heimlich in der nächsten Stadt in einem seltsamen Schuppen hatte stechen lassen, hatte daran nichts geändert. Nach einer Weile bemerkte ich aus dem Augenwinkel, wie er mir immer wieder einen behutsamen Blick zuwarf, traute mich aber nicht, diesen zu erwidern. Diese Situation gewann rasant an Intimität, und das verwirrte mich.

Endlich räusperte er sich. »Du, Leena?« Seine Stimme war ruhig, und ich schaffte es nicht, seinen Tonfall zu deuten. Was ich aber sagen konnte, war, dass von seiner angeblichen früheren Schüchternheit nichts mehr übrig war. Auch fiel mir auf, dass er die Stille mit dem gleichen Wortlaut unterbrach wie ich vorhin.

»Ja?« Ich schenkte ihm einen verwunderten Blick.

»Du bist hübsch. Warst es schon damals.« Er lächelte verhalten und sah mich mutig an, wandte sich nicht ab.

Die Luft blieb auf dem Weg in meine Lunge stecken, und in meinem gesamten Körper kribbelte es erneut. Die Fußsohlen eingenommen. Er sagte das so einfach freiheraus. Als wäre es kinderleicht, Derartiges über die Lippen zu bringen. Ich räusperte mich lächelnd, doch schloss ich sofort wieder den Mund. »Danke.« Wie reagierte man in so einem Moment auf ein Kompliment? Mich zu bedanken, schien mir das Vernünftigste.

»Weißt du, was ich mich schon damals immer gefragt habe?«

Neugierig zog ich die Nase kraus, unsicher, ob ich die Frage wirklich hören wollte. »Was denn?«

»Warum du so darauf achtest, mit geschlossenem Mund zu lächeln?« Er lehnte sich zu mir vor, berührte mein Kinn mit seinen Fingern, hob es sanft an und entfernte seine Hand ruckartig, als ich zurückwich. Die Hautstelle stand in Flammen, und meine Eingeweide zogen sich schmerzhaft zusammen. Sam hatte, wie schon im Heißluftballon, absolut keine Berührungsängste, und doch war mir bewusst, dass er damit sofort aufhörte, wenn ich ihn bat. Es war, als testete er mich Stück für Stück. Ich konnte mir nicht mal selbst erklären, warum ich gezuckt hatte. Vielleicht, weil es keine Anzeichen gab. Sam handelte überraschend. Er sagte Dinge ohne Vorbereitung und traf damit genau ins Schwarze. Ich musste mit dem Umstand fertigwerden, dass er, Sam, wieder hier war, denn seit Jahren hatte ich keinen Gedanken mehr an ihn verschwendet. Und deswegen verwirrte es mich, wie einfach ich mich in seinem Lächeln verlieren konnte, als wäre er nie weg gewesen und als hätten wir tatsächlich eine gemeinsame Vergangenheit, die aus mehr bestand, als aus Kaffee kochen.

Ich schüttelte flüchtig den Kopf und starrte in meinen Motten-Tee. »Ich mag es halt nicht«, gab ich zu und stellte die Tasse, ein wenig zu energisch, auf den Tisch zurück.

»Was? Dein Lächeln?« Statt zu antworten, zuckte ich mit den Achseln. »Es ist das Schönste an dir«, erklärte er in fester Überzeugung.

Ich versuchte erfolglos, das mulmige Gefühl zu ignorieren. »Ich dachte, das Romantik-Paket wurde nicht mitgebucht?« Ich scherzte aus Nervosität und spürte, wie er sich neben mir versteifte und einen Millimeter von mir abrückte, der allerdings ausreichte, dass ich mich fühlte wie ein Depp. Ich wünschte mir wie so oft, dass ich meine Worte zurücknehmen konnte. Doch wie vieles im Leben, war es mit gesprochenen Worten nun mal das Gleiche: Sie waren nicht rückgängig zu machen. Wir starrten in das Feuer, und nach einigen Minuten nahm ich all meinen Mut zusammen. »Du, Sam?« Meine Stimme war nicht so fest, wie ich wünschte.

»Jep?« Er klang gleichgültig, aber er konnte mich nicht täuschen. Die Art, wie er am Saum seines Pullovers herumnestelte, verriet seine Unsicherheit.

»Es tut mir echt leid. Ich … kann das nicht.«

Aus dem Augenwinkel nahm ich wahr, wie er den Kopf in meine Richtung drehte. »Was kannst du nicht?«

»Na, das hier.« Frustriert hob ich den Blick an und zeigte mit den Händen um mich herum und abwechselnd auf uns beide.

»Was meinst du denn?« Sam wandte seinen Oberkörper weiter zu mir und zog ein Bein nach oben, sodass der Fuß sein Knie berührte. Wie sollte ich ihm erklären, dass ich sofort abblockte, sobald mir jemand näherkam, wenn ich selbst nicht wusste, warum? Egal ob ich die Person mochte oder sogar mehr als das. Es fiel mir schwer, mich auf Menschen einzulassen, und ich hielt es direkt für eine Falle, wenn man mir ein Kompliment machte. Irgendetwas tief in mir warnte mich. Vor Sam, davor, mich fliegen zu lassen und davor, eventuell verletzt zu werden. Ich ging auf Nummer sicher, ohne Ausnahme. In den unpassendsten Situationen erzählte ich Witze, lachte aus unerfindlichen Gründen oder wechselte das Thema. Ich redete mir ein, dadurch nicht nur mich, sondern ebenso mein Gegenüber zu schützen. Vor peinlichen Momenten, vor unbedachten Worten oder vor Berührungen, für die man nicht bereit war. Aber heute belog ich mich selbst. Das hier war Sam. Der unerreichbare Sam, dessen Name meine früheren Tagebücher füllte. Keine Ahnung, was mir solche Angst bereitete. Selbst wenn diese Nacht etwas Einmaliges blieb, würde die Welt nicht untergehen. Weder meine noch seine. Das Herz pochte mir bis zum Hals, und ich entschied, nur dieses eine Mal alles auf mich zukommen zu lassen.

»Eben das. Wir beide gerade hier und …«, weiter kam

ich nicht. Als ich nach Worten suchen wollte, spürte ich seine Hand in meinem Nacken. Es war blitzschnell gegangen, dass er sich zu mir herüberbeugte. Mir blieb keine Zeit zum Reagieren. Er zog meinen Kopf sanft zu sich heran, und als sich unsere Blicke trafen, explodierte etwas in mir. Langsam strich sein Daumen meinen Nacken auf und ab und bescherte mir eine Gänsehaut. Ich war nicht fähig, ein weiteres Wort zu sprechen. Sam wartete ab, ob ich ihn abwies, aber das hatte ich nicht vor. Sam verzauberte mich, ich wollte diese Nähe. Das erste Mal in meinem Leben genoss ich das Unbekannte in vollsten Zügen, wägte nicht das Pro und Kontra ab und vertraute auf mein Gefühl. Ich vertraute auf meinen Instinkt, verließ meine Routine. Ich brach aus. Als kein Einwand von mir kam, drückte er meinen Kopf sanft in seine Richtung, und mein Blick heftete sich auf das Grübchen an seiner linken Wange. Einen Augenblick später hauchte er mir einen einzelnen, zarten Kuss auf die Lippen. Er dauerte kaum eine Sekunde, doch war der Kuss intensiver als alle, die ich bisher bekommen hatte. Ich hatte nicht bemerkt, wie ich für den Moment die Augen geschlossen hatte, und fuhr mit der Zunge langsam über meine Lippen. War das wirklich geschehen? Mein 16-jähriges Ich fiel in Ohnmacht. Ich verlor mich in seinem abwartenden Blick und gewann an Zuversicht. Mutig beugte ich mich zu ihm und legte meine Lippen sanft auf seine. Sam strich mir mit seinen Fingern über die Wange, und ich löste meine Hände, die als Knäuel in meinem Schoß lagen. Ich griff in seinen Nacken, um ihn näher an mich zu ziehen. Woher kam dieser Mut in mir? Sofort presste er seine Lippen auf meine, und der unschuldige Kuss wandelte sich zu etwas Tiefem, Innigem,

Vertrautem. Sein Duft nach Regen und Holz betörte mich, ich sog ihn tief ein und begrüßte den angenehmen Schwindel, der mich überkam. Unsere Zungen trafen sich, und ich zitterte vor Aufregung und Glück. Die Muskeln in meinem Kiefer pulsierten, und aus meiner Mitte breitete sich eine Wärme aus, die in sämtliche Nervenenden floss.

»Ich finde schon, dass du das kannst«, flüsterte er lächelnd an meinem Mund und drückte mir einen vorsichtigen Kuss auf die Stirn, ehe er mich in seine Arme zog. »Und wenn du jetzt fragst, ob ich das bei allen Frauen so mache, setze ich dich eigenhändig auf die Veranda in den Regen.« Ich entschied, gar nichts zu sagen, und lächelte einfach nur. Um nichts in der Welt wollte ich diesen perfekten Moment vernichten. Ich hatte keine Ahnung, was nach dem Gewitter sein würde. Wusste nicht, was in dieser Nacht noch geschehen würde. Doch ich fühlte, dass dieser eine Kuss von Sam wie ein Versprechen war, um das ich niemals gebeten hatte.

Sam

Selbst wenn ich könnte, würde ich meine Augen für keine Sekunde schließen. Das Gewitter wurde mittlerweile von regelmäßigen Regentropfen abgelöst, die beruhigend gegen die Fenster trommelten. Ebenso hatte sich der Sturm gelegt und fegte nicht mehr in ohrenbetäubender Lautstärke um die Hütte. Ich lag auf dem Sofa, in meinen Armen Leena, die mir innerhalb nur weniger Stunden vertraut geworden war. Die Mauern, die ich normalerweise hochzog, sobald mich jemand auch nur interessiert musterte, ruhten. Es war ihre Abneigung gewesen, in den Heißluftballon zu steigen. Die Art, wie sie versucht hatte, ihre Angst vor der Höhe und dem Kontrollverlust zu verstecken. Und der Umstand, dass ihr das keineswegs gelungen war. Natürlich erinnerte ich mich an Leena, auch wenn sie zu den Menschen und Dingen gehörte, die ich mit meiner Abreise aus meinen Gedanken vertrieben hatte. Sie heute zu sehen, erwachsen geworden, aber noch mit dem gleichen Blitzen in den Augen, hatte die Zeit um Jahre zurückgedreht. Und wieder einmal stellte ich mir Was-wäre-wenn-Fragen. Was wäre gewesen, wenn ich Leena damals nur einen winzigen Teil von mir offenbart hätte? Wären wir Freunde gewesen? Vielleicht sogar mehr? Ich wusste, dass all diese Gedanken mich nicht weiterbrachten. Wenn ich mich nicht täuschte, hatte sie einmal für ein Projekt mit meinem kleinen Cousin Jack zusammenarbeiten müssen. Ich lachte leise und biss mir auf die Lippen, damit ich sie nicht weckte. Vermutlich war sie damals genauso verzweifelt gewesen wie mein Onkel, denn Jack war ein absoluter Träumer. Das hatte sich bis heute nicht geändert, doch er hatte es wenigstens geschafft, sich von den Erwartungen seiner Eltern freizukämpfen. Ich sah hinunter auf Leena und fuhr mit dem Blick jede Kontur ihres Gesichts nach. Schon seltsam, wie wenig es brauchte, dass aus einem hübschen Teenagergesicht dieselbe, aber erwachsene Frau wurde. Sie war mittlerweile vor Erschöpfung eingeschlafen, auch wenn sie gekämpft hatte, wach zu bleiben. Mich fröstelte bei dem Gedanken, dass wir beide vor wenigen Stunden in den Tod hätten stürzen können. Garantiert würde sie niemals wieder einen Heißluftballon betreten, was ich ihr nicht einmal verübeln konnte. Mein Herz zog sich krampfhaft zusammen, und ich versuchte, die Bilder vor meinem geistigen Auge zu verscheuchen. Das heute war anders gewesen als damals. Es war eine andere Situation, hatte einen anderen Ursprung und war gut ausgegangen. Würde das zur Normalität für mich werden, solang ich zurück in Saint Mellows war? War das von nun an mein Alltag? Dass ich durch jedes Straßenschild, durch jedes Gesicht und jedes Geräusch, das ich hörte, an damals erinnert wurde? Selbst die schönen Erinnerungen mündeten in den Moment, der alles zerstört hatte.

Leena seufzte im Schlaf und bewegte ihre Lippen, die ein wenig offen standen. Es kostete mich enorme Anstrengung, den Blick von ihr abzuwenden. Ihr Haar löste sich aus ihrem Zopf, fiel ihr fransig in das Gesicht, und ich widerstand der Versuchung, es aus ihrer Stirn zu streichen. Ich erkannte mich selbst nicht wieder. Seit wann nahm ich so rasant Fahrt auf? Nicht nur, dass ich ihre Hand ergriff, als wären wir seit Jahren beste Freunde. Was hatte mich dazu bewogen, sie zu küssen? Die Erinnerungen an sie? Das Verlangen in mir, mich das zu trauen, wofür ich als Teenager zu feige gewesen war? Ich dehnte meinen Hals, indem ich den Kopf von einer Seite auf die andere zog, und ächzte unmerklich. »Mist.« Fluchend versuchte ich, mich aufzusetzen, ohne Leena zu wecken. Das Feuer im Kamin brauchte ein neues Holzscheit, wenn ich es nicht ausgehen lassen wollte. Behutsam hob ich ihren Kopf von meinem Schoß, pellte mich vom Sofa und bettete ihren Kopf auf das Kissen, das mir im Rücken lag. Darauf bedacht, keinen Mucks von mir zu geben, schlich ich zum Kamin und positionierte das Holzscheit darin, das knisternd von den Flammen begrüßt wurde. Ich stand auf und sah mich tief ein- und ausatmend in der Hütte um. Das schummrige Licht warf Schatten an Wände und Decke, die tänzelnd eine Geschichte erzählten. Ich bemerkte die Kälte, als eine feine Gänsehaut meine Arme bedeckte. Kurz wägte ich ab, mich wieder zu Leena zu setzen, doch mein schmerzender Rücken verbat es mir. So gern ich mich an ihren warmen Körper schmiegen wollte, wenn ich morgen aufrecht stehen können wollte, musste ich mir etwas anderes einfallen lassen. Auf Zehenspitzen schlich ich zum Tisch, um mein Handy zu greifen, und tippelte langsam in Richtung der Küche, nachdem ich mir mit der Taschenlampenfunktion den Weg geleuchtet hatte. Zu gern hätte ich die entgangenen Anrufe und die Nachricht ignoriert, die mir auf dem Display entgegensprangen.

> Mom: *Ist alles okay? Weder dein Auto noch der Ballon sind zurück, bitte melde dich bei Dad oder mir.*
> Mom: *Sam, bitte melde dich kurz, damit wir wissen, dass alles okay ist.*

Seufzend tippte ich auf antworten, woraufhin die virtuelle Tastatur aufploppte.

> Ich: *Hey Mom, alles okay, bringe den Heißluftballon morgen zurück, keiner verletzt.*

Mürrisch hielt ich das Handy in die Höhe, damit die Nachricht endlich gesendet wurde, der Empfang war hier draußen nämlich nicht der beste. Mir war nicht danach, ihr ausführlicher zu erklären, was vorgefallen war. Fürs Erste musste diese Nachricht ausreichen. Garantiert durfte ich mir morgen einen Vortrag über die Notlandung anhören, da man das Gewitter vielleicht früher hätte kommen sehen können. Ach, keine Ahnung. Ich zuckte mit den Schultern. Damit musste ich mich nicht schon jetzt befassen. Wo war nochmal diese blöde Heizung? Umsichtig öffnete ich die Schranktüren und lugte unter den Tisch. Nichts. Ich erinnerte mich, dass irgendwo in der Hütte eine elektrische, tragbare Heizung versteckt war. Als ich umkehren wollte, entdeckte ich sie unter dem Fenster.

Ich schaltete das Handy aus, verstaute es in der Tasche meiner Jogginghose und hob ächzend den Heizkörper an. »Um Himmels willen«, stöhnte ich. Entweder war diese Heizung in meiner Erinnerung leichter gewesen, oder ich war schwach geworden. Mit einem Ruck hob ich sie an, presste die Lippen aufeinander und konzentrierte mich auf den Weg vor mir, um nirgends gegenzustoßen. Wenige Minuten später stand ich im Schlafzimmer, das sich von gefühlten minus zehn Grad aufheizte, und suchte im Schrank nach sauberer Bettwäsche.

Lena

Ein Knall, vermutlich ein Ast, der auf das Dach fiel, ließ mich hochschrecken. Ich tastete aus Gewohnheit blind neben mir nach meinem Handy, vergeblich, es war nicht da. Die Knochen taten mir weh, und in dem Zwielicht konnte ich kaum etwas erkennen. Sam. Heißluftballon. Gewitter. Wald. Ich brauchte eine Sekunde, um zu realisieren, wo ich mich befand. Ich war gar nicht in meinem Bett, sondern in der

Hütte. *Oh mein Gott!* Dann war das alles also kein Traum gewesen? Ich rieb mir über die Augen. Wir mussten eingeschlafen sein, das Feuer im Kamin war mittlerweile fast erloschen. Ich drehte und wendete den Kopf auf der Suche nach Sam. Wo war er? »Sam?« Ich rief in das schummrig beleuchtete Wohnzimmer hinein. Meine Stimme war rau und leise, sodass mich eh niemand hörte. Ich lauschte. Keine Antwort. *Logisch.* Das einzige Geräusch, das an meine Ohren drang, waren knarrende Äste über dem Hüttendach und der prasselnde Regen. »Sam? Wo bist du?« Ich schluckte, denn mich überkam ein ungewohntes Gefühl von Angst. Die Situation überforderte mich, und das flaue Gefühl im Magen suggerierte mir, dass etwas nicht stimmte. Mein Körper und meine Seele verlangten lautstark nach Routine. Nach *meinem* Bett, *meinem* Zuhause, *meiner* Sicherheit. Ich setzte mich auf und fasste mir mit der Hand in den schmerzenden Nacken, der im Schlaf steif geworden war. Ich fröstelte und wünschte, in meinem eigenen Bett zu liegen, meinen eigenen Pyjama zu tragen. »Sam? Sam, das ist wirklich nicht lustig. Wo bist du?« Ich erschauderte beim Klang meiner Stimme, die dumpf von den Wänden widerhallte. Ich hörte ein Klappern. Oder war es eher ein Poltern? Etwas ging in dieser Hütte vor sich, und das Herz rutschte mir in die Hose. Durch das tosende Unwetter vor der Tür vermischten sich sämtliche Geräusche zu einem angsteinflößenden Durcheinander. Ich riss die Augen weit auf, um in diesem Zwielicht überhaupt etwas erkennen zu können. Weder am Tisch noch an der Eingangstür konnte ich eine Bewegung ausmachen, und ich bemerkte, dass ich vor Anspannung die Luft angehalten hatte. Lautlos atmete ich ein und aus. Träumte ich vielleicht? War das alles nur ein gemeiner Streich meines Unterbewusstseins, das mich zurück in die Teenagerzeit katapultierte? Das meinen größten Teenagertraum wahr werden ließ? Ich hörte es erneut, doch dieses Mal konnte ich das Geräusch besser verorten: Es kam aus dem – Schlafzimmer? Ich fegte die Decke von mir herunter und setzte erst einen, dann den zweiten Fuß auf dem Boden auf. Dieser war trotz des wärmenden Feuers im Kamin eiskalt geblieben, das merkte ich sogar durch die dicken Wollsocken. Wachsam und darauf bedacht, mich mucksmäuschenstill zu bewegen, setzte ich einen Schritt nach dem anderen und schlich auf Zehenspitzen zur Geräuschquelle, bückte mich auf dem Weg zu meinem Rucksack hinunter, der neben dem Sofa stand, um mein Handy sicherheitshalber herauszunehmen. Vielleicht würde ich gleich die 911 wählen oder das Handy als Waffe benutzen müssen, wer wusste das schon? Meine Haare, die sich im Schlaf aus dem Zopf gelöst hatten, fielen mir in die Stirn und kitzelten mich an der Nasenspitze. »Hallo?« Ich kam mir vor wie eine dieser irrationalen Hauptfiguren im Horrorfilm, die lachend und ohne mit der Wimper zu zucken, in ihr Verderben rannten. »Jetzt drehst du durch, Leena«, tadelte ich mich augenrollend. Ängstlich hangelte ich mich mit den Händen an der Wand entlang. Als ich einen letzten Schritt vom schmalen Flur entfernt war, öffnete sich eine der Türen. Vor Schreck stieß ich einen spitzen Schrei aus und taumelte zurück, wobei ich über meine eigenen Füße stolperte. Ich suchte vergeblich nach Halt und krachte mit einem polternden Knall zu Boden. Im gleichen Moment, in dem mein Hintern auf den Steinboden traf, erkannte ich Sam, und mein Herz, das mir vor Angst fast aus der Brust gesprungen war, beruhigte sich um einen Takt.

»Oh mein Gott, Leena?« Sam setzte einen Schritt auf mich zu, um den Sturz abzufangen, was ihm leider nicht gelang. »Was soll das, warum schleichst du dich an?« Seiner erstickten Stimme nach zu urteilen, hatte ich ihm einen ebenso großen Schrecken eingejagt. *Gut so.* Das schwache Feuer im Kamin warf bedrohliche Silhouetten an die Wände. Er ging vor mir in die Hocke, sodass sich unsere Gesichter fast auf einer Höhe befanden. Das Spiel von Licht und Schatten auf seinem Gesicht zog meinen Blick wie magisch an und betonte seinen kantigen Kiefer. Ich schüttelte kurz den Kopf, um wieder klar denken zu können.

Entrüstet funkelte ich ihn an und rieb mit der Hand über den Knöchel. »Ist das dein Ernst?«, murrte ich und wies auf meinen Fuß, um zu untermalen, wie bescheuert seine Frage war. »Ich bin allein in einem fremden Haus aufgewacht«, schnaubte ich eingeschnappt. »Entschuldige bitte, dass ich schauen wollte, wo du bist. Hätte ja auch sein können, dass dich ein Bär gefressen hat. Oder so.« Sams erschrockene Miene wandelte sich in einen amüsierten Gesichtsausdruck.

»Ein Bär also, ja?« Er hielt mir die Hand hin, um mir aufzuhelfen.

Ich grinste und zuckte mit den Schultern. »Man kann ja nie wissen, oder?« Als ich nach seiner Hand griff, durchfuhr mich ein Blitz. Warum reagierte ich so enorm auf Sams Berührungen? Bildete ich es mir ein, oder war auch er kurz zusammengezuckt?

»Du hast auf jeden Fall eine blühende Fantasie, Leena. Bären«, schmunzelte Sam. »Ist alles okay mit dir? Hast du dich verletzt?« Er begutachtete mich von oben bis unten, was mir eher vorkam, als würde er nicht meine möglichen Verletzungen, sondern mich durchchecken. Sofort wurde mir wieder das Fehlen von Unterwäsche bewusst, weshalb ich die Arme vor dem Oberkörper verschränkte, das Handy fest umkrallt. Ich sah an mir herunter, bewegte ein Bein, dann das andere und nickte ihm zu. Das dezente Puckern im Knöchel ignorierte ich dabei. Es würde schon nicht so schlimm sein.

»Ich denke, schon.«

Sam grinste. »Ein Glück. Sonst hätte ich dich den ganzen Weg bis zu unserem Haus huckepack tragen müssen.« Er knuffte mir mit der Faust gegen den Oberarm, musterte mich eindringlich und senkte seine Stimme. »Obwohl, wenn ich es mir recht überlege, hätte ich überhaupt nichts dagegen.«

Ich hob eine Augenbraue an und versuchte krampfhaft, sein Lächeln nicht zu erwidern. »Du Knalltüte!«

Sam lachte. »Nicht so frech, junge Dame. Sonst lockst du noch den gefährlichen Grizzly an.« Um sein Argument zu verstärken, hob er bedrohlich beide Arme über den Kopf.

Ich ignorierte seinen Tadel und die Spitze mit dem Bären, auch wenn seine Geste mich zum Schmunzeln brachte. »Nein, jetzt ehrlich, was hast du dort in dem Zimmer gemacht?« Ich zeigte mit dem Finger hinter ihn auf die Tür. »Ich bin von einem Knall wach geworden.«

Er folgte meinem Blick und fasste sich nervös an den Hinterkopf. »Das war die Heizung, sie ist gegen den Schrank gekippt. Ich dachte, du möchtest vielleicht nicht die ganze Nacht auf dieser ungemütlichen Couch liegen?« Er zuckte mit den Schultern und wich meinem Blick aus. War er etwa verlegen? Das war irgendwie niedlich. »Daher habe ich das Bett hergerichtet und die Heizung angestellt.« Ich fixierte ihn entgeistert, konnte seinen Worten kaum folgen. Heizung? Bett? Er starrte peinlich berührt zurück. »Für ... dich.«

Hitze stieg mir in die Wangen, und ich war dankbar, dass man in dem Licht unmöglich meine Gesichtsfarbe ausmachen konnte. Die Frage, ob wir etwa beide in diesem Bett schlafen würden, stand wie ein riesengroßer Elefant mitten im Raum.

»Okay, danke.« Ich nickte in Richtung der Tür hinter ihm und kam mir dabei unbeholfen vor. »Dann ... gehe ich mal ... ins ... Bett«, stammelte ich nervös. In was für einer absurden Situation war ich nur gelandet? Meine Prinzipien brüllten mit wehenden Fahnen *Nein*. Normalerweise schlief ich mit niemandem in einem Bett, den ich gerade erst kennengelernt hatte. Oder wieder neu kennengelernt hatte? Den ich seit Jahren nicht gesehen hatte? Wow, war das kompliziert. Andererseits war heute überhaupt nichts normal. Außerdem wäre ich um Haaresbreite bei einem Heißluftballonabsturz ums Leben gekommen und befand mich in einer mir fremden Holzhütte mitten in einem Wald. Ich wusste nicht einmal, welcher Wald es war, es gab einfach zu viele um und in Saint Mellows. Also: Warum sollte ich ausgerechnet *jetzt* versuchen, irgendwie Normalität zu wahren?

Er nickte. »Okay.« Irrte ich mich, oder war Sam geknickt? »Ich gehe dann mal wieder zurück zum Sofa«, murmelte er und wandte sich von mir ab. Ich stand da wie ein begossener Pudel und wusste nicht recht, wie ich mich verhalten sollte. Wir waren zwei erwachsene Menschen, die vom Gewitter überrascht worden waren, mit einem verdammten Heißluftballon notlanden mussten und hier gestrandet waren. In meinen Gedanken legte ich mir immer wieder die gleichen

Argumente zurecht. Außerdem hatten Sam und ich uns geküsst und waren gemeinsam auf der Couch eingeschlafen, als wären wir ein frisch verliebtes Paar. *Daran. War. Einfach. Nichts. Normal.* Dennoch musste es von mir ausgehen, Sam ins Bett einzuladen. Auch wenn es seins war. Was für eine skurrile Situation.

»Sam?«, piepste ich und verdrehte die Augen darüber, wie zaghaft meine Stimme war. Er hob die Decke auf, hielt in der Bewegung inne und drehte sich erwartungsfreudig zu mir um. Selbst in diesem schummrigen Licht erkannte ich, wie sich das Grübchen auf seiner Wange abzeichnete.

»Ja?«

»Möchtest du vielleicht auch lieber im Bett statt auf der ungemütlichen Couch schlafen?« Ich biss mir auf die Unterlippe. Es fiel mir unheimlich schwer, seinen Blick zu erwidern, da ich mich bei dieser Frage verletzlich fühlte. Was, wenn er Nein sagte? Doch meine Angst löste sich binnen Sekunden in Luft auf, denn auf Sams Gesicht bildete sich ein selbstbewusstes, ja beinahe selbstgefälliges Grinsen.

»Puh, ich dachte echt, du würdest mich nicht fragen.« Lässig lief er zum Feuer, um die Glut zu überprüfen. Kurz darauf stand er neben mir, und als ich mich zur Schlafzimmertür umwandte, spürte ich seine Hand an meinem Handgelenk. »Leena?« Sams Stimme war nicht mehr als ein Flüstern. Ein wohliger Schauer rieselte meine Wirbelsäule herab und bescherte mir eine Ganzkörpergänsehaut. Die Stelle an meinem Arm, die er berührte, stand in Flammen.

»Ja?« Es fiel mir schwer, seinen Gesichtsausdruck in diesem Dämmerlicht richtig zu deuten, doch ich vernahm die Gefahr, mich tief im Waldgrün seiner Augen zu verlieren.

Die Verbindung seines intensiven Blicks und der intimen Berührung vernebelte meine Gedanken.

»Das, was da vorhin auf dem Sofa passiert ist …« Er stoppte, und es lief mir eiskalt den Rücken hinab. Jetzt würde es passieren. Er würde erklären, dass das ein großer Fehler war. Einfach filmreif. Prima. Wie konnte ich nur so naiv sein? Ich ignorierte mein Unbehagen und nickte ihm auffordernd zu, damit er weitersprach. Bloß keine Enttäuschung anmerken lassen. »Ich weiß echt nicht, was mit mir los war«, flüsterte Sam grinsend und strich liebevoll über mein Handgelenk. »Aber es war schön.«

Perplex starrte ich erst seine Hand, dann ihn an. Hatte ich mich verhört? Er hatte es *schön* gefunden? Redete er über seine Gefühle? Einfach so? Mir wurde schwindelig, das Herz schlug mir bis zum Hals, und es fiel mir schwer zu atmen. »Okay«, hauchte ich und bereute sofort, keine anderen Worte gefunden zu haben. Sam strich mir weiterhin über den Handrücken, was meine Beine zu Pudding mutieren ließ. »Was machst du nur mit mir, Sam?«, flüsterte ich tonlos mit dem Anflug eines Lächelns und realisierte, dass er mir langsam näher kam. Er lächelte, und ich war mir sicher, dass er mich küssen würde. Er musste bemerkt haben, dass sich mein Körper versteifte, denn statt seinen Mund zu meinem zu führen, fühlte ich seinen warmen Atem an meinem Ohr. Seine tiefe, raue Stimme setzte sich in meinen Eingeweiden fest, und die Worte, die er zu mir sprach, würde ich mein Leben lang nicht mehr vergessen.

»Vielleicht kann aus einem Gewitter etwas Schönes entstehen.«

4. Kapitel

Sam

»Links oder rechts?« Unschlüssig standen wir, Schulter an Schulter, vor dem schmalen Holzbett. Ich hatte keine Ahnung, wie das möglich war, aber wir schafften es ernsthaft, uns von einer unangenehmen Situation in die nächste zu katapultieren. Irgendetwas hatte Leena an sich, das mich immer wieder zu einem Teenager machte, dessen Nerven blank lagen. Für gewöhnlich war ich nie bedacht darauf, die *richtigen* Worte zu wählen oder mich *normal* zu bewegen. Aber mit Leena neben mir achtete ich auf jeden Schritt, den ich tat, und auf jeden Atemzug, der meinen Mund verließ.

»Rhabarbermuffins oder Erdbeerkuchen?« Im fahlen Licht, das von der einzigen, uralten Nachttischlampe in diesem Zimmer ausging, erkannte ich sie grinsen.

Lachend fuhr ich mir mit der Hand durch die Haare und drehte mich zu ihr. »Was?«

»Antworte einfach.« Sie biss sich schulterzuckend auf die Unterlippe, ehe sie blitzschnell den Mund schloss.

Ich hob eine Augenbraue an, voller Neugier, was das hier wurde. »Erdbeerkuchen.«

Nickend zeigte Leena nach links auf die Bettseite, die sich neben dem Kleiderschrank befand. »Du schläfst links.«

Ohne abzuwarten, setzte sie sich in Bewegung, tippelte zur Fensterseite und hob die Decke an. »Worauf wartest du?«

Verdattert schüttelte ich den Kopf. »Was war das denn für ein Spiel?«

Zögernd strich sie sich eine Haarsträhne hinter das Ohr und wich meinem Blick aus. »So hat das meine Grandma immer gemacht, wenn ich mich nicht entscheiden konnte.« Sie schlug die Decke zurück und setzte sich auf das Laken. »Sie starb vor ein paar Jahren«, murmelte sie mit belegter Stimme und wog sanft den Kopf. »Wenn ich, zum Beispiel, nicht wusste, ob ich ein grünes oder ein blaues T-Shirt anziehen wollte, hat sie sich zwei andere Dinge ausgedacht, zwischen denen ich entscheiden muss.« Leenas betrübtes Lächeln pflanzte mir einen Stein in den Magen, und ich wagte nicht, sie zu unterbrechen. Viel zu selten erinnerten wir uns an schöne Momente. »Vorher hatte sie sich überlegt, was wofür stand.«

Ich lief um das Bett herum, ließ sie dabei allerdings nicht aus den Augen. »Also habe ich mich mit deiner Frage nach Rhabarbermuffins oder Erdbeerkuchen unbewusst für links oder rechts entschieden?«

Sie nickte. »Exakt!«

»Das merke ich mir.« Das Bett knarzte, als ich mich darauf niederließ. Leena knautschte sich das Kissen zurecht und schlüpfte unter die Decke. Ich wartete, bis sie eine bequeme Position gefunden hatte. »Aber eigentlich schlafe ich immer rechts.« Ich zwinkerte ihr neckend zu und versuchte gar nicht erst, mein Grinsen zu unterdrücken.

Sie lachte. »Das tut mir leider gar nicht leid«, ging sie auf meine Flirterei ein und zeigte auf mein Kopfkissen. »Leg dich hin, du siehst echt fertig aus.« Ohne Widerrede schlüpfte ich mit den Füßen unter die Decke und zog sie mir bis zum Kinn. »Ey!« Leena neben mir lachte meckernd auf und zog an der Bettdecke. »Ich hätte gern überall an meinem Körper einen Fetzen davon.«

»Hast du doch.« Ich zog unschuldig die Augenbrauen hoch. »Ich hab gar nichts gemacht.«

Stöhnend zog Leena eine Grimasse. »Oh nein. Bist du etwa ein notorischer Deckenklauer?«

Ich drehte mich lachend auf die Seite, um sie ansehen zu können. »Ein was?«

»Na, ein Deckenklauer«, wiederholte sie. »Jemand, der es nicht schafft, nur die Hälfte der Decke zu benutzen. Meine beste Freundin ist auch so. Das ist die Hölle.«

Leena zog an der Decke, doch ich hielt sie fest. »Lass das«, lächelte ich und deutete auf meinen freien Rücken. »Guck hier, alles frei.«

Sie setzte sich auf, um über mich hinwegzuschauen. »Dann ist die Decke zu klein.«

»Oder du bist zu gierig«, murmelte ich leise.

»Wie bitte?« Sie verschränkte in gespielter Empörung die Arme vor der Brust.

»Nichts?« Ich presste die Lippen aufeinander.

»Bin ich gar nicht.«

»Aha!«

Leena zog herausfordernd eine Augenbraue hoch, was in dem orangefarbenen Licht der Nachttischlampe beinahe gruselig aussah. »Was *aha*?« Sie äffte mich nach.

»Du hast mich also verstanden und trotzdem *Wie bitte?* gefragt«, erklärte ich triumphierend.

Es vergingen ein paar Sekunden, in denen Leena empört den Mund auf- und wieder zuklappte. »Ich ...«, begann sie.

»Du?« Herausfordernd hob ich den Kopf an, um ihn auf meinen angewinkelten Arm zu stützen.

»Ich wollte dir die Chance geben, etwas Neues zu sagen.«

Ich zwang mich, nicht sofort in Gelächter auszubrechen, was mir nicht gelang. Ich prustete los. »Von welchem Pinterest-Board hast du denn das?«

Leena versuchte vergeblich, ernst zu bleiben und sich nicht von meinem Lachen anstecken zu lassen. »Instagram«, murmelte sie ertappt und griff pfeilschnell nach ihrem Kopfkissen. In der Sekunde, in der ich ahnte, was sie vorhatte, registrierte ich schon einen dumpfen Schlag in meinem Gesicht. Vor Schreck zuckte ich zurück, ohne zu bedenken, dass ich am äußersten Rand des Betts lag. Ich schaffte es gerade noch, nach der Decke zu greifen, und lag im nächsten Moment auf dem eiskalten Boden, die Bettdecke zur Hälfte auf mir. »Autsch«, jammerte ich in einem Mix aus Lachen und Japsen.

Eine Sekunde später lugte ihr Kopf vom Bett hervor, und sie kaute auf ihrer Unterlippe. »Alles okay?« Ihre Stimme war piepsig, und ihre geweiteten Pupillen bewiesen mir, dass sie sich erschrocken hatte.

Ich lächelte in mich hinein und entschied, sie auflaufen zu lassen. Mit ernster Miene hielt ich meine Hüfte und wies mit der anderen auf meinen Rücken. »Ich glaub, ich habe mir bei dem Sturz irgendwie das Kreuz verrenkt«, schwindelte ich und musste mich zusammenreißen, nicht zu lachen.

»Oh nein.« Hastig sprang Leena vom Bett auf, eilte zu mir und quetschte sich zwischen Schrank und mir bis zu meinem

Oberkörper vor. Sie ging in die Hocke, wobei ihre Knie meine Brust berührten, da es so eng war. »Brauchst du Hilfe?« Sie schluckte, und augenblicklich kroch ein schlechtes Gewissen in mir hoch. Leena sorgte sich ernsthaft um mich.

»Hilfst du mir aufzustehen?« Meine Bitte war ruhig, und ich hob eine Hand an. Sie sprang auf und stellte sich breitbeinig über mich, hielt mir ohne eine weitere Sekunde abzuwarten die Hände hin. Mit gespielt schmerzverzerrtem Gesicht griff ich danach, doch statt mir von ihr aufhelfen zu lassen, zog ich sie in einem Überraschungsmoment zu mir herunter, sodass sie der Länge nach auf mir landete. Der Aufprall wurde untermalt von einem überlauten Keuchen ihrerseits, und auch ich musste mich zusammenreißen, nicht vor Schmerz aufzustöhnen. So elegant und sexy so was immer in Filmen aussah, war das hier leider nicht gewesen. Ich atmete tief ein, und es dauerte eine Sekunde, bis mein Brustkorb mir den dumpfen Aufprall verzieh und aufhörte zu brennen.

Leena blickte mir verdattert in das Gesicht. »Was war das denn?« Sie grinste und wollte sich mit den Händen neben meinem Kopf abstützen, als ich wie im Reflex und ohne weiter darüber nachzudenken die Arme um ihren Oberkörper schlang, um sie daran zu hindern aufzustehen.

»Ich dachte, wenn du mich erschreckst, hab ich auch einen Freifahrtsschein«, erklärte ich zwinkernd.

Sie lachte, legte ihre Hände auf meiner Brust ab und bettete ihren Kopf darauf. »Du stehst wohl sehr auf Überraschungen«, neckte sie mich und trommelte aufgeregt mit ihren Fingern auf meinen Brustkorb. Erst jetzt wurde mir bewusst, dass uns nichts weiter trennte, als die alten Kleidungsstücke, die ich vorhin aus dem Schrank gefischt hatte.

Mein Blick suchte ihren, und für eine Sekunde, die sich anfühlte wie eine halbe Ewigkeit, stand die Zeit um uns herum still. Weder sie noch ich atmete in diesem Augenblick. Keiner von uns blinzelte, und meine Kehle wurde so trocken wie die Sahara. Ohne darüber nachzudenken, hatte ich uns beide in eine intime Situation gebracht, dass mir jetzt beinahe das Herz aus der Brust sprang. Verdammt, bestimmt bemerkte sie unter ihren Händen, wie mein Puls raste. Ich verlor mich in ihrem Blick, und das Halbdunkel, in dem wir uns befanden, gab mir Mut. Langsam verringerte ich den Druck meiner Arme um ihren Oberkörper und strich sachte über ihren Rücken, wobei ich ihr Gesicht keine Sekunde lang aus den Augen ließ. Sie stieß zittrig Luft aus, als meine Hände sanft über den Stoff ihres Oberteils fuhren, und ich spürte, wie ihr Körper sich unter meiner Berührung anspannte.

»Alles okay?« Meine Stimme war kaum mehr als ein Hauchen. Sie schluckte, nickte dann aber und biss sich erneut auf die Unterlippe, was die große Lücke zwischen ihren Schneidezähnen betonte. Als hätte sie meine Gedanken gelesen, schloss sie blitzschnell den Mund, verharrte aber in der Position auf mir, rückte keinen Zentimeter von mir. Vorsichtig wanderte ich mit einer Hand ihren Rücken hinauf bis zu ihrem Nacken und strich zärtlich darüber, tippelte mit meinen Fingerspitzen an ihrem Hals entlang, wodurch sich eine sanfte Gänsehaut bildete, was mich schlucken ließ. Langsam steuerte ich eine Spur ihren Hals hoch, suchte tippend nach ihrem Kinn und fuhr ihr zart mit dem Daumen über die Lippen. »Du brauchst dich nicht zu verstecken«, flüsterte ich und übte einen leisen Druck auf ihre Unterlippe aus, sodass sich ihr Mund einen Spalt öffnete. Sie ließ es zu und senkte für einen Moment sinnlich die Augenlider. Es fiel mir unheimlich schwer, bei ihrem Anblick nicht aufzustöhnen. Ich spürte in mir ein Feuer auflodern, das mich weiter antrieb. Man brauchte kein guter Menschenkenner sein, um zu wissen, dass Leena Prinzipien hatte. Trotzdem sah ich meine Chance, wollte mein Glück versuchen. Wagemutig ließ ich auch die andere Hand, mit der ich nach wie vor liebevoll über den Stoff an ihrem Rücken fuhr, nach oben zu ihrem Nacken wandern. Ich beobachtete jede ihrer Gesichtsregungen und schluckte, als sie erneut für einen Augenblick die Augen schloss und verhalten und kaum sichtlich nickte. Es war, als hätte sie meine stumme Frage verstanden und mir eine Antwort gegeben, ohne dass Worte nötig gewesen waren. Ich übte sanften Druck auf ihren Nacken aus, wodurch ihr Gesicht meinem näher kam, sodass ich ihren sanften Atem auf meinen Lippen spürte. Als sich unsere Nasenspitzen berührten, senkte Leena die Lider, und ich atmete in freudiger Erwartung aus. Um die letzten Zentimeter Distanz zwischen uns zu überbrücken, hob ich den Kopf an, schloss ebenfalls die Augen und legte meine Lippen sanft auf ihre. Ich implodierte. Mein ganzer Körper pulsierte, als würden tausend kleine Nadelstiche durch meine Haut fahren. Ich bewegte den Mund behutsam an ihrem, öffnete ihn ein Stück und stöhnte leise auf, als sie ihre Lippen leicht öffnete, um meiner Zunge Eintritt zu gewähren. Vorsichtig tastete ich mich mit der Zungenspitze voran, fuhr ihr sanft über die weichen Lippen. Als sich unsere Zungen trafen, erschauderte Leena auf mir und seufzte kaum hörbar, was meine Erregung anfeuerte. Unser harmloser Kuss wurde drängender, und ich konnte nicht glauben, dass das hier gerade wirklich passierte.

Da mein Nacken bereits schmerzte, lehnte ich mich langsam zurück, bis ich wieder auf dem Boden lag, in der Hoffnung, dass Leena mir folgte. Sie senkte ihren Kopf ab, um unseren Kuss nicht zu unterbrechen, und ich vernahm, wie sie ihren Oberkörper zaghaft auf meinem ablegte. Ihre Knie hatte sie links und rechts von mir auf dem Boden positioniert, und ich registrierte jede ihrer Bewegungen auf mir. Es fiel mir unheimlich schwer, meine Erregung zurückzuhalten, da sie rittlings auf mir saß, die Brüste an meinen Brustkorb gedrückt, während wir uns so vertraut küssten, als hätten wir nie etwas anderes getan. Ihr Mund schmeckte nach Früchtetee, und der Duft ihres Shampoos nach Apfelblüte wehte mir um die Nase. Ich sog ihn tief ein und stöhnte erregt auf, als sie sich auf mir bewegte.

»Alles okay?«, hauchte sie zwischen zwei Küssen an meinem Mund, und ich öffnete die Augen. Ihre Pupillen waren geweitet und nachtschwarz, was mir den Rest gab.

»Mehr als okay«, krächzte ich, griff mit einer Hand wieder in ihren Nacken und fuhr mit der anderen erneut ihren Rücken auf und ab. Sie zu küssen, war das Schönste, das ich seit vielen Jahren erlebt hatte, und ihr leises Seufzen zeigte mir, dass auch sie diesen Moment in vollsten Zügen genoss.

Leena

Bloß nicht bewegen. Wie erstarrt lag ich in dem schmalen Doppelbett und versuchte mir einzureden, dass mein rasender Puls nicht daher rührte, dass ich soeben neben Sam aufgewacht war. Ich umklammerte die Decke über meiner Brust und lehnte den Kopf zur Seite, um aus dem Fenster sehen zu können, durch das die ersten Sonnenstrahlen hereinfielen. Sie hatten mich an der Nasenspitze wach gekitzelt. Darauf bedacht, mucksmäuschenstill zu sein, wendete ich den Kopf und beobachtete Sam. Sein Brustkorb hob und senkte sich in regelmäßigen Abständen, und durch seinen minimal geöffneten Mund stieß er lange Atemzüge aus. Ich war dankbar, dass er noch schlief, denn ich brauchte ein paar Augenblicke für mich, um zu verstehen, was passiert war. Vor meinem geistigen Auge spielte sich der gestrige Tag wie ein Film im Zeitraffer ab. Frühlingsfest, Sue, Gewinn, Heißluftballon, Angst, Gewitter, Notlandung, Wald, Hütte, Kuss, Kuss, Kuss. Das konnte doch alles nicht wirklich passiert sein? Ich schüttelte ungläubig den Kopf, den Blick starr an die Zimmerdecke gerichtet. Sams leises Seufzen neben mir holte mich aus meinen Gedanken, der Puls schlug mir bis zum Hals. Ich beobachtete ihn beim Aufwachen, er atmete einmal lang aus, bevor er erst ein Auge und gleich darauf das zweite öffnete.

»Hey«, nuschelte er und rieb sich über das Gesicht.

»Hi«, piepste ich mit angehaltenem Atem und versuchte, nicht auszusehen, als hätte ich etwas gestohlen.

Er grinste und hob eine Augenbraue. »Alles okay bei dir?«

Ich nickte stürmisch und umklammerte die Decke fester. »Klaaaar.« Ich wandte mich ab und presste die Augen zu.

Das Bett knackte unter uns, als Sam lachte. »Daaaann ist ja guuuuut«, zog er mich auf und brach damit das Eis.

Ich zog die Augenbrauen zusammen und suchte nach seinem Blick, funkelte ihn an. »Witzig.«

Er befreite seinen zweiten Arm aus der Decke und streckte ihn aus, nickte in seine Armbeuge. »Du bist doch hier die

Witzige«, neckte er mich. »Komm her.« Ich starrte entgeistert auf seinen Arm und wusste, dass ich nicht zu viel Zeit vergehen lassen durfte, ehe es seltsam wurde. Was war los mit mir? Vor gar nicht so vielen Stunden hatte ich auch kein Problem mit seiner Nähe gehabt. Er räusperte sich. »Leena? Ist etwas?« Die Unsicherheit in seiner Stimme bescherte mir ein schlechtes Gewissen. Ich wollte ihn auf keinen Fall vor den Kopf stoßen. Und ja, ich wollte nichts lieber, als mich an ihn zu kuscheln. Herrgott, er bot es mir sogar an. Warum nur bewegte sich keiner meiner Muskeln?

»Nein, alles ist gut«, winkte ich ab. »Ich weiß auch nicht.« Ich suchte stumm nach einer Erklärung, Sam lächelte.

»Alles gut, Leena, echt. Willst du einen …«, grübelnd zog er die Stirn kraus und lachte leise, als er den Arm wieder einknickte, »… Früchtetee? Was anderes gibt es ja nicht in dieser Hütte. Ich sollte den Vorrat aufstocken.«

Ich nickte grinsend und hoffte, dass mein leerer Magen jetzt nicht knurrte. »Gern.« Als Sam aufstehen wollte, hielt ich ihn zurück. »Warte«, murrte ich, wies auf seinen Arm. »Nochmal von vorn, bitte.«

In seinem Gesicht sah man von Sekunde zu Sekunde, wie er erst nicht verstand und es schließlich checkte. Schmunzelnd legte er sich wieder hin. »Guten Morgen.« Sein Tonfall war rau, was meine Eingeweide zusammenzog. »Kooooomm heeeeeer«, zog er mich erneut mit tiefer Stimme auf, wofür er einen Hieb von mir gegen den Oberarm kassierte.

»Du bist eine kleine Arschgeige«, frotzelte ich, als ich zu ihm robbte und mich an ihn kuschelte. »Danke«, murmelte ich an seinen Hals, und als Antwort drückte er mich fest. Eine wohlige Wärme breitete sich in meinem Bauch aus, wanderte bis in meine Fingerspitzen. Ich fühlte mich wohl bei Sam und wusste nicht, wo das alles hinführte. Trotzdem genoss ich diesen Moment und versuchte, den Stich in meiner Magengegend zu ignorieren. Ich wollte diesen Augenblick wirklich genießen. Ein einziges Mal ganz ohne Routine und sogar bereit für Überraschungen. Warum war es nur so schwer?

* * *

Später saßen wir in einem silbernen Dodge und fuhren eine Ausfahrt entlang. »Soll ich dir wirklich nicht helfen?«

Sam wog den Kopf von links nach rechts. »Zum sechsten Mal: Nein, das brauchst du nicht. Ich fahre den Ballon gleich selber checken, nachdem ich dich abgesetzt habe.«

»Na okay«, grummelte ich und deutete hinter uns. »Hier lebst du also, ja?«

Sam nickte, verdrehte die Augen. »Erst mal wieder, ja.«

»Sind deine Eltern da?«

Aus dem Augenwinkel sah ich ihn schmunzeln. »Da Sonntag ist, gehe ich davon aus. Soll ich zurückfahren, damit du Hi sagen kannst?« Ich sog scharf die Luft ein. Neue Leute kennenzulernen, stresste mich. Wie konnte ich verhindern, dass Sam meine innere Zerrissenheit bemerkte? Wenn er wüsste, wie heftig mein Herz pochte. Heimlich wischte ich die feuchten Handflächen am klammen Pullover ab. »Wir müssen nicht.«

Ich sprang sofort darauf an. »Echt nicht? Gut.« Ups, das war vielleicht etwas *zu* enthusiastisch gewesen.

Lachend schüttelte er den Kopf und trommelte auf das

Lenkrad. »Also nur, dass du es weißt«, räusperte er sich. »Ich hätte kein Problem damit, dich vorzustellen.«

Ich runzelte die Stirn, brauchte ein paar Sekunden, um den Sinn hinter seiner Aussage zu kapieren. Als es mir wie Schuppen von den Augen fiel, keuchte ich. »Gib mir ein bisschen Zeit, Sam.«

Er fuhr zu mir herum und zog verunsichert die Augenbrauen zusammen. Die Sonne schien in seine dunkelgrünen, warmen Augen, und er trat auf die Bremse. »Es war nicht meine Absicht, dich einzuengen«, entschuldigte er sich. »So war das nicht gemeint, ehrlich.«

»Tust du nicht«, versicherte ich ihm und strich mir verschämt die Haare aus dem Gesicht, obwohl dort keine hingen.

»Wir stellen uns ganz schön an, oder?« Sein Grinsen erreichte seine Augen, und das Grübchen, in das ich mich vor vielen Jahren verschossen hatte, zeigte sich von seiner besten Seite.

»Die Umstände sind ja auch speziell«, schmunzelte ich.

»Komm.« Er startete den Motor neu und legte seine Hand auf meinen Oberschenkel. »Du bist Leena, ich bin Sam. Wir kennen uns von früher, und wir gucken einfach mal, okay?«

Aus dem Konzept gebracht, nickte ich und versuchte, unter seiner Berührung nicht zu einer Pfütze zu zerfließen. *Du bist Leena, ich bin Sam … Und wir gucken einfach mal?* Was sollte das denn heißen? Das Vibrieren meines Handys in der Jackentasche holte mich aus der Trance. Erschrocken fischte ich es hervor und schlug mir mit der flachen Hand gegen die Stirn. »Oh nein. Nein, nein, nein.«

Sam wartete stumm ab. Ich legte verzweifelt den Kopf

gegen die Scheibe, wobei mir auffiel, was für einen wunderschönen Tag wir hatten. Nur vereinzelt zogen Zuckerwattewolken über den Himmel, und die Sonne wärmte die Frühlingsblüher, die sich ihren Weg durch die von Tau bedeckte Erde kämpften. »Leena?« Sam stupste mir gegen den Arm.

»Ich bin zu spät«, murmelte ich und zog einen Flunsch, während ich mit flinken Fingern eine Nachricht an Sue sendete. »Das passiert mir nie. Sue wird mich sofort ausquetschen.« Stöhnend steckte ich das Handy in die Tasche.

»Sue ist deine beste Freundin, richtig?«

Ich nickte. »Ja, schon immer. Seit dem Kindergarten.«

»Das klingt schön.« Er presste die Lippen aufeinander.

Verwundert runzelte ich die Stirn, entschied mich jedoch, nicht nachzuhaken, warum er schlagartig so ernst dreinsah.

»Ist es«, murmelte ich und fragte mich, warum Sam derart seltsam darauf reagiert hatte, dass Sue und ich seit Kindertagen beste Freundinnen waren. In Gedanken durchlief ich das Gespräch immer und immer wieder, doch egal, von welcher Seite ich es betrachtete: Nichts daran kam mir komisch vor. Seine Nachfrage klang für mich eher wie eine Vergewisserung, im Grunde war mir klar, dass er es bereits wusste. Immerhin hatte Sue während meiner Schichten im *Anne's* oft dort herumgelungert oder mich abgeholt. Was war es nur, das ihn eine Mauer hochfahren ließ? Ich ließ die Scheibe ein Stück herunter, um die frische Morgenbrise in die Fahrerkabine strömen zu lassen und krallte mich an meinem Rucksack fest. Wir fuhren eine Landstraße entlang, die ich kannte wie meine Westentasche. In zehn Minuten würden wir im Stadtkern sein. Die Baumkronen voll zarter Blüten wogen sanft hin und her, und ich sah vereinzelte Rehe über das Feld tollen, was mir ein Lächeln ins Gesicht zauberte. Ich liebte meine Heimat sehr. Mit geschlossenen Augen ließ ich den Wind um meine Nase wedeln und sog genießerisch den erdigen Duft ein.

»Wo soll ich dich absetzen?« Sam durchschnitt die Stille.

»Ginger Street wäre super«, sinnierte ich. »Kennst du die?«

Er riss seinen Blick kurz von der Straße los, um mir beim Antworten ins Gesicht zu schauen. »Natürlich. Parallel zur Primrose Street.« Er lächelte, und mir fiel ein Stein vom Herzen. Irgendwo tief in mir drin hatte ich Sorge, ihn verärgert zu haben. Dass er mir ein Lächeln schenkte, erleichterte mich mehr, als es eigentlich dürfte.

»Prima«, erwiderte ich und knetete aufgewühlt meine Finger ineinander. Sam schien das aus dem Augenwinkel bemerkt zu haben, denn ohne Vorwarnung lag seine rechte Hand in meinem Schoß. Er umschloss meine Hände mit seiner warmen, großen und strich mir sanft mit dem Daumen über den Handrücken. Ich hoffte ungemein, dass er nicht merkte, wie ich vor Aufregung zitterte. Wie konnte es sein, dass ein Mann, an dem kaum ein Bewohner von Saint Mellows ein gutes Wort ließ, dermaßen aufmerksam war? Wer war er nur geworden?

Sam

Ich wünschte, der Weg zum Feld würde länger dauern als zehn Minuten. Das monotone Geräusch des Motors schaffte es nicht, mich auf andere Gedanken zu bringen. Das Wissen, gleich allein den schweren Ballon zusammenfalten zu müssen, bereitete mir bereits physische Schmerzen. »Bitte lass ihn unversehrt sein«, murmelte ich leise vor mich hin, während ich unter Anspannung mit den Fingern auf das Lenkrad trommelte. Dad würde alles andere als begeistert sein, wenn der Ballon Schaden genommen hätte. Ich setzte den Blinker und vergewisserte mich, dass die Landstraße frei war, ehe ich in den schmalen Feldweg einbog, der bis zu dem Wald führte, an dem wir gestern Abend notgelandet waren. Aus der Ferne sah ich zwei Autos an der Unfallstelle parken und hätte am liebsten auf der Stelle kehrtgemacht. »Scheiße, nein«, fluchte ich und schlug mit der Hand auf das Lenkrad. Das durfte nicht wahr sein. Ich spürte die Wut der Verzweiflung schmerzhaft und heiß in meinem Magen aufsteigen. Dort vorn war Dads Auto. Er war hier, und gleich würde es Vorwürfe hageln. Ich verlangsamte das Tempo, da der Feldweg, je weiter ich Richtung Wald steuerte, immer huckeliger wurde. Jeder zurückgelegte Meter fühlte sich an, als käme ich der Schlachtbank näher. »Was soll's«, ermutigte ich mich selber. »Augen zu und durch.« Ich parkte den Dodge und zog Dads Aufmerksamkeit auf mich, als ich die Autotür zuknallte.

Mit wutverzerrtem Gesicht kam er auf mich zugestiefelt, und ich schluckte, wappnete mich innerlich gegen seine Tirade. »Samuel«, brüllte er und warf eine Hand in die Höhe. »Was soll das?« Er wirbelte mit beiden Armen durch die Luft und zeigte abwechselnd auf den notgelandeten Ballon und mich.

»Beruhige dich, ich wollte ihn gerade einsammeln«, knurrte ich und weigerte mich, kleinlaut seine Rüge entgegenzunehmen. Ich war froh, seinem bohrenden Blick trotz der Anspannung, die mich zittern ließ, standzuhalten. Was ich allerdings nicht erwartet hatte, war seine Reaktion.

»Einsammeln?« Jegliche Farbe wich aus seinem Gesicht. »EINSAMMELN? Du glaubst, *darum* geht es mir?«

Ich zuckte mit den Schultern und zog verwirrt die Augenbrauen zusammen. »Wo ist das Problem?« Ich verschränkte die Arme vor der Brust. »Ich bin hier, um zu checken, ob er unversehrt ist, was willst du …«

»SAMUEL«, unterbrach er mich dröhnend, was mich zusammenzucken ließ. Ich setzte einen Schritt zurück und bereute es, denn ich wollte ihm gegenüber keinerlei Schwäche zeigen.

»Was ist dein verdammtes Problem, Dad?« Wütend ballte ich die Hände zu Fäusten und widerstand dem Drang, auf dem Absatz kehrtzumachen. Einfach wegzufahren, weit weg. Am liebsten auf Nimmerwiedersehen. »Sag es mir«, verlangte ich schnaubend. »Hast du Angst, irgendjemand könnte erfahren, dass es Komplikationen im Zusammenhang mit deinem scheiß Unternehmen gab? Dass jemand an deinem 5-Sterne-Bewertungen-Baum rüttelt? Dass sich dein Schein endlich mal trübt?« Die Wut verzerrte meine Sicht, und ich brachte sämtliche Selbstbeherrschung auf, ihm nicht noch mehr der unzähligen Dinge an den Kopf zu werfen, die mir auf der Zunge brannten.

Er schüttelte den Kopf, und in seinen Augen las ich Enttäuschung. *Prima.* »Du denkst immer das Allerschlimmste von mir, oder?« Seine plötzlich beherrschte, traurige Stimme drang wie ein Dolch mitten in mein Herz. »Seit damals bin ich ein Monster für dich.« Er presste die Lippen aufeinander.

»Du hast mir auch nie eine andere Seite von dir gezeigt«, drängte ich hervor, ignorierte die Enge in meinem Hals.

Dad zuckte für den Bruchteil einer Sekunde zusammen, und ich sah, wie sich in ihm ein Schalter umlegte. »Dass du dich nicht schämst«, zischte er mir entgegen und rügte mich mit erhobenem Zeigefinger, einer Geste, die sich durch unsere Vergangenheit zog und sich in mein geistiges Auge gebrannt hatte. »Du benimmst dich noch immer wie ein undankbares Kind, Samuel. Selbst nach all den Jahren Abstand bringst du mir nichts als Wut entgegen für etwas, das so lang zurückliegt und niemals in meiner Hand gelegen hatte.« Die dunkler werdende Vene auf seiner Stirn drohte zu platzen.

Lachend fuhr ich mir mit der Hand über das Gesicht. »Du glaubst doch nicht wirklich, was du da sagst?« Ich spürte, wie sich Frustration in mir ausbreitete. »Natürlich hättest du, hättet *ihr* anders mit allem umgehen können. Ihr habt alles nur schlimmer gemacht, indem ihr es verheimlicht habt.«

»Fahr nach Hause, Sam.« Auch wenn er gedämpft sprach, ahnte ich, dass jetzt der falsche Moment für weiteren Widerspruch war. Ich nickte gezwungen, doch sah er es nicht, da er sich abgewandt hatte, um Floyd zur Hand zu gehen, der den Ballon zusammenfaltete. Meine Knochen schmerzten. Die letzten Tage waren zu viel gewesen, ich war müde. So, so müde. Letzte Nacht, neben Leena, hatte ich das erste Mal seit Wochen ein paar Stunden am Stück geschlafen. Weder wurde ich von Albträumen der Erinnerungen geweckt, noch hielten Vorwürfe und Schuldgefühle oder gar Wut mich wach. Nur Leena war in meinen Gedanken gewesen, und sie ahnte nicht einmal, was das bedeutete. Sie ahnte nicht, dass sie die erste Frau war, neben der ich ruhte, und meine schwarzen Gedanken, wenn auch nur vorübergehend, stillschwiegen. Keine Ahnung, was es war, das mein Gedankenkarussell bei ihr verstummen ließ. Als würde sie es außer Gefecht setzen und mir die Atempause geben, nach der mein Körper sich verzehrte. Vielleicht war es albern, nach einer einzigen Nacht so zu denken. Doch woher sollte ich schon wissen, was richtig war und was nicht?

Ich ertrug es keinen Augenblick länger, Dad und Floyd bei meiner Arbeit zu beobachten, also hastete ich zum Wagen und knallte die Tür hinter mir zu. Stöhnend atmete ich aus und blickte zum Beifahrersitz, auf dem vor weniger als einer Stunde noch Leena gesessen hatte, und wünschte mir, sie wäre noch bei mir. Ein mir unbekanntes Stück Papier, das zwischen dem Sitz und der Tür klemmte, zog meine Aufmerksamkeit auf sich. Stirnrunzelnd beugte ich mich über die Mittelkonsole, um es zu greifen. Ich entfaltete das klamme Blatt und verzog den Mund. Was war das? Ich kratzte mich am Hinterkopf. Eine Art Liste, die mindestens zwanzig Stichpunkte aufführte, deren Sinn sich mir erst nicht erschloss. *Einen Kunstkurs besuchen? Frühjahrsputz? Häschen-Cookies backen? Sonnenaufgang beobachten?* Mir fiel auf, dass ich das Blatt nicht gänzlich entfaltet hatte, und klappte den oberen Rand um. Ein Lächeln stahl sich auf meine Lippen, als ich begriff. Das Kribbeln, das meinen Körper seit gestern ständig übermannte, war wieder präsent und breitete sich bis in alle Nervenenden aus.

»Oh Leena, lass dich überraschen«, grinste ich in mich hinein, faltete die feuchte Liste zusammen und verstaute sie sicher in meinem Portemonnaie, damit sie nicht einriss. In meinem Kopf formte sich bereits eine Idee. Ich startete den Motor und fuhr rückwärts den Feldweg entlang, bis ich wieder auf die Landstraße bog, die mich nach Hause führte. Voller Elan sprang ich grinsend die Treppenstufen zu meinem Zimmer empor, ignorierte meine Schmerzen, schnappte mir den Laptop und legte Leenas Bucket-List daneben auf dem Bett ab. »Dann mal los«, lächelte ich, als ich mich auf die Tagesdecke plumpsen ließ und das Passwort eingab, um das Notebook zu entsperren. Sofort pingte eine Mail von Kyle auf, und ich grinste kopfschüttelnd, denn er verabscheute Kurznachrichten und sendete lieber Mails. Lange Mails. Seine Zeilen zu lesen, in denen er sich über seinen Vermieter aufregte, ließen mich auflachen. Ich vermisste meinen Kumpel und unsere Gespräche über Gott und die Welt, klickte auf den Antworten-Button und rasselte alles herunter, was mir in den letzten vierundzwanzig Stunden widerfahren war. Nur meine Dämonen der Vergangenheit ließ ich wie immer aus. Als ich fertig war, registrierte ich erst, wie kalt mir war, da ich noch immer die klammen Klamotten von gestern Abend trug. Ich stand ächzend auf, pellte mich aus der Kleidung und gönnte mir eine warme Dusche, ehe ich mich meinem Plan widmete.

Leena

Frisch geduscht und in molligen, trockenen Klamotten, machte ich mich zu Fuß auf zum *Anne's*, um mit Sue zu frühstücken. Der Blick auf meine Armbanduhr ließ mich erahnen, dass sie alles andere als begeistert sein würde. Immerhin waren wir vor über einer Stunde verabredet gewesen. Ich ließ den Blick über die Häuser gleiten, in deren Fenstern die Sonne reflektierte. Die Vorgärten hatten den Winter hinter sich gelassen, es gab keine einzige Schneeflocke mehr, alles erwachte aus einem tiefen Schlaf und wappnete sich für den heißen Sommer, der uns jedes Jahr überrollte. Ich liebte das fleißige Treiben der Mellowianer. Alles verlief in seinem geregelten Gang, die Helfer und Organisatoren des Frühlingsfestes waren dabei, die Buden zurückzubauen und die Deko so zu arrangieren, dass sie wie beiläufig aussah. Das war unser schlichtes Touristen-Geheimnis. Hier ein überdimensionales Osterei, da eine monströse, pastellfarbene Girlande und ab und an, vermeintlich zufällig, ein Strohballen. All diese ländlichen Details sorgten für das Gefühl, seinem Alltag entflohen zu sein und abgeschaltet zu haben. Einige der Helfer warfen mir stirnrunzelnde Blicke zu oder winkten mir, wobei sie erleichtert wirkten. Was war denn bloß in sie gefahren? Für mich war der Weg in die Stadt eigentlich wie ein alltäglicher Mini-Urlaub geworden, und ich wollte es nicht missen, doch das seltsame Verhalten der Leute heute verunsicherte mich. Ich passierte *Maddy's Bakery* in der Primrose Street, und sogleich strömte mir der Duft von frischem Apfelkuchen mit Walnüssen in die Nase. *Maddy's Bakery* hielt sich selten an die saisonale Küche, demnach passierte es, dass sie zu Weihnachten Mango-Plätzchen verkauften. Die Bäckerei gehörte Martin, der den Laden von seiner Grandma Madeline übernommen hatte, und er liebte die verwirrten Gesichter neuer Gäste, wenn er sich ihnen als Maddy vorstellte. Vor Jahren war sein On-Off-Ehemann George mit ins Geschäft eingestiegen, und da die beiden sich so gut mit Hochzeiten auskannten, hatten sie *Maddy's Bakery* zu *Maddy's Bakery &*

Weddingmagic ausgeweitet. Immerhin hatten sie mittlerweile dreimal geheiratet und sich zweimal scheiden lassen. Die beiden waren aufbrausend und begeisterungsfähig, hatten aber stets ein offenes Ohr für jeden. Demnach war es passend, dass sie einmal die Woche ein Speed-Dating-Event veranstalteten, bei dem traurigerweise immer dieselben Verdächtigen teilnahmen. Eigentlich war es ein Wunder, dass es heute frischen Kuchen bei Martin und George gab, denn die beiden hielten nichts von Richtlinien und legten sich nicht gern fest. Es gab Tage, an denen bekam man kein Gebäck, dafür konnte man an einem spontanen Makramee-Kurs teilnehmen und Buchweizen-Spirelli mit veganem Pesto bestellen. Ohne Maddy und George würde in Saint Mellows eindeutig etwas fehlen.

Ich sah Maddy ein paar Gäste bedienen, als er wie von der Tarantel gestochen sein Tablett auf deren Tisch abstellte, um zur Eingangstür zu hechten. Verdattert blieb ich in einiger Entfernung stehen, da mein Gefühl mir sagte, dass ich der Grund dafür war – warum auch immer. »Ist alles okay bei dir?«, rief er mir atemlos zu und hielt sich schnaufend die Seite, als wäre er tatsächlich mehr als zehn Meter gerannt.

Verblüfft hob ich die Augenbrauen an und bedeutete ihm mit erhobenen Handflächen, sich zu beruhigen. »Natürlich, warum denn nicht?« Ein ungutes Gefühl beschlich mich. Hatte ich mir die ganzen verstörten Blicke doch nicht nur eingebildet?

»Na, wegen des Sturms, Süße.« Er deutete zum Himmel, an dem nichts mehr an den vergangenen Abend erinnerte.

»Nachdem du und dieser Sam weggeflogen seid, hat euch niemand mehr gesehen. Alle haben sich Sorgen um dich gemacht.«

Dieser Sam? Weggeflogen? Sorgen? Um mich? Ein Gefühl, das ich nur schwer beschreiben konnte, erfasste mich und bescherte mir eine Gänsehaut. Beobachtete mich Saint Mellows? »Das ist nicht nötig«, murmelte ich und wischte mir eine Haarsträhne hinter das Ohr. »Alles ist gut, niemand braucht Panik schieben, nur weil man mich mal nicht sieht. Ich bin erwachsen.« Keine Ahnung, warum ich den letzten Satz angefügt hatte, doch etwas in mir verlangte, das klarzustellen.

Empört schnappte Maddy nach Luft und stemmte die Hände in die Hüften. »Na, hör mal, wir passen hier aufeinander auf.«

Mir fiel die Kinnlade herunter, und kurz überlegte ich, ihm den Unterschied zwischen Aufpassen und Beobachten zu erklären, entschied mich allerdings dagegen. »Okay«, gab ich nach, denn ich wollte dem Gespräch entfliehen. »Ich muss jetzt los. Danke fürs *Aufpassen*.« Der sarkastische Unterton in meiner Stimme war nicht zu überhören.

»Schön, dass es dir gut geht«, pflaumte Maddy mich im gleichen Ton an, hob sein Kinn an und stiefelte zurück in seine Bäckerei.

»Diese Stadt hat sie doch nicht mehr alle«, nuschelte ich mir selbst zu. »Und Maddy erst recht nicht.« Ich atmete tief ein, um das Gespräch zu vergessen, schloss die Augen und genoss den sanften Windhauch, der meine Wangen streichelte. Die Luft war kalt, doch die Sonnenstrahlen gaben ihr Bestes, meine Haut zu erwärmen.

»Meow.« Erschrocken blieb ich stehen und sah an mir herunter auf meine lackschwarzen Schnürstiefel. Das pechschwarze Kätzchen von gestern schmuste mit einer Laterne und kam sofort auf mich zugetappst, als ich in die Hocke ging.

»Na, du süße Maus«, begrüßte ich sie und strich ihr über das Köpfchen. »Passt du etwa auch auf mich auf?« Als Antwort miaute sie erneut und stupste ihren winzigen Kopf in meine Hand. Sie schlängelte mir um die Beine und hinterließ eine Tonne Katzenhaare an meiner schwarzen Strumpfhose mit dezenten silbernen Sternapplikationen und meinem senfgelben Cordrock. »Ich muss jetzt weiter.« Ich zupfte mir ein paar Haare von der Kleidung und kraulte ihr noch einmal das Ohr. Den Rest des Weges wich ich sämtlichen Blicken aus. Schon von Weitem entdeckte ich Sue im *Anne's*. Sie hatte sich unseren Lieblingsplatz an der Fensterfront gesichert, auf der in geschwungenen Lettern »*Anne's – Coffeeshop & Foods*« geschrieben stand. Ich kniff die Augen zusammen, um Sue besser zu erkennen, und verdrehte sie seufzend. Sie hatte den Kopf in eine Hand gestützt und ihre dunkelbraunen Haare fielen auf ein Dokument, das sie studierte. Sie hatte ernsthaft ihre Arbeit mitgebracht. An einem Sonntag. In der anderen Hand hielt sie einen Textmarker, mit dem sie konzentriert auf den Tisch trommelte. Als spürte sie, dass sie beobachtet wurde, hob sie stirnrunzelnd den Kopf und sah sich suchend um. Als sie mich entdeckte, winkte ich ihr zu. Auf ihrem Gesicht bildete sich ein fettes, wissendes Grinsen, und sie wies demonstrativ auf den freien Stuhl neben sich. Oh nein. Ich ließ die Hand in der Tasche meiner hellblauen Jeansjacke verschwinden. Als ich das Café betrat, klingelte die vertraute Glocke am Eingang, um mich anzukündigen. Keine zwei Sekunden später stand Anne hinter dem Tresen und winkte mir zu. Ich erwiderte ihren Gruß lächelnd und steuerte zielgerichtet auf Sue zu, die Akten in einer Tasche verstaute.

»Es ist Sonntag.« Tadelnd hob ich eine Augenbraue und deutete auf den Textmarker, der vor ihr auf dem Tisch lag.

Sue zog eine wehleidige Grimasse. »Nicht im Big Apple, Süße.« Seufzend feuerte sie den Stift zu den Akten.

»Hast du schon gefrühstückt?« Ich hängte meine Jacke über den in die Jahre gekommenen Holzstuhl und zog die schwarze Wollmütze mit den dezenten weißen Punkten von meinem Kopf.

Entgeistert starrte sie mich an. »Selbstverständlich, du glaubst doch nicht, dass ich verhungere, nur weil du mich einen halben Tag auf dich warten lässt.«

Ich lachte laut auf. Sue war immer die Beste darin gewesen, völlig zu übertreiben. »Entschuldigt bitte, Euer Hochwohlgeboren«, grinste ich und drehte mich zum Tresen, um herauszufinden, was unter dem Glas lag, und überbrückte die kurze Distanz bis zu Anne.

»Hey.« Ich zeigte auf Scones, die mit verschiedensten Blüten verziert waren. Ich war wirklich leicht zu beeindrucken. »Einen von denen mit Himbeerbutter.« Ich lächelte Anne zu. »Und einen Lavender Latte, bitte.«

»Dein typisches Frühlingsmenü?« Anne zwinkerte, und ich konnte nicht verhindern, dass mir die Hitze zu Kopf stieg.

»Bin ich so berechenbar?« Seit gestern kreiste in meinem Unterbewusstsein die Frage umher, ob ich eventuell festgefahren war in meinem Handeln. Und der Umstand, dass ich anscheinend nicht mal eine Nacht woanders verbringen durfte, ohne mich bei meiner Stadt abzumelden, verstärkte diese nur.

Anne schüttelte lächelnd den Kopf. »Nein, Liebes.« Sie

suchte meinen Blick und legte den Kopf schief. »Du weißt, was du magst. Das ist ungeheuer wichtig.« Ich presste die Lippen aufeinander. Wusste ich das? Oder war ich nur zu feige, Neues auszuprobieren, sobald ich etwas gefunden hatte, mit dem ich zufrieden war? Insgeheim war ich ihr dankbar, dass sie mich nicht löcherte, so wie Maddy zuvor. »Setz dich, Sue erdolcht dich schon mit Blicken«, lachte Anne und nickte in Sues Richtung.

Ich verdrehte lachend die Augen und schlenderte zurück zum Tisch. »Hör auf, mir Löcher in den Rücken zu starren«, pflaumte ich sie liebevoll an, als ich mich auf den Stuhl ihr gegenüber niederließ.

»So, dann leg mal los.« Auffordernd lehnte meine beste Freundin sich zurück und hielt ihre Cappuccino-Tasse mit beiden Handflächen vor ihre Brust. »Ich bin startklar.«

Ich fuhr mir durch die Haarspitzen und rutschte hibbelig auf meinem Stuhl herum. »Womit soll ich loslegen?« Es war einfach unmöglich, dass Sue irgendetwas gehört hatte. In Saint Mellows tickten die Uhren, was Gossip anging, zwar doppelt so schnell, aber woher sollte irgendjemand außer Sam und mir wissen, was gestern geschehen war?

Sue nahm einen Schluck aus ihrer Tasse und zog die Augenbrauen zusammen. »Du bist zu spät, Leena. Und du verschläfst nie. Das würde dir mal guttun, schau deine Augenringe an.«

Das sagte die Richtige. Warum mussten mir immer alle unter die Nase reiben, wie durchgetaktet mein Leben war? Ich schnaubte. »Einmal ist immer das erste Mal.« Angegriffen verschränkte ich die Arme vor der Brust, da ich mir schlagartig wie in einem Verhör vorkam.

Sue ruderte zurück, wedelte mit einer Hand. »Entschuldige, ich wollte dich nicht drängen. Du hast also verschlafen?«

Ich wich ihrem Blick nickend aus. Konnte es sein, dass der Tratsch es doch noch nicht bis zu ihr geschafft hatte? An sich war das keine Lüge, oder? Ich nestelte an meinem Pulloversaum herum. Doch, es war gelogen. Verdammt. Wenn ich Sue nicht erzählte, was passiert war, wäre ich exakt die Art von Freundin, die ich nicht sein wollte: verschlossen. »Jein«, schmunzelte ich und spürte, wie ich rot anlief.

»Meine Aufmerksamkeit gehört ganz dir.« Sues Grinsen berührte beinahe ihre Ohren, und sie stellte ihre Tasse ab, um sich auf den Ellenbogen abzustützen. Dadurch war sie mir näher, was mir sehr gelegen kam, denn man wusste nie, wer seine Lauscher an Orten hatte, wo sie nicht hingehörten. Unauffällig schaute ich mich im Café um und entdeckte die größte Klatschbase Saint Mellows: Rupert. Ungünstig war, dass sich sein Gehör stets verschlechterte und er bei seinen Lauschattacken nur die Hälfte verstand. Was ihn aber nicht daran hinderte zu tratschen. Was ihm dabei entging, schmückte er gern aus, und ungünstigerweise war er im Gossipverein mit Maddy und George, die Neuigkeiten, egal ob wahr oder falsch, binnen Minuten im ganzen Stadtkern verteilten. Vermutlich gab es einen Nachrichten-Verteiler, ansonsten konnte ich mir nicht erklären, wie das möglich war.

Räuspernd rutschte ich ebenfalls näher an sie heran. »Das Los gestern ...«, begann ich, doch Sue unterbrach mich.

»Ernsthaft? Wir haben gewonnen?« Freudig klatschte sie in die Hände, und aus dem Augenwinkel sah ich, wie Rupert sich aufrichtete. »Wann geht's los? Ist es ein Wellnesswochenende?« Sue plapperte weiter, ich ließ sie lächelnd gewähren. »Oh bitte, lass es Wellness sein, ich bin *so* verspannt.«

Mit hochgezogener Augenbraue zeigte ich auf ihre Tasche, die zu unseren Füßen stand. »Das könnte an dem Zentner Papiere liegen, die du ständig mit dir herumschleppst.«

Seufzend schloss sie die Augen. »Ich weiß. Aber das muss bis Dienstag fertig sein, und wenn ich heut schon etwas davon schaffe, habe ich morgen vielleicht ein bisschen mehr Freizeit«, versuchte sie hastig, sich herauszureden.

»Das ergibt keinen Sinn, Süße. Du könntest die freie Zeit auch einfach heute nehmen. Am Sonntag.«

»Lenk nicht ab.« Sue wedelte das Thema mit den Händen vom Tisch. »Also, sag schon: Was haben wir gewonnen?«

Sie wusste es tatsächlich noch nicht. Ich schluckte. »Ich war gezwungen, den Gewinn direkt gestern Abend einzulösen.«

Ich war nicht vorbereitet auf die Enttäuschung, die sich blitzschnell auf ihrem Gesicht ausbreitete. »Oh.«

»Ich hätte dich ja gern dabeigehabt«, nuschelte ich und realisierte, wie irgendein Part von mir laut *Lüge* schrie, und schämte mich dafür. Bis eben war es mir nicht bewusst gewesen, dass das alles nicht passiert wäre, wenn Sue nicht Akten hätte wälzen müssen. Danke, New Yorker Anwaltskanzlei.

Sie rieb sich den Arm, und für den Bruchteil einer Sekunde wanderte ihr Blick vorwurfsvoll zu den Akten, als verteufelte sie diese. »Was war es? Hattest du Spaß?« Beim Gedanken an letzte Nacht schwitzte ich. Mir kam Sams Anblick in den Sinn, wie er mich tief in seine dunklen Augen hatte sinken lassen. Sein Mund, der meine Lippen erforschte, und seine Fingerspitzen, die eine sanfte Spur auf mir hinterließen. »Leeni?« Sue runzelte die Stirn und lachte verhalten.

»Oh ja«, schmunzelte ich und fasste Mut. »Der Hauptgewinn war eine Heißluftballonfahrt, gesponsert von den Forsters.«

Sues Gesichtsausdruck nach zu urteilen, verstand sie nur Bahnhof. »Okay ... und?«

»Ich habe Höhenangst«, näherte ich mich dem Thema, ohne zum wirklich pikanten Part zu kommen.

»Stimmt. Und hast du es gemacht?« Sie presste die Lippen aufeinander, um ihr Lachen zu unterdrücken.

»Jep.«

Sie knuffte mir gegen den Oberarm. »Wow, ich bin stolz auf dich. Du springst viel zu selten über deinen Schatten.«

Uff. Das saß. Ich schluckte und versuchte krampfhaft, mir nicht anmerken zu lassen, dass ihre Worte mich verletzten. Sue war manchmal emotionsloser als ein Bagger. Glücklicherweise befreite Anne mich aus der Situation, indem sie mir mein frühlingshaftes Sonntagsmenü brachte, und Sue einen weiteren Cappuccino. Außerdem versperrte sie Rupert den Blick auf uns, was ein angenehmer Nebeneffekt war.

»Danke schön.« Ich nahm den Teller von ihrem Tablett, Sue hatte sich bereits den Kaffee geschnappt und setzte an zu trinken.

»Kein Problem«, erwiderte Anne und wischte sich ihre Hände an der Schürze ab, wobei sie verräterisch grinste. Sie würde doch nicht? »Wie war es gestern mit Sam?« Doch, sie würde.

Ohne Vorwarnung prustete Sue und hustete ganz fürchterlich. Vor Schreck sprang ich von meinem Stuhl auf, um ihr mit Bedacht klopfend über den Rücken zu streichen. »Alles okay?« Der Schock stand ihr ins Gesicht geschrieben, und als sie sich beruhigte, lachte ich mir klammheimlich ins Fäustchen. Das war die Rache für den Spruch über meinen Schatten.

»Ich gehe dann mal.« Verlegen strich sich Anne erneut über die Schürze, nachdem sie aus dieser einen Lappen gezogen hatte, um blitzschnell Sues Sudelei aufzuwischen.

»Okay.« Sue tippte mit dem Zeigefinger auf die Tischplatte und schenkte mir einen Blick, den ich gern als ihren Anwaltsblick bezeichnete. Man traute sich einfach nicht, wegzuschauen oder gar zu schwindeln. Sue war wie der Weihnachtsmann. Sie wusste, wann jemand log. »Irgendwas liegt schon den ganzen Morgen in der Luft, und ich habe das Gefühl, du verheimlichst etwas.«

»Sam – kennst du ihn noch?« Ich versuchte, es beiläufig klingen zu lassen, dabei zitterten meine Knie, als bestünden sie aus Wackelpudding. Zum Glück saß ich wieder sicher.

Gespielt unwissend, legte sie den Zeigefinger an ihr Kinn und zog eine Schnute, als würde sie überlegen. »Natürlich«, grinste sie. »Jeder weiß, wer Sam ist.«

»Okay. Jedenfalls war er es, mit dem ich gestern die Tour gemacht hab.« Egal, wie ich versuchte, es zu formulieren, es klang total bescheuert.

»Du warst mit dem Typen, in den du als Teenager so arg verknallt gewesen bist, in einem Heißluftballon? Allein?« Ungläubig zog sie die Stirn hoch, dass ihre Augen fast unter ihrem dunklen Fransenpony verschwanden.

Erschrocken fiel mir das Messer aus der Hand, mit dem ich mir Himbeerbutter auf den Scone schmierte. »Wie bitte?« Ich musste mich verhört haben. Und hoffentlich hatte sich Rupert genauso verhört. Niemand hatte es gewusst, niemand.

»Dass du mit deinem Jugendschwarm in einem Heißluftballon saßt?« Sie zog zwinkernd einen Mundwinkel hoch. »Du glaubst doch nicht wirklich, dass ich es nicht wusste, oder?«

Die Erkenntnis schlug mir direkt auf den Magen. Verunsichert schob ich meinen Teller von mir und sank gegen die Stuhllehne. »Woher? Ich habe es niemandem erzählt.«

»Leeni«, lächelnd griff Sue nach meinem Unterarm, wofür sie sich fast auf die Tischplatte legte. »Selbst ein Blinder mit Krückstock hätte es bemerkt.«

»Wie?« Es war mir unbehaglich. Ich hatte nie zu den Mädels gehört, die anderen von ihrem Schwarm erzählten. Schon immer hatte ich das mit mir selbst ausgemacht.

Meine beste Freundin atmete angestrengt aus. »Zum einen hast du dich in der Schule jedes Mal versteift, sobald er in der Nähe war«, zählte sie auf. »Und hier im Café war das so was von eindeutig. Ihr habt euch ständig gegenseitige, heimliche Blicke zugeworfen, es war zum Verzweifeln.«

Ich ließ das Grinsen, das sich auf meine Lippen schlich, gewähren. »Warum hast du mich nie darauf angesprochen?«

Sue biss sich auf die Unterlippe. »Weil wir beste Freundinnen sind? Ich wusste, dass dir das unangenehm wäre.«

Mein Herz zog sich schmerzhaft zusammen. Einerseits, weil ich mir lächerlich vorkam, und andererseits, weil ich so unglaublich froh war, Sue zu haben. »Danke.« Ich formte das Wort nahezu tonlos mit den Lippen. *Nimm das, Rupert.*

»Ach, du süße Nudel«, lachte Sue und schob mir meinen Teller wieder hin. »Iss. Das ist alles ist Jahre her. Wie war der Flug?« Sie stützte das Kinn in die Hände, und an dem Funkeln in ihren Augen erkannte ich ihre ungebändigte Neugierde.

»Der war okay.« Ich hieß die warme Welle lächelnd willkommen, die durch meine Adern floss. »Bis ein plötzliches Gewitter uns fast tötete.«

»Was? Ihr wart während des Monstersturms da oben?«

Ich bewegte die Hände unauffällig auf und ab und nickte beiläufig in Ruperts Richtung, damit sie leiser sprach. »Ja, wir mussten notlanden, auf einem Feld. Ich dachte wirklich, wir würden sterben, Sue.« Beim Gedanken an das Gewitter und das Gefühl, dem in dieser Weise schutzlos ausgesetzt gewesen zu sein, schnürte sich mir erneut die Kehle zu.

»Aber …« Sue grinste. »Ihr lebt. Beide, oder?« Ich knabberte nickend an meiner Unterlippe. Zappelig hob ich die Hand zu meinem Nasenring und drehte ihn vorsichtig. Das war eine Geste, die ich oft tat, wenn ich supernervös war, und ich hatte es fast geschafft, sie mir abzugewöhnen. »Kommt da noch mehr?« Ich nickte erneut. »Und?« Ungeduldig wackelte sie auf ihrem Stuhl herum.

»Nachdem wir gelandet waren, rannten wir in einen Wald …«

Sue unterbrach mich. »Du? Du bist *freiwillig* in einen Wald gerannt?« Sie wusste genau, dass Wälder mir Angst einjagten.

»Ja. Obwohl. So ganz *freiwillig* war es nicht. Wir hatten vielmehr keine bessere Alternative.«

»Stimmt auch wieder«, pflichtete Sue mir bei. Ich riss

mich zusammen, um nicht die Augen zu verdrehen. Ich liebte mein kleines Plappermaul Sue, aber es war schwer, ihr etwas zu erzählen, da sie einen ständig unterbrach.

»Wir haben in einer Waldhütte Unterschlupf gesucht.« Ich holte tief Luft und rasselte den Rest der Geschichte herunter, als würde ich ein Pflaster von einer Wunde reißen. »Da haben wir uns umgezogen, ich war bis auf die Knochen nass. Wir tranken uralten, abgelaufenen Motten-Tee, redeten, küssten uns, sind eingeschlafen, wachgeworden, ich hab ihm mit einem Kissen eins übergebraten, daraufhin haben wir uns wieder geküsst, sind erneut eingeschlafen, und heute Morgen hat er mich nach Hause gefahren. Fertig.« Atemlos beendete ich den Monolog und starrte auf meine Hände, mit denen ich vor Nervosität den Saum meines Pullovers völlig ausgeleiert hatte.

»Bitte, was?« Sue schüttelte ungläubig den Kopf. »Kannst du das nochmal langsamer erzählen? Ich glaube, irgendwo zwischen dem Blabla habe ich verstanden, dass ihr euch *geküsst* habt? Mehrmals?« Sie fuhr sich mit einer Hand über die Stirn. »Himmel, ist das heiß hier drin.«

Ich lachte über ihren Schockzustand. »*Dir* ist heiß?« Ich fächelte mir Luft zu, um zu verdeutlichen, dass ich diejenige von uns war, die ein Sauerstoffzelt benötigte.

»Wow, Leena. Und jetzt? Wie geht es weiter?«

Ich zuckte mit den Schultern. »Das weiß ich nicht.«

Sie blinzelte. »Magst du ihn? Ich meine – immer noch?«

Verwirrt zog ich die Augenbrauen zusammen, denn ich hatte keine Ahnung. Den Schmetterlingen in meinem Bauch nach zu urteilen, ja. Meinem Verstand nach zu urteilen – auch ja. Irgendwie. »Ich denke schon. Ich weiß nicht, Sue.«

Verzweifelt ließ ich die Stirn auf die Tischplatte sinken. »Ich hab das nicht geplant«, nuschelte ich mit platt gedrückter Nase.

Sue tippte mir gegen den Kopf. »Mir fallen gerade mindestens zehn motivierende Pinterest-Sprüche ein, die ich dir gern ins Ohr flüstern würde.« Ich stöhnte auf und würde einen Teufel tun, ihr jetzt ins Gesicht zu sehen. »Aber ich denke, dass du ganz genau weißt, dass das Leben das ist, was du nicht geplant hast.«

Ich hob lachend den Kopf an. »Das *ist* einer dieser doofen Sprüche, die du mir ständig weiterleitest.«

»Echt?« Sie hob unschuldig die Schultern an. »Okay.« Sue klatschte schon wieder in die Hände, was Rupert bestimmt kirre machte. »Bitte tu mir den Gefallen und mach nicht so einen Mist wie drei Tage zu warten, ehe du ihm schreibst. Und lass ihn deine Routine crashen.«

Ich ignorierte ihren Einwand bezüglich meiner Routine und schielte zur Tasche, in der ich mein Handy verstaut hatte. »Das sollte kein Problem sein«, murmelte ich kleinlaut. »Ich habe seine Handynummer nicht. Und er meine auch nicht.«

Sue hob eine Augenbraue. »Gute Ausgangslage, ihr Trottel.«

»Ey!« Lachend warf ich mit einer Stoffserviette nach ihr. »Das hier ist nicht New York. Ich schätze mal, dass wir uns schon noch über den Weg laufen werden.«

»Das hoffe ich, Leeni.« Ihr ehrliches Lächeln erwärmte mich, und ich krallte meine plötzlich zitternden Finger erneut um meinen Pulloversaum. Ich hoffte es auch. Sehr.

5. Kapitel

Sam

Seit zwei Tagen hatte ich das Haus nur verlassen, um eine kurze Joggingrunde zu drehen. Ansonsten hatte mich lediglich mein knurrender Magen daran erinnert, vom Bett oder Schreibtisch aufzustehen und nach unten in die Küche zu gehen, um mir irgendetwas aus dem Kühlschrank zu mopsen. Dad war ich seit unserem Schlagabtausch am Sonntag nicht begegnet, und ich konnte auch weiterhin gut darauf verzichten. Mein Plan für Leena nahm Gestalt an, was ich fairerweise auch von meinen Zweifeln behaupten musste. Bei jedem weiteren Punkt, den ich zu Ende geplant und organisiert hatte, empfand ich einen fiesen Schmerz in der Bauchgegend. Was, wenn meine ganze Mühe nach hinten losging? Wenn sie all das ablehnte? Ächzend klappte ich den Laptop zu und gönnte meinen Augen eine Bildschirmpause. Ich griff Leenas Bucket-List und drehte mich auf den Rücken, bettete den Kopf auf dem Kissen, ehe ich die Punkte dieser Auflistung studierte. Irgendwas mussten wir sicherlich auslassen. Ich räusperte mich. Als ich die Augen schloss, vibrierte mein Handy auf dem Nachttisch, und mein Puls schoss in die Höhe, bis mir einfiel, dass es nicht Leena sein konnte, da wir keine Nummern ausgetauscht hatten. Genervt robbte ich zum Bettrand und griff nach dem Telefon. Mit zusammengekniffenen Augen las ich, wer anrief und setzte mich kerzengerade auf. »Fuck, schon wieder«, zischte ich gedämpft, schlug mir mit der flachen Hand gegen die Stirn.

»Hey, Kleiner«, nahm ich das Gespräch entgegen und rieb mir über die müden Augen.

»Hast du geschlafen? Am helllichten Tag? Wurdest du gekidnappt?« Ich erkannte am lachenden Tonfall meines Bruders, dass er mich aufzog.

»Nein, du Nervensäge. Wie geht's dir?« Ich ließ mich zurück in meine Kissen sinken und schloss bewusst die Augen. Das hatte ich mir seit ein paar Jahren angewöhnt, sobald ich das wöchentliche Telefonat mit Conor führte.

»Wenn ich den Umstand ignoriere, dass mein großer Bruder mich schon wieder vergessen hat, prima.«

»Sorry«, nuschelte ich schuldig. Sein leises Lachen gab meinem Schuldgefühl nur mehr Feuer.

»Ist in Ordnung, gibt es wenigstens einen triftigen Grund für dein löchriges Gehirn?«

Er wusste nicht Bescheid. Also hatten ihm weder Mom noch Dad davon erzählt. Was nicht schwer war, sie hielten kaum Kontakt zu uns, wozu auch? »Ich bin wieder zu Hause.«

Die kurz entstandene Pause ließ mein Herz so hart gegen meine Brust hämmern, dass es schmerzte. »In Saint Mellows?«

»Vorübergehend. Jep.«

»Wie ist es so?«

Seufzend setzte ich mich auf, die Augen noch immer geschlossen. »Seltsam«, überlegte ich laut. »Es ist seltsam. Mom ist weinerlich wie immer, und Dad – er ist eben Dad.«

»Sie meinen es nicht so, Sammy.« Die Stimme meines kleinen Bruders war gefühlvoll und beschützend, was mir ein beklemmendes Gefühl bescherte. *Ich* sollte derjenige sein, der *ihn* beschützte. Der *ihm* die richtigen Worte zur richtigen Zeit ins Ohr flüsterte. Und *ich* sollte derjenige sein, der an das verdammte wöchentliche Telefonat dachte.

Seufzend ballte ich die freie Hand zur Faust. »Ich weiß.«

»Was ist los mit dir, Sam?« Ich sah meinen Bruder vor mir, wie er die Arme vor seiner Brust verschränkte, mit schief gelegtem Kopf. Manchmal gewann er so rasant an Autorität, dass es mir eine Gänsehaut bescherte.

»Die Leute gucken. Ich hasse es, hier zu sein«, flüsterte ich und versuchte, die Tränen zurückzuhalten. Ich weinte nie, doch wenn ich Conors Stimme hörte, war ich kurz davor. Doch in meiner Heimatstadt, in meinem Elternhaus, zu sein, vergrößerte den Druck. Immer wieder erwischte ich mich bei dem Gedanken, lieber zu Kyle zu ziehen und einen Rückzieher aus Saint Mellows zu machen, solang es noch nicht wehtat.

Ich hörte ihn seufzend ausatmen. »Nein, niemand guckt.«

»Wie kannst du das wissen?«

»Es ist 16 Jahre her, Sam.« Seine Stimme brach, als er meinen Namen aussprach. Natürlich wusste er exakt, wie viel Zeit seitdem vergangen war. Immerhin war er es, dessen Leben sich in Sekundenschnelle drastisch geändert hatte.

»Das ist nicht alles, oder?«

Ich lachte leise. »Wie machst du das nur, Conor?«

»Ich bin gut darin, deine Stimmlage zu analysieren.«

Bäm. Wieder ein Stich ins Herz. »Ja, da ist tatsächlich was passiert«, stammelte ich, ahnungslos, wie ich es ihm erzählen sollte. Wo ich beginnen sollte, da ich mir selbst nicht klar über das Gefühlschaos in mir war. Verdammt, nur wegen dieser einen Nacht in der Hütte und Leenas Liste hatte ich noch nicht das Weite gesucht.

»Leg los, ich hab Zeit.« Ich hörte einen dumpfen Ton durch das Telefon, und sofort schrillten meine Alarmglocken.

»Conor? Alles in Ordnung?«

Mein Bruder lachte, und ich war mir sicher, dass er dabei den Kopf in den Nacken warf. »Beruhige dich, Sheldon ist mal wieder vom Kratzbaum gefallen.«

»Oh. Dein Kater ist echt eine trübe Tasse.«

»Sei nicht so gemein, er hat doch nur drei Beine«, kicherte er.

»Wenn er so weitermacht, sind es bald nur noch zwei.«

»Lenk nicht ab.« Conor hatte es noch nie zugelassen, ein Thema unausdiskutiert im Raum stehen zu lassen.

»Letztens war irgendeins der Frühlingsfeste, keine Ahnung, welches genau.« Ich hörte ihn ein leises *Oh Mann* murmeln, was mir ein fettes Grinsen ins Gesicht zauberte. »Dad hat als Hauptgewinn eine Tour gesponsert, die ich fahren musste.«

»Ernsthaft? Du warst das letzte Mal vor Yale oben.«

Ich nickte zustimmend, fühlte mich bestätigt. Es war verantwortungslos von Dad gewesen, mir den Auftrag aufzudrängen. Conors Reaktion zeigte mir, dass ich nicht der Einzige mit dieser Meinung war. »Ja, ernsthaft. Jedenfalls hat ein Mädchen gewonnen, vielleicht kennst du sie noch, sie heißt Leena und ging damals auf meine Schule.« Dass ich mit ihr im *Anne's* gearbeitet hatte, hatte ich ihm nie erzählt.

Conor lachte unvermittelt laut auf. »Sehr gut umschrieben, du Klops. *Jeder* aus Saint Mellows ging auf deine Schule.«

Ich biss mir grinsend auf die Unterlippe, das hatte ich gar nicht bedacht. »Stimmt. Aber ist ja auch egal, jedenfalls sind wir hochgestiegen und wurden von einem Gewitter überrascht, mussten notlanden, sind dann ...« Ich pausierte, um den Kloß im Hals herunterzuschlucken. »... zur Hütte, wo wir die Nacht verbrachten.« Eine feine Gänsehaut zog sich über meinen Körper, denn die Hütte war Conors und mein Ding, unser Zufluchtsort gewesen, selbst nach dem Unfall. Ich hatte das Gefühl, ihn hintergangen zu haben, da ich ohne ihn dort gewesen war. Mit einer Frau im Schlepptau. Es vergingen wenige Sekunden, die mir vorkamen wie ein Jahr. »Conor?«

»Es ist okay.« Ich hörte ihn sich räuspern. »Ehrlich, ich habe nur kurz versucht ...« Er stockte, und ich wartete vergeblich, dass er das Wort wieder aufnahm.

»Was hast du versucht«? Ich zwang mich, das Mitgefühl in meiner Stimme zu verstecken, da ich wusste, wie Conor es hasste, bemitleidet zu werden.

»Mir ist nur aufgefallen, dass ich die Hütte schon fast vergessen habe.«

Scheiße. Seine Worte trafen mich wie ein Faustschlag, und ich fühlte wieder diese Schuld. Die Schuld dafür, dass er nicht hier war. Dafür, dass seine Kindheit ein Ende genommen hatte, als er gerade sechs Jahre alt war. Dafür, dass er Dinge vergaß, die einmal alltäglich für uns gewesen waren.

»Es tut mir leid«, murmelte ich in den Hörer und ignorierte die Tränen, die in meine Augen traten. Auf keinen Fall durfte ich jetzt blinzeln. Ich würde keine einzige Träne mehr vergießen, das hatte ich versprochen.

»Es ist okay, manchmal muss man einfach loslassen, großer Bruder.« Seine feste Stimme erschütterte mich.

»Wann bist du bitte so erwachsen geworden?«

Er lachte, wodurch mir etwas leichter ums Herz wurde. »Ich glaube, letzte Woche Dienstag«, veräppelte er mich, und ich stieg in sein Lachen mit ein.

»Und jetzt erzähl mir von Leena. Magst du sie?«

Lachend fuhr ich mir mit der Hand durch die Haare. »Ich glaube schon.« Ich bemerkte, wie mir urplötzlich so heiß wurde, dass ich aus dem Bett aufstehen und das Fenster öffnen musste. »Ich hab eine Bucket-List von ihr gefunden, eine Aufzählung von Dingen, die sie im Frühling erleben möchte.«

»Das klingt irgendwie ein wenig so, als würde sie ihre eigenen Abenteuer planen«, mutmaßte Conor

Ich nickte enthusiastisch »Genau. Ich möchte sie mit Ausflügen überraschen, in denen wir die Punkte abarbeiten.«

Conor stieß die Luft aus, wodurch er mich sehr verunsicherte. »Könnte schiefgehen«, grübelte er laut. Einerseits war ich froh über seine Ehrlichkeit, andererseits heizte das meine Zweifel an, den Plan überhaupt durchzuziehen. »Könnte aber auch richtig, richtig gut werden«, lachte er.

»Meinst du?«

»Klar, ich finde, das ist eine gute Idee. Auf jeden Fall habe ich noch nie von so einer Aktion gehört.«

Ich grinste breit. »Ich auch nicht.«

»Fahrt ihr dafür weit weg?«

Ich verzog lächelnd den Mund und schüttelte den Kopf, auch wenn ich wusste, dass er es nicht sah. »Nein. Ich glaube, das wäre zu viel für sie. Verständlicherweise, denn genau genommen kennt sie mich ja gar nicht.« *Mehr*. Sie kannte mich nicht mehr und auch damals nicht so richtig. Was einzig und allein meine Schuld gewesen war.

Conor lachte leise. »Richtig, steig niemals zu einem Fremden ins Auto. Oder in einen Ballon. Oder in eine abgeschiedene Waldhütte. Oh warte, ist sie schon! Bist du aufgeregt?«

Lachend ließ ich mich auf mein Bett plumpsen. »Und wie, ich habe sogar Schiss davor, dass sie alles ablehnt.«

»Wird sie nicht.«

»Woher willst du das wissen?«

»Intuition«, nuschelte Conor.

»Na, dann werde ich mal auf deine Intuition vertrauen.« Lächelnd griff ich Leenas Liste und fuhr mit dem Daumen über das Blatt, das an einer Stelle ein wenig eingerissen war. Das Stück Papier musste ihr am Herzen liegen, anders konnte ich mir nicht erklären, dass sie sich solche Mühe damit gegeben hatte. Die Überschrift verlief in hellblauen und pastellgrünen Buchstaben über die gesamte Breite, die von der Feuchtigkeit leider verschwommen war. Sie hatte winzige Illustrationen an die Ränder gezeichnet, von Blüten und Eichhörnchen über Bienen. Außerdem klebte hier und da ein Sticker, der den Sinn der einzelnen Punkte unterstrich: Sterne, Bäume, ein See. Manche lösten sich bereits vom Papier. Ich hob es an, um an ihm zu riechen, und es duftete dezent nach Leena, oder zumindest bildete ich mir das ein. Vermutlich hatte sie diese Liste lang bei sich getragen. Seufzend ließ ich mich rücklings aufs Bett fallen und schloss die Augen. Hoffentlich würde das alles nicht nach hinten losgehen.

Luna

Mürrisch sortierte ich die Regale und Auslagen im Verkaufsbereich. Es war der vierte Tag, nachdem Sam mich im Anschluss an unsere gemeinsame Nacht in der Hütte nach Hause gefahren hatte. Seitdem hatte ich ihn weder gesehen, noch von ihm gehört, und es störte mich, dass es mir *nicht* egal war. Ich war in einem Teufelskreis gefangen, und mit jeder Sekunde wuchs mein Unmut. Anscheinend war ich die Einzige von uns, deren Herz sich nach dem anderen sehnte. Die mehr in die Nacht hineininterpretiert hatte, als sie gewesen war. »So bescheuert«, murmelte ich mir zu, als ich eins unserer neusten Parfums in dem Aussteller drapierte, den die Kunden als Erstes sahen, wenn sie den Laden betraten. Meine Laune war von Tag zu Tag ein Stückchen weiter gesunken und befand sich nicht mehr weit vom absoluten Tiefpunkt entfernt. Das musste man erst mal schaffen, denn normalerweise fand ich immer etwas, das mich aufheiterte. Dazu benahm sich meine Chefin Sally seit gestern seltsam und grinste mich ständig an. Auf meine Nachfragen, warum zur Hölle sie das tat, denn es passte nicht zu ihr, schüttelte sie den Kopf, als wüsste sie etwas, wovon ich nichts ahnte. Es war zum Mäusemelken, meine Hirngespinste arbeiteten allem Anschein nach auf Hochtouren. Vermutlich nahm sie nur wieder am Speed-Dating teil, das Maddy einmal die Woche in seinem Café veranstaltete.

»Schaffst du es noch, die Kiste auszuräumen?« Sally stand mit einem weißen Karton in der Tür zum Lagerraum. »Larry hatte das Paket bei der Lieferung gestern übersehen und hat es gerade abgegeben.« Wann würde Sally endlich raffen, dass Larry es nicht *vergaß*, die Lieferungen abzugeben, sondern so verknallt in sie war, dass er das als Vorwand nahm, sie zu sehen? Dank Rupert wussten das alle. Alle, außer Sally. Ich schielte unnötigerweise zur Wanduhr über der Kasse. Natürlich schaffte ich es, immerhin hatte ich sowieso nichts weiter vor, als mich zu Hause in meinen Sessel zu kuscheln und die Welt zu hassen, während ich an Sam dachte. Genauso hatten meine letzten Abende auch ausgesehen. Erbärmlich.

»Na klar, Sally.« Ich nickte ihr zu und deutete neben den weißen Tresen, auf dem unsere altmodische Kasse stand. »Stell den Karton einfach ab.«

»Bist ein Schatz«, trällerte sie, tat wie geheißen und widmete sich der Tagesabrechnung. »Wenn du willst, kannst du das Ladenschild umdrehen.«

Ich schielte zum Schaufenster und hatte direkte Sicht auf den Festplatz, auf dem mich die Reste vom Heu-Blumen-Labyrinth an den Tag mit Sam erinnerten. Laut Maddy und George hatte es einen folgenschweren Streit zwischen den Freiwilligen gegeben, was dazu führte, dass *niemand* die Überreste des Tombola-Frühlingsfestes wegräumte. Es war Titelthema in der Saint Mellows Times – ein absoluter Skandal! Die Sonne stand niedrig am Horizont und würde bald hinter den Häusern verschwinden. Ich stellte das letzte Fläschchen auf den Aufsteller und rieb meine Handflächen aneinander, da sie kalt geworden waren, ehe ich zur Tür schritt, um das *Open*-Schild auf *Closed* zu wenden. Ich schnappte mir Larrys *vergessene* Lieferung und begann mechanisch, unsere Nachbestellungen in die Regale zu räumen. Ich erschrak, als jemand gegen die gläserne Ladentür klopfte, drehte mich allerdings nicht um. »Wir haben geschlossen«, rief ich genervt und hoffte, dass derjenige verschwand. Wir hatten nicht September, also war es nicht Phil, der mal wieder seinen Hochzeitstag vergessen hatte und panisch auf der Suche nach einem Last-Minute-Geschenk war. Es klopfte erneut, diesmal energischer, und ich wandte mich zu Sally, die grinsend auf ihrer Unterlippe kaute und mich anstrahlte. »Was ist denn mit dir los?« Ich zog verwundert eine Augenbraue hoch, denn Sally benahm sich eher seltener wie ein Kind an Weihnachten. Sie war der Inbegriff von Stil mit ihrer immer makellos sitzenden Kleidung, heute ein Kostüm in Limonengelb, und der allgegenwärtig passenden Mimik und Gestik. Ihr blonder Bob bewegte sich dank des ganzen Haarsprays kein Stück. Stirnrunzelnd wandte ich mich zur Tür und ließ vor Schreck die Verpackung fallen, aus der ich ein neues Probenfläschchen einer unserer beliebten Frühjahrsdüfte von Marc Jacobs herausgenommen hatte. Augenblicklich schlug mir der Puls bis zum Hals, und ich fragte mich, ob es möglich war, dass einem das Herz wortwörtlich aus der Brust sprang. An der Tür stand Sam und winkte mir lächelnd zu. Ich schüttelte wie in Trance den Kopf, starrte in seine Richtung. »Was will er hier?« Ich stellte die Frage mitten in den Raum und erwartete eigentlich keine Antwort.

»Das wirst du bestimmt erfahren, wenn du die Tür öffnest.«

Sam fuhr sich ruhelos mit der Hand durch die Haare, und ich riss mich von ihm los, um Sally entgeistert anzustarren. »Weißt du etwa, warum er hier ist?« Sie presste die Lippen aufeinander und zuckte mit den Schultern, ehe sie sich von meinem Blick loseiste. »Danke dafür«, murrte ich, holte tief

Luft, bevor ich mich zur Tür bewegte, um Sam hereinzulassen.

»Hi, Leena.« Er hob einen Arm an und zog mich in eine zögerliche Umarmung, die ich nicht erwiderte, da mein Körper sich schlagartig versteifte wie ein Brett.

»Hey?« Verwundert runzelte ich die Stirn. »Was willst du hier?«

»Sally hat echt dichtgehalten?« Sein Lachen breitete sich im Verkaufsraum aus und brach fast die Eisschicht, die mich umgab. Aber nur fast.

»Ob Sally – was?« Verdattert sah ich zu meiner Chefin, die plötzlich unglaublich geschäftig tat und einen *leeren* Notizblock durchblätterte. Was war hier los? Was lief hier?

»Ich hole dich ab«, gab er bekannt und schluckte, als hätte er Sorge, ich würde ihn abweisen und bitten zu gehen.

»Okay?« Mir fiel auf, dass ich kaum ein Wort sprach und noch dazu an alles ein Fragezeichen setzte.

»Ich habe eine Überraschung für dich.«

»Für mich?« Okay, es wurde nicht besser. Warum warf er mich so aus der Bahn?

Er versteckte seine Hände in den Taschen seiner Jacke. »Ja.« Er war, wie auch das letzte Mal, von oben bis unten in Schwarz gekleidet. Schwarze Jeans und Sneakers, schwarzer Pullover, wie schon damals auf der Highschool. Manche Dinge änderten sich wohl nie. Ich würde lügen, wenn ich behauptete, es zöge mich nicht an. Es passte perfekt zu ihm, mit seinen dunkelblonden Haaren, die mal wieder einen Schnitt vertrugen, den waldgrünen Augen und der dezent sonnengebräunten Haut. Ich atmete tief durch, um mich nicht weiter von seinem Erscheinungsbild einlullen zu lassen, verschränkte die Arme vor der Brust und stellte die Hüfte aus.

»Ich mag keine Überraschungen«, erinnerte ich ihn und verkniff mir ein Grinsen.

»Mein Gott, Leena«, kam es frustriert von meiner Chefin, die den Kopf schief gelegt hatte und zu uns herübersah. »Gib dir *einmal* einen Ruck.«

Mein Blick heftete sich auf den weißen Karton, um den sie mich gebeten hatte, ihn auszuräumen. Ich schluckte und zeigte darauf. »Ich muss noch arbeiten.«

»Musst du nicht, ich mach das«, fiel Sally mir eine Spur zu euphorisch in den Rücken. »Schönen Urlaub, morgen.«

»Danke«, murmelte ich und griff nach meinen Haarspitzen, als ich realisierte, was sie da gesagt hatte. »Moment! Urlaub? Ich habe keinen Urlaub.«

»Doch«, kam es zeitgleich aus Sallys und Sams Mündern.

»Äh, habe ich da auch noch ein Wörtchen mitzureden?« Unsicherheit ergriff Besitz von mir, und meine Knie wurden weich wie Pudding, während meine eiskalten Finger unkontrolliert zitterten. Wenn ich etwas noch mehr hasste als ungeplante Ereignisse, war es, wenn Dinge, die mich betrafen, über meinen Kopf hinweg entschieden wurden.

»Natürlich«, lächelte Sam schüchtern. »Magst du mitkommen?« Er sah mir in die Augen, und mein Herz machte einen kleinen Hüpfer, während in meinem Bauch eine Schmetterlingsparty entstand. »Bitte?«

Wie sollte ich da Nein sagen? Ich wollte ihn nicht vor den Kopf stoßen, erst recht nicht vor Sally, auch wenn ich gleichzeitig unglaublich wütend und verwirrt war. Aber das Gefühl, das auf der Spitze meiner Emotionen saß, war

Freude darüber, ihn wiederzusehen. Ich verspürte das Verlangen, von ihm in den Arm genommen zu werden, um seinen warmen Duft nach Wald und Minze zu inhalieren. »Okay«, hörte ich die Worte meinen Mund verlassen. Allerdings nur aus dem einfachen Grund, um an meinem Arbeitsplatz keine Szene zu machen. Ich drehte mich um und trat zu Sally hinter die Kasse, wo mein gelber Cord-Rucksack und mein Mantel lagen.

»Und wer öffnet morgen früh den Laden?« Ich klimperte mit den Schlüsseln.

»Ich, natürlich«, grinste Sally.

»Morgen ist Freitag, wer leitet dann den Aerobic Kurs der Senioren?« Ich ließ sie nicht so schnell vom Haken.

Ertappt schnappte sie nach Luft, fasste sich jedoch schnell wieder und schenkte mir ihr Pokerface-Lächeln. »Das lass mal meine Sorge sein.« Sie strich mir einmal über den Rücken und nickte mir lächelnd zu. »Viel Spaß.«

Als Antwort funkelte ich sie grimmig an. »Mach so was nicht nochmal«, bat ich sie, lächelte ihr zum Abschied aber zu.

Ich stiefelte an Sam vorbei und drehte mich mit in die Hüften gestemmten Händen zu ihm um. »Und jetzt? Wir sind in Saint Mellows! Hier gibt es nur Frühstückscafés, und der 24-Stunden-Supermarkt hat seit einer Stunde geschlossen.«

Sam drehte sich kurz weg, und ich sah, dass Sally uns beobachtete. »Komm.« Er griff nach meinem Handgelenk und zog mich sanft ein paar Meter weiter vor das Schaufenster vom einzigen Schuh- und Reifengeschäft in Saint Mellows. »Es tut mir leid.« Er ließ meine Hand los.

Verdutzt glotzte ich ihm ins Gesicht. »Was denn?«

»Ich habe mich nicht gemeldet und überfalle dich jetzt.«

Ich schluckte, nickte schließlich lächelnd. »Das sollte es auch, Mister.«

»Komm her.« Er hielt seine Arme auf und legte den Kopf schief, schenkte mir ein Lächeln, dem ich unmöglich widerstehen konnte. Aber im Augenblick gewannen die Verärgerung in meinem Bauch und die Verwirrung die Oberhand. Was hatte er sich dabei gedacht, mich die ganzen letzten Tage auf heißen Kohlen sitzen zu lassen, nur, um dann vorbeizuschneien und *was-weiß-ich* mit mir anstellen zu wollen? Spekulierte er darauf, dass ich ihm ausgelassen in die Arme springen würde?

»Moment, Sam«, erwiderte ich stirnrunzelnd. »Ich verstehe dich nicht. Was geht hier vor?«

Sam stieß einen Schwall Luft aus und blähte die Wangen, fuhr sich mit der Hand durch die Haare. »Ich hätte mich melden sollen, oder?«

Verunsichert biss ich mir auf die Unterlippe und nuschelte ein nahezu tonloses »*Vielleicht*«.

»Okay«, räusperte er sich. »Du bist böse auf mich.«

»Bin ich nicht, im Ernst«, murmelte ich und verdrehte die Augen mit einem zaghaften Lächeln. Mit in den Hosentaschen versenkten Händen kickte ich einen Stein auf die Straße. »Aber ich stehe nicht auf solche Aktionen, okay?«

»Warum nicht?«

»Das geht dich nichts an«, erwiderte ich schnippischer, als ich wollte, und bereute es im nächsten Augenblick.

»Okay, bitte vergiss meine Nachfrage«, versuchte er, das Schiff zu wenden. »Wirklich. Du musst mir nichts erzählen.«

Stöhnend richtete ich den Blick zum Himmel und blinzelte blitzschnell, damit die aufkommenden Tränen versiegten. Warum nicht? Klar, logisch betrachtet waren wir wie Fremde. Fremde, die sich geküsst und eine Nacht miteinander verbracht haben. Aber was würde schon passieren, wenn ich ihm einen Krümel meiner Ängste hinwarf? Es war nur ein Bruchteil, und irgendetwas in mir verlangte danach, die Worte endlich einmal auszusprechen. »Ich habe mal ...« Die Stimme drohte mir zu versagen. »Ich habe mal einen Menschen verloren, meine Grandma, und habe in solchen Momenten sehr daran zu knabbern. Sonst nichts.« *Sonst nichts.* Das war gelogen. Ohne ihn anzublicken, heftete ich den Blick auf meine Schuhspitzen und hoffte, dass er nicht weiter nachfragte. Eventuell war ich bereit, bei Sams Spiel mitzuspielen. Allerdings war ich noch lange nicht so weit, ihm zu erzählen, warum mir der Ausbruch aus meiner Routine wirklich solche Angst einjagte.

»Das tut mir sehr leid, Leena. Darf ich dich nach Hause bringen?« Sam kam einen Schritt auf mich zu, das hörte ich am zögerlichen Auftreten seiner Füße. Als ich den Kopf anhob, trafen sich unsere Blicke, und ich erkannte, wie Enttäuschung sich in seiner Miene ausbreitete. Das sachte Flattern von Schmetterlingsflügeln in meinem Magen machte meinem schlechten Gewissen Platz. Ja, vielleicht war die Art, wie Sam mich überrumpelte, nicht optimal. Und woher sollte er ahnen, dass ich Überraschungen nicht leiden konnte? Wenn ich die beiden Fakten außen vor ließ, sie einfach ignorierte, war das hier doch eigentlich schön. Verwirrend, herausfordernd und ein wenig seltsam, aber schön.

Resigniert fuhr ich mir mit den Handflächen über das Gesicht. »Ach, Sam«, seufzte ich. »Was machst du hier nur?« Ich hob die Arme an und deutete abwechselnd auf uns.

»Ich weiß nicht, was ich sagen soll, Leena.« Er schenkte mir ein schiefes Lächeln und zuckte mit den Schultern. Seine Ehrlichkeit beeindruckte mich. Zögerlich setzte ich einen Schritt auf ihn zu und lehnte mich gegen seinen Körper, woraufhin er seine Oberarme fest um mich legte und mich an sich drückte. Ich spürte, wie er sein Kinn auf meinem Scheitel ablegte, und hörte das Herz in seiner Brust schlagen. Ich presste die Kiefer aufeinander und schloss die Augen, um seinen Duft einzuatmen. Er roch haargenau so, wie ich es mir jeden Tag ins Gedächtnis gerufen hatte. Meine Eingeweide zogen sich schmerzhaft zusammen und suggerierten mir, mehr zu wollen. Bevor diese Gefühle meinen Verstand unzurechnungsfähig machten, hob ich den Kopf, um unsere Umarmung zu lösen.

»Und jetzt?« Die Stimme blieb mir im Hals stecken, und ich räusperte mich, was mir peinlich war.

»Bitte erschieß mich nicht«, bat er, als er mir seinen Arm um die Schultern legte, um mich zum Laufen zu bewegen.

»Habe meine Knarre nicht dabei«, witzelte ich und genoss das Gefühl, ihm nah zu sein. Sams Sicherheit, wenn es darum ging, mich zu berühren, tat mir unfassbar gut und schenkte mir Mut. Ich genoss es, keine Gedanken daran verschwenden zu müssen, den ersten Schritt zu tun, denn bisher hatte er es übernommen. Und er tat es sogar jetzt, obwohl seit unserem ersten und einzigen Treffen einige Tage vergangen waren.

»Wir spazieren zu dir.«

»Zu mir?« Ich runzelte die Stirn und fummelte nervös am

Tragegurt meines Rucksacks herum. Ich blickte zu ihm auf und sah, dass er angespannt auf seiner Unterlippe kaute.

»Genau, damit du packen kannst.«

Ich lachte kurz auf und strich mir eine Haarsträhne hinter das Ohr. »Ja. Klar.« Damit, dass er aus heiterem Himmel stehen blieb, hatte ich nicht gerechnet und strauchelte. Als ich mich wieder gefangen hatte, suchte ich verwirrt seinen Blick, der nahezu schmerzverzerrt aussah. Eine Eiseskälte kroch meine Adern hinauf und lähmte meinen Körper. Das war kein Scherz? »Du meinst das ernst?« Meine Stimme schrillte in meinen eigenen Ohren, und ich versuchte, nicht zu hyperventilieren. Er nickte verunsichert und griff nach meinem Handgelenk. Ich ließ ihn gewähren, auch wenn er unfair spielte, denn sobald er mich berührte, knipste er automatisch einige wichtige Synapsen in meinem Gehirn aus.

»Ich würde mich freu…« Er seufzte, als suchte er nach passenderen Worten. Räuspernd fuhr er sich mit den Fingern durch die dunkelblonden Haare. Konnte man neidisch auf eine Hand sein? Ich wollte ebenfalls durch seine Haare fahren. »Vertraust du mir? Wie letztens im Ballon?«

Mit dieser Frage hatte ich nicht gerechnet, Sam ging wirklich aufs Ganze. »Ich denke schon«, murmelte ich und erschrak darüber, meine eigene Stimme zu hören. *Ich denke schon?* Die Worte hatten meinen Mund verlassen, ohne es mit meinem Gehirn abgesprochen zu haben. Mein schnell klopfendes Herz zeigte mir, dass es schuld daran war. Seit wann handelte ich unüberlegt? Und seit wann bescherte es mir keine Heidenangst? Bevor meine Gedanken zu Grandma Edith abschweiften, der der Ausbruch aus ihrer Routine zum Verhängnis geworden war, suchte ich lächelnd Sams Blick.

Sam zog mich erneut an sich und senkte den Kopf, bis sein Mund direkt an meinem Ohr war. »Okay«, hauchte er. »Danke.«

Ich nickte lediglich als Antwort, denn was hätte ich auch darauf erwidern sollen?

Eine Viertelstunde später stand ich inmitten eines Klamottenchaos in meinem Schlafzimmer, den winzigen Handgepäckkoffer, den ich erst zweimal benutzt hatte, aufgeklappt auf dem Bett. »Was stimmt nicht mit mir?« Hysterisch lachte ich und ließ mich hilflos auf den Bettrand fallen. »Ein Trip muss geplant sein. Von mir selbst.« Selbstgespräche zu führen, war schon immer mein heimliches Ventil gewesen. Manche Dinge musste man mit sich selbst ausmachen, und da half es, seine eigene Stimme zu hören. »Okay. Du packst jetzt einfach alles in diesen Koffer, was du hübsch findest.« Ich bemerkte, dass ich vor Nervosität wieder an meinem Nasenring drehte, und zwang mich sofort, die Hand herunterzunehmen. »Warm sollte es sein, kuschelig, sexy.« Mir schoss die Hitze ins Gesicht. Hatte ich *sexy* gesagt? Warum wollte ich mich sexy fühlen? Sam gab mir nicht das Gefühl, mich aufbrezeln zu müssen. Immerhin hatte er mich das erste Mal geküsst, als ich alte, verwaschene Männerkleidung getragen hatte, die drei Nummern zu groß gewesen war. Allerdings hatte ich auch keine Unterwäsche getragen, was er gewusst hatte. »Besser haben, als brauchen«, nuschelte ich, als ich nach meiner hübschen Unterwäsche griff, die mir Sue aufgequatscht hatte, als wir einen Trip nach Los Angeles gemacht hatten und sie in einen unaufhaltbaren Kaufrausch verfallen war. Sam meinte, ich solle für eine Nacht packen. Ich schielte zu dem hellblauen Koffer. Frustriert starrte ich auf den Kleiderhaufen. Reichte ein Pullover? Was, wenn es kalt würde? Sollte ich eine Extra-Jeans einpacken? Noch nie zuvor hatte ich einen halben Nervenzusammenbruch erlitten, weil ich einen Koffer packen musste. Für eine *Nacht*. Ich spürte, wie die Aufregung in mir hochkroch und mir die Kehle zuschnürte. Ich durfte nicht zu viel darüber nachdenken, dass ich in gewissem Maße die Kontrolle abgab. Und das auch noch irgendwie freiwillig.«»Okay.« Ermutigt stand ich auf und klatschte in die Hände. »Einfach machen, Leena. Komm schon, einfach machen.«

Eine halbe Ewigkeit später rollte ich den vollgestopften Koffer zur Wohnungstür, vorbei an der Küchenzeile und meinem kuscheligen Wohnzimmer. Ich liebte den offenen Schnitt meiner winzigen Wohnung. Im Flur, in dem eine alte Kommode aus dunklem Holz stand, hielt ich in der Bewegung inne. Ich ließ den Blick über die Fotos gleiten, die ich an einer Lichterkette befestigt hatte. Wenn ich im Wohnzimmer auf dem grauen Sofa mit den zur Jahreszeit passenden Kissen saß, hatte ich direkte Sicht auf sie. Kurz überlegte ich, das Kissen, das die Form eines Eichhörnchens hatte, einzupacken, um einen Teil von zu Hause dabeizuhaben. Ich entschied mich dagegen. Ich benahm mich wie ein Kleinkind. Meine Aufmerksamkeit heftete sich auf eins meiner Lieblingsfotos. Darauf saßen Sue und ich als Mädchen hinter unserem ersten Limonadenstand vor dem Haus meiner Eltern. Hinter uns stand Grandma, jedem von uns eine Hand auf die Schulter gelegt. Sie grinste genauso breit in die Kamera wie Sue und ich. Ich erinnerte mich noch genau daran, wie stolz wir an diesem Tag waren. »Oh Granny«, seufzte ich leise und schluckte schwer. »Mir wird nicht das

Gleiche passieren wie dir. Das verspreche ich.« Ich hob die Hand zu meinem Mund, hauchte einen liebevollen Kuss auf meine Fingerspitzen und drückte diese auf das Foto. Plötzlich kam mir etwas in den Sinn, das Grandma einst zu mir gesagt hatte. Irgendjemand sollte immer wissen, wo ich war und mit wem. Egal wie verliebt ich oder wie vertrauenswürdig jemand anderes war. Sie hatte recht. Natürlich wusste ich, dass Samuel nicht plante, mir etwas anzutun. Andererseits schadete es nicht, jemandem Bescheid zu geben. Und dieser auserkorene Jemand war Sue. Ich ließ den Rucksack von der Schulter gleiten und kramte mein Handy daraus hervor.

Ich: *Flipp jetzt nicht aus!*

Ich wartete ein paar Sekunden, starrte grinsend ihren Namen an, und wie so oft war sie sofort online. Sue und ihr Handy waren verheiratet. Unter dem Namen *Sue-ster*, was ein Mix aus *Sue* und *Sister* war, erschienen drei Punkte, was mir zeigte, dass sie tippte.

Sue-ster: *WAS IST PASSIERT?*
Ich: *Ich wollte dir nur Bescheid geben, dass ich heute nicht zu Hause schlafe.*

Sue tippte, hörte auf und tippte wieder.

Sue-ster: *Okay? Sondern?*
Ich: *Weiß ich nicht. Sam hat eine Überraschung für mich.*
Sue-ster: *Und du machst freiwillig mit?*

Ich: *Irgendwie schon. Pass auf, ich teile gleich meinen Standort mit dir, ja?*

Sue kannte meine Angst. Sie war der einzige Mensch, der nachvollziehen konnte, warum ich so verbittert an meinem Alltag festhielt.

Sue-ster: *Klar, ich check ihn immer mal. Und schreib mir zwischendurch!*
Ich: *Werde ich!*
Sue-ster: *Nicht vergessen!*

Lachend verdrehte ich die Augen.

Ich: *Hab dich lieb, Sis.*
Sue-ster: *Hab Spaß!*
Sue-ster: *Warte!*

Ich legte den Kopf schief, voller Neugier, was kommen würde, und lachte auf, als sie mir eins ihrer berüchtigten, inspirierenden Zitatebilder aus Pinterest in den Chat postete. *Girl, do it for you* stand darauf. Wie schaffte sie es, innerhalb weniger Sekunden etwas Treffendes zu finden?

Ich: *Mache ich.*

Mit einem fetten Grinsen im Gesicht verstaute ich das Handy im Rucksack, schulterte ihn, griff nach dem Koffer und öffnete die Wohnungstür, nachdem ich meine Foto-Lichterkette ausgeschaltet hatte. Ich versuchte, das Zittern meiner Finger zu ignorieren. »Bis bald, Wohnung«, verabschiedete ich mich, als ich die Tür hinter mir ins Schloss zog und den Koffer die Treppe hinunterwuchtete. Ich wohnte seit zwei Jahren hier. Es war eine Einliegerwohnung, und um zu ihr zu gelangen, kam ich nicht umhin, durch den persönlichen Flur meiner Vermieterin zu gehen. Anfangs hatte mich das gestört, und ich hatte dreimal überlegt, ob ich wirklich rausmusste. Mein Ziel war gewesen, Unterhaltungen mit ihr aus dem Weg zu gehen. Irgendwann hatte ich mich daran gewöhnt, und mir war klar geworden, dass ich mich mehr oder weniger selbst eingesperrt hatte. Nur weil ich Angst hatte, angesprochen zu werden und ein Gespräch führen zu müssen. Wie immer begegnete ich ihr auch dieses Mal nicht. Ich stieß die Haustür auf und starrte zu Sam, der gegen seinen Pick-up gelehnt auf sein Handy sah. Er hob den Kopf, und ein breites Grinsen zeigte sich auf seinem Gesicht, was meine Schmetterlinge im Bauch erneut weckte. »Ruhig, da unten«, tadelte ich meinen kribbelnden Magen, als ich auf wackeligen Beinen auf Sam zulief.

»Ich dachte schon, du verbarrikadierst dich da oben, und ich muss allein fahren.« Er nahm mir den Koffer ab und öffnete die Beifahrertür, um ihn im hinteren Teil der Fahrerkabine zu verfrachten.

»War kurz davor«, gab ich lächelnd zu und krallte mich an meinen Rucksack, da mir vor Aufregung die Hände zitterten.

»Können wir?« Er legte beide Hände in seinen Nacken und atmete angestrengt aus. Ich rechnete es ihm so unglaublich hoch an, dass er nicht versuchte, seine Nervosität zu verstecken. Seine offensichtliche Anspannung hielt meine eigene in Schach, auch wenn das eigentlich keinen Sinn ergab.

Ich nickte und schaute kurz zum Himmel, der sich mittlerweile fast komplett dunkel gefärbt hatte. »Wir können.«

Als Antwort beugte er sich blitzschnell zu mir herunter und drückte mir einen flüchtigen Kuss auf den Mund. Wie gelähmt blieb ich stehen und starrte ihn an. Meine Lippen hatten Feuer gefangen, mindestens eintausend Nadelstiche fuhren mir durch die Haut. Ich musste mich beherrschen, sie nicht mit den Fingern zu berühren. Sam hingegen drehte sich einfach um und deutete auf die offen stehende Beifahrertür. »Steig ein, und das Abenteuer beginnt.«

Langsam stolperte ich auf ihn zu und stieg in das Auto. Sam stieß die Tür zu und lief um den Wagen herum. »Abenteuer. Was soll schon passieren?«, murmelte ich wie erstarrt und erblickte Rupert in seinem typischen braun-gelb karierten Mantel und der Schiefermütze, der gerade seinen Mops Gassi führte und mir neugierig in die Augen sah. Na super.

Sam

»Alles okay bei dir?« Sogar Conor hätte erkannt, dass etwas in Leena vorging. Es war, als umgäbe sie eine Aura aus Angst. Doch was war es, wovor sie sich fürchtete? Immer wieder rutschte sie auf dem Sitz umher. Kontrollierte, ob sie eine Nachricht bekommen hatte. Einmal sah ich aus dem Augenwinkel, wie sie ein Foto bekam, ein leises Seufzen von sich gab und ihre Finger zum Antworten blitzschnell über die Tastatur flogen. Auf dem Schnappschuss grinsten ein

Mann und eine Frau in die Kamera, wahrscheinlich ihre Eltern? Schnell hatte ich mich abgewendet, nicht dass sie noch glaubte, ich wäre *zu* neugierig. Dann öffnete sie Instagram. Als ihr Daumen das erste Mal das Icon antippte, lief es mir eiskalt den Rücken herunter, und in mir wuchs die Neugierde zu einem riesigen Gebirge an. Ich wäre am liebsten sofort rechts herangefahren, um mir mein Handy zu schnappen und nach ihr zu suchen. Was sie wohl für Fotos und Reels hochlud? Oder war sie stille Beobachterin? Mein Herz schlug stärker in meiner Brust, da es so vieles gab, das ich nicht von ihr wusste. Woher auch? Eine leise Stimme in mir schrie, dass ich alles kennenlernen wollte. Jedes kleine bisschen von ihr.

»Ja.« Leena räusperte sich, warf mir ein schiefes Lächeln zu und steckte sich eine lose Strähne zurück in den Pferdeschwanz.

»Sicher?« Ob es schlau war nachzuhaken? Dabei war mir klar, dass sie schwindelte. Irgendetwas war los.

Den Blick auf ihren Schoß senkend, atmete sie tief ein, ehe sie den Kopf schüttelte. »Irgendwie nicht. Ich mache so was eigentlich nicht, weißt du?«

Ich schnalzte mit der Zunge und zwinkerte ihr kurz zu, ehe ich den Blick wieder auf die Straße vor uns richtete. »Das habe ich mir gedacht. Warum nicht?« Ich nahm aus dem Augenwinkel wahr, dass sie die Schultern hochzog.

»Das weiß ich nicht. Ich plane einfach gern selbst.«

Das Kribbeln in meiner Brust breitete sich wie eine Druckwelle bis in meine Fingerspitzen aus. Eigentlich war das die beste Vorlage, um sie einzuweihen. »Auch *das* vermutete ich.«

Sie drehte den Kopf zu mir herum, und ich lächelte ihr kurz zu. »Und wie kommst du darauf?«

»Fass in meine Hosentasche«, forderte ich sie auf und nickte zu meinem Schoß.

Nachdem sie sich nicht regte, realisierte ich, wie behämmert das klang, und riskierte einen Blick zu ihr. Wie erwartet hatte sie eine Augenbraue angehoben, und die Mundwinkel verrieten ihren Versuch, ein Lachen zu unterdrücken. »Ich soll, bitte was, tun?« Der Schalk saß in ihrer Stimme und weckte die Schmetterlinge in meinem Bauch. Sie flatterten wild umher, berührten einander und meine Magenwände.

»Das klang wieder irgendwie falsch«, grinste ich und fuhr mir mit einer Hand über das Gesicht, ehe ich sie sicher um das Lenkrad schloss.

»Irgendwie schon, ja«, lachte sie und hielt sich dabei eine Hand vor den Mund.

Ohne sie anzusehen, nahm ich die rechte Hand vom Lenker und umfasste zögerlich ihre Hand. »Nicht verstecken, Leena.« Die Worte blieben mir beinahe im Hals stecken. Es stimmte zwar, dass ich mein Herz auf der Zunge trug. Dennoch war es für niemanden einfach, seine Gefühle in Worte zu fassen. Nicht unbedingt, weil einem die Wörter fehlten, sondern weil man sich verletzlich machte. Aber irgendetwas an Leena gab mir die Sicherheit und den Mut, frei heraus zu sagen, was mir in den Kopf kam. Ihre weiche Haut war eiskalt, was meinem schlechten Gewissen, sie aus ihrem Alltag gerissen zu haben, Feuer gab. Andererseits war es erleichternd zu wissen, dass sie mindestens genauso aufgeregt war wie ich.

»Okay.« Ihre Stimme war leise, sodass ich sie über die Motorengeräusche kaum hörte. Als Antwort verschränkte ich meine Finger mit ihren und genoss es, sie auf ihren Oberschenkel zu legen. Ein Gefühl huschte mir über den Rücken, das ich lang nicht mehr wahrgenommen hatte. Zufriedenheit. In diesen Sekunden, hier in meinem Dodge, war ich zufrieden, da ich Leenas Hand halten durfte. Manchmal bedarf es keiner großen Momente, um glücklich zu sein. *Glück.* Ein mulmiges Gefühl breitete sich in mir aus und schnürte mir die Kehle zu. Es war ein Wort, das ich nicht mehr hören konnte. Ich hatte es zu oft im Zusammenhang mit dem Schrecklichsten gehört, das mir jemals widerfahren war. *Samuel hatte Glück. Ein Glück ist nichts Schlimmeres passiert. Ihr Sohn kann sich glücklich schätzen. Leider hatte Conor weniger Glück als Samuel.* All diese Sätze, die Ärzte, Nachbarn, unsere Familie und fremde Menschen zu meinen Eltern gesagt hatten, hatte ich bis heute nicht vergessen können. Der Unfall war alles gewesen, außer Glück. Er hatte zerstört, zerrissen und es unmöglich gemacht, dass mein kleiner Bruder jemals ein normales Leben würde führen können. Ich spürte, wie Leenas Daumen unentschlossen über meinen Handrücken strich. »Ist alles okay mit *dir*?« Sie betonte das letzte Wort. Es war zu früh. Ich war nicht bereit, ihr davon zu erzählen, zumal sie garantiert davon gehört hatte. Jeder in Saint Mellows wusste, dass etwas Grausames passiert war. Ich schnaubte kopfschüttelnd. Leena war damals ein Kind gewesen. Warum hätten ihre Eltern ihr davon erzählen sollen? Entsetzliche Unfälle erschütterten und ließen die Welt für eine Weile stillstehen. Doch sobald man die Sanduhr wieder herumdrehte, ging das Leben weiter, als hätte es nie eine Unterbrechung gegeben. Sekunde für Sekunde rauschte an einem vorbei, und irgendwann hatte man die Sanduhr so oft gedreht, dass man sich nicht mehr daran erinnerte, was einst geschehen war. Zu unserem Leidwesen waren Conor, meine Eltern und ich für immer in der Mitte der Sanduhr gefangen. Unsere Erinnerungen und die Konsequenzen waren zu präsent, als dass sie jemals hindurchpassen würden. Für manche Menschen hatte sich die Zeit weitergedreht. Für uns nicht.

Ich zwang mich dazu, die schwarzen Gedanken zu vertreiben, und nickte. »Jep.«

»Ich glaube dir nicht, Sam. Aber ich lass das einfach mal so stehen.«

Lächelnd schüttelte ich den Kopf. »Ich habe nicht mehr geschwindelt als du«, neckte ich sie und verstärkte den Griff um ihre Hand.

»Erwischt«, murmelte sie, drehte sich weg und sah aus dem Beifahrerfenster. Noch nie war ich einer Frau begegnet, die Geheimnisse akzeptierte. Die mich nicht drängte zu erzählen, warum meine Gedanken manchmal schwarz wurden. Man merkte es mir an, auch wenn ich es zu verhindern versuchte. Ich befreite widerwillig meine Hand aus ihrer und fischte ihre Bucket-List aus der Hosentasche. Lächelnd hielt ich das zusammengefaltete Stück Papier in die Höhe und warf immer wieder kurze Blicke zu ihr herüber. »Woher hast du die?«

Ein Schauder rieselte meinen Rücken hinab, da ihre Stimme eiskalt war, als hätte ich sie verletzt. »Ich habe sie gefunden«, erklärte ich stirnrunzelnd.

»Hast du sie gelesen?« Sie klang weinerlich und erbost zugleich. Ich hatte mit vielem gerechnet, aber nicht damit.

Zögerlich nickte ich und hielt an einem Feldweg, der die Landstraße kreuzte, auf der wir fuhren. Ich lenkte das Auto mit klitschnassen Fingern in den Weg ein und schaltete den Motor aus. »Habe ich. Es tut mir leid«, entschuldigte ich mich. »Auch wenn ich nicht verstehe, warum.«

»Das war meins, Sam. Persönlich.« Gekränkt faltete sie die Liste zusammen und krallte ihre Finger darum.

»Erklärst du mir, was dich wütend macht, Leena?« Wie gern hätte ich nach ihrer Hand gegriffen oder sie in eine Umarmung gezogen. Anscheinend hatte ich sie verletzt. Demnach war das eingetreten, was ich befürchtet hatte.

»Ich bin nicht wütend, aber das ging dich schlichtweg nichts an«, murmelte sie und wich meinem Blick aus. »Ja?«

»Es tut mir leid«, wiederholte ich meine Worte.

»Du hattest kein Recht, das zu lesen«, erwiderte sie bedrückt, und ich sah ihre Unterlippe beben. Überfordert trommelte ich mit den Fingerspitzen aufs Lenkrad, öffnete die Tür und stieg aus, da mir die Luft in der Fahrerkabine zu dünn wurde. Ich fuhr mit den Händen über mein Gesicht und durchs Haar. Warum reagierte sie so extrem? Hatte ich sie wirklich verletzt? Es war doch nicht ihr verdammtes Tagebuch, oder? Entrüstung darüber, ungerecht behandelt zu werden, stieg in mir auf, auch wenn ein rationaler Teil von mir wusste, dass meine Reaktion ebenfalls übertrieben war. Aber die letzten Tage hatte ich jede Minute zur Planung genutzt. Für niemand Geringeren als die Frau, die mich jetzt ansah, als wäre ich ihr Todfeind. Ich hörte eine zuschlagende Autotür und spähte über das Autodach hinüber zu Leena. Das einzige Licht, das uns umgab, stammte von den Scheinwerfern des Wagens. Sogar der Mond versteckte sich hinter einer dicken grauen Wolkenschicht. Ich lauschte ihren Schritten auf der Erde, die sich mir näherten. Mit vor der

Brust verschränkten Händen sah sie mich an. »Was machst du da?«

Mir fiel die Kinnlade herunter. »Was *ich hier* mache?« Ich schaffte es nicht zu verhindern, dass ein ungläubiges Lachen aus meiner Kehle drang. »Leena, du behandelst mich, als hätte ich dein Tagebuch gestohlen.«

Sie kickte mit gesenktem Blick einen Stein zur Seite. »*Ichweißja*«, nuschelte sie im unverständlichen Flüsterton.

»Was?«

Stöhnend hob sie den Kopf an und warf ihn in den Nacken. »Ich weiß.« Ihre Stimme war erstaunlich fest, wo sie doch eben noch klang, als würde sie gleich weinen.

»Es tut mir wirklich leid«, beharrte ich erneut und versenkte die Hände in den Taschen meiner Jeans.

»Okay. Es ist nur …« Sie brach mitten im Satz ab, senkte ihren Blick wieder zu Boden und ließ die Schultern sinken.

»Was ist es nur, Leena?« Ihre Reaktion beobachtend, setzte ich einen Schritt auf sie zu, und da sie nicht zurückwich, direkt einen zweiten.

»Ich schreibe solche Listen einfach für mich, verstehst du? Ohne irgendwelche Hintergedanken.«

Ich nickte und zog eine Hand aus der Hosentasche, um ihr Kinn anzuheben. »Ich wollte dir nicht zu nahe treten, indem ich die Liste gelesen habe.« Ich biss mir auf die Lippe, um mein Grinsen zu unterdrücken.

»Und warum grinst du so albern, wenn es dir leidtut?« Sie hob eine Augenbraue und lachte beschämt.

»Weil dieser Ausflug damit zu tun hat.«

Das Licht der Scheinwerfer reflektierte in ihren Augen, und sie blinzelte. »Wie meinst du das?«

»Das wirst du sehen.«

Sie seufzte und ließ ihren Kopf wie einen Stein gegen meine Brust fallen. »Du schaffst mich, Sam.« Ihre Worte drangen gedämpft durch den Pullover zu mir, und ich lachte, wodurch ihr Kopf auf mir wippte. Ich schlang grinsend die Arme um sie und drückte sie an mich, genoss das Kribbeln an jedem Quadratmillimeter, an dem sie mich berührte.

»Du mich auch«, flüsterte ich, bevor ich mutig einen versöhnenden Kuss unter ihrem Ohr hinterließ.

6. Kapitel

Leena

Meine Fingerspitzen strichen heimlich über die Stelle, an der Sam mich geküsst hatte, ehe er sich abgewandt hatte, um zurück in den Wagen zu steigen. Er ließ sein Fenster herunter und steckte lachend den Kopf heraus. »Kommst du, oder soll ich dich tragen?« Ich erkannte die Anspielung auf den Moment, als ich mich geweigert hatte, in den Ballon zu steigen.

Ertappt zog ich die Hand zurück. »Wenn du anfängst rückwärtszuzählen, laufe ich auf der Stelle nach Hause.« Angriffslustig hob er eine Augenbraue an und holte tief Luft, als würde er zu zählen beginnen. »Sei ruhig«, zischte ich kichernd und taumelte mit weichen Knien um den Wagen herum, um einzusteigen. Zwar bluffte ich, denn ich würde niemals allein im Dunkeln umherwandern, doch das konnte Sam nicht wissen. Sofort umfing mich eine einlullende Wärme, die mich kurz frösteln ließ. Mir war nicht aufgefallen, wie frisch es geworden war. Vermutlich, da mir in Sams Nähe eh ständig die Hitze in sämtliche Körperteile schoss.

»Ist dir kalt?« Aufmerksam legte er seine Hand auf meine Oberschenkel, was mich schlucken ließ. Wie lange würde es dauern, bis ich mich daran gewöhnte, dass Sam keinerlei Berührungsängste hatte? Oder sie zumindest nicht zeigte.

Den Kopf schüttelnd, verneinte ich und schnallte mich an. »Wo fahren wir hin?« Bevor er etwas erwiderte, setzte ich erneut an. »Lass mich raten: Es ist eine Überraschung?«

»Korrekt. Hast du dicke Kleidung an? Und eingepackt?«

Meine Alarmglocken schrillten. »Definiere dicke Kleidung.« Er legte den Gang ein und fuhr zur Landstraße, auf der niemand außer uns unterwegs war. Dabei war es nicht spät, die frühe Dunkelheit täuschte nur vor, dass es tiefste Nacht war.

»Pullover, Mantel, Schal? Dicke Socken?«

Ich prustete los, da mich seine Worte unerwartet trafen. »Dicke Socken?« Er schenkte mir einen Blick, als hätte ich sie nicht mehr alle. »Das musst du mir das nächste Mal vorher sagen«, grinste ich.

»Hast du gerade gesagt, dass es ein nächstes Mal gibt?« Sam wackelte siegesgewiss mit den Augenbrauen.

Ich biss mir blitzschnell auf die Unterlippe. »Ich enthalte mich.«

»Ein Glück habe ich mindestens zehn Überraschungen geplant, ich kann nur besser werden.«

Das Lächeln fiel mir aus dem Gesicht. »Wie bitte? Das ertrage ich nicht.«

Lachend sah er mich an. »Das wirst du wohl müssen, denn ein Zurück gibt es nicht, Leena. Die Zeit der Überraschungen ist mit diesem Ausflug offiziell angebrochen.«

»Ein Zurück gibt es immer«, nuschelte ich unbeschwert und bemerkte, wie Sam sich plötzlich in seinem Sitz versteifte.

»Nein«, beharrte er und presste die Kiefer aufeinander. »Garantiert nicht.« Die Atmosphäre zwischen uns gefror binnen Sekunden zu Eis. Ich ging gedanklich ein paar Schritte zurück und realisierte, wie töricht meine Worte waren. Denn natürlich gab es vieles, das man *nicht* zurückdrehen konnte. Wie naiv war ich eigentlich? Das war ein weiterer Grund dafür, dass ich mich freiwillig nichts Unerwartetem hingab. Wenn alles normal war, bestand keine Gefahr, unüberlegtes Zeug von sich geben, das verletzte. Ich kniff die Augen zu, ehe ich tief Luft holte, um erneut das Wort zu ergreifen.

»Es tut mir leid, das war gedankenlos von mir.« Es war mir nie leichtgefallen, eine Entschuldigung auszusprechen. Denn um Verzeihung zu bitten, hieß zwangsläufig, dass man etwas falsch gemacht hatte. Ich hasste es, im Unrecht zu sein. Und diese Eigenheit verabscheute ich mindestens genauso sehr.

»Schon okay.« Ich beobachtete ihn, und die Art, wie er die Kiefer aufeinanderpresste, zeigte mir, dass es nicht *okay* war. Seine Reaktion war mir nicht nachvollziehbar, doch ich wusste, dass meine Worte unüberlegt und falsch gewesen waren.

»Wirklich, ich habe nicht nachgedacht«, plapperte ich nervös, was es vermutlich nur schlimmer machte. »Natürlich gibt es *Dinge*, die man nicht rückgängig machen kann.«

Sam blinzelte und atmete durch. »Worauf willst du hinaus?«

Seine tiefe und monotone Stimme verunsicherte mich. »Auf gar nichts, Sam.« Ich runzelte die Stirn, verwirrt über seine Erwiderung auf meine Entschuldigung.

»Du weißt es, oder?« Er presste jedes Wort angestrengt hervor, und ich sah ihn im schummrigen Licht den Griff um das Lenkrad verstärken.

»Was weiß ich?« Anders, als ich es mir gewünscht hätte, klang meine Stimme wie die eines fünfjährigen, unartigen Mädchens. Was ging in Sam vor? Was sollte ich wissen?

Er schwieg eine geschlagene Minute, in der ich tiefer in meinen Sitz sank. Der Preis für die beste Situationszerstörerin ging wohl an mich.

»Nichts«, erwiderte er. »Es tut mir leid, Leena«, murmelte er und schüttelte den Kopf.

»Ich wollte dich nicht verletzen, Sam«, erklärte ich kleinlaut. »Sorry.«

»Bitte entschuldige dich nicht, ich reagiere manchmal unverhältnismäßig.«

»Wir haben es drauf, uns gegenseitig auf den Schlips zu treten, oder?« Argwöhnisch schielte ich in seine Richtung.

Er nahm den Blick kurz von der Straße und sah mir für eine Sekunde direkt in die Augen. Nie zuvor habe ich mehr Zuneigung in einem einzigen Wimpernschlag gesehen. Eine Entschuldigung. »Das wird bestimmt besser«, lächelte er, nahm die Hand vom Lenkrad und hielt sie mir hin.

Zögerlich löste ich die Hand vom Saum meines Pullovers und legte sie in Sams. »Bestimmt«, flüsterte ich und beobachtete, wie er sie zu seinem Gesicht zog, um einen liebevollen Kuss auf meinen Handrücken zu drücken, wobei mich sein Dreitagebart auf der Haut kitzelte. Ein Schwindel überrollte mich. Die Schmetterlinge in meinem Bauch wurden nachtaktiv und feierten die fetteste Party, die Schmetterlinge feiern konnten. Ich starrte auf unsere Hände hinunter, die in meinem Schoß lagen, als wäre es das Normalste der Welt.

»Wir sind bald da«, holte er mich aus den Gedanken und wies auf eine Lichtquelle, auf die wir zufuhren.

»Was ist das?« Ich lehnte mich im Sitz vor und kniff die Augen zusammen, um irgendetwas zu erkennen.

»Das ist der erste Punkt deiner Bucket-List.«

Sam

»Nein!« Leenas geweitete Augen und der Umstand, dass sie freudig in die Hände klatschte, waren Beweis genug für mich. Innerhalb der letzten Minuten war die Angst, sie zu enttäuschen, ins Unermessliche gewachsen.

»Deiner Reaktion nach bist du mir nicht mehr böse?« Ich lenkte den Dodge ans Ende der Schlange, und es dauerte nicht lang, bis sich hinter uns ein weiteres Auto einreihte.

»Oh doch!« Blitzschnell fuhr sie zu mir herum und setzte eine finstere Miene auf. »Ich finde es nicht okay, dass du einfach meinen Zettel geklaut hast.«

Ich sog scharf die Luft ein. »Ich habe ihn gefunden. Nicht gestohlen!«

Sie grinste und wackelte mit den Augenbrauen. »Das würde ich auch behaupten.« Ein Lachen drang aus meiner Kehle, mir war klar, dass sie mich nur aufzog. Als wir am Ticketschalter ankamen, ließ ich das Fenster herunter und holte die Tickets hinter der Sonnenblende hervor. »Anne wäre enttäuscht von dir«, witzelte sie und deutete auf die Papiere. »Man kann Tickets digital vorzeigen, weißt du?«

Ich verdrehte schmunzelnd die Augen. »Zwei Personen, ein Auto«, teilte ich dem Jungen mit, dem seine neonorangene Weste zu groß war. Er war schätzungsweise erst 16 Jahre alt. So alt wie Leena damals bei Anne.

»Alles klar.« Er scannte die Tickets mit einem Smartphone und zeigte den Schotterweg entlang, der gesäumt war von Hunderten winzigen Laternen. Selbst in den Bäumen, die den Parkplatz umringten, hingen vereinzelte Lichter und verliehen dem Ort einen dämmerigen Schimmer. Ich schwenkte meinen Blick flüchtig zu Leena und erkannte mit Genugtuung, dass ihr vor Staunen der Mund offen stand. Nicht umsonst hatte ich dieses Autokino ausgewählt. »Euer Platz ist dort den rechten Weg entlang. Einfach den Beschriftungen folgen.«

»Danke dir.« Ich fischte einen Zehner aus meiner Hosentasche heraus und hielt ihm diesen hin.

Überrascht schluckte er, griff nach dem Geld und lächelte verlegen. »Danke.« Ich legte nickend den Gang ein und steuerte den Dodge durch die Einfahrt und nach rechts. Der Parkplatz wurde hier und da von Büschen unterbrochen, und handgeschriebene Wegweiser deuteten uns den Weg.

»Das war nett von dir.« Leenas Stimme traf mich mitten ins Herz. »Das mit dem Trinkgeld, meine ich.«

Ich zuckte mit den Schultern. »Vermutlich verdient er hier kaum was, und es ist kalt.«

»Ich meine ja nur«, nuschelte Leena. »Egal. Ich finde es jedenfalls nett von dir.«

Ich runzelte die Stirn. »Ich mach das gern.« Geld war ein Thema, über das ich nicht gern redete, was auf meine Kindheit zurückzuführen war. Wenn man als Sohn wohlhabender Eltern aufwuchs, bekam man den Sack voll Vorteile gratis zur Geburt dazu und wurde diesen sein Leben lang nicht los, egal ob man ihn verdiente oder nicht. Wenige Augenblicke später schaltete ich, auf unserem Parkplatz, den Motor aus und klappte die Konsole zwischen unseren Sitzen herunter.

»Dort kommt der Snackmann.« Leena deutete auf einen Verkäufer mit Bauchladen und wühlte wild in ihrem Rucksack. Ich lachte bei ihrer Formulierung auf und holte mein

Portemonnaie aus der Hosentasche. Als ich sah, dass sie ebenfalls ihr Geld herausgekramt hatte, schüttelte ich den Kopf.

»Ich zahle das, Leena«, lächelte ich. »Ich entführe dich doch nicht und lass dich dann für das Popcorn bezahlen.«

Sichtlich unbehaglich kaute sie auf ihrer Unterlippe herum. »Das musst du nicht.«

»Warum denn nicht?« Forsch hielt ich ihrem Blick stand.

»Ich kenne die Regeln nicht, Sam.« Ihr Gesichtsausdruck war ein Mix aus gequält, gekränkt und lächelnd.

»Erste Regel, Leena«, ich hob einen Finger an, »es gibt keine Regeln. Okay?«

Sie lachte und ließ ihr Portemonnaie übertrieben betont zurück in ihren Rucksack fallen. »Okay.«

Ich beugte mich zu ihr herüber, damit mein Mund direkt an ihrem Ohr war. »Schließlich haben wir das erste Date doch auch gekonnt übersprungen«, flüsterte ich, was sie frösteln ließ. »Normal kann jeder. Unsere Geschichte wächst mit dieser Liste und nicht mit einem Regelwerk.« Ich deutete auf das Papier unter ihrem Oberschenkel. Mir war vorhin aufgefallen, dass sie sich daraufgesetzt hatte, vermutlich, um das Blatt nicht völlig zu zerknittern.

Sie wies auf die Leinwand. »Und mit *Der unendlichen Geschichte*?« Sie senkte in Verlegenheit den Blick, da ich ihrem Gesicht noch immer nah war. Kurz wägte ich ab, sie wieder zu küssen, denn alles in mir schrie danach. Sie duftete unwiderstehlich nach etwas für mich Ungreifbarem. Blumig, fruchtig und ein Anflug von Frühling, vermutlich ein wilder Mix verschiedener Parfums, von denen sie heute umgeben gewesen war. Um sie nicht zu überfordern, lehnte ich mich zurück in meinen Sitz und fuhr das Fenster herunter, um den Snackverkäufer heranzuwinken. Wir hatten noch mehr als genug Zeit, uns anzunähern, und auf keinen Fall wollte ich ihr das Gefühl geben, sie zu drängen.

»Zwei Mal Popcorn, bitte.« Ich fischte nebenbei das Geld aus dem Portemonnaie.

»Süß, salzig oder salty caramel?« Der Verkäufer verdrehte extrem genervt die Augen. Garantiert hatte er diese Frage jedes Mal stellen müssen.

»Salty Caramel und eine Cola«, kam es prompt von Leena.

»Für mich das Gleiche.« Der Verkäufer reichte mir nach und nach unsere Bestellung durch das Fenster. Ich bezahlte und drehte mich zu Leena um, die mich entgeistert anblickte, als wäre ich eine Gummiente, die soeben Feuer fing.

»Der war garstig, und du gibst ihm Trinkgeld?« Sie zog eine Augenbraue hoch.

Ich zuckte mit den Schultern. »Wer weiß, warum er schlecht drauf ist«, erklärte ich. »Das kann man nie wissen. Vielleicht braucht er es ja.« Betroffen schluckte sie und nickte mir zu. Mist, ich hatte nicht vorgehabt, sie zu tadeln. Wie gern hätte ich ihr erklärt, warum ich ihm wirklich das Geld gegeben hatte. Doch wenn ich eine Kleinigkeit von mir preisgab, würde es nicht dabei bleiben können. Fragen würden im Raum stehen, deren Antworten meine nie verheilten Narben schmerzhaft aufreißen würden. Keine Ahnung, warum der Verkäufer übel drauf war. Aber wer wusste besser als ich, dass man manchmal versuchte, seine Verletztheit, Trauer oder Verzweiflung hinter einer Fassade zu verstecken? Ich hatte am eigenen Leib erfahren, dass Menschen es persönlich nahmen, wenn man nicht breit lächelte wie ein

Honigkuchenpferd. Nicht für alle von uns gab es etwas zu lachen. Nicht jeder von uns freute sich, ohne eine Sekunde später vom eigenen Gewissen daran erinnert zu werden, dass man stattdessen reuevoll sein sollte. Die Menschen wären gut beraten, Reaktionen von Wildfremden nicht mehr persönlich zu nehmen und sich gekränkt zu fühlen. Was gab man einem Unbekannten für eine Macht, wenn man seinen eigenen Gemütszustand daran festmachte, ob der Verkäufer einen anlächelte oder nicht?

»Sam?« Ich spürte Leenas Hand zögernd über meinen Oberarm streichen. »Hast du gehört?« Ich blinzelte und atmete tief durch. Ich sollte mich konzentrieren und aufpassen, dass ich nicht ständig in meiner eigenen Gruselbahn aus Gedanken und Gefühlen gefangen wurde. Leena würde früher oder später merken, dass mich etwas belastete, das war mir klar. Niemandem, der länger mit mir zusammen war, entging das.

»Sorry«, lächelte ich ihr zu und fasste mit meiner Hand blitzschnell nach ihrer. »Ich war in Gedanken.«

Stirnrunzelnd atmete sie langsam durch, wobei sie mich nicht aus ihrem Blick entließ. Schließlich senkte sie den Kopf, als hätte sie mit sich selbst diskutiert, ob sie nachhaken sollte oder nicht. »Ich hab gefragt, ob du die Heizung einschalten könntest.« Sie lächelte schief und wies auf den Schlüssel, der im Zündschloss steckte.

»Klar.« Ich drehte ihn herum, um die Heizung einzuschalten, wobei auch die Scheinwerfer angingen und direkt in das Auto vor uns leuchteten, in dem ein Pärchen herumknutschte.

»Hast du das gesehen?« Leena hielt sich lachend die Hand vor den Mund. »Dabei hat der Film noch nicht angefangen.«

»Ist mir auch neu, dass Michael Ende Knutschgeschichten erschaffen hat«, stieg ich in ihr Lachen ein. »Warte kurz.« Ich kletterte aus dem Wagen, um müheloser hinter meinen Sitz greifen zu können, wo ich eine breite Decke hervorzauberte. »Hier, bitte.« Ihr sie hinhaltend, setzte ich mich hin und rieb meine Hände aneinander, da sie in den paar Sekunden draußen an Wärme verloren hatten.

»Perfekt.« Ohne abzuwarten griff sie nach ihr und faltete sie auseinander, wobei sie fast unsere Popcorntüten vom Armaturenbrett gefegt hätte.

»Vorsicht«, lachte ich und schnellte hervor, um sie sicher auf meinen Schoß zu stellen. »*So* kalt ist es aber auch nicht«, zog ich sie auf.

»Sagt der, dem nach dreißig Sekunden die Zähne klappern«, konterte sie mit hochgezogener Augenbraue.

»Touché.«

»Hier.« Sie hielt mir das andere Ende der Decke hin, damit ich sie über mich legen konnte.

Ich nahm sie ihr ab, wobei sich unsere Hände berührten, und ich hätte nicht geglaubt, dass es diesen magischen Funken tatsächlich gab, der in diesem Moment zündete und direkt in meine Gliedmaßen schoss. »Ich habe eine bessere Idee«, murmelte ich und klopfte auf die Mittelkonsole neben mir. »Möchtest du herkommen?«

Verlegen wischte sie sich mit der Hand eine lose Haarsträhne aus dem Gesicht. »Okay«, piepste sie, was mir ein leises Kichern entlockte.

»Komm her«, ich zog mit dem linken Arm an der Decke und hob den rechten an, damit sie sich an mich lehnen konnte.

»Okay«, nuschelte sie erneut und deutete auf das Popcorn auf meinem Schoß. »Halt das besser fest, sich in einer Fahrerkabine zu bewegen, ist nicht so einfach.«

Ich lachte auf, wobei ich mir das Knie am Lenkrad stieß.

»Siehst du«, grinste sie.

»Leena, du sollst dich nicht *auf* mich setzen, sondern *neben* mich. Außer natürlich, du möchtest die Szene in der Waldhütte wiederholen.« Den Kopf schief gelegt, zwinkerte ich ihr zu, und sofort versteifte sie sich in ihrer Bewegung. Ich erkannte im schummrigen Licht, dass sie schluckte. Es gefiel mir, sie so schnell aus dem Konzept bringen zu können, musste aber zugeben, dass sich in Erinnerung an die Gewitternacht auch meine Körpermitte regte. »Das kommt erst wieder beim dritten Date«, stichelte ich mit gesenkter Stimme. Was war ich froh über die Decke über meinem Schoß.

»Hat nicht jemand behauptet, es gäbe kein Regelwerk?« Leena ließ sich neben mich fallen, wobei ihr Pferdeschwanz in mein Gesicht schlug wie eine Peitsche.

»Touché«, erwiderte ich und strich mir mit der Hand über die Wange. »Aber du musst mir nicht gleich eine mit deinem Zopf scheuern, nur weil ich dich ärgere.«

Erschrocken griff sie nach ihrem Haar und riss die Augen auf. »Oh Gott, habe ich dir wehgetan?«

Ich lächelte in mich hinein und versuchte, das Bauchkribbeln zu ignorieren. »Ja, hier.« Ich zeigte auf die dünnere, schmerzempfindlichere Haut direkt unter dem Auge. Leena tat genau das, was ich erhofft hatte, indem sie sich zu mir beugte, um in der Dunkelheit eine mögliche Wunde zu erkennen. Schon niedlich, dass das bereits zum zweiten

Mal funktionierte, und schade, dass wir hier nicht ungestört waren. Ich senkte den Kopf, sodass sich unsere Augen auf einer Höhe befanden und unsere Nasenspitzen sich beinahe berührten. »Hi«, flüsterte ich und biss mir auf die Unterlippe. Leenas Augen, deren Blau so tief war wie das Meer, ließen mich die Welt um uns herum vergessen, obwohl man in diesem Zwielicht kaum etwas erkannte. Wie stellte sie es nur an, dass ich mich von einer auf die andere Sekunde von einem selbstbewussten Mann zu einem scheuen Teenager wandelte, der an nichts anderes denken konnte als an das schmerzhafte Pochen unter der schützenden Decke?

Die Leinwand zeigte den Einspieler des Films, was Leena für einen Moment den Blick abwenden ließ. »Ich dachte, Michael Ende schrieb keine Knutschgeschichten?« Ihr verschmitztes Lächeln sorgte dafür, dass der ruhende Vulkan in meinem Inneren gefährlich brodelte. Meine Lippen kribbelten, und ich presste die Kiefer aufeinander, unfähig zu atmen.

Ich senkte den Kopf, bis sich unsere Lippen nahezu berührten, und hauchte an ihren Mund. »Und ich dachte, wir halten uns nicht an Regeln?« Kaum wahrnehmbar schüttelte sie den Kopf und schloss die Augen, was ich als Einladung sah. Seufzend überwand ich die letzten Millimeter zwischen uns, und in dem Moment, in dem sich unsere Lippen berührten, brach der Vulkan aus, überschwemmte all meine Gedanken und verbrannte die Gefühle, die mich immer wieder zurückwarfen. Mit Leena wollte ich nur vorwärtsgehen, denn vielleicht hatte sie recht: Manchmal gab es ein Zurück. Manchmal tat Zurückkommen nicht weh. Leena weckte etwas in mir, das ich nicht freiwillig zurücklassen würde.

Einfach, weil sie mir zeigte, wovor ich vor vielen Jahren die Augen verschlossen hatte.

Luna

»Bist du etwa eingeschlafen?« Sams Stimme drang in mein Bewusstsein, und ich schreckte auf, wobei ich mir das Knie anstieß. Ich brauchte einige Sekunden, um mich zu orientieren, und schluckte, als es mir einfiel. Sam. Meine Liste. Autokino. *Oh Gott.* Erschrocken tastete ich mir ins Gesicht. Ich war ernsthaft während des Films und in Sams Armen eingenickt, trotz der Aufregung zu Beginn des Films. Wie konnte das nur passiert sein? Wie hatte ich die Kontrolle dermaßen abgeben können? Mein Gesicht musste die ganze Zeit auf seiner Brust gelegen haben, hoffentlich hatte ich nicht gesabbert. Dann könnte ich mich direkt im Erdboden vergraben gehen. »Alles okay?« Sams Lachen erwärmte die Fahrerkabine.

Ich nickte. »Ja, sorry. Ich bin echt eingeschlafen.«

»Das habe ich gemerkt. Nächstes Mal wähle ich einen spannenderen Film aus.«

Ich boxte ihm spielerisch gegen den Oberarm. »Oder du darfst nicht so gemütlich sein.«

Er richtete sich in seinem Sitz auf und dehnte sich. »Meine Erlaubnis hast du, immer auf mir einzuschlafen.« Ich spürte, wie ich errötete. Um meine Unsicherheit zu überspielen, kletterte ich von der Mittelkonsole herunter und setzte mich auf den Beifahrersitz, der zwischenzeitlich kalt geworden war, sodass ich fröstelte.

»Hier.« Sam hob die Decke von seinem Schoß und schob sie zu mir herüber. »Deck dich zu, du sollst nicht frieren.«

»Wo fahren wir hin?« Ich zeigte auf die ganzen Autos, die sich in Richtung der Ausfahrt bewegten.

»Da du mir garantiert gleich wieder wegpennst, würde ich sagen, fahren wir direkt zur Übernachtungsmöglichkeit.«

Ich gähnte, was genug Bestätigung war. »Das klingt gut. Ich bin wirklich erledigt, die Woche war anstrengend«, murmelte ich und biss mir sofort auf die Zunge. Warum verriet ich ihm das? Er würde garantiert fragen, warum, und dann müsste ich ihm erzählen, wie grumpy ich die ganze Woche drauf war, nur weil er mir gefehlt hatte.

»Warum?« *Bingo.* Er startete den Motor.

Stöhnend lehnte ich mich gegen die Scheibe. »Die Arbeit war anstrengend«, schwindelte ich.

Er drehte den Kopf zu mir und zog eine Augenbraue hoch. »Mein Gefühl sagt mir, dass das nicht der wirkliche Grund ist.« Er grinste, als wäre er sich absolut sicher.

Ich druckste herum und wusste nicht, wie ich mich ihm öffnen konnte, ohne mich zu blamieren. »Du bist schuld.« Ich drückte mich tiefer in den Sitz und blickte starr nach vorn.

»*Ich* bin schuld?« Verwunderung lag in seiner Stimme. »Wir hatten doch gar keinen Kontakt?«

»Eben«, nuschelte ich und hoffte, er verstand den Wink.

»Eben?« Er wiederholte meine Worte, was meinen Puls rasen ließ. Über Gefühle zu reden war nicht mein Ding, und jemandem zu erklären, was mich verletzte, gehörte zu der Top Ten an Dingen, die ich hasste.

»Eben.« Mir war bewusst, dass die Reaktion nicht die beste war, aber es fiel mir unheimlich schwer, meine Gedanken zu ordnen. Und mir selbst einzugestehen, was für eine Macht ich Sam letzte Woche über mich gegeben hatte. Jegliche Inspirationssprüche halfen nichts gegen die Realität, da hatte Sue mir noch so viele senden können. Man sollte *sein Glück nicht von anderen Personen abhängig machen* – bla, bla, bla. Manchmal ging das nicht. Manchmal war man nicht stark genug, um von selbst glücklich zu sein. Und war das wirklich so verwerflich? Woher sollte man immer die Kraft dazu nehmen?

»Willst du es mir erklären, Leena?« Die pragmatische Art, die er so gut beherrschte, erschwerte es mir zu verneinen.

»Ich fand es schade, die ganzen Tage kein Wort von dir zu hören.« Ruppiger als gewollt, erhob ich die Stimme.

Ich hörte ihn sich räuspern. »Es tut mir leid, Leena. Ich war nach der Sturmnacht durch den Wind und dann in deiner Bucket-List gefangen«, erklärte er sich, was ein schlechtes Gefühl in mir hinterließ.

»Du brauchst dich nicht rechtfertigen«, nuschelte ich und strich am Saum der Wolldecke herum. »Ich übertreibe.«

»Ich hätte dich auch gern früher gesehen, glaub mir.« Er nahm die Hand vom Lenkrad, um mir liebevoll über den Oberschenkel zu fahren, und ich hörte ihm an, dass er lächelte.

»Warum fühle ich mich wie ein kleines Mädchen, das unnötig herumschmollt?«

Er lachte auf und zog die Hand zurück, um den Wagen aus der Ausfahrt zu lenken. »Bist du denn ein kleines, schmollendes Mädchen oder einfach nur genauso durcheinander, wie ich es bin?«

Sein Mut zuzugeben, dass er ebenso verunsichert war wie ich, ließ mich schlucken. »Durcheinander.« Ich richtete den Blick auf die Straße vor uns. »Wie lange fahren wir?«

»Warum? Willst du ein Nickerchen machen, Dornröschen?«

»Witzig.« In einer Mischung aus Schnauben und Lachen zerknüllte ich meine geleerte Popcorntüte und warf ihm diese an den Kopf.

Lachend hob er die Hand an. »Ey. Man bewirft den Fahrer nicht mit Müll.«

»Das hast du aber verdient«, grinste ich ihm zu. »Sag schon, wie lang?«

»Kommt auf den Verkehr an.«

»Verkehr?« Ich hob eine Augenbraue an. »Es ist mittlerweile nachts. Hier gibt es keinen.« Um meine Aussage zu unterstützen, zeigte ich in die Dunkelheit hinaus.

»Ich werde dir nicht verraten, wie lang wir brauchen.«

»Und hat das einen Grund?« Gespielt bockig verschränkte ich die Arme vor der Brust.

»Nein.« Er wandte den Kopf kurz zu mir, und sein Lächeln entwaffnete mich fast. »Aber ich genieße es, wie kinderleicht man dich necken kann.«

Lachend bewarf ich ihn erneut mit der Popcorntüte, die vorher an ihm abgeprallt war. »Vielen Dank auch.« Ich beobachtete Sams Grinsen und genoss die Wärme, die durch meine Adern floss. Es fiel mir nicht schwer, ebenfalls in mich hineinzulächeln. Und das, obwohl hier etwas geschah, das mir absolut widerstrebte: Ich saß mit Sam in seinem Wagen, auf dem Weg ins *irgendwo*, wo wir *irgendwann* ankommen würden. Das verhaltene Kribbeln, das sich in meiner Mitte ausbreitete, zeigte mir, dass es okay war. Ich freute mich sogar, die Zügel aus der Hand zu geben.

»Schau.« Sams Ausruf riss mich aus den Gedanken, und ich folgte seinem Fingerzeig. »Siehst du das?«

Ich beugte mich in meinem Sitz nach vorn, um mehr erkennen zu können. »Was ist das?« Mit zusammengekniffenen Augen konzentrierte ich mich auf den Himmel, an dem plötzlich etwas aufleuchtete.

»Sieht aus wie Sternschnuppen.«

»Im April?« Stirnrunzelnd strich ich mir eine lose Strähne aus dem Gesicht und begrüßte das wohlige Kribbeln im Bauch.

»Ich halte an.« Er fuhr den Dodge an den Rand, stoppte und stieg aus, um um den Wagen herumzulaufen. »Komm.« Er öffnete die Beifahrertür und hielt mir seine Hand hin, die ich für eine Sekunde anstarrte. Die Wärme und das Kribbeln in meinem Inneren gefroren bei dem Gedanken, in die Dunkelheit hinauszutreten. Skeptisch schüttelte ich den Kopf.

»Alles okay?« Er stellte sich näher an den Wagen heran, hielt mir dabei nach wie vor die Hand hin.

Unsicher biss ich mir von innen auf die Wangen. »Ich bin nicht gern in der Dunkelheit«, gab ich zu und spürte den Kloß in meinem Hals anschwellen. »Es tut mir leid, du musst mich für einen totalen Angsthasen halten.«

Anders, als ich erwartet hatte, schüttelte Sam rücksichtsvoll den Kopf. »Ich verstehe das. Aber weißt du, was das Gute ist? Dass jeden Tag aufs Neue Licht alles um uns herum erhellt. Das sage ich mir immer und begrüße die Dunkelheit dadurch wie einen Freund, der mir nichts Böses möchte.«

»Das hilft mir leider nicht«, murmelte ich wahrheitsgetreu und hoffte, ihn nicht vor den Kopf gestoßen zu haben.

Sam nickte langsam und zog die Hand zurück, drehte sich kurz um seine eigene Achse. »Ich verspreche dir, dass dir nichts passiert. Wir entfernen uns nicht weit vom Wagen, einverstanden?« Ich focht einen inneren Kampf mit mir selbst aus, da ich zu gleichen Teilen gern mit ihm ausgestiegen und im sicheren Innenraum sitzen geblieben wäre. »Rutsch mal rüber.« Sam stupste meine Oberschenkel an und bedeutete mir, zur Mitte zu rücken. Kurz darauf quetschte er sich neben mich, schlug die Tür zu und zog mich an seinen Körper. »Die Dunkelheit an sich ist nichts, wovor du dich fürchten musst, Leena. Was ist es, das dir Angst macht?«

Mir blieb die Luft weg, denn ich hätte mit allem gerechnet, aber nicht damit, dass Sam mir derartige Fragen stellte. Genau genommen konnte ich sie nicht beantworten. Meine Ängste waren relativ. Mir persönlich war nie ein einschneidendes Erlebnis widerfahren, ich schaute keine Horrorfilme und las kaum Thriller. Dennoch hatte ich eine irrationale Panik vor den bescheuertsten Dingen. »Keine Ahnung.« Leise verließen die Worte meinen Mund, und mit jedem weiteren Wort schämte ich mich mehr. »Mir ist einfach unwohl dabei.«

Sam sah mir direkt in die Augen. »Kannst du mir sagen, wovor du da draußen Angst hast?«

Ich holte tief Luft und entschied, es ihm zu sagen, auch wenn die Gefahr bestand, von ihm ausgelacht zu werden. »Es ist peinlich«, wandte ich mich.

»Das ist es garantiert nicht.«

Ich lächelte schief und legte den Kopf an seine Schulter, was sich irrationaler Weise so wunderbar vertraut anfühlte. »Nicht lachen, okay?«

»Ich verspreche es dir.«

»In der Dunkelheit, in Wäldern, dunklen Gassen und fremden Räumen habe ich Angst vor Psychopathen. Davor, einem Verbrecher in die Arme zu laufen.« Ich schluckte. »Ich weiß, das ist total überzogen.« Beschämt biss ich auf meine Unterlippe und spürte, wie Sam mir über den Rücken und den Arm strich.

»Ängste sind nicht peinlich, sondern dafür zuständig, sich selbst zu schützen. Ich verurteile das nicht.«

»So habe ich das nie gesehen.«

Er stupste mir mit der Nase gegen die Wange. »Gern geschehen. Aber weißt du was?«

»Was?« Meine Stimme war ein Hauch.

»Hier und jetzt braucht dich nicht deine Angst zu schützen. Das übernehme ich.« Sam atmete tief durch. »Okay?«

Ich hob den Kopf ein Stück an, um ihm direkt in die Augen sehen zu können. Er schaffte es, mir allein durch seine Worte und die Nähe meine Angst minimal zu nehmen. »Okay. Ein Pieps von mir, und wir rennen zurück, klar?« Sein plötzliches Lachen kam unerwartet, und ich stieß mir vor Schreck das Bein am Schaltknüppel. »Autsch«, nuschelte ich und rieb mir über das Knie, während Sam aus dem Wagen stieg und mir seine Hand hinhielt. Für eine lange Sekunde starrte ich sie an und vertraute auf mein Bauchgefühl, das mir sagte, dass es okay war, ihm zu vertrauen. Langsam strampelte ich die Decke aus dem Weg, griff nach seiner Hand und sprang ebenfalls raus.

»Willst du die Decke mitnehmen?« Er zeigte an mir vorbei.

Entgeistert riss ich die Augen auf. »Bist du nicht ganz bei Trost? Ich leg mich doch da nicht noch hin!«

Sein Lachen klingelte in meinen Ohren. »Eigentlich wollte ich sie uns über die Schultern legen, aber okay. Lassen wir sie hier.« Er zog mich an seine Seite.

Nach den ersten zehn Metern, die wir uns vom Auto entfernt hatten, erkannte ich meine altbekannte Angst in mir hochsteigen. »Halt«, flüsterte ich und blieb stehen. »Halt«, wiederholte ich lauter. Da war sie wieder: die Panik, die mich lähmte. »Ich wollte das nicht. Was wird das hier?«

Sam stellte sich direkt vor mich, wobei er meine Hand nicht losließ. »Entschuldige, wir müssen nicht weitergehen. Wir sind schon weit genug vom Auto mit den grellen Scheinwerfern entfernt.«

»Scheinwerfern? Sam, was redest du denn da?« Ohne ein Wort tastete er sich an meinen Armen entlang bis zu meinen Schultern, drehte mich achtsam um.

Er legte seine Arme um mich und zog mich an sich. »Schau dort oben«, flüsterte er mir direkt ins Ohr, was mir eine *wohlige* Gänsehaut bescherte, die der *schaurigen* Gänsehaut erschreckend ähnelte.

Ich folgte seiner Anweisung, wobei mich ein phänomenales Sternenmeer weit oben am tiefschwarzen Himmel überraschte. »Wow«, hauchte ich und vergaß das Luftholen.

»Atme, Leena.« Ich spürte Sams Lippen an der Schläfe, was mir weiche Knie bescherte. Sein warmer Atemzug benetzte meine Haut und drang mir direkt bis ins Mark. »Das stand auf deiner Liste.«

»Das weiß ich, Sam.« Ich konnte den Vorwurf in meiner Stimme nicht unterdrücken, was mir im nächsten Augenblick leidtat. »Ich hatte nur nicht im Sinn, dass ich dafür im Nirgendwo im Stockdunkeln auf einer Wiese stehen müsste.«

»Der Sternenhimmel ist am schönsten, wenn man sich in tiefster Dunkelheit befindet.«

»Ich gehe trotzdem keinen Schritt weiter«, murmelte ich mit einem Grinsen.

Sam lachte leise und gab mir einen zaghaften Kuss auf die Schläfe. »Das ist okay. Wir können es von hier aus genießen.«

In meinem Inneren explodierten tausend kleine Sterne und schubsten Sternschnuppen an, die wie außer Kontrolle geraten durch meinen Magen stoben. Sam sorgte dafür, dass ich über meinen Schatten sprang. Zu keiner Zeit hätte ich geglaubt, mal nachts auf einem Feld zu stehen und in die Sterne zu schauen. Ich musste zugeben, dass er recht hatte. Noch nie hatte ich so viele auf einmal gesehen, die derart grell leuchteten, als würden sie alle um die Wette funkeln. Ich stieß die Angst, die noch an der Oberfläche schlummerte, zurück und konzentrierte mich nur auf den Sternenhimmel, Sam und mich. Auf seinen festen Griff, mit dem er mich beschützte, auf seinen gleichmäßigen Atem, der mir Geborgenheit schenkte, und auf mein Herz, das mir beinahe aus der Brust sprang.

Manchmal musste man sich seinen Ängsten stellen, um die Schönheit hinter ihnen zu finden. Vielleicht hatte Sam recht, indem er sagte, dass Ängste schützten. Doch vielleicht konnten einem zu viele davon auch das Leben verwehren.

7. Kapitel

Sam

»Ich habe auf den Namen Forsters reserviert.« Wir waren in der weitläufigen Glamping-Anlage angekommen, und ich hoffte sehr, dass es Leena gefallen würde. Einer der Punkte auf ihrer Liste war ein Camping-Ausflug, doch das wollte ich ihr nicht direkt heute zumuten. Als ich online über diese Glamping-Anlage gestolpert war, hatte ich euphorisch eins der weißen Zelte mit Doppelbett gebucht. Es hatte ein paar Minuten gedauert, bis ich kapiert hatte, dass Glamping kein Schreibfehler war, sondern so viel bedeutete wie *Glamour Camping* oder *Luxus Camping*. Überall hingen Lichterketten, es gab eine Heizung, und in der Mitte stand sogar eine funktionierende Badewanne. Vor jedem der luxuriösen Zelte gab es Feuerstellen und Essbereiche. Gestern Abend bekam ich kalte Füße und buchte um, wählte ein normales Hotelzimmer im Haupthaus. Mein Gefühl bestätigte mir, dass es die richtige Entscheidung war, jetzt, wo ich wusste, was sie von der Dunkelheit hielt. Nicht auszumalen, wie ihre Reaktion ausgefallen wäre, wenn ich ihr eröffnet hätte, dass sie diese Nacht keine abschließbare Tür hätte. Die Rezeptionistin tippte angesäuert auf die Tastatur und warf missbilligende Blicke auf ihre Armbanduhr. Mir entlockte es ein

Lächeln, immerhin handelte es sich um eine 24-Stunden-Rezeption, und wir waren nicht in Saint Mellows, wo *24 Stunden* von neun bis sechs bedeutete. Leena stand neben mir und brodelte.

»Sie haben ein Zimmer im Haupthaus gebucht?«

Ich nickte der Rezeptionistin zu. Zwar war ich nicht einhundertprozentig sicher, aber mein Gefühl verriet mir, dass Leena mir einen Vogel zeigte, wenn ich sie in ein Luxus-Zelt schleppte. Jetzt, wo ich wusste, dass ihr der ganze Trip schwerfiel. »Richtig.«

»Zahlen Sie jetzt oder beim Check-out?«

»Beim Check-out«, fuhr Leena zähneknirschend dazwischen. Ich knuffte ihr in die Seite und zwinkerte ihr beruhigend zu, als sie mich empört ansah. Augenblicklich veränderten sich ihre Miene, und ihre Aura aus Ärger verflüchtigte sich.

»Wollen Sie ein Zimmer mit einem King-Size-Bett oder Twin-Bed? Also zwei Einzelne.« Sie sah nicht vom Bildschirm auf, während sie mit uns sprach. Meine Nackenhaare stellten sich auf. Ich hatte extra ein Doppelbett gebucht, damit sich diese Frage direkt erledigt hatte und wir nicht so peinlich berührt an der Rezeption standen, wie es jetzt der Fall war.

»King-Size«, übernahm Leena die Entscheidung, und ich sah sie an. Da war keinerlei Regung in ihrem Gesicht. Sie verwunderte mich, denn anscheinend konnte sie bei anderen Personen ein richtiges Pokerface wahren. Ich spürte die Schmetterlinge in meinem Bauch tanzen.

Die Empfangsdame codierte eine Zimmerkarte, steckte sie in ein Stück Pappe und reichte uns diese, gemeinsam mit einem Informationsblatt. »Sie haben Zimmer 3-13 im dritten Stock, linke Seite, die Nummern stehen an den Türen. Frühstück ist zwischen sechs und halb zehn im Frühstücksraum, der sich hier im Erdgeschoss befindet. Das WLAN-Passwort finden Sie in der Info, das Wasser in ihrem Zimmer ist ein Geschenk vom Haus, und falls sie noch etwas benötigen …«

»Nein, nein, wir fallen direkt ins Bett«, beendete ich ihren Monolog lächelnd, nahm die Schlüsselkarte an mich und schulterte meinen Rucksack. »Nimmst du den Schlüssel?« Ich hielt ihn Leena hin, die kopfschüttelnd ablehnte.

»Ich nehme mein Gepäck selbst.« Sie zwinkerte mir zu, schnappte demonstrativ nach ihrem Rollkoffer und schob ihn bis zur Treppe vor sich her.

»Ich wollte nur nett sein«, grinste ich, als ich so leichtfüßig wie möglich an ihr vorbei die Treppe hochlief. Es fiel mir schwer, ihr nicht einfach das Gepäck abzunehmen, immerhin war sie wirklich müde.

»Musst du nicht«, trällerte sie hinter mir, und ich sah aus dem Augenwinkel, wie sie ächzend den Koffer hinaufschleppte. Was hatte sie bitte für eine einzige Nacht eingepackt? Und *so* schwer war dieser winzige Koffer nun auch nicht.

»Wenn du Glück hast, öffne ich dir die Tür, sobald du die Stufen erklommen hast«, piesackte ich sie.

»Das würde ich dir auch raten«, lachte sie und täuschte keine Müdigkeit vor.

Als ich den zweiten Stock erreichte, wartete ich auf sie und stellte mich ihr in den Weg. »Lass mich das bitte zum Zimmer tragen, ja?« Ich legte den Kopf schief und hielt demonstrativ die Hand zu ihrem Koffer hin. Sie sah mich eindringlich an, und ich wünschte mir zu verstehen, was das Problem für sie war. Warum fiel es ihr schwer, sich helfen zu lassen? Es war nur ein Reisekoffer, den ich die Treppe hochtragen wollte. Nichts weiter als ein simpler Koffer.

»In Ordnung«, seufzend stieß sie die Luft aus und hielt die Hand auf, damit ich ihr die Karte gab.

Ich beugte mich zu ihr herunter. »Danke«, flüsterte ich, während sich unsere Nasenspitzen berührten.

Ohne Vorwarnung huschte Leena an mir vorbei die Treppe rauf und drehte sich nochmal zu mir um. »Wenn ich du wäre, würde ich mich beeilen«, grinste sie und wedelte mit der Schlüsselkarte. »Wenn du Glück hast, schaffst du es ins Zimmer, bevor ich die Tür hinter mir ins Schloss fallen lasse.« Sie streckte mir die Zunge heraus und rannte los, zwei Treppenstufen auf einmal nehmend.

Ich warf den Kopf lachend in den Nacken, griff nach ihrem Koffer und hastete hinterher, wobei ich aufpassen musste, nicht über ihr Gepäck oder die Stufen zu stolpern. »Na warte«, drohte ich grinsend und sah sie gackernd den Gang entlangrennen. Sie hielt an einer Tür an, öffnete sie blitzschnell mit der Karte und verschwand hindurch. Kurz überlegte ich, den Koffer einfach im Flur stehen zu lassen, entschied mich aber dafür, stattdessen einen Schritt zuzulegen. Schnaufend erreichte ich das Zimmer und stellte meinen Fuß gerade noch rechtzeitig in den Türspalt, drückte die Tür auf und sah Leena vor dem ausladenden Bett stehen. Sie hielt sich japsend den Bauch.

»Alles okay?« Ich lief direkt auf sie zu und realisierte, dass sie lachend nach Luft schnappte.

»Wie witzig du aussahst mit dem ganzen Gepäck«, kicherte sie und beugte sich vornüber. Ich hob grinsend eine Augenbraue an, feuerte Koffer und Rucksack in eine Ecke, drückte die Tür hinter mir ins Schloss und machte einen Satz auf sie zu. Ich überraschte sie, indem ich sie über meine Schulter warf, was ihr einen quiekenden Laut entlockte.

»Lass mich runter.« Sie trommelte mir auf den Rücken.

Ich hielt sie mit aller Kraft fest. »Was willst du? Runter?«

»Sam«, grunzte sie vorwurfsvoll. »Ehrlich, lass mich los.« Ich überbrückte den letzten Meter zum Bett, kniete mich darauf und ließ sie rücklings auf die Matratze fallen, wobei sie hoch und runter federte. »Autsch, du Trampel«, lachte sie ausgelassen und hielt ihre Hände über ihr Gesicht.

Ich nutzte die Chance, um auf das Bett zu krabbeln, und stemmte mich mit den Armen links und rechts von ihrem Kopf auf. »Wie hast du mich genannt?« Ich versuchte vergeblich, ein Grinsen zu unterdrücken.

»Trampel?« Voller Scheu lächelte sie, und ich begrüßte das Kribbeln in meinen Eingeweiden. Kaum zu glauben, dass die Nähe zu mir sie in Verlegenheit brachte.

»Sag das nicht nochmal«, drohte ich spielerisch und senkte den Kopf zu ihr, sodass sich unsere Nasenspitzen berührten.

Die Stimmung zwischen uns schwenkte innerhalb weniger Sekunden um. »Du Trampel«, hauchte sie tonlos und ließ ihren Blick immer wieder von meinen Augen zum Mund wandern. Mir war klar, dass das eine unausgesprochene Einladung war, die ich nur zu gern annahm.

»Ich bewundere deinen Mut«, lächelte ich, ehe ich den Kopf senkte, um meine Lippen auf ihre zu legen. Ich fühlte, wie sie sich unter mir anspannte und sich mir ein wenig entgegendrückte. Ich nutzte die Chance, um mich zusammen mit ihr auf den Rücken zu drehen, sodass sie auf mir lag. Dabei wehte ihr Duft nach Apfelblüte durch die Luft und berauschte meine Sinne mehr, als es gesund war.

»Sam«, quiekte sie und stützte sich neben meinem Kopf ab, wobei ich den Rest ihres Körpers an jeder Faser von meinem spürte. Bereits jetzt fiel es mir schwer, meine Erregung zu kontrollieren.

»Leena?« Ich schluckte und sah in ihre betörend blauen Augen. Ich hob die Hand zu ihrem Hinterkopf an und griff nach dem Zopfgummi, zog an ihm, sodass die hellblonden Haare ihr Gesicht umrahmten. Ein erstaunlich unausgereifter Plan, wenn man bedachte, dass sich nun der dezente Duft ihres Haarshampoos zu ihrem zarten Parfum gesellte. Ich musste mich beherrschen, um nicht zu knurren wie ein liebeskranker Grizzlybär.

Sie verharrte direkt über mir und biss sich auf die Lippen, was mich fast wahnsinnig machte, weil es sie so sinnlich aussehen ließ. »Ja?«

»Küss mich«, bat ich sie im Flüsterton und seufzte wohlig, als sie sich quälend langsam herunterbeugte, um ihre vollen Lippen auf meine zu drücken. In Zeitlupe bewegte sie sich auf mir und ließ sich von Sekunde zu Sekunde ein Stückchen tiefer sinken. Ich nahm sie an jedem Zentimeter meines in Flammen stehenden Körpers wahr. Gleichzeitig zitterte mein Kiefer, und es fiel mir schwer zu atmen. Es war unmöglich, dass sie nicht spürte, wie sich meine heiße Körpermitte gegen ihre drückte. Langsam wanderten meine Finger ihren Rücken auf und ab, während sie ihre Lippen nicht von meinen nahm. Der Stoff unter meinen Fingerspitzen fühlte sich weich und warm an, und ich wünschte mir nichts sehnlicher, als ihre Haut darunter zu berühren. Ihr Körper auf meinem bebte leicht, und ich öffnete die Augen, wodurch ich sah, dass ihre Arme zitterten.

»Frierst du?« Ich hauchte die Worte direkt an ihren Mund, was ihre Lippen beben ließ.

Sie öffnete lächelnd die Augen und wog den Kopf. »Nein.« Ihr Blick hielt meinen gefangen, und ich wagte es nicht, die Lider zu senken. Das tiefe Meeresblau ihrer Iris, das von sich vergrößernden schwarzen Pupillen verdrängt wurde, raubte mir den Verstand. Ich drohte in ihrem Blick zu ertrinken und wünschte mir nichts sehnlicher, als bis auf den Meeresgrund zu tauchen. Dorthin, wo bei allen von uns ein Schiffswrack lag, das eine Geschichte erzählte. Dorthin, wo sich die kostbarsten Perlen versteckten und der größte Schatz verborgen lag.

Leena

Als ich aufgewacht war, war ich allein gewesen und hatte Gelegenheit gehabt, gestern Revue passieren zu lassen. Ich hatte mich im Bett aufgesetzt, den Blick durch das friedliche Hotelzimmer gleiten lassen und mich dreihundert Mal gefragt, ob ich träumte. Nie zuvor hatte ich an nur einem Abend so viel erlebt, und das beklemmende Gefühl in meinem Bauch ließ mich zweifeln, ob ich es wirklich genoss. Das Geräusch der Dusche hatte mich daran erinnert, mit wem ich hier war, und sofort waren die Zweifel in meiner Magengegend von explodierenden Sternen und funkelnden Sternschnuppen vertrieben worden. Ich hatte nach Sams Shirt gegriffen, das neben mir auf der Bettdecke gelegen hatte und es mir heimlich ins Gesicht gedrückt, um seinen Duft nach Wald und Minze gierig einzusaugen. Sofort waren meine Eingeweide darauf angesprungen, und ich hatte erschrocken das Shirt zurückgeworfen. Was war nur in mich gefahren? Schnüffelte hier am Kleidungsstück eines Mannes, der mich dabei erwischen könnte. Ich hatte die übrige Zeit genutzt, um Sue ein Selfie von mir zu senden, wie ich mit verwuschelten Haaren und grinsend auf der schneeweißen Bettdecke saß. Als Antwort hatte ich ein GIF bekommen, auf dem eine sexy Frau eine Peitsche knallte, und laut aufgelacht. Mom und Dad hatte ich lediglich ein paar unschuldige Kuss-Smileys gesendet und ihnen einen schönen Tag gewünscht.

Jetzt, unter dem heißen Wasserstrahl, lief mein Gedankenkarussell auf Hochtouren. Sam packte derweil seinen Rucksack, damit wir nach dem Frühstück zurückfahren konnten, ohne viel Zeit zu verlieren. Ich war ein Gewohnheitstier, und woanders zu duschen, missfiel mir. Mir war bewusst, dass das vielleicht übertrieben und der Grund war, dass ich einiges in meinem Leben verpasst hatte. Meine Gedanken wanderten die ganze Zeit nach Hause zur geliebten Routine in Saint Mellows. Wäre ich nicht hier mit Sam gewesen, würde ich an einem Urlaubstag im Pyjama im Lesesessel sitzen, einen heißen Kaffee neben mir und die Nase tief in einem herzzerreißenden Liebesroman oder magischen Urban-Fantasy-Roman versteckt. Oder ich würde bei Pinterest festhängen. Mir schöne Fotos von gemütlichen Cafés ansehen, in deren Auslagen buntes Gebäck drapiert wurde. Bilder von Seen im Morgengrauen, über denen Nebel waberte und sie geheimnisvoll aussehen ließen. Ich würde davon träumen, Dinge zu erleben und mir einreden, dass sich Aufnahmen anzusehen mindestens genauso schön war. Vermutlich würde ich aufräumen und die Morgensonne im Wohnzimmer einfangen, die durch die halb geöffneten Gardinen schien. Ich würde kurze Videos für Instagram von meinem Kaffee drehen, der auf dem kompakten Holztisch neben dem gelben Sessel stand, daneben ein Stapel Bücher und ein Kissen aus meiner Jahreszeitensammlung.

»Ich Schaf«, beschimpfte ich mich leise, während mir das Wasser aus dem Duschkopf auf den Rücken prasselte und die Verspannung löste, die mich seit letztem Wochenende quälte. »Was sollen diese dämlichen Zweifel?« Ich verstand mich selbst nicht. Wusste nicht, warum ich mich immer derart einigelte. Selbst jetzt, wo Sam versuchte, mich zu meinem Glück zu zwingen, hatte ich Hemmungen, es zu genießen. Ich musste aufhören, mir vorzustellen, was ich tun würde, wenn ich an einem anderen Ort wäre. Diese Gedanken waren ungesund.

»Leena, alles okay?« Sam klopfte gegen die Badtür, und erschrocken rutschte mir die glitschige Shampooflasche aus den Fingern.

»Ja, alles okay«, rief ich ihm durch die geschlossene Tür zu und klatschte mir selbst gegen die Stirn, da meine Stimme klang, als würde ich nach Luft ringen.

»Hast du gerade mit dir selbst gesprochen?« Ich hörte den Schalk in seiner Stimme. Er machte sich über mich lustig.

»Schon möglich!« Ich seifte mir die Haare ein und hoffte, dass er mich nicht weiter damit aufzog.

»Du kannst gern mit mir reden, falls du Redebedarf hast.«

»Arschgeige«, nuschelte ich kaum vernehmlich und

spuckte das shampoogeschwängerte Wasser aus, das mir in den Mund gelaufen war. »Ekelhaft«, stieß ich angewidert aus.

»Hast du mich ekelhafte Arschgeige genannt?«

»Könntest du bitte aufhören, an der Tür zu lauschen?« Mit Erschrecken entdeckte ich, dass ich nicht abgeschlossen hatte. Er würde doch nicht ungebeten hereinplatzen, oder?

»Entschuldige, ich will dich natürlich nicht bei deinem Privatgespräch mit dir selbst stören«, prustete er auf der anderen Seite. Ich wusch mir blitzschnell das restliche Shampoo aus den Haaren, griff nach einem Handtuch und stieg aus der Dusche, um die Tür abzuschließen.

»Keine Sorge, ich schmule nicht«, rief Sam, und ich sah vor mir, wie breit er grinste.

»Bei dir kann man sich nicht sicher sein«, konterte ich.

»Ach, so fatal wäre es nicht, oder?« Verdammt. Jetzt flirtete er auch noch. Sofort sprangen alle meine Synapsen darauf an. Dass ich nackt war, half mir nicht dabei, mich zu beruhigen und das Pochen zwischen meinen Beinen zu ignorieren.

»Ich möchte selbst entscheiden, wann du mich nackt siehst«, protestierte ich, ließ das Handtuch fallen und griff nach meiner frischen Unterwäsche. Ich vernahm einen dumpfen Laut aus dem Nebenraum und lauschte in die Stille.

»Sam?« Keine Antwort. »Samuel? Das ist nicht witzig.« Mit flinken Fingern griff ich nach einem Shirt, zog es mir über, drehte den Riegel des Schlosses um und riss die Tür auf.

»Hi?« Sam saß mit hochgezogener Augenbraue auf dem Bett und grinste. Er hatte Kopfhörer im Ohr, was der Grund war, dass er mich nicht gehört hatte. Sein Blick wanderte an mir herunter, und ich sah ihn schlucken, je tiefer er kam. Wie in Trance nahm er seine Kopfhörer aus den Ohren, ohne den Blick abzuwenden. Mich überkam das Bedürfnis, zurück ins Bad zu flüchten, um mir eine Hose anzuziehen. Aber irgendwie genoss ich, dass ausnahmsweise *er* es war, der so rot anlief, als hätte er eine allergische Reaktion. Das Grinsen fiel ihm aus dem Gesicht, und er presste die Augen zu.

»Alles okay?« Nun war ich diejenige, die feixte, und ich setzte sogar einen Schritt auf ihn zu. Sam brachte mich dazu, meine eigenen Grenzen auszutesten. In Gedanken bedankte ich mich bei Sue, da sie es war, die mir diese tiefschwarzen Spitzenhöschen aufgequatscht hatte.

»Hose?« Er hielt seine Augen noch immer verschlossen und wedelte mit seiner Hand vor seinem Körper herum.

»Hose?« Ich machte einen weiteren, lautlosen Schritt.

»Du hast keine an.«

Ich warf lachend den Kopf in den Nacken, denn ich hätte mit allem gerechnet, aber nicht mit dieser Situation. »Seit wann bist du so prüde, Sam?«

»Seit wann bist *du* es nicht?« Sein Konter ließ mich schlucken. Unglaublich, dass man sich von einer auf die nächste Sekunde so entblößt fühlen konnte. Ich erwiderte nichts, war bewegungsunfähig und senkte den Blick auf meine nackten Füße. War ich prüde? Ich hatte die Wahl: Entweder ich schluckte seinen Kommentar herunter, bestimmt hatte er es nicht so fies gemeint, wie ich es aufnahm. Die zweite Möglichkeit war, eingeschnappt im Badezimmer zu verschwinden, mich anzuziehen und ihm die kalte Schulter zu zeigen, weil er mich verletzt hatte. Normalerweise war ich nachtragend. Nicht meine beste Eigenschaft. Aber mir wurde klar, was es hieß, sein Glück nicht unmittelbar von anderen abhängig zu machen. Wenn ich jetzt schmollte, würde ich nicht nur ihm den Tag versauen, sondern auch mir. Nur weil er etwas Undurchdachtes gesagt hatte?

»Sorry, ich hab nicht nachgedacht«, murmelte Sam unvorhergesehen, und ich hob langsam den Kopf an. »Ehrlich, keine Ahnung, warum ich das gesagt habe.« Er sah mir eindringlich in die Augen, als interessierte ihn der Rest nicht mehr, was mein Herz auf eine ganz neue Art erwärmte.

»Schon okay«, krächzte ich und deutete mit der Hand hinter mich. »Ich hole meine Jeans.« Schlagartig zeichnete sich ein erneutes Grinsen auf Sams Gesicht ab, und ich zog verwundert die Augenbrauen zusammen. »Warum grinst du jetzt so kindisch?«

Er griff ein Kissen, das er sich auf den Schoß legte. »Kannst du ganz langsam laufen, sobald du dich umgedreht hast?«

Es verging ein Augenblick, bis ich schaltete, und spürte sofort ich die Hitze in mir hochsteigen. Meine Ohren glühten, und vermutlich standen meine Wangen ebenfalls in Flammen. »Nö«, kicherte ich verlegen und tippelte rückwärts zur Tür.

»Leena«, lachte Sam. »Das ist fies.« Er drückte das Kissen kräftiger in den Schoß, und der Groschen fiel. *Oh mein Gott.*

»Findest du?« Ich achtete vehement darauf, mich nicht zu drehen, damit er keinen Blick auf meinen Hintern erhaschte.

»Ja? Du kannst nicht halb nackt ins Zimmer platzen, einen Hauch von schwarzem Nichts tragen und dich nicht umdrehen.«

»Armer Junge«, überlegen zwinkerte ich ihm zu. »Vorfreude ist die größte Freude.« Ich unterbrach unseren Blickkontakt, indem ich die Tür zuschlug. Sam auf der anderen Seite stöhnte laut und frustriert auf.

»Fuck«, lachte er leise, und ich für meinen Teil stieß schlagartig die Luft aus, die ich unbewusst angehalten hatte. Mit vor Aufregung zittrigen Fingern schlüpfte ich in die schwarze Jeans und trocknete meine Haare mit einem Handtuch, ehe ich das Bad verließ. Eigentlich war mir so heiß geworden, dass ich am liebsten noch einmal unter die Dusche gesprungen wäre.

»Geht's wieder?« Ich prustete, als ich in sein gequältes Gesicht blickte.

»Du machst mich fertig, Leena. Geh am besten schon mal vor zum Frühstück.«

Ich verschluckte mich an meiner Spucke. »Äh, willst du …?«

Sam schüttelte in einem Mix aus gequält und amüsiert den Kopf. »Nein, aber so kann ich wohl kaum das Zimmer verlassen.« Er sah an sich herunter. Ich folgte ihm und starrte ungeniert auf die Beule in seiner Jeans.

»Oh«, lächelte ich und biss mir auf die Lippe. »Ups?«

Sam griff das andere Kissen und warf damit nach mir. »Ich *ups* dir gleich mal. Entweder warten wir gemeinsam, und du erzählst mir was Langweiliges, oder du gehst schon mal vor.«

»Kennst du das korrekte Mischverhältnis von Wasser und ätherischen Ölen?« Ich zuckte mit den Schultern, als er mir einen fragenden Blick zuwarf. »Wie, ist das nicht langweilig genug für dich?«

»Ist es«, grinste er und ließ sich rücklings auf das Bett fallen. »Erzähl mir mehr. Aber schleunigst, ich verhungere.

Und geh zwei Meter weg.« Er deutete auf den Sessel, und ich folgte lachend seinem Fingerzeig.

* * *

»Ach, komm schon, Sam.« Wir waren seit einer Stunde auf der Straße, und er weigerte sich weiterhin, mich in seine Pläne einzuweihen. Ich versuchte still, mich an alle Punkte meiner Liste zu erinnern. Würden wir direkt einen weiteren abhaken? Was könnte es sein? Stirnrunzelnd schielte ich zum hellblauen, wolkenlosen Himmel. Durch einen Frühlingsregen würden wir schon mal nicht spazieren. Oh Gott! Hoffentlich besuchten wir kein *haunted house*. Das war einer der Punkte, den ich nur aus dem Grund notiert hatte, um der Liste mehr Nervenkitzel zu verleihen. Genau genommen war es einer, den ich von der Herbst- über die Winter- bis zur aktuellen Liste weitergetragen habe, in der Hoffnung, ihn irgendwann abhaken zu können. Konnte ja niemand ahnen, dass sich ein gewisser Jemand zum Ziel gesetzt hatte, Ernst aus meinen Hirngespinsten zu machen. Ich schaute herunter zu meinen Füßen und realisierte grinsend, dass ich den Punkt *meine Lieblingsboots tragen* als erledigt betrachten konnte. »Mir schläft der Hintern ein. Und du hast versprochen, dass wir wieder nach Hause fahren.«

»Könntest du bitte aufhören, über deinen Po zu reden, wo ich genau weiß, was du für Unterwäsche trägst?«

»Warum? Brauchst du wieder ein Kissen?« Ich lachte auf, als Sam zusammenzuckte.

»Ich weiß nicht so recht, ob ich die vorlaute oder die schüchterne Leena mehr mag.«

Ich hob die Schultern an und sah aus dem Beifahrerfenster. »Ich auch nicht.«

»Wir sind gleich da, machen nur einen Zwischenstopp«, gab er nach und zeigte auf das Ende der Straße.

»Na endlich«, seufzte ich theatralisch und warf die Hände an die Autodecke. Die restlichen Minuten saßen wir still nebeneinander, und ich versuchte, die aufsteigende Aufregung im Zaum zu halten. Mein Magen rebellierte, und ich wünschte mir, weniger Orangensaft getrunken zu haben. Er vertrug sich nicht besonders mit dem Löffel Rührei, den ich, neben einem Brötchen, einem Pudding, einer Waffel und diversen Obststücken, in mich hineingeschaufelt hatte. Sams Planung in allen Ehren: An ein Abendessen hatte er gestern nicht gedacht, sodass wir beide mit knurrenden Mägen ins Bett gegangen waren. Da hatte ich heute Morgen lieber vorgesorgt. Seinen verstörten Blick hatte ich dabei ignoriert. *Ich würde heute nicht hungern, bis wir wieder in Saint Mellows waren.* Wir fuhren auf ein Feld zu, und ich erkannte aus der Entfernung, um was es sich handelte. »Bauernhof?« Voller Vorfreude klatschte ich in die Hände.

»Korrekt.« Sams Nicken feuerte meinen Enthusiasmus an.

»Sind das Hühner?« Ich hakte weiter nach und biss mir lächelnd auf die Lippen.

»Jep.«

»Ich habe es geliebt, mit Mom und Dad Ostereier zu bemalen«, schwelgte ich in Erinnerung an meine Kindheit. »Du auch?«

Sam kniff kurz die Augen zu und atmete ungewöhnlich lang ein und aus. »Ja. Als *kleiner* Junge.«

Was meinte er damit? Warum betonte er, dass er damals

ein *kleiner* Junge gewesen war? War ja nicht so, dass er *jetzt* ein besonders groß gewachsener Mann war. »Okay«, nuschelte ich, und mir wurde wieder bewusst, dass Sam meinen Fragen oft auswich. Genau genommen hatte ich bisher fast nichts über ihn erfahren. Was an sich nicht dramatisch war, immerhin hatten wir nicht immens viel Zeit miteinander verbracht. Allerdings bescherte es mir einen Dämpfer, wenn er mich abwies. Natürlich hätte ich nachfragen können, was er meinte, aber sein schlagartig ernster Blick hielt mich davon ab. Ich hoffte, dass Sam sich früher oder später öffnen würde. Wenn ich wusste, was ihn bedrückte, würde ich bewusst keine Fragen stellen, die irgendetwas in ihm auslösten.

»Schau«, er zeigte auf ein kolossales Schild, das auf einem Heuballen thronte.

»Eierverkauf«, las ich mit zusammengekniffenen Augen vor.

»Warum kneifst du die Augen zusammen?«

»Weil das eine furchtbare Schrift ist«, nuschelte ich und versuchte weiterhin zu entziffern, was auf dem provisorischen Schild stand, an dem Sam in Schrittgeschwindigkeit vorbeifuhr. »Such dir deine Ostereier aus zum Kochen, Backen, Bemalen«, las ich und wandte mich lächelnd an Sam. »Das klingt perfekt.«

Er drehte den Kopf kurz zu mir um. »Ja?«

Ich nickte und deutete zum Himmel. »Schau, die Sonne zeigt sich mittlerweile von ihrer besten Seite. Lass uns Hühner streicheln, Eier aussuchen und ab nach Saint Mellows.«

»Abgemacht«, grinste er, als er auf den Parkplatz fuhr. »Ich hab Mrs Innings versprochen, dass wir bis heute Nachmittag die Eier für die Veranstaltung am Samstag und eine Ladung Blumen für das Frühlingsblumen-Festival holen.«

Abrupt hielt ich in der Bewegung inne. »Was für eine Veranstaltung am Samstag? Du meinst morgen?« Verdattert blickte ich ihn an, denn ich wusste nur vom Frühlingsblumen-Festival am übernächsten Dienstag.

Wir stiegen aus dem Wagen, und er hielt mir wie selbstverständlich seine Hand hin, was ein erneutes Feuerwerk in meinem Inneren auslöste. Es konnte natürlich auch der Pudding sein, den ich mir vielleicht doch hätte sparen sollen. Ich legte die Hand in seine und spürte, dass sie wieder eiskalt war. Daher sorgten seine warmen Hände für einen wohligen Schauer, der meinen Rücken hinabrieselte.

»Samstag sind die Eier-Festspiele. Eierlauf, Eier bemalen, Maddy und George bereiten das größte und beste Omelett des Landes zu. Saint Mellows zeigt sich von seiner *speziellen* Seite, und garantiert zaubert Anne ihren berühmten Eierpunsch.« Er zog mich an sich und drückte mir einen Kuss auf den Scheitel, ehe wir auf das Hauptgebäude zuliefen. Ich nickte lediglich und biss mir auf die Zunge, um ihm nicht direkt unter die Nase zu reiben, dass ich Saint Mellows zwar liebte, aber nicht jedes Jahr bei *jedem* schrägen Fest mitmischte. Doch urplötzlich freute ich mich auf Samstag.

»Wow, wie schön!« Mit weit aufgerissenen Augen bestaunte ich das imposante Bauernhaus und die dunkelrote Scheune unweit von uns. Eine Frau trat leichtfüßig aus der Tür, um uns zu begrüßen.

»Hi, seid ihr wegen des Verkaufs hier?« Ihr strahlendes Lächeln steckte an. Sam und ich nickten im Gleichtakt.

»Genau«, übernahm er das Wort. »Samuel und Leena.«
Die Frau nickte und deutete zum Feld, auf dem ein paar Menschen umherliefen. »Herzlich willkommen bei uns, mein Name ist Elaine. Das Feld dort vorn ist für unsere Hühner, die Brutstätten findet ihr hinter dem Haus, seid bitte vorsichtig und stört unsere Hennen nicht beim Legen. Nehmt euch ruhig Zeit, um ein Stückchen spazieren zu gehen, genießt die Sonne.« Sie schirmte ihre Augen mit einer Hand ab.

Wir nickten eifrig und folgten ihrem Blick zum Himmel. »Das klingt perfekt«, lächelte ich ihr zu und drückte aufgeregt Sams Hand in meiner.

»Mein Mann holt eure bestellten Blumen aus der Scheune.«

»Danke, das klingt super«, lächelte nun auch Sam. »Bis später!« Elaine nickte uns zu, ehe sie flugs im Haus verschwand. Das ganze Mehl an ihrer Schürze verriet, dass sie gerade backte und vermutlich kaum Zeit zum Quatschen hatte. Mir war das nur recht, Small Talk war eine Sache, die ich nicht beherrschte. Und wenn ich ehrlich war, auch nicht wollte. Mal im Ernst, wer stand da schon drauf? Warum konnte man sich nicht anschweigen, ohne dass es komisch wirkte?

»Komm, Spitzenhöschen.« Sam zog an meinem Arm und machte Anstalten loszulaufen.

»Wie hast du mich genannt?« Ein schallendes Lachen verließ meine Kehle, und sofort schlug ich mir die Hand vor den Mund.

»Du bist schuld, dass ich heute den ganzen Tag an nichts anderes mehr werde denken können.«

»Ah, verstehe. Klingt logisch«, spottete ich lächelnd und stieß ihm spielerisch meinen Ellenbogen in die Seite.

»Und?« Sam hob eine Augenbraue an und schielte zu mir herunter, während wir auf das eingezäunte Feld zuliefen.

»Was und?«

Er kniff die Lippen zusammen, um ein Grinsen zu unterdrücken, was ihm semigut gelang. Sein Grübchen zeigte sich in seiner vollsten Pracht. »Bereust du den extra Pudding?«

Mir fiel die Kinnlade herunter, und beinahe wäre ich über meine eigenen Füße gestolpert. »Nein?«

Er fuhr sich mit der freien Hand durch die Haare. »Sicher? Nach dem Frühstück hast du dich bewegt, als wärst du eine trächtige Elefantenkuh.«

Entrüstet ließ ich seine Hand los, um sie in die Hüfte zu stemmen. Ich stoppte und wartete, bis er sich zu mir herumdrehte. Leider gelang es mir beim Anblick seines verschmitzten Grinsens nicht, meine empörte Fassade aufrechtzuerhalten, und ich prustete los. »Du Arsch, ehrlich! Du hast mich nicht wirklich mit einer schwangeren Elefantin verglichen?«

»Elefantin?« Er legte den Kopf schief. »Das Wort gibt es nicht.«

»Ach nein?«

Den Kopf schüttelnd, kam er auf mich zu. »Ich denke, nicht.«

Ich hob die Hand mit erhobenem Zeigefinger an, was ihm suggerierte, stehen zu bleiben. »Moment.« Ich drehte den Rucksack nach vorn und fischte das Smartphone daraus hervor.

»Leena, was machst du da?«

»Googeln«, klärte ich ihn knapp auf, ohne vom Display aufzuschauen.

»Du schaust nicht ernsthaft nach, ob es das Wort Elefantin gibt?« Lachend schnappte er nach meinem Handy, doch ich war schneller.

»Ey, Finger weg!« Kichernd versteckte ich es hinter meinem Rücken. »Worum wetten wir?«

»Wetten?«

»Wetten!«

Sam leckte über seine Lippen. Sein Blick wanderte über meinen ganzen Körper. »Wenn ich gewinne …«

»Wehe«, unterbrach ich ihn knurrend.

»Hast du Angst?«

Ich hob eine Augenbraue an und versuchte, knallhart auf ihn zu wirken. »Nö.«

»Sicher?«

»Nö?« Lachend zuckte ich mit den Schultern. »Egal was du vorschlägst: Sollte ich gewinnen, musst du das Gleiche tun.«

Sogar ein Blinder hätte in seinem Gesicht ablesen können, dass er seine Idee nochmal abwägte. »Deal.«

»Okay. Dann hau raus.« Ich hoffte inständig, dass mir das Internet gleich zustimmte. Ich kannte Sam nicht lang, aber gut genug, um zu wissen, dass er sich einen richtigen Scheiß ausgedacht hätte.

»Der, der verliert, muss …«

»Stopp!« Ich hob beide Arme in die Höhe, atmete tief durch, ehe ich ihn wieder ansah. »Okay.«

»Also«, grinsend kam er einen Schritt auf mich zu und griff nach meiner Hand, in der ich das Handy hielt. »Der Wetteinsatz besteht aus zwei Teilen. Erstens: Wer verliert, springt in Unterwäsche in einen See.«

Mir fiel die Kinnlade herunter. »Es ist Frühling, Samuel.«

Die Schultern zuckend, schnappte er mir das Smartphone aus den Fingern. »Dann musst du wohl ein bisschen mehr Wäsche auftragen als heute Morgen.«

»Du kannst echt an nichts anderes denken, huh?« Mein Konter ließ ihn merklich zusammenzucken.

»Nein. Kann ich nicht«, gab er ohne Umschweife zu, ohne mich aus den Augen zu lassen, und bescherte mir dadurch einen inneren Sturm aus Hitze und explodierenden Sternen.

»Und der zweite Part der Wette?« Warum beschlich mich ein ungutes Gefühl?

Sam kam mir nahe, bis seine Lippen meine Ohrmuschel berührten. Er flüsterte die folgenden Worte, die dafür sorgten, dass eine eiskalte Welle meinen Körper flutete. »Derjenige von uns, der verliert, muss dem anderen ein Geheimnis verraten. Etwas Persönliches.«

Ich schluckte und versuchte herauszufinden, ob sich die Gänsehaut, die sich auf meinem Körper ausbreitete, gut oder schlecht anfühlte. »Gib jetzt her.« Fordernd hielt ich die Hand auf, damit er mir das Handy hineinlegte, und ging einen Schritt zurück, um etwas Abstand zwischen uns zu bringen. Die Nähe zu ihm ließ mich kaum klar denken.

»HA!« Triumphierend hielt ich den Beweis in die Höhe und zeigte mit der freien Hand auf sein Gesicht. »Zieh dich schon mal warm an.« Stirnrunzelnd legte ich den Finger an meine Wange und zog eine Schnute, als würde ich überlegen. »Oder eher aus?« Ich überspielte, dass mir ein gewaltiger Stein vom Herzen fiel, denn ich war noch nicht bereit, ihn in meine tiefste Gefühlswelt einzuladen, um ihm eins meiner persönlichsten Geheimnisse anzuvertrauen.

»Zeig her! Niemals gibt es das Wort Elefantin.«

»Klar, und mehrere sind Elefantinnen!« Ich warf ihm das Smartphone zu, das er elegant auffing. Ich sah ihn auf das Display tippen und scrollen. »Das ist nicht deren Ernst?«

»Wessen? Der der Elefantinnen?« Mein Grinsen musste bis zu meinen Ohren wandern.

»Du hast wohl einen Clown gefrühstückt zwischen alldem Pudding.« Er zeigte auf meinen Rucksack, den ich zwischenzeitlich auf den Rücken gedreht hatte, damit ich mich umwandte. Während er das Handy wieder hineinwarf, beugte er sich von hinten über meine Schulter und wisperte mir ins Ohr. »Das war zwar die erste, aber garantiert nicht unsere letzte Wette, Spitzenhöschen.«

Ich erstarrte bei dem Gefühl seines warmen Atems auf meiner Haut, und der Sinn seiner Worte erreichte meinen Verstand kaum, da mir das Blut laut in den Ohren rauschte.

»Nenn mich bitte nicht so, wenn Menschen in der Nähe sind«, murmelte ich und deutete mit einem Nicken zu einem Pärchen, das mit einem monströsen Strauß Schnittblumen an uns vorbeigelaufen war.

»Warum nicht?« Er tat unwissend und zuckte mit den Schultern. »Ist doch nichts bei?«

Ich verdrehte die Augen, griff entschlossen nach seinem Arm und zog ihn in Richtung des Feldes. »Komm. Ich möchte ein Huhn streicheln.«

Hoffentlich würde er nicht merken, wie ich mich anstrengte, meine wackelpuddingweichen Knie zu bewegen, ohne einzuknicken.

8. Kapitel

Sam

»Was soll das denn sein? Das sieht aber nicht nach einem Osterei aus.« Leenas spöttische Stimme drang in mein Gehör.

»Schleich dich nicht an!« Erschrocken schützte ich mein Holzstück vor ihrem vernichtenden Blick und setzte mich aufrecht hin, um mein Kunstwerk mit den Armen abzuschirmen. Sie sollte nicht sehen, dass ich an einer Holzschnitzerei saß.

Sie tippte mir auf die Schulter. »Sam?«

»Hm?« Ich würde mich nicht zu ihr umdrehen. Mir egal, ob Rupert es sah und sich seinen eigenen Reim darauf bildete.

»Willst du nicht wieder zu mir herüberkommen?« Ich konnte genau hören, wie sie kurz davor war loszuprusten.

»Nein«, antwortete ich dumpf.

Sie kicherte und pikste mich erneut auf mein linkes Schulterblatt. »Komm schon. Das war nicht so gemeint.«

»War es wohl«, grummelte ich. »Mein Ei war schön.«

»Sicher«, grunzte Leena und steckte mich langsam mit ihrer Freude an. »Wunderschön. Das schönste bemalte Ei, das ich jemals gesehen hab«, frotzelte sie weiter.

»Geh weg«, lachte ich und ließ Leena weiterhin keinen

Blick auf das Holz erhaschen. »Eier bemalen ist wohl kaum Kunst, okay?«

Seufzend strich sie von meiner rechten Schulter über den Nacken bis zur linken. »Na gut. Aber beeil dich, sonst kommen wir zu spät, die Riesenpfanne wird schon zur Festwiese getragen.« Sie senkte ihre Stimme, damit nur ich sie hörte. »Edward hat vorhin schon fast den Eierpunsch leer getrunken. Wenigstens vom Omelette möchte ich etwas abkriegen.«

Ich warf lachend den Kopf in den Nacken, wobei ich kurz einen Blick auf Leena erhaschte, die mich anlächelte. »Wie kannst du überhaupt schon wieder Hunger haben?«

»Von Hunger war keine Rede. Aber ich liebe Eier.«

Ich grinste sie überkopf an. Ob ihr bewusst war, wie das klang? »Edward bestimmt auch.«

»Boah. Ich gebe dir noch zehn Minuten, sonst gehe ich allein vor. Das ist ein freies Land.«

Ich hob eine Augenbraue. »Du nimmst Eier wirklich ernst.«

»Jep.« Leena fasste mir auf den Kopf, um wild durch meine Haare zu wuscheln. »Sei froh, dass es nicht das Apfelfest im Herbst ist, dann säße ich längst an der Kuchenbar.«

»Ich bin gleich fertig. Wenn du nicht endlich zurück auf deinen Platz gehst, dauert das hier alles viel länger.« Ich streckte den Arm aus, um ihr zu zeigen, in welche Richtung sie verschwinden sollte. »Los, Leena Pierson.«

»Aye, aye, Samuel Forsters, Herr und Gebieter«, nuschelte sie mit amüsiertem Unterton und deutete eine Verbeugung an.

»Brav«, rief ich ihr säuselnd zu und sah ihr heimlich hinterher. Gott, ich mochte wirklich alles an ihr. Ihre bockige

Art, die fröhliche, die vorlaute und die verunsicherte. Mir war aufgefallen, dass sie immer seltener ihre Zahnlücke beim Lachen versteckte, und sie fummelte weniger an ihrem Nasenring herum, griff kaum noch nervös in ihre hellblonden Haarspitzen. Mit kritischem Blick begutachtete ich meine Schnitzerei. Die Miserables-Ei-Tarnung war auf jeden Fall erfolgreich gewesen, denn dadurch ahnte Leena nicht, dass ich in Wirklichkeit gar nicht untalentiert war. Immerhin hatte ich in der Zeit nach dem Unfall viel Zeit gehabt. Und *er* war nicht mehr richtig da gewesen. Von heute auf morgen war ich einsam geworden. Ich konnte nicht ansatzweise zählen, wie oft ich allein vor der Waldhütte saß und kleine Figuren aus Holzscheiten geschnitzt hatte. Nur, um sie später ins Feuer zu werfen. Früh hatte ich verstanden, dass vielleicht vieles schön war. Doch mit Sicherheit war alles vergänglich. Nichts blieb. Jeder Mensch starb, Bäume segneten das Zeitliche, und Steine, Klippen und Küsten wurden abgenutzt. Gar nichts blieb. Überhaupt nichts.

»Fertig.« Ich atmete tief aus, hatte nicht gemerkt, dass ich aus Konzentration die Luft angehalten hatte, und lehnte mich ein Stück zurück, um einen anderen Blickwinkel auf das Ergebnis zu bekommen. »Es ist ...«

»Perfekt«, unterbrach mich eine sanfte Stimme hinter mir, die mich ruckartig herumdrehen ließ.

»Leena«, presste ich atemlos hervor. »Jetzt hast du die Überraschung versaut«, murmelte ich und fasste mir mit der Hand an den Hinterkopf. Plötzlich war ich so aufgeregt, dass ich nicht wusste, wohin mit meinen Gliedmaßen.

»Ich hasse Überraschungen«, kicherte sie, und ich erkannte mit Schrecken, dass sich ihre Augen mit Tränen füllten.

»Leena, alles okay?« Ich sprang von der niedrigen Bank auf, wobei ich sie um ein Haar umgeworfen hätte.

»Ich habe wohl doch versehentlich das Romantik-Paket gebucht, oder?« Sie schniefte und wischte sich eilig Tränen aus dem Gesicht, die sich ihren Weg über ihre Wange bahnten.

Lächelnd legte ich den Kopf schief. »Und das merkst du erst jetzt?«

Sie boxte mir kraftlos gegen die Brust. »Du Klops.«

»Es gefällt dir?« Ich griff nach ihrer Hand, um sie hinter mir her zum Tisch zu ziehen, auf dem das Holzstück lag.

»Was für eine Frage! Und wie. Ich wusste nicht, dass du so was kannst.« Zögerlich fuhr sie mit ihren Fingerspitzen über die glatte Oberfläche. So zart, als würde sie drohen, unter ihrer Berührung zu zerbrechen.

Tief ein- und ausatmend, nickte ich. »Ich wusste nicht, ob es mir noch gelingen würde.«

»Warum nicht?« Ihr wacher und ehrlich interessierter Blick bescherte mir einen Stein im Magen.

»Es ist lang her, dass ich geschnitzt habe, mehr nicht.«

Leena verzog den Mund und senkte den Kopf, nachdem sie die Stirn gerunzelt hatte. »Ich glaube dir nicht. Da *ist* mehr«, flüsterte sie und traf mich an meinem wunden Punkt. »Aber das ist schon okay.« Sofort verspannten sich meine Muskeln, ich spürte, wie mir eine eiskalte Welle über den Rücken rann und sich in meinem Nacken manifestierte. Wie eine Warnung.

»Leena ...« Wie offenbarte man jemandem, nicht bereit zu sein, seine Seele zu öffnen? Einerseits sprang mir das Herz aus der Brust, sobald ich Leena ansah. Andererseits schnürte mir die Enge im Hals die Luft ab, wenn ich für eine Millisekunde in Erwägung zog, sie in die Tiefen meiner Gedanken einzuweihen. Ihr zu erzählen, was damals passiert war, welche Folgen es hatte. Wie erklärte man, Schuld in sich zu tragen, die man niemals wieder von sich würde weisen können?

»Schon okay«, winkte sie ab und schenkte mir ein geknicktes Lächeln, ehe sie sich dem Holzstück zuwandte. »Es ist okay, Sam«, flüsterte sie erneut und fuhr zaghaft die filigranen Konturen des Heißluftballons nach, den ich in das Material geschnitzt hatte. Er wurde zunehmend zu einem Symbol, das mein Leben beschrieb. Die Fahrt mit Leena hatte mir gezeigt, dass ich das Heißluftballonfahren trotz allem liebte. Wie konnte man etwas lieben, das man hassen sollte?

»Was stimmt nicht mit mir?« Ich zuckte, als ich merkte, dass die Worte nicht lautlos über meine Lippen geglitten waren.

Leena zog die Augenbrauen zusammen und drehte sich um, sodass sie unmittelbar vor mir stand. »Wie meinst du das?« Ich beobachtete, wie ihre Brust sich hob und senkte und sie nervös ihre Finger verknotete. Sie abzuweisen, wäre fatal, doch war hier kein passender Ort, inmitten all der Augenpaare, die uns observierten. Ich hatte Leena mithilfe ihrer Liste zeigen wollen, dass sie alles tun konnte. Dass ihre Träume nicht auf einem lausigen Papier stehen mussten. Stattdessen entpuppte sich meine Idee als eine Zerreißprobe für mich selbst.

»Später«, blockte ich ab und schluckte, ehe ich tief Luft holte. »Okay?« Ich wusste, dass ich log. Und sie auch. »Lass uns zum Omelette gehen.« Ich hielt ihr meine Hand hin, und es vergingen mindestens zwanzig Sekunden, in denen sie sie anstarrte. Mein Blick war auf ihre Hand gerichtet, die sie zur Faust zusammengeballt hatte. Ich hatte sie verletzt.

»Okay«, gab sie mit belegter Stimme nach und entspannte ihre Finger. »Lass mir nur einen kleinen Vorsprung, ja? Ein paar Minuten.« Sie drehte sich um und ließ mich stehen.

»Verdammt!« Ich warf den Kopf verzweifelt in den Nacken. Ich musste mich schnell in den Griff kriegen, um nicht die Gerüchteküche anzuheizen, die schon bedrohlich brodelte. Ihre Reaktion war nachvollziehbar. Wie würde ich mich fühlen, wieder zurückgestoßen zu werden? »Leena«, rief ich ihr hinterher. Mir egal, wenn meine schallende Stimme neugierige Ohren anlockte wie Licht Motten. »Warte. Bitte.«

Widerwillig blieb sie stehen und hob die Schultern an, ehe sie sich zu mir herumdrehte. »Ja?« Sie hustete mir dieses Wort mit brechender Stimme entgegen, was mir das Herz brach.

»Es tut mir leid. Okay?« Ich setzte einen Schritt auf sie zu und erkannte an ihrem beklemmten Gesichtsausdruck, wie verletzt sie war. Ich musste mich nicht erst umblicken, um mich zu vergewissern, dass Rupert in der Nähe war. Ausgerechnet er hatte einen Radar für Situationen wie diese.

»Ich glaube dir, dass es dir leidtut, Sam.« Sie presste die Lippen aufeinander und verschränkte schützend die Arme vor der Brust. »Weißt du …« Sie atmete tief ein. »Du wirfst mir immer Krümel deiner Vergangenheit hin, nur um mir dann doch nichts zu erzählen. Und das ist okay, Sam, ich schätze an uns, dass wir uns nicht drängen, aber es fällt mir schwer, mit deinen vagen Äußerungen umzugehen. Wenn man jemanden zu oft abweist, darf man sich nicht wundern, wenn derjenige irgendwann keine Fragen mehr stellt.«

Das saß. Und sie hatte recht, so verdammt recht. »Ich weiß.«

Sie schluckte und schüttelte gefrustet den Kopf. »Ich gehe jetzt Omelette essen.«

»Okay.« Verunsichert zeigte ich auf das Holzstück hinter uns. »Willst du das mitnehmen?«

Leenas Kiefer malmten. »Natürlich, doofe Frage, es ist wunderschön, und ich liebe es«, grummelte sie und ließ mich stehen.

»Und der erste Preis für den Holzkopf des Tages geht an – Trommelwirbel – Samuel Forsters«, nuschelte ich zu mir selbst.

Leena

»So ein Mist, echt«, murmelte ich meinem Spiegelbild erregt zu. Es kostete mich meine ganze Beherrschung, dank der Enge im Hals nicht in Tränen auszubrechen. Statt direkt Edward hinterher zur Omelettepfanne zu flitzen, hatte ich die Festwiese verlassen, um mich auf der Toilette des *Anne's* zu verkrümeln und meine Gefühle zu sortieren. Sams ständige Andeutungen, die dann in Zurückweisung endeten, taten mir nicht gut. Klar, niemand stand darauf, Körbe zu kassieren, doch es gab mit Sicherheit viele Menschen, die besser damit zurechtkamen als ich. »Sue«, ächzte ich und kramte mein Handy aus der Tasche, um meine beste Freundin anzurufen.

»Hey, Leeni«, begrüßte sie mich keine zehn Sekunden später.

»Ich bin so verwirrt«, plapperte ich ohne Begrüßung drauflos. »Oder wütend. Oder beides, keine Ahnung.«

Sue seufzte leise. »Was ist los?«

»Ich gehöre ja wirklich nicht zu denen, die sich aufdrängen, oder? Ich versuche nicht ständig, Geheimnisse aus jemandem hervorzukitzeln, richtig?«

»R...richtig, aber wie kommst du jetzt darauf?« Ich hörte Sue an, dass ich sie überrumpelte, da sie stockte.

»Warum versuche ich es dann immer wieder bei Sam, obwohl er jedes Mal abblockt?« Ein Schluchzen drang aus meiner Kehle. Ich öffnete den Wasserhahn und ließ mir abwechselnd eiskaltes Wasser über die Handgelenke laufen, was mir einen Schauder den Rücken entlangjagte. Es waren doch erst wenige Tage, die wir miteinander verbrachten. »Was stimmt nicht mit mir?«, wiederholte ich flüsternd Sams Worte.

»Mit dir stimmt alles, Süße«, ermutigte Sue mich. »Du bist ganz einfach verliebt.«

Ich schüttelte den Kopf, da ich ihre Worte nicht wahrhaben wollte. »So schnell geht das nicht«, erklärte ich ihr.

Sue reagierte laut lachend. »Alles klar, du Expertin.«

»Jetzt mal ehrlich, Sue.« Ich hob den Kopf, um mich bei den folgenden Worten im Spiegelbild selbst zu betrachten. »Soll ich mich wirklich weiter auf ihn einlassen? Er ist ...«

»Was ist er?« Sues Stimme war mitfühlend.

»Kaputt. Er ist *so* kaputt«, schluchzte ich laut.

»Ist er dir denn eine Reparatur wert?«

»Ich habe Angst vor diesen Gefühlen, die er in mir weckt«, gab ich schluckend zu. »Es könnte so wehtun, weißt du?«

Meine beste Freundin seufzte. »Ja, das könnte es.«

»Das ist alles, was du zu sagen hast?« Mürrisch verzog ich meine Lippen zu einem Schmollmund.

»Ich werde dir nicht sagen, was richtig und was falsch ist, Leeni. Ich weiß es nämlich auch nicht. Aber einer Sache kannst du dir sicher sein: Sollte er dich verletzen, landen seine Eier unterm Rasenmäher.«

Ihre trockene Art entlockte meiner Kehle ein Schnauben. »Danke, Sue«, lächelnd blinzelte ich meinem Spiegelbild zu und verabschiedete mich von meiner besten Freundin. Vor meinem geistigen Auge ging ich die letzten Minuten durch und erkannte, dass ich ihm Unrecht getan hatte und über meinen Schatten springen musste, um mich bei ihm zu entschuldigen. Ich hatte ihn ernsthaft stehen lassen, nur weil er mich nicht einweihte? Wer wusste schon, was er mit sich herumschleppte? Er hatte mir einen genialen Heißluftballon geschnitzt, und ich hatte nichts Besseres zu tun, als ihn abzuweisen. Resigniert holte ich Puder und Mascara aus meinem Rucksack, um mich aufzufrischen. Nicht er war der Arsch gewesen. Ich war es.

Kurz darauf trat ich mit sortierten Gedanken aus dem *Anne's* und folgte dem Stimmengewirr, das mich den schmalen Weg entlang zum kleinen Pavillon am Rande der Festwiese führte. »Wie schön«, hauchte ich überwältigt. Das Festkomitee hatte sich dieses Jahr selbst übertroffen. An dem Pavillon hingen so viele Lichter, dass man sie unmöglich zählen konnte, und unweigerlich dachte ich an meinen alten Schulfreund Devon, für den dieser Pavillon so viel bedeutet hatte. Wie oft hatten wir alle als Teenager hier gesessen, gelacht, geweint, uns Geheimnisse verraten. Ein Kloß entstand in meinem Hals, wenn ich daran dachte, dass Devon Saint

Mellows aus Schmerz verlassen hatte, um seine Vergangenheit hinter sich zu lassen. So wie Sam? Auch er war geflüchtet, nur war mir nach wie vor schleierhaft, wieso. Die Baumkronen über uns voller frischgrüner Blätter wogten sanft im Wind, und ich genoss das Geräusch der knarzenden Äste über mir. Ich fühlte den Windhauch über meine Haut streichen, was mich erzittern ließ. Der Duft von frisch gebackenem Brot und pikant gewürztem Omelette drang in mein Bewusstsein, und ich schloss genießerisch die Augen. Um den Pavillon herum standen eine Menge kniehoher Laternen, die den Weg erleuchteten. Und doch war nichts hier so schön wie Sams Schnitzerei. Wenn man den Blick schweifen ließ, erkannte man in der sinkenden Nachmittagssonne die Umrisse vereinzelter Heuballen, die noch immer niemand weggeräumt hatte. Ich kam nicht umhin zu schmunzeln, denn garantiert war das Thema der herrenlosen Heuballen noch lange nicht vom Tisch, und wie ich meine Stadt kannte, würde bald eine Extra-Stadtratssitzung deswegen abgehalten werden. Alles um mich herum sah friedlich aus, und das Knistern in meinem Inneren bestätigte mir mal wieder, wie sehr ich den Frühling liebte. Kurzerhand griff ich nach meinem Handy, um ein Foto von der Festwiese zu schießen, das ich Mom und Dad sendete und ihnen dazuschrieb, dass ich sie vermisste. Jetzt war die Zeit, in der alles aus einem langen Schlaf erwachte. Die Natur hatte den eiskalten Winter hinter sich gelassen, und die Menschen widmeten sich voll neu gewonnener Energie ihren Arbeiten. Ich ließ den Blick über all die lachenden Leute schweifen und entdeckte Sam, der allein auf einer schmalen Bank neben dem Pavillon saß, zwei Becher und Teller neben ihm. Er tippte auf seinem

Handy, bevor er den Kopf anhob und sich umsah. Sein Blick traf meinen, und er streckte zögerlich einen Arm, um mich zu sich zu winken. Mit jedem Schritt wuchs mein schlechtes Gewissen. Ich durfte keinen Rückzieher machen.

»Hey«, begrüßte er mich mit einem wachsamen Lächeln und zeigte auf den freien Platz. »Ich hab dir ein Stück Brot und Ei reserviert, bevor Edward …«

»Es tut mir leid«, unterbrach ich ihn unwirsch und atemlos. Mir fiel auf, wie starr ich vor ihm stand, die Arme kerzengerade an meine Seiten gepresst. Alles in mir schrie mich an, mich zu entspannen, doch es war mir unmöglich, eine lockere Haltung einzunehmen, sosehr ich es mir wünschte.

»Was?« Verwundert rutschte Sam auf seinem Platz hin und her. »Nein, wirklich. Dir muss nichts leidtun.«

»Nimm die Entschuldigung doch einfach an«, nuschelte ich und hoffte, dass mein Blick nicht so flehentlich aussah, wie meine Stimme sich anhörte.

Sein Adamsapfel hüpfte auf und ab, und er klopfte auf die Bank. »Okay. Und jetzt Omelette.«

»Und jetzt Omelette«, plapperte ich ihm nach, ließ mich neben ihn fallen und nahm ihm einen Teller und den Becher ab, aus dem es einladend nach Annes Eierpunsch duftete.

»Lass es dir schmecken, Spitzenhöschen«, flüsterte er mir versöhnend ins Ohr. Er ahnte nicht, was für eine Welle er dadurch in mir auslöste. Mir wurde bewusst, dass es gar nicht die Angst vor der Entschuldigung selbst war, die mich lähmte. Es war viel eher die Furcht vor seiner Reaktion gewesen. Nicht jede Bitte um Verzeihung wurde angenommen, und wenn dem so war, wurde man machtlos. Machtlos und schuldig.

Sam

»Der Tag, das ganze Eierfestival, war wirklich schön.« Als wir vor Leenas Haus standen, ließ sie meine Hand los, um sich zu ihrer Wohnung zu drehen, doch ich hielt sie zurück.

»Wir sind noch nicht fertig.« Ich genoss ihren verdutzten Ausdruck.

»Ach nein?« Sie ließ die Hand sinken und drehte sich zu mir um, schielte an mir vorbei zu meinem Dodge, den ich auf der gegenüberliegenden Straßenseite geparkt hatte. »Aber die Veranstaltung ist zu Ende?«

Lachend fasste ich nach ihrem Handgelenk und zog sie hinter mir her zum Auto. »Das stimmt. Aber *unsere* Veranstaltung ist es nicht.«

»Was machen wir?« Sie biss sich auf die Unterlippe, was ihre Zahnlücke betonte. Sie musste gesehen haben, dass ich auf ihren Mund gestarrt hatte, denn flugs hatte sie ihn wieder geschlossen.

»Komm, steig ein. Ich habe eine kleine Überraschung für dich, aber dafür müssen wir ein Stück fahren.« Leena bewegte sich keinen Zentimeter auf meine ausgestreckte Hand und die Beifahrertür zu, die ich ihr aufhielt, sondern beäugte mich mit einem misstrauischen Blick. »Alles okay?« Ich zog den Arm zurück und fasste mir an den Hinterkopf. Bitte, lass mich hier nicht stehen wie einen Trottel.

»Es wird dunkel«, murmelte sie und deutete zum Himmel, der sich bald orange färben würde.

Stimmte ja, Dunkelheit und sie waren keine Freunde. »Manchmal bekommt man die schönen Dinge nur in der

Dunkelheit.« Ich versuchte, sie durch geheimnisvolles Gequatsche zum Mitkommen zu bewegen.

»Okay«, nuschelte sie und seufzte unüberhörbar, als sie sich an mir vorbei auf den Sitz fallen ließ. »Fahr los, bevor ich es mir anders überlege, Sam.« Grinsend schlug ich ihre Tür zu, rannte um den Wagen und startete keine zehn Sekunden später den Motor, um uns aus unserer schrulligen Kleinstadt zu bringen. Leena wies kichernd auf Phil, dem Annes Eierpunsch genauso gut geschmeckt hatte wie Edward, denn er unterhielt sich eingehend mit einer Laterne. »Es wird ihm morgen sehr schlecht gehen«, lachte sie und wandte sich mir zu. Ihr unbeschwerter Ausdruck traf mich wie ein Schlag in die Magengrube. Ich war drauf und dran, mich in ihr Lächeln zu verlieben, in ihre Zahnlücke, in die sanften Lachfalten in ihren Mundwinkeln und in die Art, wie sich ihre Augen zu Schlitzen verkleinerten.

»Armer Phil«, räusperte ich mich grinsend.

»Ja«, wiederholte sie meine Worte. »Armer Phil.« Aus dem Augenwinkel sah ich, wie sie ihren Kopf gegen die Scheibe lehnte und entschied, die Stille zwischen uns nicht zu stören. Da die Straßen frei waren, hielt ich eine Viertelstunde später auf einem verlassenen Parkplatz. Ich sprang aus dem Dodge und sprintete zu Leenas Seite, um ihr die Tür zu öffnen, was sie grinsend quittierte. »Du musst mir nicht die Tür aufhalten, Sam.« Sie berührte mich für eine Sekunde am Unterarm. Sogar durch den dicken Stoff meiner Jacke spürte ich meine Haut unter der Berührung pulsieren.

»Ich nehme vorsichtshalber eine Taschenlampe mit, okay?« Ich wühlte hinter ihrem Sitz nach der, die ich für Notfälle hier liegen hatte. Wenig später hielt ich sie triumphierend in die Höhe und schenkte ihr ein fettes Grinsen. »Da ist sie. Wollen wir loslaufen?«

Leena sah aus, als würde sie kurz abwägen und nickte dann. »Na gut, wir müssen ja nicht so weit laufen. Oder?« Ich lachte und legte meinen Arm um ihre Schulter. »Oder, Sam?« Ich drückte ihr als Antwort lediglich einen Kuss auf den Scheitel und sog dabei gierig den Duft ihres Apfelblüten-Shampoos ein. »Du machst mich fertig«, piepste Leena, und ich erkannte, dass sie nervös war, da sie ihre Finger in den Saum ihres Pullovers krallte. Wir gingen über den Parkplatz und überquerten die Landstraße. Auf der anderen Seite befand sich ein schmaler Trampelpfad, und als Leena realisierte, dass wir auf einen Wald zuliefen, blieb sie abrupt stehen. »Nein?« Empört wand sie sich aus meinem Arm. »Ich werde nicht schon wieder einen Wald betreten, Samuel.«

»Immer, wenn du meinen vollen Namen aussprichst, spricht die Angst aus dir, oder?«

»Meine Angst ist in Ordnung, klar?« Sie verschränkte die Arme vor der Brust, und in mir schrillten die Alarmglocken.

»So meinte ich das nicht«, seufzte ich. »Wirklich nicht. Ängste schützen, das haben wir doch erst herausgefunden.«

»Und warum müssen wir meine Angst *schon wieder* ignorieren?«, konterte sie mit hochgezogener Augenbraue und flehentlichem Blick. »So viele habe ich jetzt auch nicht. Dunkelheit, Wälder, und besonders in Verbindung.« Sie verzog einen Mundwinkel, und die Art, wie sie sich beruhigend über den Oberarm strich, ließ mich meine Idee überdenken.

»Du hast recht«, pflichtete ich ihr bei und ließ die Schultern hängen.

Verdutzt starrte sie mich an. »Habe ich?«

Ich schnaubte leise und lächelte dabei. »Ja, hast du. Es ist nicht fair von mir, so oft von dir zu verlangen, über deinen Schatten zu springen.«

»Danke. Das sehe ich genauso.«

»Lass mich kurz was checken, ja?« Ich zückte das Handy aus meiner Hosentasche und tippte darauf herum.

Aus dem Augenwinkel sah ich, wie Leena den Blick gen Himmel streckte und langsam ihre abblockende Haltung lockerte. »Sorry, ich wollte dir die Überraschung nicht versauen«, nuschelte sie und stellte sich neben mich.

»Ey!« Schnell verdeckte ich das Display, damit sie nicht darauf spähte. »Noch ist hier gar nichts versaut«, grinste ich und zeigte zurück zum Parkplatz, auf dem ich den Dodge geparkt hatte. »Lass uns zurücklaufen, wir machen es anders. Nur kann ich nicht garantieren, dass es zu hundert Prozent angstfrei wird«, gab ich offen zu.

»Kommt ein Wald in deiner Idee vor?«

Lachend schüttelte ich den Kopf und zog an ihrem Handgelenk, damit wir beide losliefen. »Nein.«

»Dann bin ich dabei.« Schmunzelnd verschränkte ich meine Finger mit ihren und genoss das Kribbeln, das in mir aufstieg, wenn ich sie berührte. Keine fünfzehn Minuten später parkte ich den Dodge auf einer Wiese, auf der weitere Autos standen. Vermutlich verliebte Pärchen, die die gleiche Idee hatten wie ich. Doch das sollte uns nicht stören.

»Wir laufen dort hoch«, erklärte ich ihr und wies auf einen schmalen, von Steinen gesäumten Weg. Durch die hereinbrechende Dämmerung wurde es zunehmend frischer, und ich hoffte, dass wir beide nicht gleich erfrieren würden.

»Alles klar.« Sie atmete tief durch, ehe sie vorauslief.

»Leena?« Ich blieb direkt hinter ihr. Der Weg war zu schmal, als dass man hätte nebeneinanderlaufen können.

»Ja?« Sie drehte flüchtig den Kopf zu mir herum und lächelte mir zu.

Ich räusperte mich. »Darf ich dich was fragen?« Sie stoppte abrupt, was unseren Schritt aus dem Rhythmus brachte. Kurz strauchelte ich, konnte das Gleichgewicht jedoch schnell fangen.

»Ich muss ja nicht antworten, falls mir deine Frage nicht passt«, murmelte sie, ohne sich erneut umzudrehen. Ihre Stimmlage wirkte auf mich, als hätte ich sie verletzt, was mir im ersten Augenblick unerklärlich war. Dann fiel es mir wie Schuppen von den Augen. Das war ihre Art der Retourkutsche. Wenn ich ihr nichts erzählte, würde sie auch dichtmachen. Einerseits fand ich es albern, doch würde ich nicht über sie urteilen. Wer urteilte, war nicht besser als der, den man verurteilte. Und warum sollte ich meinen Grundsatz, dass man nie wissen konnte, warum jemand handelte, wie er handelte, ausgerechnet bei Leena fallen lassen?

»Natürlich nicht«, beruhigte ich sie und meinte es so. »Ich frage mich, warum auf deiner Bucket-List ein Waldspaziergang steht, wenn der Wald dir große Angst beschert?«

»Kennst du das, wenn man etwas gleichzeitig liebt und hasst?« Ihre Antwort kam wie aus der Pistole geschossen und traf mich genau dort, wo es am meisten schmerzte.

»Ja«, erwiderte ich und dachte an den Heißluftballon, den ich in das Holz geschnitzt hatte. »Und wie ich das kenne.«

Stirnrunzelnd drehte sie sich um und lief rückwärts weiter. »Da hast du deine Antwort.« Sie lächelte mich traurig an und zuckte mit den Schultern. »Einerseits finde ich Wälder wunderschön. Friedlich, beschützend und märchenhaft. Andererseits kann Frieden schnell in Krieg umschlagen, schützende vier Wände können einstürzen, und in Märchen gibt es die grausamsten Gestalten.«

»Uff.« Geschockt über ihren Vergleich, blieb mir die Spucke weg. »Ich verstehe, was du sagen willst.«

»Okay. Ich weiß, dass es absurd ist«, murmelte sie und drehte sich wieder um, damit sie sah, wohin sie ihre Schritte setzte. »Ich stelle mir einen Waldspaziergang immer schön vor, doch sobald ich in der Nähe bin, hält mich irgendetwas ab, ihn zu betreten. Es ist unbegreiflich.«

Ich rannte an ihr vorbei, sodass ich vor ihr lief, und wandte mich zu ihr um, wie sie es getan hatte. »Es gibt Dinge, die kann man nicht begründen, und das ist okay. Auch ohne sinnvolle Erklärung verstehe ich dich.«

Sie blieb stehen und hielt sich die Hand in die Hüfte, wobei sie schwer ausatmete. Ohne es zu merken, hatten wir an Tempo zugelegt, und mir wurde der Atem knapp. »Tust du?«, japste sie, und ich nickte.

»Jep. Und jetzt komm, nicht schlapp machen. Wir sind gleich oben.« Ich drehte mich um und wies mit ausgestrecktem Arm auf das Ende des Anstiegs.

»Dein Wort in Gottes Ohr«, lachte sie und zeigte mit beiden Daumen auf sich selbst. »Meine Kondition war auch mal besser, so ungern ich das jetzt zugebe.«

»Soll ich dich huckepack tragen?«, schlug ich ihr vor und wackelte dabei mit den Augenbrauen.

Sie hob ihrerseits eine Augenbraue an und grinste schief. »Du willst mich doch nur begrabschen«, mutmaßte sie.

»Ich?« Unschuldig wies ich mit dem Zeigefinger auf mich selbst und winkte übertrieben ab. »Niemals.«

»Ich schaff das schon allein.« Sie blinzelte mir zu, griff dennoch nach meinen Händen, die ich ihr hinhielt. »Vielleicht nehme ich das Angebot für den Abstieg an.«

»Das Angebot, dich anzugrabschen?« In meinem Bauch wirbelten mindestens eintausend Schmetterlinge umher, seit unser Gespräch in diese Richtung abgeschweift war.

»Klar. Genau das«, lachte sie und zog eine Grimasse. »Los jetzt, bevor es stockdunkel ist. Ich hoffe, du hast deine Taschenlampe mitgenommen.«

Ich zog an ihren Händen, sodass ihr Körper meinem nahe kam, und senkte den Mund zu ihrem Ohr. »Du Ferkel«, flüsterte ich und kassierte dafür einen Box gegen den Oberarm.

»Bei dir muss man echt aufpassen, was man sagt«, grinste sie und deutete an mir vorbei. »Und jetzt lauf endlich weiter, du Taschenlampe.«

Ich drehte mich um und tat ihr den Gefallen weiterzugehen. »Der Spitzname ist langweilig, Spitzenhöschen. Da musst du dir schon etwas Besseres einfallen lassen.«

»Das hier ist doch kein Wettbewerb«, hörte ich sie empört hinter mir schnaufen.

»Das sagen die Verlierer immer«, lachte ich und rannte den Rest des Anstiegs.

Luna

Kein Wort. Kein klitzekleines Wort kam über unsere Lippen, dort oben auf der Anhöhe. Ein paar Meter von uns entfernt stand ein Pärchen, das, wie wir, hergekommen war, um die untergehende Sonne zu verabschieden. Ich erinnerte mich, dass dies ein weiterer Punkt auf der Bucket-List war, doch hätte ich ihn mir in meinen kühnsten Träumen nicht so wundervoll vorgestellt. Ganz ehrlich, Pinterest konnte einpacken. Allmählich veränderte sich die Luft um uns herum, der Wind legte sich, und die Vögel, die soeben wie außer Kontrolle geraten in Scharen über unsere Köpfe gesegelt waren, kamen zur Ruhe. Das dezente Hellblau des Himmels wandelte sich in zarten Übergängen zu Rosatönen, die letztlich ins Orange übergingen. Wir standen hier auf dieser winzigen Anhöhe und blickten auf ein Tal, in dessen Mitte ein idyllischer See ruhte. Aus der Entfernung wirkte er auf mich so still wie der ruhende Ozean, der genauso ein Oxymoron war wie ich. Ein Widerspruch in sich selbst. Friedlich und besonnen, aber sobald ein Sturm kam, ein einziges Grauen, das alles zu verschlucken drohte, was man je geliebt hatte. Beim Gedanken an die Tiefen des Ozeans jagte eine eiskalte Welle durch meinen Körper, die mir eine Gänsehaut bescherte. Ich konnte ein Frösteln nicht unterdrücken und war Sam dankbar, dass er die Stille nicht unterbrach. Er verstärkte seine Umarmung, und ich wagte es, mich tiefer fallen zu lassen. Nie zuvor hatte ich einen solchen Moment mit einem anderen Menschen erlebt. Nie hatte mich jemand selbstverständlich im Arm gehalten und nichts weiter getan. Wir brauchten keine Worte, keine Gesten. Sondern einfach nur uns. Uns und diesen Sonnenuntergang, der die Oberfläche des Sees einfärbte wie einen Regenbogen, ehe er tiefschwarz wurde. Die Spitzen der hohen Kiefern um uns herum waren die letzten, die von der untergehenden Sonne angestrahlt wurden, ehe sie hinter einem entfernten Berg am Horizont verschwand. Selbst als sämtliches Sonnenlicht verschwunden war, verharrten wir in der Position. Sam an meinem Rücken, seine Arme um meinen Oberkörper gelegt, und schauten in dieselbe Richtung. Es war keine tiefschwarze Nacht, aber auch nicht hell, sondern dieses schummrige Licht, wenn die Sonne zwar untergegangen war, der Mond aber noch nicht hoch am Himmel stand.

Zögerlich drehte ich mich in Sams Armen und legte den Kopf auf seine Brust, die sich gleichmäßig hob und senkte. Sein ruhiger Herzschlag beruhigte mich, und ich schloss die Augen, um alles andere auszublenden. Ich wollte nichts weiter, als von ihm gehalten zu werden. Wollte das innige Gefühl und all die explodierenden Sterne in meinem Bauch genießen. Langsam legte ich die Arme um seinen Oberkörper, krallte mich an ihm fest. Einerseits, um mich zu wärmen, andererseits, weil ich nicht einschätzen konnte, ob ich in diesem Augenblick fähig war, ohne ihn zu stehen. Irgendetwas hatte dieser Sonnenuntergang in mir bewirkt. Selbst die Angst in der Dunkelheit dominierte mein Denken nicht. Es gab nur Sam und mich. Als die Temperatur drastisch sank, blieb uns leider nichts anderes übrig, als uns voneinander zu lösen.

»Es wird kalt«, flüsterte Sam über mir und nahm seine Wange von meinem Scheitel. »Lass uns zum Auto gehen.«

»Gute Idee.« Nickend ließ ich ihn frei, wodurch die Eiseskälte in meine Knochen fuhr. Sam wandte sich zum schmalen Wanderweg um, doch ich griff nach seinem Handgelenk.

»Alles okay?« Er drehte sich langsam zu mir um, und in dem schwachen Licht des aufgehenden Mondes erkannte ich Sorge in seinem Blick.

Ich registrierte, wie ein Lächeln sich auf meinem Gesicht ausbreitete. »Nein«, flüsterte ich, setzte einen Schritt auf ihn zu und stellte mich auf die Zehenspitzen. »Mehr als okay.« Ich hauchte die Worte an seinen Mund, ehe ich mutig die Lippen auf seine drückte. Alles in mir verlangte, ihn zu küssen. Vielleicht erkannte er ohne Worte, was mir die letzte halbe Stunde bedeutete.

»Leena«, flüsterte Sam, und ich spürte an den Lippen, wie er seinen Mund zu einem Lächeln verzog. Er umfasste meine Hüften und zog mich an sich, sodass sich unsere Körper so nah waren wie vor fünf Minuten. Langsam strich er mit seinen Händen an meinen Seiten entlang, was eine heiße Spur auf meiner Haut hinterließ. In was für Flammen würde ich stehen, wenn sich zwischen seinen Fingerspitzen und ihr keine drei Lagen Stoff befanden? Zögerlich wanderte seine Hand zu meinem Hals und strich mir sanft über die Wange. Ich hob die Arme an, verschränkte sie in seinem Nacken und streckte mich zu ihm hoch, um ihm klarzumachen, jetzt bloß nicht aufzuhören. Ich öffnete die Lippen minimal, woraufhin er dezent stöhnte. Er verstand, und keine Sekunde später suchten unsere Zungenspitzen einander. Quälend langsam küssten wir uns, und mein Innerstes drohte vor Intensität zu explodieren. Ich sog gierig seinen eindringlichen Duft ein, der mich an die friedliche Seite eines Waldes erinnerte.

»Sam«, seufzte ich erschöpft und aufgeladen zugleich, bevor ich den Mund noch fester auf seinen drückte. Mit den Händen fuhr ich durch seine Haare und wagte es nicht, die Augen zu öffnen. Ich wollte mit jeder Faser meines Körpers wahrnehmen, was dieser Kuss mit mir anstellte. Er war mehr als unsere bisherigen Küsse. So viel mehr, dass sich eine Enge in meinem Hals bildete, die mir die Luft abzuschnüren drohte. Um diese zu ignorieren, presste ich mich enger an Sam. Ohne Vorwarnung griff er unter meinen Po, hob mich hoch. Automatisch verschränkte ich die Beine um seine Hüfte, um mich zu halten, und legte die Hand an seine Wange. Ich öffnete die Augen und blickte in seine, die auf der gleichen Höhe waren. »Danke schön«, flüsterte ich, ohne den Blickkontakt abzubrechen.

»Ich danke *dir*«, antwortete er kaum hörbar und drückte erneut seinen Mund auf meinen. Dieses Mal hemmungslos, kein langsames Herantasten, eher ein forsches Erkunden des jeweils anderen. Unsere Zungen tanzten miteinander, und der Umstand, dass seine Hände mich die ganze Zeit oben hielten, vernebelte meine Gedanken. Ich konnte an nichts anderes denken als an Sams Mund, seine Arme und mein Innerstes, das sich schmerzhaft unter seiner Berührung zusammenzog.

»Sam«, unterbrach ich unseren Kuss und rang nach Luft. »Wir sollten aufhören.« Lächelnd legte ich den Kopf schief.

Sam schüttelte lachend den Kopf. »Du hast vermutlich recht.«

»Dann …« Ich wies zum Boden. »Lass mich runter?«

»Möchtest du runter?« Er drückte mir einen weiteren, flüchtigen Kuss auf den Mund.

»Nein«, flüsterte ich, absolut vernebelt von all den Empfindungen, die durch jede Faser meines Körpers strömten. »Nie wieder.«

9. Kapitel

- *Frühlingspicknick*
- *Lagerfeuer*

Schnell versteckte ich den Zettel in meiner Hosentasche, als Leena aus dem Badezimmer trat. Sie trug nur eins der grauen Handtücher, die uns Liza, die Besitzerin der kleinen Pension, gestern Abend gegeben hatte. Es wäre gelogen zu behaupten, dass ich ihr liebend gern das winzige Handtuch vom Körper gerissen hätte, um sie danach splitterfasernackt aufs Bett zu werfen.

In dem Moment, als ich den Dodge nach unserem kleinen Ausflug zum Berg gestern Nacht vor ihrer Wohnung geparkt hatte und die Handbremse anzog, hatte sie ihre Hand auf meine gelegt. *Ich möchte nicht nach Hause, Sam.* Ihre Worte spielten sich in meinem Gedächtnis immer wieder ab. *Ich bin heute bereit dafür, spontan zu sein.* Ich schluckte in Erinnerung an ihren glasigen Blick und dem schüchternen Lächeln, hinter dem eine gewaltige Portion Mut gesteckt hatte. Überrumpelt hatte ich ihr zugenickt und war ihr in ihre Wohnung gefolgt, wo sie in Windeseile Klamotten und Dinge aus ihrem Badezimmer in ihren Koffer geworfen hatte. Kichernd waren wir die Treppe heruntergeflitzt und zum Dodge gerannt, als täten wir etwas Verbotenes. Ich war zu mir gefahren, um ebenfalls zu packen. Leena hatte derweil im Wagen gewartet, und ich hatte versucht, mein zu schnell pochendes Herz zu beruhigen. Wir würden auf ein kleines Abenteuer gehen.

»Was hast du da?« Neugierig kam sie auf mich zu und wies auf meine Hosentasche.

»Du meinst hier drin?« Mit wackelnder Augenbraue zeigte ich auf meinen Schritt, wofür ich ein Lachen erntete.

»Genau.« Sie verdrehte die Augen. »Genau *das* meinte ich. Manchmal bist du echt wie ein Zwölfjähriger, Sam.«

»Dann stell nicht solche Fragen.«

»Sag schon«, beharrte sie, doch ich blieb hart und schüttelte den Kopf.

»Nein, ich werde dir nichts verraten.« Diese spontane Übernachtung hatte meinen Tagesplan glücklicherweise nicht über den Haufen geworfen, im Gegenteil, es kam mir gelegen, da wir dadurch einen kürzeren Weg vor uns hatten. Ihre Spring-Bucket-List war noch lange nicht abgearbeitet.

»Samuel«, seufzte sie und ließ sich neben mich auf das Bett fallen, wobei das Handtuch verrutschte und meine Fantasie von null auf hundert sprang. »Meinst du nicht, ich habe genug Überraschungen für dieses und alle weiteren Leben über mich ergehen lassen?«

Ich ließ mich ebenfalls rücklings auf das Bett fallen, sodass mein Kopf ein Stückchen höher als ihrer lag. »Nö.«

»Du bist grausam, Samuel Forsters.«

»Und du hartnäckig, Leena Pierson.«

»Komm schon«, versuchte sie es erneut, und ich biss mir

von innen in die Wangen. »Du überlegst es dir gerade, oder?« Aufgeregt klatschte sie in die Hände. »Sag! Was hast du geplant? Das steht bestimmt auf deiner schlauen Liste, die du in der Hosentasche versteckst.«

In gespielter Empörung riss ich den Mund auf. »Du Spitzel!«

»Ach, komm schon«, grinste sie. »Das ist offensichtlich.«

»Weißt du, was nicht offensichtlich ist? Was wir heute unternehmen«, konterte ich, setzte mich wieder auf und klatschte ihr mit der Hand auf den nackten Oberschenkel. »Und jetzt zieh dich an. Warm!«

Sie verdrehte die Augen und rieb sich über das Bein. »Ich dachte, mein Pullover wäre wärmer gewesen.«

Ich lachte und deutete zum Badezimmer. »Ich gehe duschen.«

Auf dem Weg zur Rezeption wuschelte ich ihr durch ihre Haare, die sie seit zwei Tagen ununterbrochen offen trug. Leena taute in meiner Gegenwart auf, und ich fühlte, dass sie die Überraschungen genoss. Ich hatte das gleiche Gefühl, das ein Kind am Weihnachtsmorgen hatte, sobald es sein Wunschgeschenk unter dem Baum entdeckte. Eine Million Glücksgefühle strömten durch meinen Körper, und ich konnte mir nichts Schöneres vorstellen. Leena zu zeigen, dass ihre Wünsche nicht nur eine schnöde Liste bleiben mussten, bereitete mir eine ungeheure Freude. Niemals hätte ich gedacht, was sich dabei zwischen uns entwickelte.

»Okay«, gab ich schließlich nach, als wir die Taschen ins Auto luden. »Ich muss dich sowieso einweihen.« Triumphierend blinzelte ich sie an. »Das kann ich heute nämlich leider nicht allein vorbereiten.«

»Eigentlich wollte ich die Vorbereitungen mit dir gemeinsam in Saint Mellows treffen, aber wir fahren jetzt zu einem anderen Supermarkt und suchen uns da alles zusammen für …«

»Ein Picknick«, unterbrach sie mich lächelnd, und ich nickte. »Ich hatte mich gefragt, wann es dran sein würde.«

»Echt?« Verwirrt legte ich den Kopf schief. »Warum?«

»Ich steh auf Picknicks. Als Sue und ich Kinder waren, haben wir ständig in den Gärten unserer Eltern gepicknickt. Das war voll unser Ding.«

»Das klingt schön.« Ich ignorierte das mulmige Gefühl in meinem Magen. Ich musste endlich damit zurechtkommen, wenn andere von ihren Kindheitserinnerungen erzählten. Irgendwann musste es mir gelingen, die Erinnerungen anderer nicht mit meinen eigenen zu vergleichen.

»Das ist es«, lächelte sie verhalten, doch ich sah sie die Stirn runzeln, ehe sie den Blick abwandte. Hatte sie wieder gemerkt, wie ich mich versteifte? Verdammt! »Lass uns fahren«, murmelte sie, öffnete die Beifahrertür und verfrachtete ihren Koffer hinter dem Sitz, ehe sie sich auf ihren Platz fallen ließ.

Ich atmete tief ein und wieder aus, ehe ich um den Dodge herumlief und mich schließlich hinter das Lenkrad setzte.

Die zwanzig Minuten zum nächsten Supermarkt hatte niemand von uns ein Wort gesagt, was für mich Bestätigung genug war, dass Leena etwas gemerkt hatte. Ich wollte es ihr erzählen, war aber noch nicht bereit. Die Zeit mir ihr war so schön, verging wie im Flug, und es fiel mir schwer, darüber zu reden. Gott, es fiel mir ja sogar schwer, daran zu *denken*. Vielleicht würde es mich obendrein zurück in das schwarze Loch werfen, aus dem ich über die Jahre herausgeklettert war. Ich wollte nicht riskieren, unser Abenteuer zu versauen. Ich parkte den Wagen, stieg aus und wartete auf Leena, doch es geschah nichts. Stirnrunzelnd ging ich um das Auto herum zu ihrer Tür, öffnete sie zögerlich und hielt ihr meine Hand hin. »Kommst du mit rein?«

»Ja«, murmelte sie mit einem winzigen Anflug von Bitterkeit und schloss für einen Moment die Augen, wie um sich zu sammeln. »Natürlich.« Sie ignorierte meine Finger und stieg aus dem Wagen, sah mich dabei nicht an und stob herüber zum Eingang des Supermarktes.

»Ach, scheiße«, fluchte ich und stampfte mit dem Fuß auf, ehe ich den Dodge abschloss und ihr folgte. »Versau es nicht«, bat ich mich selbst und holte tief Luft.

»Weintrauben?« Ich hielt eine gut bestückte Staude hoch.

»Hm.«

»Snacktomaten?«

»Ja.«

»Apfeltörtchen?«

»Meinetwegen«, brummig starrte Leena das Gebäck an, das ich ihr hinhielt.

»Leena«, seufzte ich, legte alles in unseren Einkaufswagen und machte einen Schritt auf sie zu. »Ich kann einfach noch nicht«, presste ich hervor, als würde jedes Wort mir Schmerzen bereiten. »Okay?«

Endlich hob sie den Kopf an. Ihren Mund hatte sie zu einer Seite verzogen, und ihre Augen strahlten nicht mehr auf die gleiche Art, wie sie es die letzten Tage getan hatten. »Ja. Klar. Das ist in Ordnung«, seufzte sie ebenfalls und zeigte auf Schokoladenmuffins. »Die da auch.«

»Blaubeere auch?«

Ich sah ein flüchtiges Lächeln in ihrem Gesicht aufblitzen. »Unnötige Frage.« Ich warf die Muffins in den Wagen, trat einen Schritt auf sie zu, was sie nicht kommen sah, da sie mir den Rücken zugewandt hatte. Stürmisch legte ich von hinten die Arme um sie, was sie aufquieken ließ. »Erschreck mich nicht so«, lachte sie und trommelte auf meine Arme, damit ich sie freiließ.

»Gib mir noch ein bisschen Zeit«, murmelte ich an ihr Ohr, ehe ich die Arme sinken ließ.

Langsam drehte sie sich zu mir um, und das Runzeln ihrer Stirn ließ mein Herz vor Furcht einen Schlag aussetzen. Sie nickte wortlos und wies mit dem Daumen hinter sich. »Ich gehe zum Käse. Wir treffen uns an der Kasse.«

»Okay?« Verunsicherung lag in meiner Stimme, doch sie hörte es nicht, da sie sich, ohne eine Antwort abzuwarten, umdrehte, um im nächsten Gang zu verschwinden. Ich schlenderte gedankenversunken durch den Supermarkt und packte hier und da ein paar Lebensmittel in den Wagen. Cracker, Gummibärchen, Orangensaft. Schon von Weitem entdeckte ich neben der Kasse einen Aufsteller mit frühlingshaft gestaltetem Krimskrams und legte einen Zahn zu, damit ich vor Leena dort sein würde. »Perfekt!« Ich griff nach einem Paar superhässlicher Socken mit Muffinaufdruck und warf sie in den Wagen. »Und die«, murmelte ich und entschied mich für ein weiteres, hellblaues Paar, auf dem Baby-Kätzchen tollten.

»Was hast du da?« Leenas Stimme, die direkt hinter mir auftauchte, erschreckte mich, sodass ich zusammenzuckte, als hätte sie mich bei einer Schandtat erwischt.

»Ich hake einen weiteren Punkt deiner Liste ab«, grinste ich und hielt ihr die Socken vor die Nase. »Sind die hässlich genug?« Ich wies mit ausgestreckter Hand auf neongrüne Socken mit neonpinken Tulpen, die bereits im Wagen lagen.

Leena folgte meinem Blick und schmunzelte, griff danach und nickte. »Die sind wirklich absolut furchtbar«, lachte sie und schielte an mir vorbei. »Zeig mal, gibt es noch mehr?«

»Mehr?« Ich hob eine Augenbraue an, setzte aber einen Schritt zur Seite, damit sie an den Ständer herankam.

»Ich liebe grässliche Socken«, erklärte sie mir schulterzuckend.

»Ernsthaft?«

»Jep.«

»Aber du hast ganz normale Socken an?« Ich zeigte auf ihre Füße, die in Boots steckten.

»Ja, ich ...« Sie verzog den Mund, und ich sah sie erröten. »Ich wollte nicht gleich *alles* von mir zeigen.« Sie betonte das Wort extra, und ich konnte nicht sagen, ob das positiv oder negativ war. Oder ob sie mir damit vielleicht etwas hatte sagen wollen.

»Du stehst also auf scheußliche Socken, ja?« Ich wackelte übertrieben mit den Augenbrauen und nickte zum Ständer.

»Je grausiger, desto besser«, grinste sie, und eine zarte Röte zeichnete sich auf ihren schneeweißen Wangen ab.

»Wenn das so ist.« Vorsichtig schob ich sie zur Seite, um freie Bahn zum Sockenaufsteller zu haben, und schleuderte blitzschnell alle Motive, die es gab, in unseren Korb.

Leenas verunsichertes Lachen und die Berührung ihrer Hand an meinem Unterarm ließen mich stocken. »Was wird denn das?«

»Ich kaufe Socken«, teilte ich ihr schulterzuckend mit.

»Du musst doch nicht *alle* kaufen«, lachte sie schallend und hielt sich die Hand an die Stirn, wie um sie zu kühlen. »Oder willst du sie Rupert schenken? Der findet die bestimmt auch richtig super.«

»Muss nicht, will aber.« Sie griff an mir vorbei zum Einkaufswagen, rechnete jedoch nicht damit, dass ich schneller sein würde. Ich kickte ihn mit dem Fuß ein Stück vor, schnellte an ihr vorbei und rannte die letzten Meter zur Kasse, von der mich die Kassiererin angrinste.

»Endlich kauft jemand diese hässlichen Teile, dann sind wir sie los«, lachte sie, und ich las auf ihrem Namensschild, dass sie Bridget hieß.

»Psst«, vernahm ich Leena neben mir, die sich den Finger vor die Lippen hielt und Bridget zuzwinkerte. »Die Socken können Sie hören.«

Grinsend schüttelte die Verkäuferin den Kopf, während sie unseren Einkauf in Papiertüten verstaute. »184,73 Dollar.«

»Mit Karte«, murmelte ich und versuchte, meine Kreditkarte vor Leena zu verstecken.

»Wow!« Anerkennend, aber sanft, rammte sie mir ihren Ellenbogen in die Rippen. »Die ist ja dick.«

»Mhm«, bestätigte ich und schob die schwarze AMEX wieder in mein Portemonnaie. Wir verließen den Supermarkt, und es war, als hätten wir die Seiten gewechselt, denn jetzt versuchte zur Abwechslung Leena, die Stimmung zwischen uns zu kitten.

»Sam?«

»Jep?« Ich warf die Einkäufe ruppiger als beabsichtigt auf die Ladefläche des Dodges.

»Ich wollte dich nicht verletzen. Aber ich verstehe nicht, was los ist.« Sie wich keinen Zentimeter von mir, entließ mich nicht. Ich saß in der Falle, eingesperrt zwischen der geöffneten Autotür, dem Dodge und Leena.

Seufzend vergrub ich meine Finger in den Taschen meiner Jeans. »Ich möchte nicht, dass du irgendetwas Blödes von mir denkst.«

»Weil du eine fette schwarze American Express hast?« Erstaunt zog sie eine Augenbraue in die Höhe. *Oh, oh.* Das war kein gutes Zeichen.

»Ja?«

»Du glaubst also, dass ich mir eine Meinung über Personen bilde, sobald ich von ihrem *möglichen* Kontostand erfahre?«

Fuck. Ich schluckte und spürte, wie meine Fingerspitzen eiskalt wurden. Ich fasste mir in den Nacken und zwang mich, ihren Blick zu erwidern. Ihre Direktheit kam manchmal zu überraschend. »Nein. Natürlich nicht.«

»Dann ergibt deine Erklärung aber keinen Sinn.«

»Es tut mir leid, das steckt in mir.«

Sie seufzte, und ich erkannte Mitleid in ihrem Blick. »Was denn?«

Konnte sie es nicht auf sich beruhen lassen? Ich versuchte, die aufsteigende Wut in mir im Zaum zu halten, doch fühlte ich mich in die Ecke getrieben. Nicht nur körperlich, sondern auch verbal. »Was wird das hier, Leena? Ein Verhör?«

Getroffen zuckte sie zusammen und zog unsicher die Augenbrauen hoch. »Natürlich nicht«, zischte sie. »Ich möchte dich nur verstehen. Aber habe ich wirklich etwas Übergriffiges gesagt, als ich einen nebensächlichen Kommentar über deine blöde Kreditkarte abgelassen habe? Falls ja, tut es mir wirklich leid, Sam. Aber ich verstehe es trotzdem nicht.«

Angriffslustig setzte sie einen Schritt auf mich zu. Sie war auf Konfrontationskurs. Das konnte sie gern haben. »Du vergisst dabei, dass Worte, denen *du* kein Gewicht beimisst, nicht die gleiche, nichtige Bedeutung für dein Gegenüber haben müssen, Leena.«

»Das war jetzt absolut unnötig«, fauchte sie mir entgegen, setzte einen Schritt zurück und trampelte um den Dodge herum, um einzusteigen. Sie donnerte die Autotür so stark hinter sich ins Schloss, dass der ganze Wagen wackelte. Sah ganz so aus, als hatte ich einen Nerv getroffen, doch war ich derart wütend, dass ich in diesem Moment kein Interesse daran hatte, sie zu beschwichtigen. Selbst wenn meine Worte zu harsch gewesen waren. Niemand wurde gern in eine Ecke gedrängt. Auch Leena hatte nicht das Recht dazu. Ich atmete tief durch, ehe ich ebenfalls in den Wagen stieg und gefrustet den Motor startete. Dieses Mal würde ich nicht derjenige sein, der versuchte, das Loch im Bug zu kitten.

Leena

Die Luft im Wageninneren wurde immer dünner. Daran änderte auch das geöffnete Fenster auf Sams Seite nichts. Die ersten zwanzig Minuten hatte in mir ein Vulkan gebrodelt. Ich war unglaublich sauer auf ihn gewesen. Darauf, wie er mich gerügt und dargestellt hatte, als wäre ich ein abweisender Arsch ohne Einfühlungsvermögen. Je länger wir uns anschwiegen, desto mehr reflektierte ich meine eigenen Worte. Nicht nur das, ich überdachte auch, wie ich ihn zur Rede gestellt hatte. Ich hatte ihm kaum Möglichkeit gegeben auszuweichen. Es war zwar nicht das erste Mal, dass wir uns in der Wolle hatten, doch war es das erste Mal, dass es über eine Kabbelei oder eine kurze Meinungsverschiedenheit hinausging. Das war wohl unser erster, handfester Streit. Egal, wie ich es drehte und wendete: Ich war der springende Punkt, und es war empathielos von mir gewesen. Es war sein gutes Recht, seine Kreditkarte vor mir zu verstecken, aus was für einem Grund auch immer. Ja, ich fand es albern. Aber das war *mein* Empfinden. Vielleicht hatte er vergessen, dass ich, wie alle Bewohner aus Saint Mellows, um den Reichtum der Forsters wusste. Daher hatte es mich nicht gewundert, als er die Karte hervorzauberte, die vier Mal so viel wog wie meine stinknormale VISA. Ich konnte es mir nur damit erklären, dass es mir unangenehm war, wenn er für mich zahlte. Das Thema hatten wir am Abend unseres ersten Ausflugs in das Autokino abgehakt, und seitdem hatte ich mich nicht mehr getraut, es anzusprechen. Ich wollte mich nicht daran gewöhnen, dass jemand für mich aufkam. Auch nicht Sam. Es verletzte mich wirklich, dass er annahm, ich würde ihn danach beurteilen, wie viel Geld er besaß. Das war mir so was von scheißegal. Ja, ich war kein Fan überprivilegierter Muttersöhnchen, die sich benahmen, als gehörte die Welt ihnen. Doch Sam sollte klar sein, dass ich nicht auf diese Weise über *ihn* dachte.

»Wie lange fahren wir noch?« Ich schluckte und räusperte mich. Leider schwang in meiner Stimme Gereiztheit mit, dabei hatte ich ehrlich versucht, neutral zu klingen.

»Bald da«, brummte er, ohne den Blick von der Straße abzuwenden oder mit der Wimper zu zucken.

»Okay«, murmelte ich und setzte mich aufrecht hin. »Erklärst du mir, warum es dich stört, dass ich deine Kreditkarte gesehen habe?« Ich kam nicht umhin: Ich wollte dieses Thema klären.

Angestrengt stieß er Luft aus seinen Wangen und sah für einen flüchtigen Blick zu mir herüber. »Es gibt keinen expliziten Grund, weshalb ich sie vor *dir* versteckt habe, Leena. Es ist eine Angewohnheit, und ich ziehe es einfach vor zu verbergen, wie voll unsere Konten sind.«

»Unsere?« Verdattert legte ich den Kopf schief und sah Sam seufzend ausatmen.

»Wir haben Familienkonten, ich greife zwar nur auf *mein* eigenes Geld zu, das ich während des Colleges verdient habe, aber diese blöde Kreditkarte streut eben andere Gerüchte.«

»Aber Sam«, murmelte ich und setzte mich schräg hin, um ihn anzusehen. »Ich bin von nichts anderem ausgegangen, und selbst wenn?«

»Selbst wenn?«

»Weißt du, selbst wenn du mit dem Geld deiner Eltern zahlen würdest, wäre es mir egal. Wenn ich es könnte, würde ich auch finanziell für meine Kinder sorgen, egal, ob sie 18 sind oder frisch vom College kommen. Ich meine, die Wiese, auf der wir notgelandet sind, gehört deinen Eltern.«

Sam schnaubte. »Richtig.«

»Und die Waldhütte. Ich habe eure Garagen gesehen, das Haus«, zählte ich auf. »Eure Einfahrt ist von Bäumen gesäumt.«

»Gut aufgepasst«, erwiderte er schnippisch und presste

die Kiefer aufeinander. Ich ignorierte seine Art, denn ich erkannte, was er tat: Er fuhr eine Mauer hoch, um sich selbst zu schützen.

»Wusstest du, wie teuer Bäume sind? Dein Nachname ist in Saint Mellows mindestens so gegenwärtig wie Annes Marshmallow-Torte.«

Ein verächtliches Lachen drang aus seiner Kehle. »Leena, worauf willst du bitte hinaus?«

»Darauf, dass es mir leidtut«, nuschelte ich und senkte den Blick.

»Wie bitte?« Ich hörte ihm an, dass er verwirrt war.

»Ich versuche hier, mich zu entschuldigen, du Kohlkopf«, murrte ich. Zögerlich hob ich den Kopf, sah ihm ins Gesicht.

»Deine Art, dich zu entschuldigen, ist ausbaufähig«, grinste er, und das Grübchen auf seiner Wange feuerte die Schmetterlinge in meinem Bauch an.

»Ich kann es auch lassen.«

Er lachte auf und schüttelte den Kopf. »Leena.«

»Was denn?«

»Nichts«, grinste er. »Ich sage einfach gern deinen Namen.«

»Aha.«

»Bist *du* jetzt beleidigt?«

Ich verschränkte die Arme vor der Brust und versuchte, das Grinsen zu unterdrücken. »Irgendwie schon. Ja. Kann sein.«

»Dann hör einfach auf damit«, riet er mir.

»Klar, weil man das Gefühl einfach ablegen kann«, schnaubte ich und drehte mich in meinen Sitz nach vorn.

»Man kann es versuchen«, entgegnete er, und ich realisierte, dass ich unmöglich ein Argument finden würde, das dagegensprach.

»Ich hasse es, wenn du recht hast«, zischte ich und erntete ein weiteres Lachen von Sam. Ich selbst verspürte zwar nicht den Drang dazu, doch ein winziges Lächeln stahl sich dennoch auf meine Lippen. Ich war über meinen Schatten gesprungen und hatte mich bei ihm entschuldigt. Erneut. Am Ende dieser Reise würde ich eine einzige Entschuldigungsmaschine sein. Durch Sam reflektierte ich ständig meine eigenen Worte.

»Wir sind gleich da«, eröffnete er mir, und ich nickte.

»Super.« Ich war in Gedanken und erschrak, weil Sam seine Hand auf meinem Oberschenkel ablegte und darüberstrich.

»Sei mir deswegen bitte nicht böse, okay?« Für einen Moment nahm er den Blick von der Straße und fixierte meine Hände, die ineinandergefaltet in meinem Schoß lagen. Kurzerhand griff er nach einer, um sie langsam zu seinem Mund zu führen. Wie ein Gentleman drückte er mir einen intensiven Kuss auf den Handrücken und lächelte mich dabei an. Das verdammte Grübchen auf seiner Wange ließ mich all die Aufregung vergessen, und ich vernahm nichts weiter als eine Hitzewelle, die sich ihren Weg durch meine Blutbahnen suchte.

»Das sollte ich hinkriegen«, piepste ich und starrte abwechselnd von seinem Profil zur Hand in seinem Schoß, die meine Finger fest umschlossen hielt.

Sam

»Wie viele waren es?« Ich stemmte meine Hände in die Hüfte, was leider seine Wirkung verfehlte, da ich im Schneidersitz auf der Picknickdecke saß.

»Das, lieber Sam, wirst du niemals erfahren.« Ihr Grinsen war so breit, dass ich ihre Backenzähne sah. Schleunig wandte ich den Blick ab, da ich mittlerweile gelernt hatte, dass sie es hasste, wenn man ihr auf die Zähne guckte. Warum auch immer, denn ich liebte ihre Zahnlücke.

»So kann das mit uns nichts werden«, drohte ich und versuchte, nicht ebenfalls zu lächeln.

»Ach nein?« Sie zog angriffslustig eine Augenbraue hoch und drückte den Rücken anmutig durch.

»Nein. Snacks werden fair geteilt. Ich warne dich, Leena.«

Lachend boxte sie mir gegen den Oberarm. »Du wirst niemals erfahren, ob ich mehr Schokolinsen hatte als du. Niemals, Sam.«

»Dann habe ich leider keine andere Wahl«, drohte ich erneut und machte Anstalten aufzustehen.

Verwundert folgte mir ihr Blick. »Was hast du vor?«

»Ich fahre.«

Prustend hielt sie sich die Hand vor den Mund. »Ach ja?«

»Ja.«

»Wohin denn?«

»Zurück!«

Sie biss sich auf die Unterlippe. »Wohin zurück?«

»Nach Saint Mellows.«

»Ernsthaft?«

Ich schien mein Ziel zu erreichen. Der Ausdruck, der ihr aus dem Gesicht fiel, zeigte mir, dass sie mir ein Fünkchen der Lüge abnahm. »Sicher. Ich sagte doch: So wird das nichts mit uns, Leena Pierson.«

Schnaubend stand sie ebenfalls auf und klopfte sich imaginären Dreck von der Jeans. »Mach doch.«

Mist. Leena war dickköpfiger als ich. Ich konnte die Schlacht nicht gewinnen, auch wenn ich sie angezettelt hatte. »Ich werde es tun«, kündigte ich an.

»Ich werde dich nicht aufhalten.« Überlegen richtete sie sich zur vollen Größe auf und hob das Kinn ein Stück an, was ihr ein eiskaltes, beinahe arrogantes Aussehen verlieh. Scheiße, ihr Blick sorgte dafür, dass mir heiß wurde und sich etwas in meiner Körpermitte regte.

»Das tust du aber gerade«, murrte ich und setzte einen Schritt auf sie zu.

»Ach ja?« Überrascht zog sie einen Mundwinkel nach oben und lächelte so verschmitzt sexy, dass ich kurz davor war, den Verstand zu verlieren.

Unverhohlen blickte ich mich auf der weitläufigen Wiese um und verfluchte die anderen Pärchen, die vereinzelt ebenfalls hier picknickten. »Sei froh, dass wir nicht unter uns sind«, flüsterte ich an ihr Ohr und sog gierig ihren frischen Duft ein, von dem ich niemals genug bekam.

»Was würde denn sonst geschehen?« Sie suchte schluckend meinen Blick. Ihr Atem ging schneller als noch vor einer Minute.

Statt zu einer Antwort anzusetzen, überbrückte ich die letzte Distanz zwischen uns, umfasste ihr Gesicht und drückte ihr einen begierigen Kuss auf die Lippen. »Reicht das als Antwort?« Meine Stimme glich einem Knurren.

Sie schüttelte lächelnd den Kopf. »Ich habe absolut keinen Schimmer, was du mir damit sagen willst.«

»Verdammt, Leena.« Ich griff an ihren Rücken und drückte meinen Körper gegen ihren. Ihr Seufzen, als sich meine anwachsende Erektion an ihren Bauch drängte, war Bestätigung genug. »Deutlicher kann ich es dir leider nicht zeigen.«

Sie öffnete sachte die Lippen, ihr Atem ging unregelmäßig, und ihre sonst so blauen Augen wurden innerhalb weniger Sekunden von ihren tiefschwarzen Pupillen verdrängt. *Scheiße. Mist. Verdammt. Nicht hier, nicht jetzt.* Sie stellte sich auf die Zehenspitzen, wobei sie keinen Millimeter Luft zwischen uns ließ. Einnehmend suchte ihr Mund den meinen, und sie fuhr mir mit der Zungenspitze über die Lippen. Ein leises Stöhnen drang aus meiner Kehle, und ich gewährte ihr Eintritt, begrüßte ihre Zunge mit meiner. »Ich glaube, *jetzt* verstehe ich«, hauchte sie lächelnd zwischen zwei Küssen, wobei ihr warmer Atem dafür sorgte, dass ich die Kontrolle über meine Gedanken verlor.

»Gut«, flüsterte ich, fuhr mit den Händen von ihrem Nacken ihren Rücken entlang und umfasste fordernd ihre Pobacken.

»Sam«, keuchte Leena und schnappte nach Luft, blickte sich um. »Hier sind Leute«, kicherte sie verstohlen.

»Na und?« Ich hätte es nicht für möglich gehalten, doch ihre schwarzen Pupillen wurden noch einnehmender, sodass kaum etwas von ihrer meeresblauen Iris zu sehen waren. Um ihre Gleichgültigkeit gegenüber den anderen Anwesenden zu unterstreichen, wanderte ihre Hand von meinem Rücken langsam über meinen Bauch, bis sie schließlich über die Beule in meiner Hose strich. Dabei verlor sie mich keine Sekunde aus den Augen, was mich schlucken ließ. Sie spielte wirklich nicht fair. Ein keuchendes Stöhnen verließ meine Lippen, und ich griff nach ihrer Hand. »Stopp, stopp,« lächelte ich verzweifelt und fuhr mir mit der anderen Hand durch die Haare.

»Angsthase«, grinste sie und packte einmal fester zu, ehe sie die Hand wieder an meiner Seite entlang zu meinem Gesicht wandern ließ. Sie strich mir über die Wange, wobei durch den Dreitagebart ein kratzendes Geräusch entstand, und küsste mich brav auf die Lippen. Sie setzte einen winzigen Schritt nach hinten und warf einen flüchtigen, ungenierten Blick auf meine Mitte. Die Art, wie sie sich lächelnd auf die Unterlippe biss, den Kopf schief legte und abschließend mit den Schultern zuckte, gab mir den Rest. Ich verfluchte, dass wir nicht in Saint Mellows waren. Diese ach so tolle Picknickwiese hier wurde auf TripAdvisor gefeiert, doch verstand ich nicht, warum. Wir hätten auch auf der Mellowianer Festwiese picknicken können, die deutlich näher an ihrer Wohnung lag.

»An was denkt du?« Sie grinste mich an und ließ sich auf der Decke nieder, steckte sich beiläufig eine Weintraube in den Mund. Als hätten wir uns vor zehn Sekunden nicht beinahe gegenseitig die Kleider von den Leibern gerissen.

Lachend fuhr ich mir mit den Händen durch die Haare und schüttelte ungläubig den Kopf. »Meinst du die Frage ernst?«

Schulterzuckend grinste sie mich an und steckte sich eine zweite Weintraube in den Mund. »Klar.«

»Kannst du bitte aufhören, dir Dinge in den Mund zu stecken?« Mein Wunsch klang bestimmend, was sie nicht mochte. Sie hielt in der Bewegung inne, hob einen Mundwinkel an und umschloss provokativ eine weitere Traube mit ihren Lippen. Zu allem Überfluss senkte sie genießerisch die Lider. »Ich schwöre dir, Leena. Wenn du das jetzt nicht lässt, kann ich für nichts garantieren.« Ich fasste mir in den Hosenbund, um meinen vor Erregung schmerzenden Schritt zu richten. Leena quittierte es, indem sie sich eine letzte Weintraube in den Mund steckte, nachdem sie gefühlvoll an ihr geleckt hatte. »Du Biest, meine Hose ist zu eng dafür, das wirst du büßen.«

»Okay«, lächelte sie, nachdem sie alles heruntergeschluckt hatte. »Ich hatte übrigens mindestens sechs Schokolinsen mehr als du«, verriet sie mir und grinste überlegen.

»Du Monster«, lachte ich und versuchte mich zu setzen, ohne dass meine Hose platzte. Mein Mund wanderte zu ihrem Ohr, und ich drückte ihr einen liebevollen Kuss dahinter. »Das wirst du bereuen«, flüsterte ich und fuhr mit zärtlichen Küssen eine imaginäre Spur ihren Hals entlang.

»Ich glaube nicht«, antwortete sie mit erstickter Stimme, und mit Genugtuung stellte ich fest, wie sich ein Zittern in diese mischte.

»Oh doch«, erwiderte ich und schnippte ihr gegen den Oberschenkel. »Ich glaube schon.«

»Das werden wir sehen.«

Lachend griff ich nach einem Muffin und hielt ihr diesen vor das Gesicht. »Ich hab's mir anders überlegt«, erklärte ich. »Bitte, steck dir ganz viel in den Mund. Hauptsache, ich verstehe kein weiteres deiner frechen Widerworte.«

Statt mir den Schokoladenmuffin abzunehmen, biss sie ein riesiges Stück ab und grinste mich mampfend an. »Okay.« Schulterzuckend kaute sie, doch konnte sie mir nichts vormachen. Ihre Pupillen waren so groß wie Untertassen. Was war das mit uns? In einem Moment verletzten wir uns durch Worte. Und im nächsten waren sie das Schönste, das ich mir zu hören vorstellen konnte. Es war gefährlich, denn Leena entwickelte sich zu mehr als zu einer Frau, die ich einfach näher kennenlernen wollte. Doch war sie auch undurchsichtig und ging selten auf meine Anspielungen ein. Schüchterten sie diese ein? Was war es, das ihr jetzt, in diesem Augenblick, diesen Mut gab? Es bestand die Möglichkeit, dass sie das Abhaken ihrer *Spring-Bucket-List* zwar genoss, aber fest damit rechnete, dass alles zwischen uns vorbei sein würde, sobald wir das letzte Häkchen gesetzt hatten. Egal. Ich sollte endlich anfangen, im Moment zu leben und Augenblicke wie diesen zu genießen, statt sie zu hinterfragen. Um mich selbst zu überzeugen, legte ich meinen Arm um ihre Schultern und zog sie nah an mich, drückte ihr einen Kuss auf die Lippen. Nach einer ersten Schrecksekunde ließ sie sich auf ihn ein. Sie schmeckte nach Schokolade, und gleichzeitig vernahm ich ihren betörenden Duft nach Apfelblüten.

Sie griff an den Kragen meiner Jacke und drängte sich mir gierig entgegen, seufzte selig und biss mir auf die Unterlippe. Sie schmunzelte, drückte mich herunter auf die Decke und setzte sich rittlings auf mich.

»Was machst du da, Leena?«

Sie warf lachend den Kopf in den Nacken. »Was *ich* hier tue? *Du* hast doch angefangen.«

»Komm her«, erwiderte ich und umfasste ihre Taille.

Sie schaute von links nach rechts und senkte schließlich grinsend ihren Mund auf meinen. »Niemanden interessiert, was wir hier tun«, flüsterte sie an meinen Lippen und bewegte ohne Vorwarnung ihre Hüften in kreisenden Bewegungen.

»Dann spricht ja nichts gegen das hier«, krächzte ich, drückte ihr meine Erregung entgegen und entschied, genauso weit zu gehen, wie Leena bereit sein würde.

»Sei still«, befahl sie mir und senkte ihre Lippen erneut auf meine. Anders als erwartet, entwickelte sich kein drängender, wilder Kuss, sondern ein zarter, rücksichtsvoller. Langsam bewegte sie ihren Mund auf meinem, und ich spürte ihre langsamen Bewegungen auf mir mit jeder Faser meines Körpers. Eine Gänsehaut legte sich auf mich, wanderte vom Nacken hinab bis zu den Beinen. Zaghaft strich ich mit den Händen über ihren Rücken und wünschte mir, zwischen uns lägen keine Kleidungsschichten.

Tief einatmend, löste sie sich von mir und ließ sich neben mich sinken, schmiegte sich nah an mich und umfasste meinen Oberkörper mit ihren Oberarmen. »Mehr nicht«, murmelte sie lächelnd. »Nicht hier.«

Ich streckte den Arm aus, damit sie sich auf ihm betten konnte. »So ist es mehr als in Ordnung«, nuschelte ich in ihr Haar und drückte ihr einen Kuss auf den Scheitel. Statt zu antworten, hob sie ihren Kopf an, damit sich unsere Blicke begegneten. Sie lächelte mir scheu zu, und ich verstärkte den Griff um ihren Körper. Leena raubte mir den Verstand. Jede Minute ein Stückchen mehr, und ich war absolut gewillt, ihr alles von mir zu geben, was sie wollte. Alles.

10. Kapitel

Montag

Sam: Guten Morgen, Spitzenhöschen
Leena: Morgen? Hast du mal auf die Uhr geschaut?
Sam: 11 Uhr ist noch morgens
Leena: 11 Uhr ist vormittags und fast Mittagspause
Sam: Okay, ich hole dich ab
Leena: Was? So war das nicht gemeint
Sam: Gib es doch zu, du verzehrst dich schon nach mir
Leena: Ich verweigere die Aussage
Sam: Das ist Aussage genug! Wo willst du essen?
Leena: Paris wäre nett, Croissant und so
Sam: Du weißt, dass ich sofort den Flug buchen würde?
Leena: Eigentlich wollte ich mich einfach mit einem amerikanischen Sandwich in den Pavillon setzen, das mach ich montags immer
Sam: Klingt perfekt, ich bringe welche mit

Dienstag

Leena: Gib es zu, das warst doch du?
Sam: Keine Ahnung, wovon du redest?
Leena: Bei Maddy gibt es heute Croissants, hat Anne erzählt, die es von Bree hat
Sam: Und?
Leena: Die gab es vorher noch nie
Sam: Und?
Leena: Ich liebe Croissants
Sam: Okay, jetzt bin ich verwirrt
Leena: Du weißt doch, dass ich mich mit Maddy gestritten habe
Sam: Und jetzt kannst du unmöglich in sein Geschäft gehen?
Leena: Liegt wohl auf der Hand
Sam: Du passt wirklich gut in diese Kleinstadt
Leena: Was soll das denn heißen?
Sam: Nix :D
Leena: Du willst ernsthaft, dass ich frage, oder?
Sam: Oui
Leena: Pouvez-vous m'acheter un croissaint, s'il vous plaît?
Sam: Du sprichst Französisch?
Leena: Ich spreche Google Translator
Sam: Hahaha, dafür bringe ich dir sogar zwei Croissants
Leena: Gracias
Sam: Das war Spanisch
Leena: Ups

Mittwoch

Sam: Falls du heute so richtig lachen willst,
schau auf der Festwiese vorbei
Leena: Was ist wieder los?
Sam: Eine Demonstration
Leena: Nicht dein Ernst?
Sam: Doch
Leena: Worum geht's?
Sam: Rate mal!
Leena: Fängt es mit H an?
Sam: Jep
Leena: Heuballen?
Sam: Und wir haben eine Siegerin!
Leena: Die verfolgen mich noch in meine Träume
Sam: Dito!
Leena: Verdammt, ich kann gerade nicht weg,
weil Sally nicht da ist, keine Ahnung,
wo die bleibt
Sam: Ich weiß es
Leena: Ist sie für oder gegen die Heuballen?
Sam: Auf jeden Fall scheint sie pro Larry zu sein
Leena: ???
Sam: Die knutschen!
Leena: NICHT DEIN ERNST?
Sam: Werde ja ganz neidisch hier
Leena: Wieso, willst du Larry knutschen?
Sam: Mir kommt da gerade eine Idee
Leena: Oh, oh

Sam: Wenn die ganze Stadt auf der Festwiese ist, ist niemand in der Parfümerie, korrekt?
Leena: Niemand außer mir
Sam: Mehr Personen passen auch nicht in meinen Plan
Leena: Kann mich dein Plan meinen Job kosten?
Sam: Vielleicht
Leena: Okay, na dann, komm vorbei
Sam: Ich renne
Leena: Das war ein Witz
Sam: War es nicht
Leena: SAM!
Sam: Ich habe eine Überraschung für dich
Leena: Lass mich raten, die steckt in deiner Hose?
Sam: Ich bin noch nie so schnell gerannt

Donnerstag

Leena: Du bist schuld!
Sam: Was hab ich getan?
Leena: Ich kann mich nicht konzentrieren
Sam: Wobei?
Sam: Ach, Moment, heute ist Donnerstag, du hast deinen Kreativkurs, richtig?
Leena: Ja, und ich hab wegen dir die Aufgabenstellung verpasst
Sam: Wegen mir?
Leena: Ja!
Sam: Aber ich bin doch gar nicht dort?

Leena: Brauchst du auch nicht zu sein, es reicht, wenn du so hartnäckig in meinen Gedanken festsitzt
Sam: Auf deine ganz persönliche Art war das unfassbar süß
Leena: VERSCHWINDE!
Sam: Von wo denn?
Leena: Na, aus meinem Kopf!
Sam: Nö
Leena: Ts
Sam: Du könntest nochmal nachfragen
Leena: Was?
Sam: Die Aufgabenstellung, Spitzenhöschen.
Leena: Trau mich nicht
Sam: Warum nicht?
Leena: Dann wüsste sie, dass ich nicht aufgepasst habe
Sam: Wäre das so schlimm?
Leena: Ja, Rupert ist auch hier
Sam: Und?
Leena: Der würde es überall herumerzählen
Sam: Dass du nicht aufgepasst hast?
Leena: Genau
Sam: Na und?
Leena: Das ist aber peinlich
Sam: Du bist doch nicht in der Schule, Leena. Es gibt keine Noten
Leena: Doch
Sam: Doch?
Leena: Ich bin in der Schule, und am Kursende nächsten Monat gibt es einen Test
Sam: Du bist in der Schule?

Leena: In der Saint Mellows High, ja, hier finden die Kurse statt
Sam: Wenn das so ist, wirst du wohl leider nachsitzen müssen
Leena: Jetzt wirst du albern
Sam: Du machst mich fertig
Leena: Okay, ist ja gut, ich frage nochmal nach
Sam: Leena?
Leena: Ja?
Sam: Ich denke übrigens auch an dich
Leena: Adios, Konzentration
Sam: Hahaha

II. Kapitel

Lena

Selten waren die Tage so schnell an mir vorbeigezogen wie die letzten. Ich war gleichzeitig erschöpft und voller Energie, da Sam es schaffte, mich nächtelang wach zu halten, ohne direkt bei mir zu sein. Mit jeder weiteren Nacht ohne ihn erkannte ich, dass ich ihn um mich haben wollte. Immer. Gähnend zog ich meine Haustür hinter mir ins Schloss und inhalierte die kühle Frühlingsluft, die mir um die Nase wehte und eine sanfte Gänsehaut auf meinen Armen hinterließ. Die Büsche und der Rasen waren von zartem schneeweißem Morgentau überzogen, und ich hörte Vögel ihr Morgenlied zwitschern. Friedliche Momente wie dieser luden meine Akkus in Windeseile auf. Die aufgehende Sonne tauchte alles um mich herum in einen sanften Mix aus Rosa, Gelb und Hellblau, und auch, wenn ich nicht die einzige Mellowianerin war, die sich zu dieser frühen Stunde auf den Straßen befand, war es ruhig. Als würden wir alle diese Momente der Ruhe genießen. Um auf meine Armbanduhr zu schauen, hob ich meinen Arm an und schob den Ärmel meines grauen Wollpullovers nach oben. Seufzend registrierte ich, dass ich einen Zahn würde zulegen müssen, wenn ich mir bei Anne noch ein Frühstück to go würde holen wollen, bevor ich den Laden aufschloss.

»Guten Morgen, Liebes«, begrüßte Anne mich, die dabei war, ihre Auslagen zu befüllen, und deutete zu einem Tisch am Fenster. »Ich bin gleich bei dir.«

»Ich habe leider keine Zeit«, lächelte ich ihr zu und wackelte mit meinem leeren Kaffeebecher, den ich in der Hand hielt.

»Lavender Latte?« Anne wischte sich ihre Hände an der Schürze ab und füllte Milch in den Milchaufschäumer.

Ich nickte, stellte den Becher auf den Tresen und ließ meinen Blick über all die Köstlichkeiten gleiten. »Auf jeden Fall.«

»Ich habe Erdbeertörtchen gemacht«, murmelte Anne und wies mit einer Hand zu den perfekt aussehenden kleinen Küchlein. Sofort legte sich ein Schatten auf mein Gemüt, und ich versuchte, ihn durch ein Lächeln zurückzudrängen. Meine Grandma und ich waren oft bei Anne gewesen, um genau diese Törtchen zu verschlingen. »Möchtest du eins?«

»Ja«, hauchte ich, ehe ich es mich versah. Ich hob den Blick an und traf direkt auf Annes, die mir ein trauriges Lächeln schenkte. »Gib mir bitte zwei Stück.«

»Ich weiß, Liebes«, sagte sie mitfühlend, als hätte sie meine Gedanken gelesen. »Sie fehlt mir auch.«

»Ja. Es wird irgendwie nicht leichter«, seufzte ich achselzuckend und kramte mein Portemonnaie aus dem Rucksack, legte Anne das Geld neben die altmodische Kasse.

»Ich habe an Edith gedacht, als ich sie gebacken habe«, erklärte Anne mit einem verträumten Lächeln, als sie mir die Papiertüte mit dem Gebäck über den Tresen schob.

»Das ist schön, Anne«, seufzte ich und fühlte mich mit einem Mal ein winziges bisschen leichter. Es war schön zu wissen, dass Grandma nicht nur ein Loch in *meinem* Leben hinterlassen hatte. Dass sie geliebt und geschätzt und vermisst wurde. Ich schnappte mir meinen Becher und die Tüte und wandte mich um, wobei ich einen Blick auf die Festwiese warf. »Wie hältst du das nur tagtäglich aus?« Ich konnte nicht anders, als zu prusten bei dem Anblick, der sich mir bot.

»Ich möchte es überhaupt nicht missen«, lachte Anne hinter mir.

»Ich eigentlich auch nicht«, stimmte ich ihr zu und drehte mich noch einmal zu ihr um, ehe ich das Café verließ. Drei- bis viermal die Woche traf sich der Saint Mellows Sportclub zum Frühsport auf der Festwiese, und da heute Freitag war, wurden die Übungen von niemand Geringerem angeleitet als von meiner Chefin Sally. Wie die Kaninchen hoppelten die in den quietschigsten Farben gekleideten, bevorzugt älteren Bewohner Saint Mellows über die Wiese. Mein Blick blieb an Rupert hängen, der in einfach jeder Menschenmenge besonders auffiel. Seine knallrote Sportshorts war viel zu kurz und seinem gequälten Gesichtsausdruck nach mit großer Wahrscheinlichkeit auch zu eng. Vielleicht war ihm auch einfach zu kalt. Doch Rupert wäre nicht Rupert, wenn er nicht noch einen draufsetzen würde. Statt Hanteln trug er seine Mopsdame Panda vor sich her, der garantiert wieder schlecht werden würde, so wie Rupert sie herumwirbelte. Ich begegnete Sallys Blick, die mir fröhlich zuwinkte, woraufhin auch all ihre Lemminge die Arme hoben, um zu winken, da sie es für einen Bestandteil des Workouts hielten. Das war wirklich ein

Bild für die Götter. Lachend erwiderte ich ihren Gruß und machte mich auf zur Parfümerie, um sie aufzuschließen und in den letzten Arbeitstag für diese Woche zu starten.

Just in dem Moment, als ich den letzten Schluck meines Lavender Latte getrunken hatte, vibrierte mein Handy im Rucksack, den ich wie immer hinter dem Tresen deponiert hatte. Mit einem kribbeligen Gefühl im Bauch bückte ich mich herunter und grinste breit, als ich sah, dass Sam mir geschrieben hatte.

> Sam: Hast du heute schon was vor?
> Ich: Ich arbeite bis um vier
> Sam: Und danach?

Ich verließ unseren Chatverlauf, um meinen Kalender zu checken, und stöhnte auf. Heute Abend war ich mit Sue zum Videocall verabredet, wir wollten endlich mal wieder ausgiebig quatschen und uns dabei sehen, auch wenn so viele Meilen zwischen uns lagen. Kurzerhand wählte ich ihre Nummer.

»Hey, Leeni«, begrüßte sie mich. »Alles okay?«

Lächelnd fummelte ich am Saum meines Pullovers herum. »Hey, Sue. Ja, du, ich wollte fragen«, stammelte ich und kam mir plötzlich vor wie die schlechteste beste Freundin überhaupt.

Zu meiner Überraschung lachte Sue auf. »Lass mich raten, du möchtest unseren Videocall verschieben, weil Mr Forsters dich für sich haben möchte?«

»Sozusagen«, gab ich schluckend zu. »Hast du heute Mittag Zeit?«

»Ich habe heute einen vollen Uni-Tag«, seufzte Sue. »Warte kurz.« Ich hörte, wie sie ihr Handy vom Ohr zu nehmen schien. »Um zwei Uhr habe ich eine etwas längere Pause«, erklärte sie.

»Dein zwei Uhr oder mein zwei Uhr?« Ich grinste, denn anfangs hatten wir uns ständig verpasst, weil wir nie diese eine blöde Stunde Zeitverschiebung bedacht hatten.

Sue lachte. »Mein zwei Uhr.«

Ich stieg in ihr Lachen ein. »Okay, ich rufe dich wieder aus der Parfümerie an und hoffe auf keine Kundschaft. Und jetzt sei weiter fleißig.«

»Dito.« Sue warf mir noch einen Kuss durchs Handy und legte schließlich auf.

Ich: Für danach habe ich mir soeben Zeit freigeschaufelt
Sam: Du wirst es nicht bereuen
Ich: Erfahre ich auch, was du vorhast?
Ich: Sam?
Ich: Hallo?
Ich: Das ist echt nicht cool von dir
Sam: Ich hole dich halb fünf ab, pack für eine Nacht!
Ich: Du bist unglaublich
Sam: Danke
Ich: So war das nicht gemeint
Sam: Doch, war es
Ich: …

Sam

Gab es etwas Besseres, als wenn Pläne aufgingen? Mit einem fetten Grinsen im Gesicht warf ich meine Klamotten in den Rucksack, wobei mein Blick immer wieder an Leenas Bucket-List hängen blieb. Was war ich froh, mir all ihre Punkte abgeschrieben zu haben, sonst hätte ich mich auf meine Erinnerungen verlassen müssen. Hätte ja niemand ahnen können, dass sie die Liste wieder an sich nahm. Heute würden wir gleich zwei ihrer Punkte abhaken können, und auf den letzteren freute ich mich besonders. Es war einfach schön, mit Leena Zeit zu verbringen, und anders als gedacht, wurde es mir nicht zu viel, wie es sonst oft der Fall war, wenn ich eine Frau datete. Wenn ich an Leena dachte, war da pure Vorfreude, die begleitet wurde von einem Wirbelsturm an Schmetterlingsflügeln in meinem Bauch.

Nachdem ich meine Zahnbürste aus dem Badezimmer geholt und ebenfalls in den Rucksack geschmissen hatte, blickte ich mich noch einmal in meinem Zimmer um und seufzte. Während ich heute früh joggen gewesen war, musste die Hausangestellte durch das Zimmer gefegt sein, denn nirgends lag ein Staubkörnchen, die Kleidung, die ich mir zuvor auf mein Bett gepackt hatte, lag zusammengefaltet im Schrank, und vom perfekt gemachten Bett fing ich besser gar nicht erst an. Es missfiel mir noch immer. Schon damals hatte ich es gehasst, wenn jemand in meine Privatsphäre eindrang. Schnaubend schulterte ich den Rucksack, denn als ich nach Saint Mellows zurückgekommen war, hätte mir klar sein müssen, dass es wieder jemanden gab, der mir hinterherräumte, als wäre ich ein verdammter Snob. Ich legte meine Hand auf die kühle Türklinke und verließ unachtsam meine Räume, was ich eine Sekunde später bereute.

»Sam«, begrüßte mich Dad eiskalt nickend, der auf der obersten Treppenstufe innehielt.

»Dad«, erwiderte ich in gleicher Kühle, zog meine Tür hinter mir ins Schloss und bewegte mich langsam auf die Treppe zu. Meine Schritte versanken im Teppich, sodass die museumsartige Stille um uns herum in meine Ohren drang.

»Deine Mutter möchte wissen, ob du heute mit uns zu Abend isst.« Zu meiner Erleichterung setzte er sich in Bewegung und stolzierte auf seine Bürotür zu, die sich auf der anderen Seite der Treppe befand, sodass wir uns nicht Auge in Auge gegenüberstehen würden.

»Nein, ich werde voraussichtlich erst morgen wieder in der Stadt sein«, informierte ich ihn und fragte mich im nächsten Augenblick, wieso überhaupt.

Dad räusperte sich und hielt in der Bewegung inne. »Wo willst du hin?«

Verwundert zog ich eine Augenbraue hoch und setzte den ersten Fuß auf die Treppenstufen. »Das geht dich nichts an.«

»Du hast recht.« Dad schnaubte verächtlich. »Du bist ja *erwachsen.*« Er betonte das letzte Wort so sarkastisch, dass es mir die Sprache verschlug, und ehe ich eine passende Erwiderung finden konnte, verschwand er in seinem Büro.

»Was sollte das denn?« Flüsternd krallte ich meine Finger um das hundert Jahre alte Holzgeländer und zwang mich dazu weiterzugehen. Ich durfte Dad nicht in meine Gedanken vordringen lassen, wollte diesen Nachmittag und die kommende Nacht einfach nur mit Leena genießen. Ich verließ das Haus, das meine Dämonen immer wieder aufs Neue weckte, und war froh, ihm für eine weitere Nacht den Rücken kehren zu können.

* * *

»Das ist übrigens ein Punkt auf meiner Liste, den wir gern öfter wiederholen können«, grinste Leena mich an und wedelte unvorsichtig mit ihrer Eiswaffel vor meiner Nase herum. »Es gibt keine bessere Kombination als Himbeere und weiße Schokolade.«

Lächelnd legte ich ihr meinen Arm um die Schultern, zog sie an mich und deutete mit einem Kopfnicken auf ihre Eistüte. »Darf ich probieren?«

Schulterzuckend hielt sie mir das Eis hin. »Klar. Komm, wir tauschen.« Auffordernd reichte sie mir ihre zweite Hand, damit ich ihr meinen Becher in die Hand drückte. »An deiner Auswahl müssen wir aber noch arbeiten«, murmelte sie und erntete dafür einen Klaps von mir auf den Hintern.

»Was soll das denn heißen?«

»Dunkle Schokolade und Haselnuss? Komm schon, so was essen alte Männer«, neckte sie mich und schaufelte einen Löffel voll dunklem Schokoladeneis in sich hinein.

»Scheint dir ja trotzdem zu schmecken«, kommentierte ich ihren vollen Mund mit hochgezogener Augenbraue.

»Stimmt«, gab sie zu und verlangte mit ausgestreckten Fingern nach ihrer Eiswaffel. »Meins ist trotzdem besser. Schon allein, weil ich eine Waffel habe. Ich habe nie verstanden, was mit den Leuten nicht stimmt, die freiwillig einen Becher nehmen.«

»Eiswaffeln schmecken nach Pappe.«

»Deine Pappe schmeckt nach Pappe«, empört tippte sie gegen meinen Becher.

Lachend zog ich sie an mich. »Da kann ich wohl nichts dagegen sagen.«

»Außerdem gibt es Kekswaffel-Pappwaffel-Unterschiede«, erklärte sie neunmalklug.

»Du hast einen an der Waffel.« Ich blieb stehen und drehte Leena zu mir herum, tippte ihr gegen die Stirn. »Auch wenn ich es genieße, mit dir über Banalitäten zu diskutieren: Darf ich dich bitte küssen, damit du aufhörst, von Waffelbecherkeksen zu reden?«

Ich konnte mein Spiegelbild in Leenas meeresblauen Augen ausmachen, deren Pupillen bei meiner Frage schlagartig größer wurden. »Hier?« Sie schluckte und blickte sich suchend um.

Ich beugte mich ein Stück zu ihr herunter und legte meine Lippen an ihr Ohr, wobei ich ihre weiche Haut zart spürte. »Was spricht dagegen?«

»Ich weiß es nicht«, hauchte sie, und ein verlegenes Lächeln entstand auf ihrem Gesicht. »Wir sind hier in Saint Mellows«, erklärte sie und blickte sich um.

Ich hob meine freie Hand an ihr Kinn, damit sie mich wieder ansah. »Na und?«

»Du hast recht«, nuschelte sie lächelnd. »Eigentlich ist es völlig egal.«

»Na, siehst du.« Ich senkte die Augenlider und hob ihren Kopf sanft an, damit wir den quälenden Abstand zwischen unseren Mündern überbrückten. Vorsichtig drückte ich meinen Mund auf ihren, wobei ich meine Eissorten auf ihren

Lippen schmeckte. »Nichts geht über Schokolade und Haselnuss«, neckte ich sie und spürte sie vor Lachen beben.

»Und für mich geht nichts über weiße Schokolade und Himbeere«, japste sie in einer Atempause. Gerade, als ich meine Lippen stärker auf ihre drückte, spürte ich einen kühlen, feuchten Tropfen, der meine Wange hinabrann, und öffnete neugierig die Augen.

»Oh, oh.« Ein belustigtes Stöhnen drang aus meiner Kehle. Dunkle Wolken hatten sich vor die Frühlingssonne geschoben und würden sich innerhalb der nächsten Minuten über uns ergießen. »Wir sollten besser schnell zum Auto rennen.«

Leena folgte meinem Blick und nickte grinsend. »Wir scheinen Wetterumbrüche magisch anzuziehen.«

»Komm, schnell!« Ich hielt ihr meine freie Hand hin, und gemeinsam rannten wir wie Kinder durch die Straßen unserer Heimatstadt, auf der Flucht vor dem Regen.

12. Kapitel

Leena

In Windeseile rannten wir zum Dodge, als wäre jemand hinter uns her. Laut lachend, schlug ich die Tür hinter mir ins Schloss und blickte auf die Eiswaffel in meiner Hand. »Puh, ein Glück, mein Eis ist unversehrt.«

»Meins auch«, lachte Sam, der sich auf seinen Sitz hinter dem Lenkrad geworfen hatte und den Schlüssel ins Zündschloss steckte. Er deutete zum Himmel, von dem es urplötzlich wie aus Eimern goss. »Wow, zwei Sekunden später, und wir wären bis auf die Haut nass geworden.«

Ich leckte zufrieden an meinem Eis. »Und viel schlimmer: Wir hätten unser Eis verloren.«

»Du scheinst Eis ja echt zu lieben.«

»Oh ja, schon immer«, nickte ich eifrig. »Das erinnert mich gerade an einen Tag in meiner Kindheit. Meine Eltern, meine Grandma, Sue und ich hatten einen Tagesausflug in die Berge gemacht, und dort gab es eine kleine Hütte, in der auch Eis verkauft wurde.« Die Erinnerung an den Tag sorgte dafür, dass sich ein Kribbeln in mir ausbreitete, ich aber zeitgleich auch all meine Liebsten vermisste. »Wir wurden damals von einem Starkregen überrascht und fanden gerade so Rettung unter einem undichten Unterschlupf.« Sam ließ mich erzählen und startete beiläufig den Motor, manövrierte den Dodge aus der Parklücke und fuhr trotz des Regens los. »Wir hatten vor Kälte gezittert, und unser Eis war hinüber, doch nichts konnte uns unser Lachen zunichtemachen.« In Erinnerung daran grinste ich breit und wandte den Kopf zu Sam um. Es war, als schüttete jemand einen Eimer eiskalten Wassers direkt über mir aus. Sam lachte nicht mehr. Seine Augen blickten starr auf die Straße, die Kiefer malmten, und binnen Sekunden gefror die Temperatur im Innenraum des Autos zu Eis. »Sam? Ist alles okay?« Ich räusperte mich, unsicher, was gerade geschehen war. Er erwiderte nichts, krallte die Hände um das Lenkrad, sodass seine Fingerknöchel weiß hervortraten. Sein Eis stand auf dem Armaturenbrett und würde schmelzen. Ich nahm all meinen Mut zusammen und rückte auf den Mittelsitz, legte ihm meine Hand auf die Schulter. »Was ist los, Sam?« Meine Stimme war kaum mehr als ein heiseres Flüstern, und es fühlte sich an, als läge ein Fels auf meiner Brust.

»Nicht«, brummte Sam und schüttelte meine Hand von seiner Schulter. Er räusperte sich, und ich wartete, dass er etwas sagte, doch nichts geschah. Gedemütigt starrte ich sein Profil an und fragte mich, was ich Schlimmes getan hatte. Das war nicht das erste Mal, dass ich Sams Reaktion nicht nachvollziehen konnte. Ohne ein weiteres Wort kroch ich zurück auf den Beifahrersitz, die Eiswaffel in der Hand. Mir war der Appetit vergangen, und ich donnerte sie mit dem Eis voran in Sams Becher. Dass er zusammenzuckte, schenkte mir ein wenig Genugtuung.

* * *

Eene meene muh, und raus warst du. Langsam kam es mir so vor, als wären Sam und ich Spielfiguren in den Händen einer unschlüssigen Person. Auf Spaß folgte Ärger, wurde abgelöst von Leichtigkeit und wieder heruntergezogen von einer undefinierbaren Traurigkeit. Ich seufzte kaum hörbar und fuhr mit den Fingern einen Regentropfen nach, der an der Beifahrerscheibe herunterlief. Keine Ahnung, seit wann wir auf der Straße waren und irgendwohin fuhren. Die schwarzen Regenwolken waren in einer Geschwindigkeit aufgezogen, die mich an den Tag erinnerten, der mein Leben verändert hatte. Denn egal, was nach dieser Reise mit Sam und mir sein würde: Ich war nicht mehr der gleiche Mensch, der vor einer Woche das erste Mal Sams Auto bestiegen hatte, ohne zu wissen, wohin wir fuhren. In kurzer Zeit hatte Sam es geschafft, mich in sämtliche Pfützen springen zu lassen, die ich früher lieber umgangen wäre. Manchmal erfuhr man nur durch Schmerz Schönes.

Wie viele dieser Abweisungen sollte ich noch ertragen? Ich war nicht dafür gemacht zu trösten. Genau genommen fiel es mir schwer, jemanden zu fragen, was los war, weil es mich nichts anging. Bevor ich abgewiesen wurde, fragte ich nicht nach, außer mein Gefühl sagte mir, dass es okay war. Doch warum versuchte ich es immer wieder bei Sam? Ständig keimte neue Hoffnung in mir auf, unaufhörlich. Nur damit Sam fest auf ihr herumtrat, bis sie platt war.

»Sag doch was, Leena«, presste er plötzlich hervor und holte mich dadurch aus meinen Gedanken. »Bitte.«

»Samuel«, seufzte ich resigniert. »Was denn?«

»Willst du mir ...« Er schluckte und atmete tief durch. »... die Story nochmal ganz erzählen, an die du dich vorhin erinnert hast?«

Mit gerunzelter Stirn wandte ich mich ihm zu, erkannte in seinem Profil, dass Traurigkeit in seinen Augen lag. »Nein, Sam«, flüsterte ich. »Eigentlich nicht.« Es war unklug, ihn abzuweisen. Doch ging es um *meine* Erinnerung, verdammt. Eine Erinnerung an meine Grandma, an Sue und meine Eltern. Eine, die ich über alles liebte und nicht wollte, dass sie sich zu einer wandelte, die mir Bauchschmerzen bereitete.

»Es tut mir leid, ich weiß nicht, warum ich manchmal zu solch einem Vollpfosten mutiere«, entschuldigte er sich.

Ich schnaubte und verdrehte ungläubig die Augen. »Ist das dein Ernst, Sam?« Gekränkt verschränkte ich die Arme vor der Brust und verfluchte den Kloß in meinem Hals, der mich weinerlich klingen ließ.

»Was meinst du?« Er zog die Augenbrauen zusammen, um sich weiterhin auf die Straße vor uns zu konzentrieren.

»In diesem Auto gibt es nur eine Person, die weiß, warum du so reagierst. Und Achtung, Spoiler: Das bin nicht ich.«

Er stockte und lächelte, was mir die Kinnlade herunterfallen ließ. »Genau erklären kann ich es mir auch nicht. Wirklich nicht, Leena. Bitte glaub mir das.«

»Das hilft uns nicht weiter.«

»Findest du denn, wir brauchen Hilfe?«

»Lernt man in Yale, ausweichend zu argumentieren?«, fauchte ich ihn an. Er wollte schon wieder entkommen, und ich spürte, dass er es schaffen würde. Als würde er mir durch die Finger gleiten, egal wie fest ich sie um ihn krallte. Das Lächeln fiel ihm aus dem Gesicht, als ich endete.

»Nein.« Er presste die Kiefer aufeinander. »Das lernt man im Hause Forsters.«

»Im Hause Pierson lernt man, zu sein wie man selbst«,

konterte ich und versuchte, die Übelkeit zu ignorieren, die in mir aufstieg. Es war einer dieser Momente, in denen ich mich selbst nicht leiden konnte. Dickköpfig zu sein, war nicht einfach, denn ich war nicht gedanken- oder emotionslos. Mir war in diesem Augenblick bewusst, dass ich ihn mit diesen Worten verletzte, und ich begriff nicht, warum ich sie trotz alledem aussprach, das passte nicht zu mir. Aus Selbstschutz? Das war die einzig plausible Erklärung und dennoch kein Freifahrtsschein.

»Und dafür bin ich deinen Eltern dankbar, Leena«, murmelte er und blies angestrengt die Luft aus seiner Lunge.

»Wie bitte?« Verunsichert pfriemelte ich mit den Fingern an meiner Unterlippe herum.

»Ich finde dich großartig, Leena. Du sagst, was du denkst. Auch wenn ich nicht immer weiß, woran ich bei dir bin.« Er lächelte. »Auch wenn du nicht *ständig* erzählst, was dir durch den Kopf geht, kann ich sicher sein, dass das, was du sagst, der Wahrheit entspricht.«

Jede meiner Körperzellen war zu Eis erstarrt. Mit offen stehendem Mund suchte ich nach einer Antwort. »Das Problem, Sam«, flüsterte ich und spürte, wie sich mein Herz schmerzhaft zusammenzog, »ist nicht, dass ich dir nicht glaube. Das Problem ist, dass du dich verschließt. Und mich dadurch von dir stößt. Ich verlange nicht, dass du mir alles erzählst, was dich bedrückt, wir lernen uns doch erst kennen. Aber bitte, stoße mich nicht weg, wenn ich nur versuche, dich zu trösten.«

»Ich weiß«, seufzte er. »Verdammt, ich weiß.« Verzweifelt schlug er mit der flachen Hand auf das Lenkrad, was mich zusammenzucken ließ.

»Warum?« Ich wandte den Blick ab und beobachtete die Regentropfen am Fenster.

»Warum?« Er wiederholte mich verunsichert.

Stöhnend lehnte ich die Schläfe gegen die kühle Scheibe. »Warum stößt du mich weg?« Meine Stimme war kaum mehr als ein leises Hauchen, doch war ich sicher, dass er mich verstanden hatte. Zeit verstrich, ohne dass er mir eine Antwort gab. Die Tage mit Sam waren die schönsten, die ich je erleben durfte. Gleichzeitig waren es die emotional anstrengendsten. Mich beschlich das Gefühl, dass egal wie nah ich Sam kommen würde, er sich weiterhin verschloss. Mir war nicht sofort bewusst gewesen, dass Sam ein Trauma durchlitt. Vielleicht wäre es mir niemals aufgefallen, wenn er nicht in immer gleichen Situationen seltsam reagieren würde. Mittlerweile hatte sich herauskristallisiert, wann er dichtmachte: wenn es um Kindheit ging. Nicht im Speziellen, sondern alles, was damit zu tun hatte. In meinen Augen bildeten sich zögerliche Tränen, und ich blinzelte, damit sie verschwanden. Aus einer stillen Minute wurden zwei, wurden zehn, bis aus der einzelnen Träne ein Fluss wurde, der sich seinen leisen Weg über meine Wange bahnte.

»Wir sind bald da«, verkündete er so leise, dass seine Worte fast vom Brummen des Motors verschluckt wurden.

»Wie auch immer«, seufzte ich desillusioniert und wischte mir unauffällig das Gesicht trocken. »Wie auch immer, Sam.«

* * *

»Wollen Sie heut Abend am Lagerfeuer teilnehmen?« Die Rezeptionistin, auf ihrem Schild stand Francis, schenkte uns ein herzliches Lächeln, bei dem ich am liebsten auf der Stelle losgeheult hätte. Schon wieder. Die zwanzig Minuten im Auto waren wohl nicht ausreichend gewesen.

Sam räusperte sich. »Gern. So steht es auch *ausdrücklich* in meiner Buchung.« Ich zog eine Augenbraue hoch und schielte ihn unauffällig von der Seite an, denn ich kannte es nicht von ihm, dass er schnippisch reagierte, im Gegenteil. Am liebsten hätte ich das Lagerfeuer lautstark verneint, doch mir kam rechtzeitig der Gedanke, dass ich einfach bis morgen im Zimmer bleiben konnte. Mich würde garantiert niemand zwingen, mich mit anderen, glücklichen Pärchen um ein Feuer zu versammeln, damit wir mit Teig umhüllte Stöcke darin rösteten. Was sollte Sam schon tun? Mich fesseln und hinter sich herschleifen?

»Verzeihen Sie, bitte«, entschuldigte sich Francis kleinlaut, und aus dem Augenwinkel sah ich, wie Sam bei ihren Worten kaum merklich zusammenzuckte. Das geschah ihm recht. Ich hörte den beiden nicht mehr zu und wartete darauf, dass sie uns die Schlüssel zum Zimmer gab. Ich wollte einfach nur unter eine warme Dusche springen, um meine Gedanken zu sortieren. Ich hasste es, in dieser Lage zu sein: Selbst nicht zu wissen, was ich fühlte. Ich verstand langsam, was es hieß, wenn das Herz andere Entscheidungen traf als der Kopf. Eigentlich brauchte ich jetzt Zeit für mich. In meiner eigenen Wohnung, ohne jemanden, der auf dem Bett saß, sobald ich aus dem Bad kam. Zeit in meinem Lesesessel, mit einer meiner zehn Lieblingsserien oder einem Buch, das so dramatisch war, dass mir mein eigenes Leben vorkam wie eine rosafarbene Wolke aus Zuckerwatte. Ich spürte das Handy in meiner Tasche vibrieren und fischte es hervor. Mom hatte mir ein Foto von Dad und sich gesendet, wie sie mit breitem Grinsen aus einer Kokosnuss tranken, in der zwei Strohhalme steckten. Mein Herz zog sich schmerzhaft zusammen. Wie gern würde ich jetzt bei Mom und Dad im Wohnzimmer sitzen und all die verwirrenden Gedanken vergessen. Ich schluckte meinen Frust herunter, sendete ihnen eine Reihe von Herzchen-Emojis und warf das Handy zurück in meine Tasche, ehe mir die Tränen kommen konnten.

Sam

»Bitte, Leena«, drängte ich und legte alle Kraft in die Beherrschung, nicht laut zu werden. Ich war frustriert und wütend. Frustriert, weil Leena jetzt auch dichtmachte. Wütend, da ich mir das selbst zuzuschreiben hatte.

»Wie oft denn noch?«, fauchte sie mich an und knautschte das Kopfkissen gefährlich, das sie auf ihrem Schneidersitz vor sich hielt. Wenn sie so weitermachte, würden sich Hunderte Daunenfedern im Zimmer verteilen. So wütend kannte ich sie nicht. Ich wies zum Fenster und setzte einen schonungsvollen Schritt auf sie zu. Vergleichbar mit einer Katze, die sich an eine andere angriffslustige herantraute. Es war ein Wunder, dass wir uns in den vergangenen zwei Stunden nicht gegenseitig an die Gurgel gesprungen waren. »Bitte, Spitzenhöschen«, neckte ich sie als letzten Versuch. »Es steht doch auf deiner Liste.« Für den Bruchteil einer Sekunde wanderte ihr Mundwinkel einen halben Zentimeter nach oben, doch fing sie sich schnell und strafte mich mit eiskaltem Blick und hochgezogener Augenbraue. Diesem Ausdruck, der mir in einer anderen Situation einen Ständer bescherte.

»Ich habe keine Lust, neben ach so glücklichen Pärchen zu sitzen und dich anzuschweigen. Du etwa?«

Ich seufzte und setzte mich auf den Rand des Bettes. Mit ausreichend Sicherheitsabstand zu ihr, um sie nicht zu bedrängen. »Sprich mit mir«, bat ich sie leise und nahm all meinen Mut zusammen, indem ich ihr die Hand hinhielt. »Lass mich nicht allein gehen, Leena. Bitte.« Ihr Blick wanderte zwischen meinen Fingern und Augen hin und her, und die Art, wie sie ihre Lippen zu einer schmalen Linie zusammenpresste, ließ jegliche Hoffnung in mir schwinden.

»Okay.«

»Okay?« Die Schmetterlinge in meinem Bauch wurden durch dieses simple Wort geweckt, und ich fühlte mich, als hätte sie zu unserem ersten Date eingewilligt. »Du kommst mit?«

Sie verdrehte die Augen und schleuderte das Kissen von ihrem Schoß, wobei sie keine Miene verzog. »Ja.«

* * *

»Darf ich?« Zaghaft hob ich den Arm an, um ihn um ihre Schultern zu legen. Zustimmend nickte sie und ließ sich sogar gegen mich sinken. Gemeinsam saßen wir auf einem ungeheuer großen Baumstamm, hielten stilgetreu Äste mit Stockbrotteig an das lodernde Feuer vor uns. Ich schloss für einen Moment die Augen, um den Duft nach verbrennendem Holz, Teig, den Nadeln des angrenzenden Waldes und der tiefschwarzen Nacht zu inhalieren. Der Himmel war übersät von Millionen Lichtpunkten. Sterne, die so weit entfernt waren und mich doch niemals im Stich gelassen hatten. Jede Nacht begrüßten sie mich, blinkten, erloschen und wurden neu geboren. Der Nachthimmel hatte mir mehr Geborgenheit und Sicherheit gegeben als irgendjemand sonst. Selbst die dunkelste Nacht hielt ein Licht für mich bereit. Anders als für Conor, der niemals wieder einen einzigen Stern sehen würde. Oder Farben. Für den es nichts weiter gab als Finsternis.

»Alles okay?« Leenas sanfte Stimme drang an mein Ohr, und eine Sekunde später wischte sie mir zart mit den Fingern über das Gesicht. »Sam, war das eine Träne?« Mitten im Satz versagte ihr die Stimme. Ich war unfähig zu antworten. Mir war nicht aufgefallen, dass ich tief in meinen Gedanken versunken war. »Sam?«

Ich schluckte nickend. »Alles okay«, log ich und presste die Augen aufeinander. »Bei *mir* ist alles okay«, betonte ich und dachte an Conor. Im Gegensatz zu ihm war bei mir alles in Ordnung.

»Du lügst«, schnaufte sie. »Du sagst endlich etwas, und es ist eine Lüge.«

»Lass das. Bitte.« Mir passte nicht, wie weinerlich meine Stimme klang, und in mir legte sich wieder dieser Schalter um, der mich nicht mehr rational urteilen ließ.

»Tu das nicht«, bat sie mich flüsternd und griff nach dem Stock in meiner Hand, um ihn aus dem Feuer zu ziehen. Der Teig war tiefschwarz und ungenießbar.

»Was soll ich nicht tun?« Monoton presste ich die einzelnen Worte hervor, von denen ich wusste, dass sie falsch waren. »Hör einfach auf, mich zu drängen.«

Sie schnappte entsetzt nach Luft und schüttelte meinen Arm von ihren Schultern, setzte sich ein Stück von mir weg, um Abstand zu gewinnen. Sofort zog der eiskalte Wind an die Körperstellen, die ihr Körper soeben noch gewärmt hatte, und eine Leere umfing mich. Innen wie außen.

»Sam, du weinst an meiner Schulter, und ich weiß nicht, warum. Du bist traurig, und ich möchte dir helfen, aber du willst das nicht. Es ist dir vielleicht zu früh, das akzeptiere ich, ich *verstehe* das.« Ihre Worte waren so leise und ruhig, dass sich mein Herz zusammenzog. »Aber behaupte nicht, ich würde dich *drängen*, nur weil ich frage, ob alles okay ist, während ich dir eine Träne von der Wange wische. Ich kann das nicht, Sam«, erklärte sie mit belegter Stimme und machte Anstalten aufzustehen.

»Was denn?«, spie ich ihr entgegen, hielt sie aber am Unterarm fest. Meine Worte und meine Handlung passten nicht zueinander, stießen sich ab, wie ich Leena erneut abstieß, obwohl es das Letzte war, was ich wollte.

»Das hier.« Sie schluchzte und zeigte mit der Hand erst auf mich, dann auf sich. »Wir.«

»Doch«, insistierte ich entkräftet und ließ ihren Arm frei. »Ich möchte, dass es ein Wir gibt.«

Lachend griff sie sich mit beiden Händen in den Nacken und blitzte das Pärchen neben uns finster an, das sich sofort ertappt abwandte. »Sam, unser Wir hat ein wackeliges Fundament. Und im Moment bezweifle ich, dass es uns jemals beide tragen wird.« Durch das orangefarbene Licht, das unseren Gesichtern ein weiches Aussehen verlieh, erkannte ich, wie ihr unaufhörlich Tränen über die Wangen liefen. »Für wen veranstaltest du diesen ganzen Aufriss hier überhaupt?

Für mich? Oder eher für dich selbst?« Wütend wischte sie mit ihren Händen durch ihr Gesicht und stampfte frustriert auf dem Boden auf. Wegen mir gingen ihre Gefühle mit ihr durch. Ein Part in mir schrie, sie zu mir zu ziehen, sie festzuhalten. Doch war dieser Teil von mir der schwächere. Ich trotzte ihrem Blick, bis sie schließlich die Lider senkte. »Komm mir bitte nicht hinterher«, bat sie mich angespannt, ballte die Hände zu Fäusten und eilte zum Hoteleingang.

»Fuck«, fluchte ich laut und zerbrach den Ast, den Leena zu meinen Füßen abgelegt hatte. Die Pärchen auf den anderen drei Baumstämmen starrten mich an, als wäre ich ein neonpinker Pinguin. »Was?« Ich blaffte sie an, erhob mich, warf die Stöcke mit Nachdruck ins Feuer und hetzte in die entgegengesetzte Richtung. Direkt in den Wald. Es war ein Wunder, dass Leena nicht durchgedreht war, als sie erfuhr, um was für ein Hotel es sich handelte. Vermutlich war ihre Wut heute stärker als ihre Angst. Durch den Wald verlief ein breit angelegter Weg, den vereinzelte Laternen säumten. Das war das Werk des Hotels gewesen. Ich lief und lief und lief, bis die Lichter erloschen und der Schmerz in meiner Kehle so heftig war, dass ich es nicht mehr aushielt. Es hatte keinen Zweck mehr, die Wut und die Tränen zurückzuhalten, und lich ieß es geschehen. Es war Jahre her gewesen, seit ich das letzte Mal solch einen Moment durchlebt hatte. Mit dem Unterschied, dass ich damals niemandem vor den Kopf gestoßen hatte, sondern allein in dieses schwarze Loch gefallen war. Mein Schrei durchdrang die Stille des Waldes und als der Schall alles verschluckt hatte, realisierte ich, dass ich mich nicht besser fühlte. Mit zittrigen Fingern fummelte ich das Handy aus der hinteren Hosentasche und entsperrte es. »Verdammte Drecksscheiße«, fluchte ich, als das Display nicht reagierte, da meine Hände eiskalt waren. Es war mir egal, dass es mitten in der Nacht war und Conor höchstwahrscheinlich schlief. Ich wählte seinen Kontakt an und tippte auf den grünen Hörer, um ihn anzurufen.

»Sam?« Conors verschlafene Stimme begrüßte mich. »Alles okay?«

»Warum fragen mich das alle, verdammt nochmal?« Ich brüllte in das Handy und rieb mir mit der anderen Hand über das Gesicht.

»Beruhige dich.« Conors Stimme wies keinerlei Aufregung oder Sorge auf. »Bitte, Sam. Was ist los?«

»Warum?« Ich schluchzte ihm das Wort entgegen und schlug mir sofort die Hand vor den Mund.

»Warum was? Sam, was ist los?« Er wiederholte sich, wobei sich nun auch Sorge in seine Stimme schlich.

Ich schüttelte entmutigt den Kopf und sank auf die Knie. Es war mir gleichgültig, dass ich mich mitten in der Nacht in einem Wald befand, den ich nie zuvor betreten hatte.

»Warum hat es *dich* getroffen, Conor? Warum nicht mich?« Ich hörte meinen Bruder scharf Luft holen, auch wenn mir die Ohren dröhnten, als stünde ich neben der Bassbox auf einem Festival.

»Oh Sam, hör mir zu, ja?« Ich vernahm ein Rascheln auf seiner Seite und schluchzte, wofür ich mich schämte. »Hörst du mir zu?«, vergewisserte er sich räuspernd.

Ich schüttelte den Kopf und ließ mich auf den Hintern sinken, zog die Knie an und legte meine Stirn darauf, das Handy ans Ohr gepresst. »Nein.«

»Doch«, verlangte er. »Bitte. Wo bist du? Bist du allein?«

»Warum, Conor?« Ich flüsterte die Worte und ließ das Beben gewinnen, das meinen gesamten Körper heimsuchte. Der Schmerz in meinem Herzen breitete sich in den Rest meines Körpers aus, ergriff Besitz von mir.

»Darauf gibt es keine Antwort, das weißt du. Bitte hör mir jetzt aufmerksam zu, wirst du das?« Ich verabscheute, dass er mit mir sprach wie ein verdammter Psychologe, doch ich gab nach.

»Ja«, hauchte ich heiser.

»Ich kann zwar nichts mehr sehen«, begann er pragmatisch. »Aber mir bleibt so viel mehr. Sam, bitte glaube mir endlich, dass ich zufrieden mit meinem Leben bin. Ich lebe es seit siebzehn Jahren auf diese Weise, und es ist okay. Ich liebe mein Leben. Ich liebe, dass ich *lebe*.« Er stockte, und es klang, als würde er ebenfalls weinen. »Sam, du musst endlich aufhören, dich dafür verantwortlich zu machen. Wir waren Kinder. Wir spielten Abenteuer, erfanden Mutproben und waren naiv. Und weißt du was? Das ist nicht vorbei, nur weil ich …« Er atmete durch. »Nur weil ich blind bin. Ich sehe nichts mehr, aber ich fühle, rieche, schmecke und höre. Und Sam, bitte sag mir, dass dein Zustand nichts mit Leena zu tun hat?«

Ich schluckte. »Was?«

»Leena«, wiederholte er. »Wo ist sie? Wo bist du?« Ich schluchzte und ließ die Tränen über meine Wangen rollen, bis mir die Haut brannte. »Sprich mit mir«, bat mein Bruder mich mit geruhsamer Stimme nach einer Weile.

»Es ist deine Schuld«, zischte ich durch das Telefon.

»Was? Woran bin ich schuld?« Ich hörte ihm an, wie erschrocken er war.

»Du wolltest, dass ich diese Sache für Leena durchziehe.«

Er atmete aus, wodurch es in meinem Ohr knackte. »Ich kenne sie nicht. Deine Reaktion zeigt mir, dass sie besonders für dich sein muss. Bitte, lass sie an dich heran.« Ich hörte deutlich, dass Conor weinte.

»Warum?«

»Weil du endlich jemanden brauchst. Sam, nicht ich bin durch den Unfall zerstört worden. Seit Tag eins kämpfst du viel mehr als ich und hast niemals Hilfe angenommen.«

»Was redest du da?« Jähzornig richtete ich den Blick zum Himmel und entdeckte durch ein Loch im Blätterdach den Mond, der den Nachthimmel erleuchtete.

»Ich liebe dich, großer Bruder«, flüsterte Conor und sorgte dafür, dass mir das Herz aus der Brust sprang. »Ich wünsche mir nichts mehr, als dass du endlich heilst. Dass du abschließen kannst.«

»Conor«, unterbrach ich ihn, doch er ließ mich nicht.

»Nein. Ich kann mir nicht vorstellen, was für eine Last auf deinen Schultern liegt. Du kannst sie nicht für immer allein tragen. Dieser Tag musste kommen, und ich danke dir so sehr, dass du mich angerufen hast, okay?«

Ich schüttelte den Kopf, verwirrt durch seine Worte, und sah mich um. Erst jetzt realisierte ich, dass ich ernsthaft blind in einen mir unbekannten Wald hineingelaufen war. In einiger Entfernung sah ich den beleuchteten Weg. Ächzend stützte ich mich auf einer Hand auf, um mich hochzustemmen. »Ich weiß nicht, was ich tun soll«, gab ich keuchend zu, klopfte mir den Dreck von der Jeans und trat den Rückweg an.

»Geh zu ihr. Erzähl es ihr. Bitte. Und jetzt sag mir verdammt nochmal endlich, wo du steckst!«

Ich lachte und fröstelte. Die Wut und die Angst hatten derart Besitz von mir ergriffen, dass ich nicht geschnallt hatte, was ich tat. »Ich bin in einen Wald hineingerannt.«

»Das bist du nicht«, fauchte Conor entrüstet. »Wenn du dich verläufst, hetze ich Mom und Dad auf dich«, drohte er mir, und ich hörte einen dumpfen Ton durch den Hörer.

»Was war das?« Sofort schrillten bei mir die Alarmglocken.

»Reg dich ab, das war Sheldon.«

Ich atmete tief durch, um meinen Puls zu beruhigen. »Bring deinem fetten Kater endlich bei, nicht immer alles umzuwerfen.« Sein lautes Lachen dröhnte in meinem Ohr, sodass ich das Handy ein Stück weghielt.

»Ich bleibe so lange am Hörer, bis du aus diesem scheiß Wald herausgefunden hast.«

Eine Gänsehaut kroch über meinen gesamten Körper. »Danke«, flüsterte ich ihm zu und biss mir auf die zitternden Lippen.

Mein kleiner Bruder seufzte. »Immer.«

Leena

Ich war unfassbar naiv gewesen. Bereits nach den ersten Zurückweisungen hätte ich checken sollen, dass Sam ein Fass ohne Boden war, wie es schon in unserer Jugend über ihn behauptet wurde. Niemals würde ich zu ihm durchdringen, da ich durch ihn hindurchfiel wie durch eine leere Hülle. Und zu welchem Preis? »Ich Kuh«, schalt ich mich und knallte unsere Hotelzimmertür hinter mir ins Schloss, dass sie beinahe aus ihren Angeln fiel. Das Erste, das mein Blickfeld kreuzte, waren Sams Rucksack und seine Boxershorts auf dem Bett. »Ich muss hier raus«, japste ich und vernahm eine ungewohnte Enge im Brustkorb. Ein unsichtbares Band legte sich um meine Kehle und zog zu. Das Atmen fiel mir schwer, und ich riss angestrengt den Mund auf, um Luft zu holen. »Keine Sekunde länger.« Schluchzend taumelte ich zum Koffer, aus dem ich meine Kosmetiktasche herausgewühlt hatte, und stob ins Bad, um sie zu holen. Den Blick in den Spiegel hätte ich unterlassen sollen, denn ich zuckte zusammen. Meine sonst so helle Haut war gerötet, die Nase glühte, und die Mascara war überall, außer dort, wo sie hingehörte. Wütend kramte ich nach Feuchttüchern und rieb mir wie wild im Gesicht herum, bis zumindest die schwarzen, krümeligen Reste verschwunden waren. Dass ich aussah, als durchlitt ich das größte Drama meines Lebens, konnte ich auf die Schnelle eh nicht ändern.

Mit vor Wut zitternden Händen bugsierte ich mein Gepäck zur Rezeption, an der Francis mich mit aufgerissenen Augen anstarrte. »Ist alles in Ordnung?« Besorgt kam sie um den Tresen herumgelaufen und fasste mich bei den Oberarmen.

»Nein«, schniefte ich. Ich war nicht mehr stark genug, meine harte Schale zusammenzuhalten. »Nein, nein.« Den Kopf schüttelnd, versuchte ich mich an einem Lächeln, das in einem todunglücklichen Schluchzen endete.

»Brauchen Sie ein eigenes Zimmer?« Sie rieb mir über den Arm, und ich hatte keinen Schimmer, womit ich das verdiente. In diesem Augenblick war ich dankbar, dass es andere Charaktere gab als mich und Sam. Ich selbst hätte niemals den Mut aufgebracht, jemand Fremden zu trösten. Einfach so.

»Leena«, bot ich ihr murmelnd meinen Vornamen an und nickte. »Ja, bitte.«

»In Ordnung, wir haben zum Glück ein paar Zimmer frei.« Ihre sanfte Stimme beruhigte mich auf seltsame Art und Weise. Wer weiß, wie oft sie solche Situationen schon erlebt hatte. Garantiert war ich nicht die erste Verzweifelte, die heulend nach einem eigenen Zimmer verlangte.

»Danke dir«, schniefte ich und hob den Kopf an, um ihr in die Augen zu schauen. »Wirklich, ich danke dir.«

»Mir war vorhin schon aufgefallen, dass ihr Streit habt.«

Ich schnaubte. »Wenn es denn nur das wäre.«

»Ihr bekommt das bestimmt wieder hin«, versuchte sie mich mit einem Lächeln aufzumuntern.

»Wer weiß«, stammelte ich kleinlaut.

Francis war wieder um den Empfangstresen herumgetreten und tippte etwas auf der Tastatur. Kaum eine Minute später ruckelte der Drucker neben ihr los, und sie legte mir ein Blatt Papier hin, in das ich meine Personalien eintrug. In der Zeit, in der ich mit bebenden Fingern versuchte, halbwegs leserlich zu schreiben, bereitete sie Zimmerkarte und WLAN-Zugang für mich vor. »Hier.« Sie hielt mir alles hin. »Ruh dich aus. Ich werde morgen früh nicht mehr hier sein, aber ich drücke euch die Daumen.« Ihr aufrichtiges Lächeln entlockte mir ein Schluchzen, und ich winkte ihr zum Abschied zu, als ich mein Gepäck griff und zum Treppenhaus zog.

Fünf Minuten später stand ich vor meiner neuen Zimmertür. »Gut mitgedacht, Francis«, lachte ich bitter und sah mich in dem langen Flur um. Sie hatte mich in dem am weitesten entfernten Zimmer von Sam untergebracht. Erschöpft rollte ich mein Gepäck hinein und ließ mich auf das schmale Doppelbett fallen, schaltete die Nachttischlampe an und fummelte das Handy aus der Jackentasche, die ich zuvor ausgezogen und achtlos auf den Boden hatte fallen lassen.

Es dauerte keine zehn Sekunden, bis Sues atemlose Stimme an mein Ohr drang. »Ja?«

Sie zu hören brach alle Dämme. »Sue?«

»Leeni? Alles okay?« Ich hörte sie schnaufen und im Hintergrund Musik laufen.

»Störe ich dich?«

Ich vernahm einen dumpfen Ton, als wäre sie von irgendwo heruntergesprungen. »Nein. Ich bin gerade im Fitnessstudio.«

»Du?« Ich lachte und begrüßte das Gefühl von Wärme.

»Lange Nächte im Büro oder über den Uni-Unterlagen gepaart mit Donuts tun meiner fabelhaften Figur leider nicht gut, weißt du?« Ihr Lachen drang direkt in meine Venen.

»Lass dich bitte nicht von New Yorker Schönheitsidealen jagen«, bat ich sie schmunzelnd, obwohl ein Funken Wahrheit in meiner Aussage lag. »Das brauchst du nämlich nicht!«

»Mach ich nicht.« Ich hörte an ihrer Stimmlage, dass sie grinste. »Jetzt sag schon, Leeni, was ist los?«

»Darf ich meine beste Freundin nicht anrufen?« Empört schnaubte ich.

»Nicht wenn du mit Hottie-Samuel im Urlaub bist und es so spät ist, dass ihr im Bett liegen solltet«, erklärte sie. »Übereinander.«

»Ich habe mir ein eigenes Zimmer genommen«, murmelte ich beschämt, und jede darauffolgende stille Sekunde vergrößerte die Enge in meiner Brust.

Sues Seufzen drang an mein Ohr. »Warum, Süße?«

Eine einzelne Träne rann mir über das Gesicht und mündete im Mundwinkel. »Ich kann das nicht mehr.«

»Was denn?« Die ohrenbetäubende Musik bei ihr wurde abrupt leiser. Stattdessen vernahm ich ein Rauschen von Wasser.

»Er stößt mich von sich. Immer wieder. Wo bist du?« Ich lenkte ab, wissend, dass sie mich eh nicht entkommen ließ.

»Im Waschraum, hier ist es leiser«, nuschelte sie.

Es herrschte Stille. »Sue?« Verwundert runzelte ich die Stirn. »Warum sagst du denn nichts?«

»Ich dachte, da kommt mehr.« Ihre Stimme klang monoton, beinahe so, als wäre sie stinkig auf *mich*.

»Reicht das nicht?« Gekränkt setzte ich mich auf und griff nach einem Kopfkissen, um meine Finger hineinzukrallen.

»Leeni, werd jetzt bitte nicht sauer, ja?« Sie atmete erschöpft aus. »Du bist der komplizierteste Mensch, den ich kenne.« Die Wärme in meinem Herzen wurde augenblicklich abgelöst von einer eiskalten Welle. »Aber auch der liebenswürdigste, wunderbarste und loyalste.« Lauwarm.

»Worauf willst du hinaus?«, fuhr ich ihr dazwischen.

»Du bist ein verdammter Dickkopf, und es ist vollkommen okay, dass du kein extrovertierter Hau-drauf-Typ bist. Du weißt, dass ich dich niemals verdrehen wollen würde, oder?« Ich nickte, auch wenn sie es nicht sah. »Aber du kannst von einem anderen Menschen nicht nach wenigen Tagen verlangen, dir seine gesamte Lebensgeschichte aufzutischen. Niemand in Saint Mellows weiß, was *wirklich* damals passiert ist.« Sue sprach wahre Worte aus, die ich nicht hören wollte. Ich war nicht bereit dafür, eine Erklärung für Sams Verhalten zu finden.

»Er lügt, Sue. Und das lässt mich durchdrehen. Er macht erst Andeutungen und dann plötzlich dicht. Ich will nicht mehr zurückgewiesen werden.«

Seufzend atmete sie aus. »Ich weiß, Süße. Und ich finde es gut, dass du für dich einstehst. Aber ...«

»Aber was?« Der Kloß im Hals ließ meine Stimme brechen.

»Überlege dir noch einmal, ob Sam es vielleicht wert ist.«

Ihre Worte trafen mich mitten ins Herz, und ein Schluchzer entkam meiner Kehle. »Seit wann bist du so erwachsen geworden?« Ich wischte mir eine Träne aus dem Augenwinkel.

Stöhnend lachte sie. »Ich wünschte mir manchmal, dass wir wieder zehn Jahre alt sind und uns wie wild geworden auf der Wiese hinter eurem Haus durch den Rasen kugeln.«

Ich lachte auf bei der Erinnerung an diesen Tag. »Das war wirklich eine selten dämliche Idee gewesen.«

»Eine unserer besten«, stieg sie in mein Lachen ein.

»Sue?«

»Ja?«

»Danke.« Ich presste die Lippen aufeinander.

»Immer.« Sue seufzte, und es raschelte, vermutlich hatte sie das Ohr gewechselt. »Ich will trotz allem nur, dass du glücklich bist. Vergiss das nie, okay?«

»Ich weiß.«

Ich hörte sie tief einatmen. »Und manchmal muss es wehtun, ehe es schön wird.«

13. Kapitel

Sam

»Ich stehe vor unserer Zimmertür«, flüsterte ich. Conor hatte verlangt, dass ich erst auflegte, sobald ich hier war.

»Okay, dann geh da jetzt rein und stell dich.«

Ich schnaubte lachend. »Ich bin doch kein Verbrecher.«

»Wie man es nimmt«, konterte Conor trocken, und ich verstand die Anspielung nicht, sodass er nach kurzer Pause erklärte: »Solltest du ihr Schaden zufügen, bist du es. Ein gebrochenes Herz gehört dazu. Und wenn du ihres brichst, zerstörst du auch deines.«

Tief einatmend, verdeckte ich mit der Hand meine geschlossenen Augen. »Oh Mann.«

»Du machst das schon«, versuchte er, mir Mut zuzusprechen. »Ich lege jetzt auf.«

Nickend holte ich Luft. »Ich melde mich bei dir.«

»Okay«, erwiderte er, ehe es in der Leitung tutete. Meine Finger umschlossen die Zugangskarte, doch ich entschied, nicht ins Zimmer zu platzen. Zögerlich trommelte ich an das gemaserte Holz und wartete. Kein Mucks drang zu mir, und ich klopfte erneut an. Als sich nach einer Minute nichts tat, ging ich davon aus, dass Leena unter der Dusche stand oder eingeschlafen war, also zückte ich die Karte und öffnete mucksmäuschenstill die Tür. Was mich empfang war eine Festtagsbeleuchtung und mein Gepäck. Ausschließlich meins.

»Nein«, fluchte ich und hielt mir die Hand vor den Mund, um aus Frust nicht loszubrüllen. Hastig betrat ich das leer gefegte Badezimmer und drehte mich um meine eigene Achse. »Sie ist weg.« Hilflosigkeit, wie ich sie zuletzt vor langer Zeit gespürt hatte, kroch meine Luftröhre hinauf, bis sie sich schließlich in meiner Kehle festsetzte. Ohne darüber nachzudenken, stürmte ich aus dem Raum, rannte zum Treppenhaus. Immer zwei Stufen auf einmal nehmend, hastete ich ins Erdgeschoss zur Rezeption. Mir war egal, dass mich vereinzelte Gäste, die auf den Sofas im Empfangsbereich lümmelten, anstarrten, als wäre ich aus dem Gefängnis ausgebrochen.

»Hi«, begrüßte ich die Rezeptionistin, die uns vorhin eingecheckt hatte. »Francis, richtig?« Ihre Haare hingen über ihrem Namensschild, doch ich erinnerte mich an ihren Namen.

»Guten Abend, Mr Forsters«, entgegnete sie professionell und widmete sich wieder den Papieren vor sich.

»Wissen Sie, wo Miss Pierson ist?«

Sie schluckte, atmete tief durch, vergewisserte sich mit einem Blick über ihre Schulter, dass uns niemand belauschte. »Ja, tu ich. Aber ich werde es Ihnen nicht sagen.«

Perplex fiel mir die Kinnlade herunter, und es dauerte eine Sekunde, bis ich den Sinn dahinter begriff. »Warum nicht?«

»Leena wirkte aufgewühlt und bat mich darum«, murrte sie und hielt verteidigend meinem Blick stand, was meinen Ehrgeiz weckte. Um nichts in der Welt würde ich es hinnehmen. Ich hatte die Hände zu Fäusten geballt, entspannte sie und legte sie flach ab, ehe ich mit den Fingern tippte.

»Francis, Sie können mir entweder sagen, in welchem Zimmer sie ist, oder ich klopfe an jede verdammte Tür. Wollen Sie das?« Ihre Augenbrauen zogen sich zusammen, was ihr ein bedrohliches Aussehen verlieh. *Holy.* Ich hätte nie im Leben damit gerechnet, was für eine Aura von ihr ausgehen konnte.

»Hören *Sie*«, betonte sie spöttisch. »Entweder Sie akzeptieren diese Entscheidung, oder ich hole meinen Chef.« Um ihre Aussage zu unterstreichen, griff sie nach dem Telefonhörer des altmodischen Schnurtelefons. »Ich habe ihn auf Kurzwahl.« Ich stemmte mich über den Tresen, nahm ihr zögerlich den Hörer aus der Hand und legte wieder auf. Wut war das falsche Ventil bei Francis.

»Bitte«, bat ich stattdessen kleinlaut. »Helfen Sie mir.«

»Nein.«

»Ich habe Mist gebaut«, verriet ich ihr kleinlaut, damit die Schaulustigen hinter uns mich nicht hörten.

»Den Eindruck hat Leena auch auf mich gemacht.« Sie legte den Kopf schief und verschränkte die Arme vor der Brust. Sie warf erneut einen Blick über ihre Schulter.

»Ich habe keine Argumente, Francis«, erklärte ich. »Ich bin übrigens Sam, der größte Vollpfosten in diesem Hotel.«

Ein kurzes Lächeln zeigte sich auf ihrem Gesicht. »Dem habe ich absolut nichts entgegenzusetzen. Heute.«

Lachend legte ich den Kopf schief. »Erleben Sie oft verwirrte Kerle, die erst schätzen, was sie haben, wenn es kaputt zu sein scheint?«

Seufzend ließ sie die Schultern hängen. »Ich habe es ihr versprochen, Sam«, murmelte sie, was einer Freundschaftsbekundung gleichkam.

»Glaub mir, Leena wird nicht sauer auf dich sein. Wirklich nicht, das würde gar nicht zu ihr passen.«

Sie hielt meinem Blick stand, ehe sie stöhnend die Arme in die Luft warf. »Verdammt, du bist gut, Sam.«

»Bitte, Francis. Ich bitte dich, sag mir, wo sie ist.«

»Zimmer 127«, verriet sie mir, versteckt hinter einem Hüsteln, und ich atmete erleichtert aus.

»Danke!« Ohne eine weitere Sekunde verstreichen zu lassen, machte ich auf dem Absatz kehrt, wurde allerdings von ihr zurückgehalten.

»Sam, warte«, rief sie mir hinterher.

»Ja?«

»Bitte lass es mir nicht leidtun, okay?«

Ich lächelte ihr zu. »Das kann ich nicht versprechen«, gab ich wahrheitsgetreu zu.

* * *

»Leena?« Zögerlich klopfte ich an Zimmertür 127 und betete, dass Francis mich nicht angelogen hatte und mir jemand Fremdes öffnete. Atemlos presste ich das Ohr an die Tür, damit mir kein Geräusch entging. Ich hörte langsame Füße über den Holzfußboden tapsen.

»Was machst du hier?« Leenas rot unterlaufenen Augen brachen mir das Herz, und impulsiv streckte ich die Hand nach ihrem Gesicht aus, doch sie wich zurück. »Sam«, tadelte sie mich und zog den dicken Bademantel enger um ihren Oberkörper.

»Darf ich reinkommen?« Ich strich mir mit der Hand über den Oberarm. »Bitte?« Ihr Blick taxierte mich, ich sah ihr an, dass sie die Situation abwog. Schließlich entließ sie einen Schwall Luft, öffnete die Tür ein Stückchen weiter und wies mit dem Arm in das Zimmer herein. »Danke«, murmelte ich und vergrub die Hände in den Hosentaschen. Das Herz pochte mir bis zum Hals, und auf einmal fühlte ich mich wie ein Tiger im Zirkus, auf den sämtliche Augen gerichtet waren.

Leena unterbrach die Stille, wies lächelnd auf meine Handgelenke. »Das hast du schon in der Highschool gemacht.«

Verwundert folgte ich ihrem Fingerzeig zu meinen versteckten Händen. Lächelnd hob ich den Blick wieder an. »Meine Eltern sind fast irre geworden, da sich das nicht gehört.«

»Tut es ja auch nicht«, lächelte sie betrübt und wischte sich eine lose Strähne aus dem Gesicht. »Sam«, hauchte sie. Ihre Stimme war heiser. »Was machst du hier?«

»Mich entschuldigen«, stammelte ich, wich ihrem Blick aus.

Seufzend unterbrach sie unsere Konstellation und tappte zum Bett hinüber, auf das sie sich lautlos niederließ. »Ich habe dich innerhalb weniger Tage öfter bei mir entschuldigen hören, als andere Menschen mich in meinem ganzen Leben um Verzeihung gebeten haben, Samuel.«

Dass sie meinen vollen Namen aussprach, ließ mich zusammenzucken. »Das sind dann aber keine selbstreflektierten Leute«, versuchte ich schwach zu kontern.

»Oder sie haben mir nicht wehgetan.«

Ihre Worte trafen mich mitten dorthin, wo es am meisten schmerzte. »Ich weiß.«

»Ich weiß, ich weiß, ich weiß. Ich kann es nicht mehr hören«, echauffierte sie sich und gestikulierte wild mit ihren Armen. Mit dieser Wendung in ihrer Stimmung hatte ich nicht gerechnet. »Ich habe langsam kapiert, dass du …«

»Ich bin bereit«, unterbrach ich sie gepresst.

»Was?« Abrupt hielt sie in ihrer Bewegung inne. »Was hast du gesagt?«

»Ich bin bereit«, wiederholte ich die Worte mit aufeinandergedrückten Kiefern.

»Bereit wofür?«

Leena

Dieses Gefühl, dieser Schmerz. So musste es sich anfühlen, wenn man einen Herzstillstand erlitt. Sam war bereit. Bereit, sich mir anzuvertrauen? »Sam, ich …« erschrocken hielt ich mir die kühle Hand an die glühende Stirn und versuchte in Windeseile, meine Gedanken zu ordnen. »Ich weiß nicht, was ich sagen soll. Habe ich dich gedrängt? Das wollte ich doch überhaupt nicht.«

Er schnaubte, suchte meinen Blick und legte den Kopf schief, kam allerdings keinen Millimeter auf mich zu. »Ja«, pflichtete er mir sachte lächelnd bei. »Das hast du.«

»Aber?« Schluckend wartete ich auf seine Erklärung.

»Aber es war nötig von dir, mich in die Enge zu treiben.« Seine Stimme drohte zu brechen, und er versteifte die Arme. Seine Hände steckten noch immer tief in seinen Hosentaschen.

»Ich habe dich in die Enge getrieben?« Der Puls pochte mir schmerzhaft im Hals. Auch wenn seine Worte mich verletzten, vertraute ich darauf, dass er sie nicht bewusst wählte, um mir zu schaden. Sam trug vielleicht das Herz auf der Zunge, doch konnte er sich das, was er mir einst vorgehalten hatte, ebenso selbst auf die Fahne schreiben. Er sagte verletzende Dinge, obwohl er das nicht wollte. Ich ignorierte seine Wortwahl und versuchte, mich nur auf das zu konzentrieren, was er mir *eigentlich* sagen wollte, las zwischen den Zeilen.

Kopfschüttelnd starrte er auf seine Hände, die er langsam aus den Hosentaschen zog. »Ja. Nein. Vielleicht.«

Ich lächelte. »Bitte ankreuzen?«

Er legte aus Verzweiflung lachend den Kopf in den Nacken. »Oh, Leena. Du findest im undenkbar unpassenden Moment die unpassendsten Worte, und dafür liebe ich dich.«

Erschrocken zuckte ich zusammen. Er hatte mir soeben einen Eimer eiskaltes Wasser über den Kopf gekippt, und doch glühte ich. »Was?« Meine Stimme war ein Wispern. »Was sagst du da?« Zögerlich setzte er einen Schritt auf mich zu, und ich stand auf, um seinem Gesicht näher zu sein, damit ich keine Regung verpasste. Meine Knie trugen mich widerwillig, sie bestanden aus nichts weiter als Pudding. In meinem Magen krachte es, als würde eine Horde Kätzchen um die Wette rennen. Die Mageninnenwände hoch und runter. Mit ausgefahrenen Krallen.

»Ich wollte dich damit nicht überfahren«, murmelte er.

»Nein«, beharrte ich. »Nein, Sam. Das tust du nicht. Meinst du das ernst, was du da sagst?« Es fiel mir schwer, Freudentränen zurückzuhalten. Diese Worte machten all die Wut und Traurigkeit, Verwirrung und Chaos zunichte.

»Natürlich.« Seufzend griff er nach meinen Händen und verringerte die Distanz zwischen uns. »Natürlich liebe ich dich. Es fing an …« Er hielt abrupt inne.

»Hm?« Ich leckte mir lächelnd über die Lippen und versuchte, die wilde Meute Kätzchen im Zaum zu halten.

»In dem Moment im Heißluftballon, als du mir unaufgefordert geholfen hast, das Seil zu straffen. Du hattest enorme Angst und bliebst dennoch nicht auf dem Boden sitzen.«

»Wow«, hauchte ich, und eine Gänsehaut bedeckte meinen gesamten Körper bei der Erinnerung an diesen Moment.

»Aber ich bin eigentlich nicht hier, um dir *das* zu sagen«, lenkte er um, und ich nickte. Er starrte auf seine Füße, unterbrach dadurch unseren Augenkontakt. »Weißt du, das, was damals passiert war und welche Konsequenzen es hat, ist ein streng gehütetes Geheimnis meiner Eltern.«

Schluckend zog ich ihn zum Bett. Ich verstand, dass es ihm schwerfiel, mir bei dem Gespräch, das jetzt folgte, in die Augen zu schauen. »Komm«, murmelte ich und legte mich auf das Bett, klopfte neben mich. Er atmete tief ein und aus, und kurz hatte ich Sorge, er würde es falsch verstehen oder abbrechen. Schließlich bückte er sich zu seinen Schuhen, und ich bemerkte erschrocken, wie stark seine Finger zitterten. Er kniete sich auf die Matratze und krabbelte direkt auf mich zu, legte sich rücklings neben mich und streckte den Arm aus, damit ich meinen Kopf auf seinem Oberarm betten konnte. Sein warmer Körper empfing mich, und sein vertrauter Duft schnürte mir die Kehle zu. Ich seufzte beim Gedanken daran, dass ich ihn endgültig hätte verlieren können, indem ich ihn von mir gewiesen hatte. »Warum haben deine Eltern es verheimlicht?« Das Wispern, das aus meinem Mund drang, war so leise, und doch dröhnte die Frage in meinen Ohren.

Kopfschüttelnd zuckte er mit den Schultern. »Das wüsste ich selbst gern seit so vielen Jahren.«

»Wollten sie jemanden schützen?«

»Wohl kaum.« Sein resigniertes Lachen erschreckte mich. »Es gab niemanden zu beschützen. Außer sich selbst.«

»Wie meinst du das?«

»Der Unfall«, keuchte Samuel. »Der Unfall war das Ergebnis eines blauäugigen Kinderstreichs.«

»Kinderstreich?« Es fiel ihm sichtlich schwer, die Geschichte zu erzählen. Mich beschlich das Gefühl, dass er sie nie zuvor von sich gegeben hatte.

»Mein kleiner Bruder Conor und ich hatten nur Unfug im Sinn, weißt du?« Sein Körper bebte kurz, was mir zeigte, dass er bei der Erinnerung lachte. »Wir spielten oft in der Waldhütte, kletterten auf Bäume, sprangen von Dächern.«

»Das klingt nach einer schönen Zeit, Sam«, flüsterte ich untröstlich, denn ich ahnte, dass diese abrupt endete, und bezweifelte, dass ich emotional bereit war zu erfahren, was seiner unbeschwerten Kindheit ein jähes Ende bereitet hatte.

»Das war sie. Zwar waren unsere Eltern streng gewesen, wir wurden gezwungen, scheußliche Anzüge zu tragen und sahen zu Festlichkeiten aus wie Mini-Anwälte aus New York. Und glaub mir, es gab Abertausende solcher Begebenheiten.« Ich schmunzelte, da ich sofort an Sue dachte, deren Beuteschema Anzug tragende New Yorker Anwälte waren. Spätestens seit *Suits*.

»Mein Beileid«, lächelte ich. »Das Schlimmste, das ich als Kind anziehen musste, war eine auberginefarbene Latzhose aus Cord. Mittlerweile würde ich sie freiwillig tragen.«

Lachend drehte er mir den Kopf zu und küsste mich auf die Stirn. »Das glaube ich dir aufs Wort.«

»Sorry«, murmelte ich. »Ich wollte dich nicht unterbrechen.«

»Nein. Das ist sogar gut, es fällt mir schwer, darüber zu reden, da ich es nie zuvor getan habe.« Seine Stimme brach am Satzende, und da mein Kopf so nah an seiner Brust lag, spürte ich, wie sich sein Herzschlag beschleunigte.

»Oh Sam«, schluchzte ich, den Tränen nahe.

»Wir waren oft mit Dad oben.«

»Oben?«

Er wies mit einem Kopfnicken an die Zimmerdecke. »Am Himmel. Heißluftballon fahren. Er wollte uns früh daran gewöhnen, und wir liebten es. Es war aufregend, und wir konnten uns als Kinder nichts anderes vorstellen, als selbst einmal zu werden wie Dad. Wir liebten das ohrenbetäubend laute Zischen des Gases und die Schwerelosigkeit.« Eine einzelne Träne suchte sich ihren Weg über sein Gesicht, und ich hielt sie mit einem Finger auf. »Ich weiß nicht, wann es geschehen war, doch irgendwann konnte ich Dad nicht mehr in die Augen sehen. Bis heute verstehe ich vieles nicht.«

Schluckend fasste ich Mut, wissend, dass die folgenden Worte ihre Wirkung womöglich verfehlten. »Hast du ihn denn mal direkt gefragt?«

Schnaubend lachte er. »Oh Gott. Nein. Wir reden nicht über den Tag. Wir reden sowieso über nichts, was den Unfall betrifft. Niemals. Haben wir nie und werden wir nicht.«

»Das klingt grausam, Sam.« Wut kletterte meine Kehle hinauf und hinterließ eine heiße Spur im Brustkorb.

»Vermutlich fällt es mir deshalb schwer. Immer und immer wieder spielt sich alles wie ein Film vor meinem geistigen Auge ab, verstehst du? Es ist manchmal, als würde ich den Moment ständig aufs Neue durchleben, doch entschwinden mir mittlerweile die Details.«

Zögerlich strich ich über seine Brust, da ich hoffte, ihn dadurch beruhigen zu können. »Aber ist das nicht gut?«

»Wie meinst du das?«

»Ich weiß zwar nicht, was genau passiert ist. Aber ist es nicht gut, wenn du dich nicht mehr an jede Nuance erinnerst? Machen Details ein Unglück nicht grausamer?«

Es verging mindestens eine Minute, in der er über meine Worte nachdachte. Sein Brustkorb hob und senkte sich mittlerweile regelmäßiger und friedlicher. »Aus dieser Perspektive habe ich es ehrlich gesagt niemals betrachtet.«

»Gern geschehen«, flüsterte ich lächelnd und küsste ihn an seinem Oberarm.

»Wie schaffst du es nur, dass ich lächle, während ich dir erzähle, was mich seit siebzehn Jahren zerreißt?«

Schulterzuckend biss ich mir auf die Lippen. »Ich weiß es nicht, es tut mir leid.«

»Nicht entschuldigen, bitte. Das war nicht negativ gemeint. Wirklich nicht.«

»Okay.«

»Ich war acht Jahre alt, fast neun, und Conor war kurz zuvor sieben geworden. Wir waren schon an die fünfzig Mal mit Dad hochgestiegen«, erinnerte er sich, und ich hörte, wie seine Stimme sich mit Trauer belegte. Um ihm zu zeigen, dass es okay war, wenn er weinte, strich ich ihm mit einer Hand über die Brust und mit der anderen seine Wange entlang. Er legte sich auf die Seite, den Blick mir zugewandt, und die Qual in seinen Augen traf mich trotz allem unvorbereitet.

»Sam«, schluchzte ich.

»Sch-sch.« Er hob eine Hand an mein Gesicht und legte mir behutsam einen Finger auf die Lippen. »Alles okay.«

»Du siehst so traurig aus«, sprach ich meine Gedanken aus.

»Ich *bin* traurig«, gab er zu, und seine Lippen bebten.

»Ich werde dich niemals für irgendetwas verurteilen, Sam«, beteuerte ich ihm wispernd. »Das verspreche ich dir.«

Statt zu antworten, suchte sich eine weitere Träne ihren Weg über sein Gesicht und tropfte zentnerschwer auf das Kopfkissen. »Wir waren naiv«, schluchzte er. »Wir hielten uns für unbesiegbar und unglaublich stark und klug.« Heiser erzählte er weiter, während Träne um Träne sein Gesicht herunterlief. Ich griff nach seinen Händen, die auf Brusthöhe zwischen uns lagen, und umschloss sie fest, um ihm zu zeigen, dass ich für ihn da war, ihn hielt. »Ich weiß nicht mehr, wer von uns die Idee hatte. Aber wir wollten allein hochsteigen. Wollten Dad zeigen, wie groß wir sind. Was er uns allerdings nie zuvor gezeigt hatte, war, wie man mit den Gaspullen umgeht.«

»Natürlich nicht«, flüsterte ich in die Stille hinein, die darauf folgte. »Das ist ja auch nichts für Kids.«

»Richtig. Doch hatte uns das Unwissen nicht abgehalten. Wir versuchten auf Biegen und Brechen, die Flasche zu öffnen und die Flamme zu erzeugen. Wir wussten, dass das Feuer im Kamin im Wohnzimmer mit einem langen Streichholz gezündet wurde.«

»Oh nein«, hauchte ich und spürte eine Eiseskälte meinen Rücken hinabwandern.

»Ich wollte ihm die Hölzer abnehmen, aber er hatte bereits gezündet. Es gab eine Explosion und ein Feuer. In meiner Erinnerung sehe ich ganz viel weiße Helligkeit und höre immer wieder diesen markerschütternden Knall.«

»Das klingt so grausam.«

»Ich erwachte erst im Krankenhaus.«

»Wo war Conor, Sam?«

Er drückte die Augen zusammen und presste die Lippen aufeinander. »Er lag ebenfalls auf der Krankenstation und war sogar vor mir wieder aufgewacht. Man hatte mich in ein künstliches Koma versetzt.«

»Warum?« Geschockt verstärkte ich den Griff um ihn.

»Weißt du, ich habe nie nachgefragt, was mich und meine Verletzungen betrifft. Ich weiß es ehrlich gesagt nicht. Mir ging es gut, ich hatte gebrochene Finger und Arme und leichte Verbrennungen. Woran ich mich erinnere, ist, dass Conor im selben Zimmer lag wie ich. Ich hinkte zu ihm hinüber, frag mich nicht, wie ich aufgestanden war, und fragte ihn, warum er so eine komische Binde über den Augen trug.«

Zischend sog ich die Luft ein. »Nein.«

»*Ich sehe nichts, Sam,* hatte Conor mir zugeflüstert, und ich hatte erst nicht verstanden, was er damit meinte. In diesem Moment kam unsere Mutter in den Raum, fiel vor mir auf die Knie und zog mich in eine Umarmung. Sie weinte fürchterlich und küsste mich ununterbrochen, trug mich zurück ins Bett, wo ich wieder einschlief.«

»Oh Gott, Sam.«

»Immer wenn ich aufwachte, waren unsere Eltern da. Einer saß bei Conor, einer bei mir.« Er öffnete die Augen und suchte meinen Blick.

»Du hast das wirklich noch nie jemandem erzählt?«

Er schüttelte den Kopf. »Nein.«

»Oh Sam«, schluchzte ich und schaffte es nicht mehr, die Tränen zurückzuhalten. »Du hättest das nicht all die Jahre allein mit dir ausmachen dürfen.« Ich rutschte direkt an ihn heran, sodass kein Millimeter zwischen uns lag, umschlang seinen Körper mit meinen Oberarmen und lauschte seinem Atem.

»Ich weiß«, flüsterte er an mein Ohr. »Aber *ich* bin es doch nicht, der sein Augenlicht verlor«, erklärte er.

»Nein«, gab ich zu. »Aber ihr lebt. Ihr hattet beide diesen Unfall. Und ich wette, dein Bruder liebt dich, oder?«

Er küsste mich auf den Scheitel. »Mindestens so sehr wie ich ihn«, flüsterte er. »Mindestens.«

* * *

Mein gesamter Körper schmerzte, sämtliche Muskeln taten ihr Bestes, Sam nicht aufzuwecken. Irgendwann hatte ich stillschweigend die Arme um ihn gelegt und seinen Kopf zu mir gezogen. Seine Wange ruhte auf meiner Brust, seine Haare kitzelten mich am Hals, und doch traute ich mich nicht, den kleinsten Mucks von mir zu geben. Er war unter meiner Berührung eingeschlafen. Immer wieder hatte ich ihm über den Rücken gestrichen, über die Oberarme und mein Gesicht an seinen Kopf geschmiegt. Sein Atem war erst schwerer geworden und schließlich gleichmäßig. Mir war es unmöglich einzuschlafen. Zum einen, weil ich lange brauchen würde, Sams Geschichte zu verdauen, und zum anderen, weil seine Worte in meinem Kopf herumschwirrten. Die Worte, dass er mich liebte. Der Umstand, dass er genau benennen konnte, seit wann. Bei der Erinnerung an seine Lippen, die diese Worte geformt hatten, kribbelte mein Unterkiefer, und ich presste voller Freude die Zähne aufeinander und lächelte breit. Die wohlige Gänsehaut, die meinen gesamten Körper seitdem überzog, flaute langsam wieder ab, aber die Kätzchen in meinem Bauch wurden nicht müde. Sie tollten umher, schubsten sich gegenseitig oder führten Boxkämpfe aus – keine Ahnung, was da in meinem Inneren abging. Behutsam nahm ich eine Hand von seiner Seite und hielt sie mucksmäuschenstill über ihn, um zu schauen, ob er dadurch aufwachte. Als ich mich in Sicherheit wog, angelte ich nach meinem Handy, den Blick konzentriert auf Sam gerichtet. Auf gar keinen Fall wollte ich ihn wecken, denn was er brauchte, war Schlaf. Ich schaltete das Display an und kniff die Augen zusammen, da es mir auf voller Helligkeit entgegenleuchtete. »Mist«, hauchte ich und sog sofort die Lippen ein, riss die Augen auf und starrte auf Sam. Okay, er schlief. Einhändig wählte ich den Nachtmodus und suchte den Chatverlauf mit Sue.

Ich: *Sue? Bist du da?*

Gebannt starrte ich auf das Handy und sah, dass sie online kam und sofort wieder verschwand. Stirnrunzelnd wollte ich erneut tippen, als ein eingehender Anruf auf meinem Display erschien. Erschrocken wählte ich ab, rechtzeitig genug, dass es weder vibrierte, noch der Klingelton losträllerte.

Ich: *Kann nicht, Sam liegt schlafend auf meiner Brust.*

Mit Kribbeln in den Fingerspitzen wartete ich ab. Sue kam online, tippte, stoppte. »Komm schon«, hauchte ich tonlos. Sie schrieb weiter und unterbrach wieder.

Ich: *Denk nicht so lang nach, du Nudel.*

Ich hoffte, sie dadurch aus der Reserve zu locken.

Sue-ster: *ICH BIN SO GLÜCKLICH, OH MEIN GOTT! Habt ihr euch ausgesprochen? Wie kam es dazu? Boah, echt ätzend, dass wir nicht sprechen können.*
Ich: *Sorry, sobald ich kann, rufe ich dich an, ja?*

Ich realisierte, dass ich den Atem angehalten hatte, und spürte den Puls bis in meinen Hals pochen. Aus irgendeinem Grund hatte ich Sorge gehabt, Sue würde auf eine Art reagieren, die mich mutlos stimmte.

Sue-ster: *Wie hat er dich denn gefunden?*

Ich lächelte in mich hinein und sah Francis vor mir. Garantiert hatte sie alles in ihrer Macht Stehende getan, um

Sam davon abzuhalten, mich zu finden. Allerdings verstand ich, dass man Sams Charme nur schwer entkam. Oder seiner ehrlichen Art zu sprechen. Ich ging davon aus, dass er bei Francis eher durch die richtigen Worte gepunktet hatte. *Danke, Francis.* Ich lächelte in mich hinein.

> Ich: *Das weiß ich nicht, er war plötzlich da, und dann ging alles ganz schnell. Er hat mir erzählt, was damals mit ihm und seinem Bruder passiert ist und … na ja …*
> Sue-ster: *Und? Was? Ich hasse es, wenn du das machst.*

Ein molliges Gefühl kroch meine Blutbahnen entlang. Ich sah genau vor mir, was für eine Schmolllippe Sue zog.

> Ich: *Er hat mir gesagt, dass er mich liebt.*
> Sue-ster: *ERNSTHAFT? SO SCHNELL? OH MEIN GOTT!*
> Ich: *SUE! HÖR AUF, IMMER ALLES GROSS ZU SCHREIBEN.*
> Sue-ster: *Aber ich bin einfach SO GLÜCKLICH für dich!*
> Sue-ster: *Verzeihung: so glücklich.*

Schmunzelnd verdrehe ich die Augen.

> Ich: *Ich hab dich echt lieb.*

Sue tippte, hörte auf, schrieb wieder, und mir blieb das Herz jedes Mal stehen, sobald sich der Status änderte. Sue *wusste* zwar, dass ich sie liebte. Aber ich war nicht der Typ Mensch, der das ständig herausposaunte. Genau genommen nie. Es zu schreiben, war nicht so schwer, wie es auszusprechen.

> Sue-ster: *Ist es normal, dass ich jetzt Schmetterlinge im Bauch hab?*
> Ich: *Haha. Du Dumpfbacke.*
> Sue-ster: *Ich wollte dich nur aufziehen. Ich lieb dich auch, du kleines Mackenmonster.*
> Ich: *Also du hast wohl die größeren Marotten von uns.*

Grinsend senkte ich den Kopf ins Kissen, da mir der Nacken drohte zu versteifen. Sam auf meiner Brust regte sich einen Moment, und ich hielt gebannt inne, wartete ab und atmete erst aus, als er wieder regungslos dalag.

> Sue-ster: *Challenge accepted.*

Verwirrt runzelte ich die Stirn und ließ meinen Daumen über die Tastatur schweben, unwissend, was sie meinte.

> Ich: *Was für eine Challenge?*
> Sue-ster: *Ich werde eine Liste anfertigen mit all deinen Macken. Mit allen. Wirklich. JEDER EINZELNEN.*
> Ich: *Okay, ich hab da AUCH SCHON EINE. MEINE BESTE FREUNDIN SCHREIBT NÄMLICH GERN ALLES GROSS, UM SICHERZUGEHEN, DASS MAN KAPIERT, WIE ERNST SIE ES MEINT.*
> Sue-ster: *Touché, du KUH!*

Grinsend hielt ich die Luft an. Es war verdammt anstrengend, sich nicht zu bewegen, obwohl man gern einen Freudentanz aufführen wollte.

Ich: *Ich werde jetzt versuchen zu schlafen.*
Sue-ster: *Mach das und melde dich bei mir.* <3
Ich: <3 *Natürlich*

Ich platzierte das Handy so weit wie möglich entfernt auf dem Bett, nachdem ich mich vergewissert hatte, dass weder Ton noch Vibration eingestellt waren, und ließ mich in die Kissen sinken. »Tut mir leid, ich muss mich kurz bewegen«, flüsterte ich, sodass ich meine Worte selbst kaum hörte. Rücksichtsvoll robbte ich ein Stück nach unten, wobei Sam sich nicht regte. Er schien in einer Tiefschlafphase zu stecken, was Glück für mich war, denn so konnte ich die riesige Decke angeln, die neben uns lag. Innerhalb der letzten halben Stunde hatte ich begonnen zu frösteln. Sams Geschichte hatte einen gewaltigen Beitrag dazu geleistet. Mit Bedacht breitete ich die Bettdecke über uns aus, drehte mich ein Stückchen und bettete die Hände wie gehabt auf Sam. Mit geschlossenen Augen rasten meine Gedanken noch schneller, also öffnete ich sie wieder. Ich registrierte eine seltsame Aufbruchsstimmung in mir. Es war, als hätte Sams Geschichte etwas in mir wach gerüttelt, das nie bewusst eingeschlafen war.

Mein Herz schlug mit sich selbst um die Wette, und es fiel mir schwer, das Kribbeln in meinem Inneren zu ignorieren. Ich befand mich nicht in meinem sicheren Zuhause, hatte heute Geheimnisse erfahren, die mich unter normalen Umständen erschöpft hätten. Weder duftete das Bett nach meiner Wäsche, noch herrschte die gleiche Temperatur. Und von den Geräuschen des aufgeregten Windes, der die Äste im nahe liegenden Wald quietschen ließ, fing ich besser gar nicht erst an. Ich war weit entfernt von meiner Routine, und doch konnte ich mir nicht vorstellen, wie ich diesen Moment lieber verbringen würde. Mir wurde bewusst, dass Sam mir etwas Wichtiges gezeigt hatte: dass zu Hause kein Ort war. Sondern Menschen, bei denen man sich angekommen fühlte.

14. Kapitel

Sam

»Ist mir egal!« Vehement schüttelte Leena den Kopf und verschränkte grinsend die Arme vor der Brust. »Wir machen heute etwas anderes. Etwas, das nicht auf deinem Plan steht.« Erwartungsvoll hob ich eine Augenbraue und schenkte ihr ein Lächeln. Zeitgleich griff ich nach der Saftkaraffe, die auf unserem Frühstückstisch stand. Eine undurchsichtige Vorahnung erreichte meine Eingeweide, und ich hielt in der Bewegung inne. Sie würde doch nicht von mir verlangen, dass …

»Wir fahren deinen Bruder besuchen.« Doch. Würde sie.

Missmutig stellte ich die Karaffe ab und murmelte mit gesenktem Kopf in meinen Bart. »Wieso? Diese Reise hier hatte nichts mit Conor zu tun«, versuchte ich ihr zu erklären.

Sie überging meinen Einwand mit einer wegwerfenden Handbewegung. »Wen interessiert das schon? Wie lang ist es her, dass ihr euch gesehen habt?« Bei ihren Worten zuckte sie kurz zusammen und biss sich peinlich berührt auf die Unterlippe. »Sorry, saublöde Wortwahl.«

Ich lächelte sie an und seufzte. »Alles gut, glaub mir, Conor stört es absolut nicht, wenn man so redet.«

»Oder er sagt es nur nicht.«

Mir entkam ein Schnauben. »Nein. Mein Bruder sagt, wenn ihm etwas nicht passt. Er lässt Leute gern auflaufen.«

Leena strich mit dem Zeigefinger Krümel auf ihrem Teller zusammen. »Ehrlich? Wie gemein.«

»Findest du?« Mit schief gelegtem Kopf fixierte sie mich, wobei sich Falten auf ihrer Stirn bildeten.

»Wo lebt dein Bruder? Wie lange brauchen wir dorthin?« Kurz wog ich ab, ihr nicht zu verraten, wo er wohnte. Möglicherweise würde sie nachgeben. Den Gedanken verwarf ich nach wenigen Sekunden schmunzelnd. Sie würde es niemals einfach auf sich beruhen lassen, dafür war sie zu hartnäckig.

»Du bist eine Plage«, stöhnte ich und holte das Handy aus meiner Jeanstasche. Widerwillig checkte ich die Navigation vom Waldhotel bis zu Conor. »Die reine Fahrtzeit beträgt vier Stunden«, grummelte ich und hielt ihr das Handy hin.

»Dein Bruder wohnt so nah an einem See?« Erschrocken riss sie die Augen auf.

»Ja, und?«

»Ach, nichts.« Auf ihrem Gesicht breitete sich eine Röte aus, die die Schmetterlinge in meinem Bauch anfeuerte.

»Sag«, grinste ich. »Was hast du gedacht?«

Sie winkte ab und griff mit einer Hand nach einer Scheibe Brot und mit der anderen zur Schokoladencreme. »Egal, echt.«

»Leena«, ermahnte ich sie. »Sag schon.«

»Es ist peinlich.«

»Ich weiß«, lachte ich. »Deswegen will ich dich aussprechen hören, was du dir gerade vorgestellt hast.«

»Was stimmt nicht mit dir?« Verlegen lachend, bewarf sie mich mit ihrer Stoffserviette.

Grinsend schleuderte ich sie zurück, und Leena fing sie gekonnt auf, ehe sie in ihrem Gesicht landete. »Komm schon«, ermunterte ich sie. »Ich ahne, was du im Sinn hattest, und glaub mir, genauso dachte ich die ersten zehn Jahre auch.«

»Ich hatte vor Augen, wie er in den See fällt«, stammelte sie mit gesenktem Kopf, dass ich sie kaum verstand.

»Weißt du«, seufzte ich. »Solche Gedanken haben durchaus eine Daseinsberechtigung. Aber wenn man anfängt, sich damit zu beschäftigen, bemerkt man, dass Menschen mit Behinderung gar nicht so hilflos sind, wie man zuvor glaubte.«

Sie verzog den Mund und knabberte von innen an ihren Lippen. »Ich komme mir wirklich dusselig vor, so gedacht zu haben. Dabei ist das Augenlicht doch nicht alles, was wir haben.«

Ihre Worte trafen mich hart, denn viele Jahre lang hatte ich alles darauf reduziert, dass ich sah und Conor nicht. »Du hast recht«, pflichtete ich ihr bei, auch wenn ich tief im Inneren erkannte, dass ich meinen eigenen Worten keinen Glauben schenkte. Auch nach siebzehn Jahren fiel es mir schwer zu akzeptieren, dass Conor zufrieden war. »Dennoch frage ich mich, wie er ernsthaft glücklich sein kann«, gab ich flüsternd zu und schämte mich einen Moment später dafür.

»Das verstehe ich, Sam.« Sie schob ihren Stuhl zurück, wobei dieser über den Boden schabte. Einige Blicke schnellten zu uns, doch es schien ihr egal zu sein. Sie kam um den Tisch zu mir herum und deutete auf meinen Schoß. »Darf ich?« Ich begriff erst nicht, was sie von mir wollte. Als es Klick machte, schob ich den Stuhl ebenfalls ein Stück zurück, damit sie zwischen mich und die Tischplatte passte. Zaghaft ließ sie sich auf meinen Schoß sinken, legte mir die Arme in den Nacken und drückte meinen Kopf an ihren Hals.

Ich war überwältigt von den Gefühlen, die mich dabei einholten, und schluckte. »Danke«, flüsterte ich und schlang die Arme um sie. Es war mir gleichgültig, dass die anderen Hotelgäste uns angafften, als wären wir kleine Äffchen im Zoo.

»Es gibt vieles, das einen niederdrücken kann. Irgendwann möchte ich Conor kennenlernen.« Ihre Stimme brach. »Ich glaube, von ihm kann man eine Menge lernen.« Es war mir unmöglich zu sprechen, da ihre Worte dafür sorgten, dass mir ein unsichtbares Band die Luft abschnürte. Nachdem sich mein Atem beruhigt hatte, stand Leena auf und hielt mir die Hand hin. »Lass uns keine Zeit verlieren und losfahren.«

»Okay«, krächzte ich und griff nach ihren Fingern. Beim Aufstehen bemerkte ich, wie weich meine Knie waren und wie schwer es mir fiel, einen Schritt vor den anderen zu setzen.

»Moment.« Leena griff nach ihrem Brot und biss genüsslich hinein. »Das muss noch mit.« Sie kaute grinsend, und ich warf schmunzelnd einen Blick auf die Schokoladencreme an ihrer Wange und schob sie nachdrücklich Richtung Ausgang.

Leena

Ich stieg aus dem Wagen und rieb mir über die müden Oberschenkel. Wir waren drei Stunden lang durchgefahren, ehe wir uns für eine Pause entschieden. Sam hatte den Dodge auf einem leeren Parkplatz geparkt, und stirnrunzelnd sahen wir uns um. Es war ungewöhnlich, dass hier niemand war, denn bisher waren wir selbst an den abgelegensten Orten nie allein gewesen.

»Seltsam«, sprachen wir gleichzeitig wie aus einem Mund.

»Verhext«, rief ich und wies mit beiden Zeigefingern auf ihn, als würde ich zwei Revolver feuern. Lachend klatschte ich in die Hände und wackelte mit der Hüfte, als ich in sein empörtes Gesicht blickte. Er zog die Augenbrauen zusammen und setzte einen Schritt auf mich zu, packte mich an der Taille und zog mich an sich. Er funkelte mich an, doch es gelang ihm nicht, das Grinsen zu unterdrücken. »Willst du etwa, dass ich deine Sprech-Sperre aufhebe?« Ich stellte mich unwissend und legte den Kopf schief. Er bejahte, indem er vehement nickte und mir seine Hände kräftiger in die Seite presste. »Und du meinst, auf diese Art wirst du deinen Willen bekommen, hm?« Ich blinzelte nach unten. Er nickte und hob eine Augenbraue an, als ich grüblerisch mit dem Zeigefinger an mein Kinn tippte. »Ich denke nicht.« Langsam bewegte ich den Kopf von links nach rechts. Sam verdrehte die Augen und senkte sich herunter zu mir, sodass nur noch ein Blatt Papier zwischen unseren Lippen Platz gefunden hätte. »Versuchst du, mich umzustimmen?« Er drückte mir einen flehentlichen Kuss auf den Mund. Sein Duft betörte meine Sinne, was unfair war, da es mir nicht gelang, ihm zu widerstehen. »Du spielst mit unfairen Mitteln«, ermahnte ich ihn flüsternd und lehnte mich gegen ihn. Meine Finger wanderten seine Arme hinauf bis zu seinem Nacken, wo sie verharrten. »Na gut«, seufzte ich, nachdem er mir sanft in die Unterlippe gebissen hatte. »Verhext«, flüsterte ich an seinem Mund und spürte, wie sich seiner zu einem Lächeln verzog.

»Ich wusste, das würde klappen.« Triumphierend ließ er seine Stirn gegen meine sinken und klatschte mir auf den Po. Unvorbereitet schrie ich auf und lachte aus vollstem Halse. Schulterzuckend ließ er mich los, drehte sich um und war im Begriff, einen schmalen Pfad entlangzulaufen, der in einen Wald führte. »Kommst du, Spitzenhöschen?« Er wandte sich im Gehen zu mir um und bewegte sich rückwärts weiter.

Ich verdrängte das mulmige Gefühl in meinem Magen, das Wälder in mir auslösten. »Ich hatte die Hoffnung, du hättest diesen bescheuerten Spitznamen vergessen«, stöhnte ich nachdrücklich und rannte die paar Meter auf ihn zu.

»Niemals, Leena. Niemals.«

»Prima«, tat ich beleidigt, doch zeigte mir die Horde wilder Kätzchen in meinem Bauch, dass ich mich insgeheim über diesen absurden Spitznamen freute. Das würde ich ihm natürlich nicht auf die Nase binden. Bald vernahm ich ein leises Plätschern. »Hörst du das?« Ich hielt eine Hand wie einen Trichter an mein Ohr und wies mit der anderen vor uns.

»Könnte ein See sein«, lächelte er und hob ebenfalls seine Hand an, um meine wieder einzufangen.

»Lass uns hingehen, ich liebe Seen«, trällerte ich.

»Gern«, murmelte er, und ich realisierte, dass er wieder in seiner eigenen Welt zu versinken drohte.

»Sam? Woran denkst du?«

Seufzend wischte er sich mit der freien Hand über das Gesicht. »Kennst du diese widersinnigen Was-wäre-wenn-Gedanken?«

Ich hob eine Augenbraue an. »Du meinst diese Fragen, die sich jedes menschliche Wesen auf diesem Planeten stellt?«

Nickend bestätigte er. »Vermutlich. Immer wenn ich in der Natur bin, frage ich mich, wie unser Leben verlaufen wäre, wenn es mich statt Conor erwischt hätte.«

Seufzend strich ich mir eine Haarsträhne hinter das Ohr, bevor ich sanft mit dem Daumen über seinen Handrücken fuhr. »Solche Fragen werden dich früher oder später zerstören.«

Sam atmete ruckartig durch die Nase aus, und kurz verkrampfte sich seine Hand um meine. »Früher oder später.« Er blieb stehen und hielt mich zurück, zog an meinem Arm, damit ich ihm in die Augen sah. Der Ausdruck, der sich mir bot, verknotete mein Herz. Dieses tiefe Grün, das mich an guten Tagen an eine wundersame Waldlichtung erinnerte, zeigte mir jetzt den Teil des Waldes, den ich fürchtete. Sie waren finster, voller Traurigkeit, und in ihnen las ich etwas, vor dem ich wegrennen sollte. »Leena. Ich *bin* längst kaputt.«

Eine eiskalte Gänsehaut breitete sich über meinen Körper aus und ließ mich frösteln. »Nein«, konterte ich beharrlich. »Nein, das bist du nicht, Sam. Ich lasse das nicht zu.«

Lächelnd zog er mich zu sich, und ich gestattete es, bettete den Kopf an seiner Halsbeuge und zählte heimlich die Schläge seines Herzens. *Eins, zwei, drei, vier, fünf, sechs, sieben, acht, neun, zehn.* »Warum holen mich dann immer wieder diese Gedanken ein?«

Der Kloß in meinem Hals erschwerte es mir, Worte hervorzubringen. »Weil *dir* niemals jemand geholfen hat. Du bist nicht kaputt, Sam. Du trägst dein Herz am rechten Fleck.« Ich entwand ihm meine Hand, öffnete seine Jacke und legte die Handfläche behutsam auf seine Brust. Durch den dicken Pullover spürte ich sein Herz so stark hämmern, als läge keine Stoffschicht zwischen seiner Haut und meiner. »Dein Herz schlägt, Sam. Es schlägt kräftig. Für Conor, garantiert für deine Eltern und vielleicht sogar für mich. Aber weißt du was? In erster Linie sollte es für *dich* schlagen.« Ich spürte, wie mir eine Träne die Wange entlangrollte. Für keine Sekunde unterbrach ich unseren Blickkontakt, und mit jeder weiteren Silbe drang mehr Licht in seine sattgrünen Augen. »*Du* bist der wichtigste Mensch in *deinem* Leben. Rede dir nicht ein, dass du es nicht wert bist. Du bist dieses Leben genauso wert wie all die anderen.« Statt einer Antwort schüttelte er den Kopf, griff fürsorglich an meinen Hinterkopf und zog mich an sich. Ich erkannte am Beben seines Körpers, dass er weinte. Warum hatte nie jemand gesehen, dass er Hilfe brauchte? Dass nicht nur Conor das Kind war, um das sich gekümmert werden musste? Ich schluchzte leise und versuchte, das Zittern, das von meinem Körper Besitz ergriff, unter Kontrolle zu bringen, krallte mich an ihm fest. Vielleicht fühlte es sich für ihn an, als würde ich ihn halten, doch in diesem Moment stützten wir uns gegenseitig.

»Ich werfe meinen Eltern nichts vor«, murmelte er mir wenig später ins Ohr. »Wirklich nicht.«

»Das ist okay, Sam. Oft spielen viele Dinge zusammen. Man muss nicht immer den einen Schuldigen suchen, weißt du?«

Verzweifelt lachend, fuhr er sich durch die Haare. »Ich weiß. Ja, ich weiß es. Komm, lass uns weitergehen.«

»In Ordnung.« Ich griff nach seiner Hand und stellte mich auf die Zehenspitzen, ehe wir weiter zum plätschernden Geräusch liefen, um ihm einen Kuss auf den Mund zu drücken.

»Schau dort«, ich deutete auf ein Glitzern, das durch ein

paar Äste schimmerte. »Da scheint wirklich ein See zu sein. Wie schön!« Ich lächelte und drehte meinen Kopf zu ihm.

»Du bist gut«, grinste er. Zielstrebig liefen wir auf das Geglitzer zu, und bald erkannte ich, dass wir auf einen Steg zusteuerten, der an die zweihundert Meter in den See ragte.

»Wow, so malerisch. Komm!« Aufgeregt zog ich an seinem Arm und legte einen Zahn zu, wies mit der Hand zum Himmel, der sich bedrohlich verfärbte. »Das Hellblau wandelt sich in Grau, ich mag nicht klitschnass bei Conor ankommen.«

»Leena«, stöhnte Sam und verdrehte grinsend die Augen, beschleunigte aber sein Tempo. Ich setzte einen Fuß vor den anderen, immer schneller werdend, wobei ich Sam festhielt. Es dauerte nicht lang, bis wir im Gleichschritt rannten. Die einzigen Geräusche waren unsere Schritte auf dem Erdboden, die abgelöst wurden vom dumpfen Ton des Holzstegs unter uns. Wir sausten den Steg entlang, und je weiter wir kamen, desto losgelöster fühlte ich mich. Unverzagt hob ich eine Hand zum Himmel, und aus unserem zurückhaltenden Lächeln wurde ein Lachen. Wir ließen uns los, rannten bis zum Ende, jeder für sich und doch zusammen. Ich genoss die kühle Brise, die mir ins Gesicht wehte. An der Spitze des Steges lachten wir ausgelassen, ein unfassbar befreiendes Gefühl. Sam legte den Kopf zurück, schaute gen Himmel, die Arme ausgestreckt, und ich sah ihn lächeln. Er begann, sich im Kreis zu drehen, atmete tief ein, und mir wurde das Herz gleichzeitig schwer und leicht. Es war schön, Sam so zu sehen. Ich riss den Blick von ihm los und setzte mich, ließ die Füße über dem See baumeln, der nahezu still dalag. Nur die leisen Wellen, die am Ufer brachen, erinnerten daran, dass es ein lebendiger See war und keine Glasscheibe. Wo ich auch hinblickte, sah ich nichts als Wasser und Bäume. Ich schloss die Augen, dankbar, hier sein zu dürfen. Fernab meiner Routine, fernab von Pinterest Pins, die mir meine Traumwelt zeigten. Das hier war so viel mehr Welt als die höchsten Klippen oder breitesten Flüsse. Jetzt hier zu sitzen, den frischen Duft der erwachenden Wälder nach dem Winterschlaf einzuatmen und das Holz des Stegs an meinen Fingern zu spüren, das war die wahre Schönheit. Erst auf meiner Reise mit Sam war mir die Erkenntnis gekommen, dass es das war, was ich gesucht hatte. Ich wusste, dass Sam mir die Welt zeigen wollte, um mir zu demonstrieren, wie viel mehr sie außerhalb Saint Mellows zu bieten hatte. Und mir war ebenso klar, dass ich mich selbst vor ihr verschlossen hatte. Dass es meine eigene Schuld gewesen war.

»Öffne die Augen. Sieht dir die Welt an. Nicht alle besitzen diese Chance. Und zu viele von uns nutzen sie nicht, Leena. So wie du. Bis jetzt.« Seine geflüsterten Worte hallten in mir wider. Sein Vorwurf löste Wellen aus, in denen ich zu ertrinken drohte. Alles, was ich zu meiner Rettung unternehmen musste, war, die Augen zu öffnen. Ich vernahm seinen Atem an meinem Ohr und versuchte, den Kloß hinunterzuschlucken, der sich durch seine Worte in meinem Hals gebildet hatte. Mir war bewusst, dass Sam mir nur versuchte zu erklären, wie schön die Welt war. Vielleicht hatte er sogar recht, denn ich saß hier mit geschlossenen Augen, statt den Anblick bis in die kleinste Faser zu würdigen. Das verwaschene Blau des nebelhaften Sees, das hereinbrechende Grau, das das Blau vom Himmel verscheuchte, und das matte Grün der Nadelbäume um uns herum, die unterbrochen wurden von hellgrünen Blättern vereinzelter Laubbäume, die aus dem Winterschlaf erwachten. Sam war es wichtig, die Welt zu *sehen*. Ich verstand, seitdem ich von Conor wusste, so viel mehr, konnte nachvollziehen, warum es ihm so bedeutend war. Ich würde ihn nicht darauf hinweisen, dass die Worte, die er mir eben zugeflüstert hatte, verletzend waren. Nicht jetzt. Manchmal musste man hinunterschlucken und reflektieren. Und das bedeutete in Augenblicken wie diesen auch nicht, dass man sich selbst verriet. Man wuchs über sich hinaus.

»Ja«, flüsterte ich deshalb nur und nickte.

Sam

»Was soll denn das?« Ich kniff die Augen zusammen, um zu erkennen, was dort für ein Wagen vor dem Haus parkte, in dem mein Bruder gemeinsam mit anderen Menschen lebte.

»Was meinst du?« Aus dem Augenwinkel nahm ich wahr, wie Leena sich mir zuwandte.

Ich presste die Lippen aufeinander und drosselte das Tempo. »Das Auto da vorn.«

»Was ist damit?«

»Es gehört meiner Mom.« Meine Finger kribbelten, und ich verspürte das dringende Bedürfnis, auf etwas einzuprügeln.

»Oh«, quiekte Leena. »Ist das denn schlimm?«

Ich schüttelte langsam den Kopf. »Weiß ich nicht. Sie hatte mit keiner Silbe erwähnt, dass sie ihn besuchen will.«

Leena räusperte sich neben mir. »Muss sie das denn?«

»Was?« Ich blaffte sie an, was mir postwendend leidtat.

»Na ja«, angespannt fummelte sie an ihrem Nasenring herum. »Ich verstehe nicht, warum du sauer bist. Deine Mom besucht deinen Bruder, ist das denn nicht in Ordnung für dich?«

»Ich habe keine Ahnung, was mit mir los ist.« Ich presste die Kiefer aufeinander, denn es stimmte. Ich konnte mir nicht erklären, warum ich so reagierte. War ich neidisch auf Conor, weil Mom den Weg auf sich genommen hatte, ihn zu sehen? Das fiese Stechen in meiner Brust bejahte es. Kein einziges Mal hatte sie mich in Yale besucht. Ihr Auto hier zu sehen, tat mir auf verquere Art und Weise weh. Noch dazu war es kein Katzensprung, denn von Saint Mellows fuhr man zwei Stunden, und Autofahren war nichts, das Mom gern tat.

»Versuch, es zu erklären«, bat Leena mich leise und legte zögerlich eine Hand auf meinem Oberschenkel ab. »Aber bitte halte vorher an, ja?« Nickend lenkte ich den Wagen auf den Parkplatz, der ein Stück von der Anlage entfernt lag. »Besucherparkplatz«, las Leena vor, und in ihrer Stimme schwang ein Fragezeichen mit. »Was ist das hier?«

»Conor lebt in einer Art Wohngemeinschaft«, grummelte ich, dankbar darüber, dass sie dafür sorgte, dass ich sprach und meine düsteren Gedanken ablenkte. »In dem Haus dort gibt es zehn Wohnungen, in einer lebt Conor.«

»Okay, und was ist das Besondere?«

Angestrengt stieß ich die Luft aus. »Einige Menschen, die hier wohnen, haben Behinderungen. Conor ist blind, ein anderer taub, und in den Erdgeschosswohnungen leben Patrick und Leyla, sie sitzen beide in Rollstühlen.«

Leena hörte mir aufmerksam zu und nickte in den passenden Augenblicken. »Ist das wie eine Art betreutes Wohnen?«

Nickend bestätigte ich. »Genau, unten gibt es Gemeinschaftsräume und eine Wohnung für das Personal, die leben aber nicht dauerhaft hier, sondern wechseln sich ab.«

Ich sah, wie Leena hektisch ihre Finger knetete. »Das klingt eigentlich schön, oder?«

»Ja. Conor lebt gern hier.« Erleichtert atmete sie aus. »Trotzdem verstehe ich nicht, warum Mom hier ist«, fauchte ich. »Garantiert ist es kein Spontanbesuch, so was fiele ihr im Leben nicht ein. Alles bei ihr ist durchgetaktet.«

»Sam«, flehentlich strich sie mir über den Oberarm. »Worauf willst du hinaus?«

»Darauf, dass Conor gestern nichts gesagt hat.«

»Gestern?«

Stöhnend lehnte ich meinen Kopf gegen die Lehne. »Gestern Nacht, als du gegangen bist, bin ich in den Wald hineingelaufen und habe Conor angerufen.«

»Oh, okay« erwiderte sie. »Vermutlich war es ihm nicht so wichtig gewesen, das zu erwähnen?«

»Eben.«

»Eben?«

»Ja. Es ist ihm nur unwichtig, wenn es öfter vorkommt, oder?« Schnaubend schnipste ich gegen das Lenkrad.

»Lass dir bitte nicht alles aus der Nase ziehen, Sam«, ermahnte sie mich, und Ungeduld mischte sich in ihre Tonlage.

»Ich fühle mich hintergangen, okay?« Wütend machte ich den Anschnallgurt los und stieg aus dem Wagen, da mir die Luft darin plötzlich zu dünn wurde.

Seufzend folgte Leena mir, sie wirkte umgänglicher. »Ich

verstehe, dass du dich betrogen fühlst. Wirklich, das tu ich. Aber gönnst du Conor den Besuch nicht? Deine Wut bringt nichts. Du musst mit ihnen reden, vielleicht gibt es eine plausible Erklärung. Und selbst wenn nicht, musst du *deine* Gefühle hinterfragen. *Warum* stört es dich? Warum, Sam?«

Leenas Worte waren zeitgleich entwaffnend, angriffslustig und versöhnend, wodurch mir einfach nur der Kopf schwirrte. »Wie soll ich Gefühle unterdrücken, Leena?«

Sie griff nach meiner Hand. »Das sollst du doch gar nicht. Geh zu den beiden. Sprich mit ihnen. Ich finde, *jetzt* ist ein perfekter Augenblick, denkst du nicht auch?«

»Was soll das bringen?« Meine Stimme war so leise, dass ich vermutete, sie würde mich kaum verstehen.

»Es hilft dir vielleicht. Vielleicht auch nicht. Aber miteinander zu reden, schadet nie.« Sie ließ mich los, streckte einen Arm aus und wies auf das Haus. »Los, geh. Ich werde eine Runde spazieren. Wir treffen uns am Auto, okay?« Überrumpelt nickte ich, bewegte mich allerdings keinen Zentimeter vom Fleck. »Los«, polterte sie und wackelte mit ihrem ausgestreckten Arm. »Und wehe, du fährst nachher einfach ohne mich los.« Auf ihrem Gesicht zeichnete sich ein schüchternes Lächeln ab, was mich kurz auflachen ließ.

»Das überlege ich mir noch.« Ich beugte mich zu ihr herunter und küsste sie, legte meine Lippen behutsam auf ihre, als würden sie zerbrechen, wenn ich zu stürmisch war. Meine Hände fanden wie durch Magie zu ihren Wangen, und ich hielt ihr Gesicht fest, strich sanft mit den Daumen darüber. »Du nervst mich wirklich sehr, Spitzenhöschen.«

»Du nervst mich noch viel mehr«, flüsterte sie und zwickte mir in die Seite. »Geh jetzt!«

Seufzend löste ich mich von ihr und lief Schritt für Schritt auf Conors Zuhause zu. Jeder Meter, den ich hinter mir ließ, vergrößerte das Unbehagen in mir. Ich wischte meine klitschnassen Hände vergeblich an der Jeans ab. Kurz war ich versucht umzudrehen, doch entsann ich mich. Ich war eigentlich kein Typ, der davonrannte. Warum schaffte ich es dann nicht, *nicht* vor meiner Familie zu flüchten? Außerdem würde ich direkt in Leenas Arme laufen, die mich vermutlich am Ohrläppchen packen und hinter sich herschleifend zum Haus ziehen würde. Da war es eindeutig die bessere Entscheidung, es aus eigener Kraft hinter mich zu bringen. Ich atmete tief ein, zählte bis vier, hielt die Luft an und stieß sie vier Sekunden lang aus. Diese Atemtechnik behielt ich bei, bis ich unmittelbar vor der Eingangstür stand. Ich schloss für einen Moment die Augen, um mich zu fokussieren, ehe ich die Finger um die kühle Klinke legte und das Haus betrat.

»Sam!« Überrumpelt sprang Mom aus dem Sessel, der neben dem Fenster im Wohnzimmer meines Bruders stand. Die Tür zu seiner Wohnung hatte offen gestanden, was hier nicht ungewöhnlich war. Mein halbherziges Klopfen hatten die beiden nicht gehört, zumindest wirkte Mom ertappt.

»Hi, Mom. Conor.« Ich stand in der Tür und ließ den Blick abwechselnd von Mom zu Conor gleiten.

»Was machst du hier, Liebling?« Sie strich sich über ihren cremefarbenen Bleistiftrock, um die Sitzfalten zu glätten, und kam zu mir herüber. »Ich wusste nicht, dass du kommst.«

»Dito«, erwiderte ich knapp und wehrte mich nicht gegen ihre Umarmung. Ihr vertrauter Duft nach Magnolie und

Vanille stieg in meine Nase. Ich war emotional so verwirrt, dass es mich Anstrengung kostete, nicht zu schluchzen.

»Hey.« Ich sah, dass Conor vom Sofa aufstand und zielgerichtet auf uns zulief. Ich war mir sicher, mich niemals daran zu gewöhnen, dass er so leichtfüßig durch seine eigenen vier Wände flog, als sähe er genau, wo er hintrat. »Ich freue mich, dass du da bist, großer Bruder.« Er blieb einen halben Meter vor uns stehen und breitete die Arme aus. Ihn so zu sehen, brach mir zum millionsten Mal das Herz. Ich schüttelte Mom diskret ab und überbrückte den Abstand, um die Arme um seinen Oberkörper zu schlingen. Er war mir frühzeitig über den Kopf hinausgewachsen. Es fühlte sich für mich seltsam an, meinen kleinen Bruder zu umarmen, der mich mit seinen fast zwei Metern um einen Kopf überragte.

»Störe ich euch?« Ich hielt Conor den Unterarm hin, damit er seine Hand darauflegen konnte, auch wenn es in seiner eigenen Wohnung eigentlich nicht nötig war. Um mich nicht in Verlegenheit zu bringen, tat er mir ausnahmsweise den Gefallen und ließ sich von mir zurück zu seinem Sofa führen.

»Nein, nein«, trällerte Mom mit ihrem mustergültigen Pokerface und nahm wieder in dem Sessel Platz.

»Okay.« Ich deutete zum Couchtisch, auf dem zwei Gläser und eine Packung Apfelsaft standen. »Ich hole mir ein Glas aus der Küche.« Sobald ich den Raum verlassen hatte, vernahm ich Moms gedämpften Tonfall, der Conor mitteilte, dass sie mit mir reden würde. »Prima«, stöhnte ich augenverdrehend.

»Sammy.« Ihre Stimme hinter mir ließ mich zusammenzucken, auch wenn ich wusste, dass sie mir in die Küche gefolgt war. Das Klackern ihrer Absätze war kaum zu überhören gewesen.

»Fährst du in den Schuhen etwa Auto, Mom?« Ich zeigte auf ihre hohen Hacken und hob eine Augenbraue an.

Lächelnd schüttelte sie den Kopf und lehnte sich neben mir an die Küchentheke. »Nein, keine Sorge. Zum Autofahren habe ich ganz vorbildlich Sneakers im Wagen.«

Ich nickte schmunzelnd. »Das beruhigt mich.«

Seufzend stieß sie mir ihren Ellenbogen in die Seite. »Du brauchst dich nicht immer um jeden zu sorgen«, flüsterte sie, und aus dem Augenwinkel sah ich, dass sie mich mit ihrem Blick taxierte. Wie gern wollte ich ihr in die Augen sehen, doch war ich gerade nicht stark genug dafür.

»Warum bist du hier, Mom?« Ich presste die Frage hervor, die Hände, die in meinen Hosentaschen steckten, zu Fäusten geballt. Leena wollte, dass ich mit den beiden redete. Aber wie das Gespräch aussehen würde, hatte sie mir nicht gesagt. Als hätte sie mich nackt in ein Haifischbecken geschubst und mir nicht einmal einen Schwimmreifen mitgegeben.

»Ich besuche deinen Bruder. So wie du, oder?« Ihre sanfte Stimme drang durch jede Faser meines Herzens. Sie hatte etwas Melodisches an sich, das es immer geschafft hatte, uns zu beruhigen. Als wir klein waren, hatte sie uns oft in den Schlaf gesungen und war summend durch das Haus gelaufen. Seit dem Unglück hatte ich sie kein einziges Mal mehr singen gehört. Als hätte der Unfall Sam das Augenlicht und Mom die Stimmbänder geraubt. Und Dad sein Herz.

»Bist du öfter hier?« Ich hasste, wie gebrechlich meine Stimme klang, und schämte mich dafür. Andererseits war diese Frau meine Mom. Sie hatte mich so oft weinen sehen, dass man es unmöglich hätte zählen können. Conor und ich würden auf ewig ihre kleinen Jungs bleiben.

Langsam riss ich den Blick vom dunkelblauen Fliesenboden in Conors Küche los und begutachtete Mom. Sie atmete tief ein und hielt sich ihre Hand an die Stirn, schloss für einen Augenblick die Augen. »Ich besuche ihn ab und zu, ja.«

Schluckend nickte ich, presste die Kiefer aufeinander und versuchte, die aufsteigende Eifersucht im Zaum zu halten. Sie besuchte Conor. Und mich kein einziges Mal in Yale. Was war daran fair? »Es tut mir unheimlich leid, dass ich mich in Yale niemals blicken ließ, Sammy«, flüsterte sie, und erschrocken sah ich, wie ihr eine Träne über die Wange rollte.

»Mom, alles okay. Ist schon gut.« Ich wandte mich ihr zu, unsicher, wie ich sie trösten sollte. Normalerweise waren es die Eltern, die ihre Kinder beruhigten. Warum fiel es mir so schwer, tröstende Worte zu finden? Erst diese einzelne kleine Träne, die ihr vom Kinn tropfte, ließ mich reflektieren. Etwas in mir, das vor langer Zeit zersprungen war, fühlte sich schlagartig gekittet an. Ich verzieh ihr, ohne gewusst zu haben, dass ich so enttäuscht von ihr gewesen war.

Sie wog kummervoll den Kopf und fischte in ihrer Handtasche nach einem Taschentuch. Sie schüttelte es auseinander und tupfte sich damit sachte die Augen trocken. »Nein, ist es nicht. Ich weiß, dass es nicht in Ordnung ist.«

»Mom.« Gequält legte ich den Kopf schief und strich ihr unbeholfen über den Oberarm.

»Erst das Gefühl, als ich dich hier in der Tür gesehen habe, hat mir gezeigt, dass es falsch von mir gewesen war. Ich wollte dich besuchen, aber ich hatte Angst.«

»Angst?« Ich zog die Augenbrauen zusammen. »Wovor denn?«

»Davor, dass du mich wegschickst.«

Ich atmete tief ein, legte den Kopf in den Nacken und presste die Lider aufeinander. Vor meinen Augen drehte sich schlagartig alles, und ich krallte mich in die Küchenarbeitsplatte. »Das hätte ich niemals getan, Mom.«

»Es tut mir leid«, murmelte sie, hob zitternd ihre Hand an und legte sie mir auf den Oberarm. »Es tut mir leid, Sam.« Ihre Berührung brach bei mir einen Damm, und statt ihr zu antworten, drang mir ein ungefiltertes Schluchzen aus der Kehle. In einer fließenden Bewegung drehte ich mich zu ihr um, zog sie zu mir und drückte ihren Kopf gegen meine Brust. Es war seltsam, dass ich irgendwann größer geworden war als sie, denn Mom war die große, brillante Frau gewesen, die alles zusammenhielt. Doch in diesem Augenblick war sie nur meine zerbrechliche Mutter, die Stärke bewies, indem sie sich bei mir entschuldigte. Für etwas, das uns beiden bis vor wenigen Sekunden nie bewusst gewesen war. Sie hob den Kopf an und legte ihre Handflächen von vorn auf meine Schultern. »Ich habe dich vermisst, mein Kleiner.«

»Es tut mir auch leid, Mom.«

Sie senkte den Blick. »Nein, das muss es nicht. Glaub mir, mir tun viele Dinge leid. All die Fehler, die Dad und ich begangen haben, weil wir es nicht besser wussten. Weil wir überfordert und nicht stark genug waren.«

Ich lächelte und ließ meinen Kopf gegen ihre Stirn sinken. »Ich bin erwachsen, Mommy«, flüsterte ich gegen ihre Nasenspitze. »Lass es mir ebenfalls leidtun, okay?«

Gleichfalls lächelnd, nickte sie in Richtung des Wohnzimmers. »Ich gehe mich von Conor verabschieden. Rede du mit ihm, du warst ja schon eine ganze Weile nicht mehr hier.«

Nickend verzog ich den Mund zu einer schmalen Linie. Denn das konnte sie nur wissen, indem die beiden über mich sprachen, was in mir ein Unbehagen hervorrief. »Bis bald, Mom.«

»Wann bist du mit deiner Freundin wieder in Saint Mellows?« Ich spürte, wie mir die Hitze ins Gesicht schoss, und hoffte, dass man es unter meinem Dreitagebart nicht sah.

»Woher weißt du von ihr?«

Lachend boxte sie mir gegen den Oberarm. »Saint Mellows ist klein und geschwätzig, Sammy.«

Stöhnend zog ich eine Grimasse. »Klar.«

* * *

»Wie oft ist sie hier?« Ich hatte am Fenster gestanden und gewartet, bis Mom in ihr Auto gestiegen und weggefahren war. Conor sah zwar nicht, dass ich ihm den Rücken zuwandte, doch war ich mir sicher, dass er es stattdessen hörte.

»Alle paar Wochen«, antwortete er knapp und trotzig.

»Warum hast du es nie erzählt?« Keine Ahnung, woher ich auf einmal den Mut nahm, die Fragen, die mir im Kopf herumschwirrten ohne lange Umschweife auszusprechen. Einerseits tat mir jedes Wort, das über meine Lippen kam, weh, doch andererseits erleichterten sie mich. Ich wandte mich vom Fenster ab und sah zu Conor, der lässig auf seinem Sofa fläzte.

»Weil ich nicht davon ausging, dass es ein großes Ding für

dich wäre.« Er zuckte mit den Schultern, doch mir fiel auf, wie er für einen Augenblick die Hände zu Fäusten ballte.

»Oder du wolltest einen Konflikt umgehen«, brummte ich.

»Was redest du da? Was für ein Konflikt?«

Schnaubend atmete ich aus und fuhr mir aufgewühlt durch meine Haare. »Diesen hier anscheinend.«

»Sam, du benimmst dich in letzter Zeit so seltsam.«

»Ich benehme mich *seltsam*?«

»Ja, was ist denn nur los mit dir?« Sein Blick war starr auf meinen gerichtet, nur dass er ihn nicht exakt traf. Trotzdem war er unheimlich gut darin geworden, Menschen nur nach Gehör ins Gesicht zu schauen. Er lehnte das Tragen einer Sonnenbrille ab, da er nicht lichtempfindlich war. Er hatte mir erklärt, dass Blinde, die keine Lichtreflexe mehr erkannten, die Brillen für die anderen trugen und nicht für sich. Conor war nicht der Typ dafür, der etwas Unbequemes tat, nur damit Fremde sich wohler in ihrer Haut fühlten.

»Mit mir ist überhaupt nichts los, Conor«, polterte ich. »Ich werde erwachsen und realisiere langsam, was in unserer Kindheit schiefgelaufen ist.«

Resigniert schüttelte er den Kopf und zog die Schultern hoch. »Ach ja?« Er boxte auf das Sofa. »Glaubst du echt, das ist *mir* nicht bewusst, oder was?« Um seine Aussage zu unterstreichen, wies er mit einer Hand zu seinen Augen. »Wenn jemand von uns das weiß, dann doch wohl ich, Sam.« Die Wut sorgte dafür, dass sich seine Stimme überschlug, und ich versuchte das erste Mal, nicht klein beizugeben. Conor war vielleicht blind, aber er war nicht schwach und wurde schon viel zu lang wie ein rohes Ei behandelt.

»Du warst nicht allein«, entgegnete ich ihm in ersticktem Ton und war erstmals froh, dass Conor mich nicht sah, da ich nicht versuchen musste, die Emotionen zu verstecken.

»Allein? Du doch auch nicht«, faselte er und zog die Augenbrauen zusammen.

Schnaubend lachte ich und wischte mir mit den Händen über das Gesicht. »Doch, Conor. Und ob ich allein war. Denn jeder hat sich um dich gekümmert. Mom, Dad, unsere Großeltern und die Hausangestellten. Jeder.«

»Was soll das?« Seine dröhnende Stimme drang durch jede meiner Poren und setzte sich tief in mir fest.

»Nur getroffene Hunde bellen«, erwiderte ich eiskalt, wissend, dass er verstand. Conor war kein lauter Mensch, außer er fühlte sich in eine Ecke gedrängt.

»Das kann nicht dein Ernst sein«, schrie er wütender, und ich war heilfroh, dass er sicher auf dem Sofa sitzen blieb.

»*Mir* hat *niemand* geholfen, verdammt«, brüllte auch ich nun, da ich es nicht mehr schaffte, die Fassung zu wahren. »*Niemand*, Conor. Dabei hätte ich auch Hilfe gebraucht. Scheiße! Du bist der von uns, der erblindete. Aber ich bin der, der von diesem Tag an allein klarkommen musste. Derjenige von uns, der zu früh gezwungen war, auf eigenen Beinen zu stehen. Und weißt du was? Bis zu diesem Trip mit Leena war mir das nie bewusst gewesen.«

Conor lachte leise, was das Feuer der Wut in mir mehr schürte. »Also hat sie dir diesen Floh ins Ohr gesetzt?«

»Floh? Was? Wie ignorant bist du eigentlich?« Meine Hände waren zu Fäusten geballt, und ich verspürte den Wunsch, meinem Bruder eine reinzuhauen. Wie schade, dass er blind war und es nicht kommen sehen würde, denn ich war kein unfairer Spieler. Doch gerade brach alles über mir ein, alles in mir zerbrach in tausend Teile, da ich niemals erwartet hätte, bei Conor auf eine solche Mauer aus Unverständnis und Ignoranz zu treffen.

»Sam«, seufzte er. »Vielleicht hast du die Hilfe nur nie angenommen?«

Den Kopf schüttelnd, atmete ich ein paar Mal tief durch, bis ich wieder sprach. »Selbst wenn ich Hilfe einhundert Mal abgelehnt hätte, Conor. Ich war ein Kind! Man hätte mir die Hilfe einhundertundeinmal anbieten sollen. Ich bin ein verdammt verkorkster Mann, und endlich weiß ich auch, warum.«

»Wegen mir?« Abfällig verschränkte er die Arme vor der Brust.

»Nein, Conor.« Ich versuchte, die Fassung zu wahren und ihn nicht in Grund und Boden zu brüllen, auch wenn die Emotionen mit meiner Selbstbeherrschung Paintball spielten. »Nicht wegen dir. Wegen des Unfalls. Wegen der Art, wie ich vergessen wurde.«

»Du wurdest nicht vergessen. Du übertreibst wirklich.«

»Wie willst du das beurteilen? All die Therapien, die du bekamst. Mom hat dich zu jeder verdammten Sitzung chauffiert. Und ich? Wer hatte mich zur Physiotherapie gebracht? Du erinnerst dich, dass ich diverse Knochenbrüche hatte? Mich hat die Haushälterin gefahren.« Die Erinnerung daran hatte ich vor Jahren in den Tiefen meines Gedächtnisses verschlossen, nun kam alles wieder an die Oberfläche.

»Aber dafür kann ich nichts«, verteidigte sich mein Bruder, doch ich ignorierte seinen Einwand, denn ich war eigentlich nicht hier, um irgendjemandem die Schuld zu geben.

»Wer durfte zu Weihnachten *immer* das erste Geschenk öffnen? Wer durfte entscheiden, wohin unser nächster Ausflug ging? Wer wurde *immer* zuerst gefragt, welche Eissorte er haben wollte? Du kennst die Antwort.«

Conor schnaubte. »Bist du eifersüchtig?«

Lachend schüttelte ich den Kopf, fassungslos darüber, wie Conor reagierte. »Ich bin erwachsen, Conor. Mir ist es egal, ob du das letzte Erdnussbuttersandwich bekommst. Mir geht es darum, dass du verstehst, warum es mich trifft, dass Mom dich auch heute noch mir vorzieht.«

»Dafür kann ich nichts«, wiederholte er sich. Und er stritt es nicht ab.

»Stellst du dich jetzt ahnungslos, oder was? Mir geht es nicht darum, dir die Schuld daran zu geben. Ich möchte einzig und allein verstehen, warum ich so gebrochen bin.«

»Bist du langsam fertig?« Die Eiseskälte in seiner Stimme übertrug sich auf mich, und ich fröstelte am ganzen Körper.

Meine Hände zitterten. »Conor«, seufzte ich erschöpft.

»Conor, Conor, Conor«, äffte er mich nach, stützte sich links und rechts mit den Händen ab, um aufzustehen. Zwischen uns stand der Couchtisch, und doch machte er auf mich einen bedrohlichen Eindruck, was seiner enormen Körpergröße geschuldet war. »Wie oft du mir schon gesagt hast, dass du alles dafür geben würdest, statt meiner dieses Schicksal zu tragen. Langsam verstehe ich.«

Ich runzelte die Stirn, da ich keine Ahnung hatte, wovon er sprach. »Worauf willst du hinaus?«

»Du wolltest wegen der Aufmerksamkeit all die Jahre an meiner Stelle sein. Stell dir vor, manchmal hätte ich es mir gewünscht, dass man mich einfach mal machen lässt. Dass man nicht gleich den Krankenwagen ruft, nur weil ich die letzte Stufe verfehle und mir ein Knie aufschlage.«

Seine Worte trafen mich härter als ein Baseballschläger direkt in den Magen, und mir wurde kotzübel. »Das hast du nicht ernsthaft gesagt«, zischte ich wutschnaubend.

»Verschwinde einfach«, donnerte er und streckte einen Arm aus, um in Richtung seiner Wohnungstür zu zeigen, die nach wie vor offen stand. Also ging ich davon aus, dass dieses Gespräch nicht unter uns allein stattgefunden hatte. Super.

»Sehr gern«, pfefferte ich ihm emotionslos entgegen und formte ein lautloses *Arschloch* mit meinem Mund, was mir sofort ein schlechtes Gewissen bereitete. Trotzdem drohte ich, vor Wut zu zerbersten.

15. Kapitel

Leena

»Ich hätte mir die verdammten Autoschlüssel geben lassen sollen«, murmelte ich und jagte vor dem Dodge auf und ab, rieb mir mit den kalten Händen über die Oberarme. Heute war ein kühler Frühlingstag, und ich bereute, keine dickere Kleidung am Leib zu tragen. Es war eine halbe Stunde vergangen, und nachdem ich am See spazieren gewesen war, war von Sam noch immer nichts zu sehen. Dazu beschlich mich ein seltsames Gefühl, das nur verstärkt wurde, als ich erkannte, dass das Auto seiner Mutter nicht mehr vor dem Haus parkte. War das ein gutes oder ein schlechtes Zeichen? Ich marschierte zur Einfahrt des Parkplatzes, von wo aus man einen freien Blick auf das Haus hatte, und fixierte den Eingang. Just in diesem Moment öffnete sich die Tür, und Sam erschien in meinem Blickfeld. Er warf die Tür gewaltvoll hinter sich zu, dass ich den dumpfen Knall bis hier hörte.

»Oh nein«, flehte ich. »Bitte nicht. Bitte, bitte nicht.« Ich hielt mir erschrocken die Hand vor den Mund und schluckte die Angst herunter, dass das alles schrecklich schiefgelaufen war. Sams Schultern wirkten angespannt, und auch wenn ich seinen Gesichtsausdruck nicht sah, ahnte ich, wie wutverzerrt er war. »Fuck«, fluchte ich und stampfte mit dem Fuß auf dem Boden auf. Plötzlich hielt Sam an und drehte sich ruckartig um, um wieder auf das Haus zuzulaufen. »Was machst du da, Sam?«, flüsterte ich und rannte auf ihn zu, ohne darüber nachzudenken. Seine Schritte wurden langsamer, er raufte sich die Haare und blieb stehen. Ich verringerte ebenfalls meine Geschwindigkeit und räusperte mich auffällig, damit er sich nicht erschrak. »Sam?«

»Ganz tolle Idee, Leena«, presste er hervor, und mir rutschte das Herz in die Hose.

»Was ist passiert?«

Fuchsteufelswild drehte er sich zu mir um, und sein zorniger Ausdruck ließ mich einen Schritt nach hinten taumeln. »Was passiert ist?« Er realisierte, welchen Eindruck er auf mich machte, und versuchte, seine Muskeln zu entspannen. Er unterbrach abrupt unseren Blickkontakt und presste die Kiefer aufeinander, atmete tief durch die Nase ein und aus. »Entschuldige.« Er riss seinen Blick vom Himmel los, der sich passend zur Stimmung verfinsterte. Ich behielt die Distanz zu ihm bei. Nicht weil ich mich vor ihm fürchtete, sondern um ihm Raum zu geben. Seine tiefgrünen Augen sprachen Bände. Es lagen Trauer und Unverständnis in ihnen, dass ich befürchtete, er würde gleich in sich zusammensacken.

»Was ist passiert, Sam?«, wiederholte ich mich mit ruhiger, tiefer Tonart. »Rede mit mir. Bitte.«

»Wir hatten einen fürchterlichen Streit.« Seine belegte Stimme brach und hinderte ihn daran weiterzureden.

Mitfühlend setzte ich einen Schritt auf ihn zu. Es war mir egal, ob er mich zurückwies. Das erste Mal in meinem

Leben war es mir egal. Alles, was ich wollte, war, ihm zu helfen, doch dafür musste er mit mir sprechen. »Mit deiner Mom?«

Er lachte und schnaubte gleichzeitig, was der verzweifelteste Ton war, den ich je aus seinem Mund gehört hatte. »Nein. Mit Mom hatte ich erstaunlicherweise ein gutes Gespräch.«

»Ist das denn nicht gut?« Ich tastete mich an ihn heran.

»Ja«, pflichtete er mir bei. »Ist es.«

»Aber?« Ich verstand nicht, was los war. Wenn er sich nicht mit seiner Mutter gestritten hatte, konnte das nur bedeuten, dass … »Oh nein«, hauchte ich. »Conor?« Er nickte und ballte die Hände zu Fäusten. Ohne darüber nachzudenken überbrückte ich den letzten Abschnitt zwischen uns und umschlang seine Finger mit meinen eiskalten Händen, seine waren noch eisiger. Ich strich mit den Daumen darüber. »Öffne sie«, bat ich ihn und fuhr weiter über seine Haut, bis seine Muskeln sich entspannten und er die Fäuste öffnete. »Danke.« Dieses Wort kam flüsternd aus meiner Kehle. Er ließ seine Stirn gegen meine fallen, und so verharrten wir geschlagene fünf Minuten. Ich wartete. Wartete darauf, dass er weitersprach und mir erklärte, was geschehen war. Ein Teil von mir war erleichtert, dass er mir keine Schuld gab, dass er seine Wut oder Trauer oder welche Gefühle auch immer wie ein Wirbelsturm durch ihn hindurchfegten, nicht an mir ausließ.

»Lass uns fahren«, murmelte er, drückte mir einen Kuss auf die Stirn und fummelte seine Autoschlüssel aus der Hosentasche. »Ich möchte Abstand zwischen mir und diesem Ort gewinnen, ehe ich dir erzähle, was passiert ist.« Geknickt, aber einverstanden, nickte ich und folgte ihm zum Dodge.

* * *

»Hast du Hunger?«

Wir fuhren seit einer Stunde eine Landstraße entlang, und ich bezweifelte, dass wir ein Ziel hatten. Die Stille im Wagen hatte mich eingelullt, und es dauerte nicht lang, bis meine Gedanken sich selbstständig gemacht hatten und ich mir die wildesten Vorkommnisse ausmalte, die zwischen Conor und Sam passiert sein konnten.

»Ja«, antwortete ich ihm. »Und wie.«

»Lass uns essen gehen, und wir reden, okay? Sorry«, nuschelte er. »Ich musste meine Gedanken erst ordnen.«

»Kein Ding«, log ich. Denn es war ein *Ding*. Ein *großes* sogar, denn was war es zwischen uns, wenn er mir nicht ungefiltert alles erzählte, sondern sich dafür erst sammelte? War das gut? Schlecht? Ich wusste es nicht, und doch wuchs in mir die Aufregung, ein unpassendes Gefühl in diesem Kontext.

»Bald kommt ein Diner«, informierte er mich und deutete auf ein ausgewaschenes Reklameschild, das heruntergekommen aussah, als hinge es seit dem Jahr meiner Geburt dort.

»*Peter's Diner*«, las ich vor. »Na, hoffentlich ist das Essen nicht so alt wie das Schild«, kicherte ich und hielt mir den Magen, der in freudiger Erwartung knurrte.

»Sieh es eher so: Sie stecken ihr Budget lieber in Lebensmittel als in Werbemaßnahmen.«

Ich zog eine Augenbraue hoch und starrte sein Profil an. »Hoffentlich gibt es Pancakes und Pommes«, wünschte ich mir.

Angewidert verzog Sam das Gesicht. »Ich hoffe sehr, du wirst das nicht gleichzeitig essen.«

»Doch, klar«, ich zuckte mit den Schultern. »Und dazu trinke ich einen Kaffee und eine Cola und bestelle mir zum Abschluss ein Banana-Split.«

»Witzig«, grinste er und bog links ab.

Eine klirrende Klingel meldete unseren Besuch an, sobald wir die Tür aufstießen. Sam war vorgegangen und hielt mir, ganz der Gentleman, die verglaste Holztür auf, ehe er sie hinter mir schloss. Ein krauser Lockenkopf lugte aus einer Tür hervor, und seine freundliche, tiefe Stimme drang zu uns herüber. »Hi«, rief er. »Sucht euch einen freien Platz.«

»Danke«, rief Sam zurück und zeigte auf eine unbesetzte Nische am Ende des Ganges. Ich hätte nicht erwartet, dass dieses Restaurant mitten im Nirgendwo derart gut besucht wäre. Die Ledersofas waren rot, und der Boden hatte ein Schachbrettmuster, das typisch für amerikanische Diners war. Sofort fühlte ich mich heimisch, was garantiert das Konzept dahinter war. An den Wänden hingen Fotos, die auf Metallplatten gedruckt waren, und in einer Ecke entdeckte ich sogar eine altmodische Jukebox.

»Hier gefällt es mir«, lächelte ich und quetschte mich zwischen Sitzbank und Tisch entlang zum Fenster hindurch. Die Sonne senkte sich langsam, und mein Magen knurrte, als würde er unterstreichen, wie lang ich nichts gegessen hatte.

»Mir auch«, pflichtete er mir bei, griff nach den Speisekarten und hielt mir eine hin.

»Hi nochmal, ich bin Peter«, stellte sich der Mann mit den schwarzen Locken wenig später vor. »Was darf es denn sein?«

»Hi, Peter«, begrüßte ich ihn. »Ich hätte gern die Blaubeer-Pancakes, eine Portion Pommes und eine Cola.«

Angewidert verzog Sam das Gesicht. »Das war kein Scherz?«

Lachend hielt ich mir die Hand vor den Mund. »Ich scherze nie, wenn es um Pancakes und Pommes geht.«

»Und für dich?«, grinste Peter und notierte meine Bestellung ohne mit der Wimper zu zucken auf seinem Block.

»Einen Cheeseburger mit Pommes und eine Cola, bitte.«

»Sollt ihr bekommen.« Peter zwinkerte und ließ uns allein. Wir versuchten, uns durch unverfänglichen Small Talk über Wasser zu halten. Zwischendurch brachte Peter die Getränke, was eine gelungene Unterbrechung war. Es war unangenehm, dennoch wollte ich etwas in den Magen bekommen, ehe wir uns dem Streitthema widmeten. Wir tänzelten umeinander herum, als wäre es unser erstes Date. Aus dem Augenwinkel sah ich Peter aus der Küchentür treten, drei Teller in den Händen balancierend. Ich bewunderte Kellner für ihre Fähigkeit, eine Trillion Teller und ein Tablett mit fünfhundert Gläsern auf einmal zu tragen und dabei nichts zu zerbrechen. »Et voilà«, präsentierte er unser Abendessen und stellte es vor unseren Gesichtern ab. »Guten Appetit«, wünschte er uns und dackelte diskret davon.

»Danke«, rief ich ihm hinterher und zuckte mit den Schultern. »Er braucht wohl keine Höflichkeiten«, grinste ich Sam an, der mir ein gehemmtes Lächeln schenkte, ehe er zum Burger griff und beherzt hineinbiss. Seinem Stöhnen nach zu urteilen, hatte er die richtige Wahl getroffen.

Anders als Sam es vermutet hatte, aß ich zuerst die Portion Pommes, ehe ich mich den Pancakes widmete. Ich wettete, er dachte bis zum letzten Augenblick, dass ich alles gleichzeitig verschlingen würde, aber so seltsame Essgewohnheiten hatte nicht einmal ich. Die Stille während des Essens war weniger unbehaglich als erwartet, was vermutlich an unserem Hunger lag. Wir bestellten zum Abschluss einen Kaffee und wussten, dass der Zeitpunkt gekommen war. Sam rutschte ruhelos hin und her und stand plötzlich auf. »Was machst du?« Verwundert verfolgte ich seine Schritte, bis er neben meiner Sitzbank wartete und auf den Platz neben mir wies.

»Ich glaube, so ist es einfacher«, erklärte er, und ich kapierte, dass er sich zu mir setzen wollte.

»Okay«, nuschelte ich und klopfte auf den Platz neben mich. »Kommen Sie her, Mister Forsters.«

Lächelnd schüttelte er den Kopf und quetschte sich zwischen die Rückenlehne und den Tisch, legte seinen Arm hinter mir auf der Lehne ab und zog mich ein Stück an sich ran. »Deine Nähe hilft mir, nicht gleich wieder in die Luft zu gehen«, verriet er mir flüsternd an meinem Ohr und wusste garantiert nicht, was er durch seine Worte mit mir anstellte. Alle Härchen, die ich besaß, stellten sich auf, und ich griff nach meinem Getränk, da ein plötzlicher Wüstensturm durch meine Kehle gefegt war.

»Okay«, piepste ich und legte die Hand auf seinen Oberschenkel, fuhr nervöse Kreise auf seiner Jeans. Vielleicht war es eine ausgetüftelte Taktik seinerseits, mich abzulenken.

»Also«, räusperte er sich und atmete tief ein und wieder aus. »Conor und ich hatten einen fürchterlichen Streit«, wiederholte er seine Worte von vorhin. »Ich kann mich nicht erinnern, dass wir uns je zuvor so gezofft haben, Leena.«

Sam

»Er hat dir wirklich vorgeworfen, du wolltest all die Jahre an seiner Stelle sein, um die Aufmerksamkeit zu erhaschen, die er bekam?« Ihr fassungsloser Blick gab mir auf seltsame Art Mut, gleichzeitig beschlich mich das verquere Gefühl, Conor vor ihr verteidigen zu wollen. Das war mein Großer-Bruder-Radar, der ungeachtet der Tatsachen ansprang.

»Wenn ich es doch sage.« Seufzend stieß ich die Luft aus der Lunge und hoffte, dass das Beben, das von meinem Körper Besitz ergriffen hatte, langsam nachließ.

»Oh Sam«, hauchte Leena an meiner Schulter, drehte den Kopf ein Stück und sah mir ins Gesicht. »Ihr habt euch da in Worten verfangen, die niemand von euch hatte sagen wollen.«

»Da ist sie wieder«, lächelte ich müde und beobachtete, wie sich ihre Augenbrauen fragend aufeinander zubewegten.

»Wer?«

»Die Diplomatie-Leena.«

Einer ihrer Mundwinkel zuckte verräterisch nach oben. »Es tut mir leid, dir das sagen zu müssen, aber …«, sie zögerte, und ich straffte die Schultern.

»Aber?«

»Du warst in diesem Streit genauso respektlos wie dein Bruder.«

»Auf wessen Seite stehst du eigentlich?« Stöhnend ließ ich meine Wange auf ihren Scheitel fallen.

»Ich bin die Seitenlos-Leena«, schmunzelte sie, und ich verdrehte lächelnd die Augen.

»Aha«, spielte ich den Beleidigten. »Dann weiß ich ja, woran ich bei dir bin.«

»Heulsusen-Sam«, erwiderte sie flüsternd und fuhr gedankenverloren Kreise auf meiner Jeans. Das tat sie seit einer halben Stunde. In der Zwischenzeit war die Sonne untergegangen, und eine einzelne Laterne beleuchtete den Platz vor dem Diner, das sich mittlerweile geleert hatte.

»Lass uns fahren, ich hab eine Unterkunft rausgesucht, wir benötigen zwanzig Minuten bis dahin.« Ich wusste, was ihr fragender Blick bedeutete, und seufzte. »Bis nach Saint Mellows sind es anderthalb Stunden, ich bin zu müde. Ist es okay, wenn wir noch eine einzige Nacht woanders schlafen?«

Sie streckte ihre Arme aus und dehnte ihren Hals, indem sie ihren Kopf von links nach rechts legte. »Ist es«, nickte sie und strich mir zärtlich mit dem Finger über die Wange. »Wann hast du bitte das Zimmer gebucht?«

»Als du auf der Toilette warst«, lachte ich.

»Du hast innerhalb von drei Minuten eine Unterkunft in der Nähe gefunden und sie gebucht?«

Verunsichert zuckte ich mit den Schultern. »Ist das etwas Besonderes? Aber nahe ist sie ja nicht unbedingt.«

Sie pfiff anerkennend durch die Zähne. »Also ich hätte länger gebraucht.«

Ich hob die Hand zu ihrem Kopf an und wuschelte ihr durch die Haare. »Ich habe schon gemerkt, dass impulsive Entscheidungen nicht deine Stärke sind.«

»Ey!« Sie schlug mit ihrer flachen Hand gegen meinen Unterarm und funkelte mich an. »Lass das«, forderte sie und strich ihre Haare wieder glatt. »Und ich kann sehr wohl Entscheidungen treffen.«

Ich rieb mir über den Unterarm. »Ich habe ja nicht behauptet, dass du *gar keine* Entscheidungen triffst. Du bist nur lahm.« Lachend wich ich ihrer Hand aus, die sie bedrohlich neben meinem Oberarm positionierte.

»Bin ich nicht, ich kann es nur nicht leiden, wenn man mich drängt«, verteidigte sie sich.

»Lahme Ente«, flüsterte ich an ihr Ohr und genoss das warme Gefühl, das meine Adern durchfloss.

»Kackarsch«, konterte sie bockig und wandte sich nicht schnell genug ab, denn ich sah sie lächeln.

»Lass uns fahren.« Ich stützte mich an der Rückenlehne ab, um mich aus der engen Nische herauszuschlängeln. So heimelig dieses Diner auch war, es war wohl für Zwerge konzipiert. Ich dehnte meine Arme und den Oberkörper, ehe ich nach Leenas Jacke griff, um ihr diese hinzuhalten.

»Danke«, nuschelte sie verlegen und schlüpfte herein. Ich fummelte meine Geldbörse aus der Potasche, suchte eine Fünfzigdollarnote heraus und positionierte sie unter der Kaffeetasse. Im Gehen winkten wir Peter zu, und ich zeigte mit dem Daumen hinter mich zum Tisch, damit er sah, dass wir nicht die Zeche prellten. Peter legte die Handflächen vor der Brust aneinander und nickte mir dankend zu. Irgendwie sorgte diese Geste dafür, dass mir warm ums Herz wurde, und ich schenkte ihm ein abschließendes Lächeln, bevor ich die Tür hinter uns beiden zuzog. Mir fiel auf, dass Leena bibberte, also griff ich nach ihrer Hand und zog sie zum Wagen. »Schnell ins Auto, ich werfe die Heizung an.«

Leena lachte auf. »Ein Hoch auf Dodgi.«

»Dodgi?« Ich hob eine Augenbraue an und öffnete ihr die Beifahrertür, woraufhin sie in den Dodge kletterte.

»Was hast du dagegen?« Angriffslustig verschränkte sie die Arme vor der Brust. »Ich finde den Namen naheliegend.«

Grinsend ließ ich mich hinter das Lenkrad sinken. »Naheliegend, ja? Ich würde es eher *einfallslos* nennen.«

»DU BIST EINFALLSLOS«, schmetterte sie mir entgegen.

»Gar nicht. Also ganz ehrlich, würdest du dein Kind *Menschi* nennen? Weil es ja naheliegend wäre?«

Prustend hielt sie sich die Hand vor den Mund und versuchte, das Grinsen zu unterbinden und stattdessen eine ernste Miene aufzusetzen. »Arsch!« Sie grinste und beobachtete mich dabei, wie ich den *Dodgi* zurück zur Landstraße lenkte. »Hast du eine bessere Idee?«

»Warum willst du meinem Auto einen Namen geben?«

Aus dem Augenwinkel erkannte ich, wie sie den Mund auf- und zuklappte, ehe sie sprach. »Jeder normale Mensch gibt seinem Auto einen Namen«, erklärte sie argumentationslos.

»Verzeihung«, prustete ich und setzte den Blinker, um auf die Landstraße abzubiegen. »Dann lass uns brainstormen.«

»Wozu?« Ich blies angestrengt die Luft aus meinen Wangen, und Leena stöhnte. »Dann schlag einen anderen Namen vor.«

»Sag einen Anfangsbuchstaben«, bat ich sie.

»D natürlich«, kam es wie aus der Pistole geschossen.

»Dorian Grey. Grey mit einem E statt einem A«, schlug ich prompt vor, und die Stille, die darauf folgte, zeigte mir, dass sie sprachlos war. Ich grinste, da ich fand, dass mir der Vergleich zu meinem grauen Dodge durchaus gelungen war.

»Angeber«, murmelte sie.

»Ist das dein Okay für eine Namensänderung?«

»Wenn es sein muss«, jaulte sie. »Verdammt.« Ich trommelte triumphierend mit Daumen und Zeigefinger auf das Lenkrad. »Warum haust du in Nullkommanichts so ein Wortspiel raus?«

»Hättest wohl nicht gedacht, dass ich lesen kann?«

»Kannst du es denn?« Lachend ließ sie den Kopf gegen die Stütze fallen, und ich hüstelte.

»Sollte man meinen, mit meinem Master in Journalismus.«

»Ach ja, richtig«, erwiderte sie.

»Alles okay?« Ich schluckte, denn ihre unvorhergesehene Stille bereitete mir Unbehagen.

»Ich schäme mich, sonst nichts«, gab sie murmelnd zu.

»Warum das?« Eine eiskalte Gänsehaut überzog meinen Körper. Ich wollte nicht, dass sie sich schlecht fühlte.

»Ich bin Verkäuferin«, antwortete sie, und ich erkannte an ihrer Stimmlage, dass sie einen verteidigenden Ton anschlug.

»Okay, aber das sagt doch nichts über deine Person aus«, erwiderte ich und realisierte, dass ich auf einem Minenfeld wandelte. Verdammt, mein siebter Sinn blinkte mit Leuchtschrift auf, dass ich mich auf gefährlichem Terrain bewegte, wo jedes Wort anders klang, als ich es beabsichtigte.

»Nur das«, erklärte sie tonlos. »Ich bin *nur* Verkäuferin.« Ich wurde das Gefühl nicht los, in einer Pattsituation zu stecken. Mir war es egal, solang sie ihren Job liebte, doch wie verklickerte ich ihr das, ohne sie zu verletzen? »Ich war auf keinem College, erst recht habe ich keine Eliteuniversität besucht«, nuschelte sie weiter und betonte das Wort Eliteuniversität, als wäre es eine ansteckende Krankheit.

»Leena«, seufzte ich machtlos. »Was ist los?«

»Was soll los sein?« Trotzig begutachtete sie ihre Finger.

»Ich weiß es nicht, bitte sag du es mir.«

Ächzend richtete sie sich auf und strich sich ihre Haare aus dem Gesicht. »Manchmal habe ich einfach das Gefühl, dass es nicht reicht«, gab sie kleinlaut zu.

»Wem denn?«

»Was, *wem denn*?«, äffte sie mich nach, und ich hörte ihr an, dass sie mit den Tränen kämpfte.

»Ja, *wem denn*?« Ich legte Kraft in meine Stimme. »Wem sollte es nicht reichen?«

»Ich weiß nicht«, nuschelte sie. »Meiner besten Freundin Sue«, stockend atmete sie tief ein. »Und vielleicht dir.«

»»Quatsch«, fuhr ich sie an. »Ich kenne Sue zwar nicht, aber bin mir sicher, dass sie nicht so denkt. Und Leena, bitte schlag dir sofort aus dem Kopf, dass ich dich an etwas anderem bemesse als der Art, wie du mir gegenübertrittst.«

»Ich gerate auch immer an so Superbrains wie Sue und dich«, lachte sie verhalten.

»Leena«, seufzte ich. »Ich bin kein Superbrain. Ich habe einen einflussreichen Dad.«

»Also hast du deinen Studienplatz in Yale nicht verdient?«

Fuck. Verbale Kriegsführung war wohl ihr Spezialgebiet. »Doch. Habe ich. Ich bin gut darin.«

»Siehst du.«

»Was dich nicht schlecht macht, Leena.« Jedes Wort, das ab jetzt über meine Lippen kam, musste wohlüberlegt sein. »Ich befürchte, dass du dich vergleichst, dabei brauchst du das nicht.« Zögerlich nahm ich eine Hand vom Lenkrad und suchte blind nach ihrem Oberschenkel, um sie auf diesem abzulegen. »Warum glaubst du, dass du nicht reichst?«

»Manchmal frage ich mich, warum ich nicht *mehr* will.« Seufzend griff sie nach meiner Hand wie nach einem Stück Treibholz auf hoher See. »Als stimmte etwas mit mir nicht.«

Lächelnd schüttelte ich den Kopf. »Nein, Leena. Es ist mutig von dir, nur das zu machen, was *du* willst, ohne irgendwelchen gesellschaftlichen Richtlinien zu folgen.«

»Das sagst du so einfach.«

Ich seufzte, atmete tief durch. »Magst du deinen Beruf?«

»Ja.« Sie hatte weder überlegt noch abgewogen.

»Perfekt. Dann zerbrich dir nicht den Kopf darüber, ob es den anderen reicht. Der einzige Mensch, dem du in dieser Sache gerecht werden musst, bist du selbst.«

»Ich weiß«, murmelte sie, und ich zuckte bei den Worten kurz zusammen, da ich selbst sie oft benutzte.

»Gut. Und nur um das klarzustellen, Leena. Mir reichst du. Vollkommen. Ich habe mich nicht in deinen Job verliebt, sondern in dich.« Bei meinen Worten verkrampfte sie ihre Hand in meiner, und ich hörte, wie sie nach Luft schnappte.

Leena

»Irgendwo hier muss sie doch sein.« In Windeseile durchwühlte ich Sams Klamotten auf der Suche nach der Bucket-List-Planung, die er vehement vor mir versteckte. Ich hörte im Badezimmer etwas klappern und hielt einen Augenblick die Luft an, um zu lauschen. Gut. Das Wasser rauschte, er stand unter der Dusche. Die Sonnenstrahlen fielen durch das riesige Fenster direkt auf die zerwühlten Laken des Betts, in dem wir letzte Nacht geschlafen hatten. Feine Staubpartikel tanzten in der Sonne durch den Raum und glitzerten um die Wette. Ich griff nach einer seiner Jeans und schloss triumphierend die Augen. »Da bist du ja«, begrüßte ich das Stück Papier und schob es in meine eigene Hosentasche, ehe ich versuchte, das durch mich verursachte Chaos zu beseitigen. Nachdem ich den Zustand von vor der Suchaktion wiederhergestellt hatte, tippelte ich zum anderen Ende des Raumes, um mich in einen Sessel fallen zu lassen. Mit zittrigen Fingern faltete ich das Papier auf und fühlte mich, als täte ich Verbotenes. Alle paar Sekunden hob ich den Kopf an, um den Blick auf die Badezimmertür zu richten. Das Problem war, dass ich meine eigene Liste verloren hatte. Schon wieder. Wie damals in Sams Auto. Vermutlich fristet sie im Waldhotel bei Francis ihr Dasein. Seitdem Sam mir von dem Unfall und seinem Bruder erzählt hatte, hatte in mir eine Überlegung gekeimt, die mit jeder Stunde wuchs, bis sich letzte Nacht eine Idee daraus geformt hatte. Ich fuhr mit dem Zeigefinger das Papier entlang und zählte stumm die Punkte, die wir abgehakt hatten. Ich wendete das Blatt, lehnte mich herüber zu dem niedrigen Beistelltisch und schnappte mir einen Kugelschreiber.

Sams Bucket-List

In geschwungenen Linien, die leider zittrig wirkten, aus Angst, Sam könnte jeden Moment aus dem Bad gestürmt kommen, betitelte ich das Blatt. Fein säuberlich zeichnete ich fünfzehn Kästchen an den Anfang jeder zweiten Zeile und drückte mir die Liste für einen Augenblick gegen die Brust. »Mit dir hat einfach alles angefangen«, murmelte ich wehmütig, weil ich *meine* Liste, das Original, verloren hatte.

Ich gehörte eindeutig zu der Sorte Mensch, die eine emotionale Bindung zu Gegenständen aufbaute, und wenn es ein Blatt Papier war. Vorsichtig faltete ich es wieder zusammen und verstaute es in meiner Hosentasche.

Es dauerte nicht lang, bis Sam aus dem Badezimmer trat und stirnrunzelnd zu mir herüberblickte. »Was machst du da?«

»Ich sitze«, erwiderte ich atemlos und lächelte.

»Das sehe ich. Aber warum da hinten?« Er deutete auf das Bett, das weitaus kuscheliger war als dieser Sessel.

»Warum nicht?« Ich zuckte mit den Achseln und versuchte, so unschuldig wie möglich zu wirken.

Kopfschüttelnd schlurfte er zu seinen Klamotten, und ich betete, dass ihm nicht auffiel, dass ich darin herumgewühlt hatte. Zu meinem Glück zog er sich wortlos an und stopfte die restliche Kleidung zurück in seinen Rucksack. »Bist du fertig?« Er schulterte sein Gepäck und zeigte auf meins.

»Jep«, trällerte ich und hielt mir den Bauch. »Wollen wir nicht frühstücken?«

»Ich habe kein Frühstück mitgebucht.« Sein Grinsen machte mich stutzig. Was führte er wieder im Schilde?

»Wie bitte? Ich muss essen.«

Lachend griff er nach meinem Koffer und rollte ihn zu mir. »Das wirst du, keine Sorge. Auf keinen Fall würde ich dich deines morgendlichen Kaffees berauben.«

»Sehr gnädig«, brummte ich misstrauisch und nahm ihm den Henkel ab. »Moment«, murmelte ich und bückte mich zu meinen hellblauen Boots, um sie zuzuschnüren. »Okay«, ächzte ich angestrengt und wies zur Tür. »Los geht's, ich habe Hunger.«

»Nach dir«, lächelte er, öffnete sie und deutete mit dem Kopf hinaus. Ich schlüpfte unter seinem Arm hindurch, blieb in einer Kurzschlussreaktion direkt neben ihm stehen und drückte ihm einen Kuss auf die bärtige Wange. »Wofür war der denn?« Ich erkannte, dass er errötete, was die Kätzchen in meinem Bauch aufweckte. Das war keine gute Verbindung mit dem hungrigen Loch, das in meinem Magen steckte.

Ich zuckte mit den Schultern. »Nur so.«

* * *

Nachdem wir in uns in einem Diner gestärkt hatten, stiegen wir ins Auto, um die Rückreise nach Saint Mellows anzutreten. Es war unglaublich, wie rasch man sich an das Leben auf Rädern gewöhnte. Der Sitz hatte sich mittlerweile an mich angepasst, in der Tür klemmten Snack-Verpackungen, und im Handschuhfach schlummerten Schätzchen, die ich gern alle auf einmal verputzen würde. Leere Wasserflaschen lungerten hinter unseren Sitzen, und meine erste Handlung, wenn ich Dorian Grey betrat, war, meine Boots auszuziehen, um es mir im Schneidersitz gemütlich zu machen. Heute trug ich eins der grausigen Sockenpaare, die Sam gekauft hatte, und allein beim Anblick wurde mir warm ums Herz. Ich lehnte mit dem Rücken gegen die Beifahrertür und beobachtete Sam, wie er den Wagen sicher ans Ziel, nach Hause, lenkte. Ich vertraute ihm blind und hatte mittlerweile aufgehört, aus ihm herauskitzeln zu wollen, wo entlang wir fuhren. Denn er war dickköpfiger als ein Elefant, seine Lippen waren immer verschlossen geblieben. Ich hatte gelernt, das

Ungewisse zu begrüßen und nicht wie einen Feind anzusehen. Bisher hatte Sam mich kein einziges Mal enttäuscht, alle Zwischenstopps, die wir einlegten, waren es wert gewesen. Vielleicht lag es an ihm? Womöglich hätte er mich in eine Höhle locken können, und es hätte mir gefallen. Es war mir egal, ob es regnete, stürmte oder die Sonne alles gab, um unsere Nasenspitzen zu erwärmen. Wichtig war nur, Sam bei mir zu wissen. Meine Hand von seiner umschlossen, die Wange an seine Brust gelehnt. Es war mir sogar egal, wenn er Wortgefechte gewann, da er mir nie das Gefühl gab, ein Verlierer zu sein. Gedankenverloren wanderte meine Hand zur Hosentasche, in der ich Sams Liste versteckte. Mit den Fingerspitzen berührte ich sie, strich sanft darüber. Ich fragte mich, wie er die Idee auffassen würde. Ich wollte ihm helfen und hoffte, dass es nicht nach hinten losging.

»Woran denkst du?« Sams beruhigende, tiefe Stimme durchbrach die Stille, und ich hielt in der Bewegung inne.

»Soll ich ehrlich sein?« Ich schluckte. Jetzt oder nie.

Er zog eine Augenbraue hoch und warf mir einen flüchtigen Blick zu. »Immer.«

»Ich habe mir etwas überlegt.« Unsicher zog ich das gefaltete Blatt aus der Tasche und hielt es zwischen beiden Händen auf meinen Beinen.

»Was hast du da?« Er nickte zu meinem Schoß, nahm den Blick dabei allerdings nicht vom Asphalt vor uns.

»Das ist deine Liste«, piepste ich mit angehaltenem Atem.

Er runzelte die Stirn, und ich beobachtete ihn dabei, wie er eine Hand vom Lenkrad nahm, um sie in seine Hosentasche zu stecken. »Du kleines Biest«, schimpfte er liebevoll. »Warum hast du sie aus meiner Tasche genommen?«

»Wie gesagt: Ich habe mir etwas überlegt«, nuschelte ich, plötzlich unschlüssiger als je zuvor.

»Und was?« Seine gefühlvolle Stimmlage bestärkte mich.

»Ich möchte …«, stammelte ich und richtete den Gurt, der sich anfühlte, als würde er mir die Luft abschnüren.

»Du möchtest?«

»Ich möchte, dass du für jeden Punkt, den wir von meiner Liste abgehakt haben, etwas notierst.« Atemlos faltete ich das Papier auseinander, glättete es in meinem Schoß und drehte es auf die Seite, die ich Sam gewidmet hatte.

Für eine Sekunde erwiderte er nichts, und ich achtete auf seine tiefe Atmung. Das monotone Surren des Motors war für eine Weile das einzige Geräusch, das die Stille störte.

»Was genau soll ich aufschreiben?«

»Was dich beschäftigt. Ich möchte, dass du Worte für das findest, was dich bedrückt«, murmelte ich, den Blick wieder auf das Papier gesenkt.

»Und was soll das bringen?« Er unterbrach mich, doch fand ich in seiner Stimme keinerlei Wut. Er wirkte erschöpft.

»Das ist nicht alles«, erklärte ich. »Für jeden Punkt werden wir gemeinsam überlegen, was dir hilft.«

»Leena«, seufzte er und setzte den Blinker, um an die Seite zu fahren. »Das ist nicht fair«, lächelte er müde.

»Was ist nicht fair?«

»Deine Liste macht Spaß, und meine wird eine Qual.«

Ich schüttelte den Kopf, schnallte mich ab und krabbelte zur Mittelkonsole, um mich neben ihn zu setzen. »Nein, das muss es nicht. Aber ich will diese Reise nicht beenden, ehe wir *beide* etwas Gutes aus ihr mitnehmen.«

Mit schief gelegtem Kopf lächelte er mich an und blinzelte. »Glaubst du echt, das haben wir nicht schon?« Er senkte seinen Kopf zu mir herunter und drückte mir einen Kuss auf die Lippen, der mich fast vergessen ließ, warum ich das tat.

»Moment«, hauchte ich an seinem Mund und platzierte meine Hand auf seiner Brust, um ihn ein Stück wegzuschieben. »Ich meine nicht *uns* beide, Sam. Ich möchte, dass *du*, du ganz allein, für dich etwas aus dieser Aktion mitnimmst.«

»Das tu ich längst«, versuchte er sich herauszureden.

»Nein.« Ich blieb standhaft. »Nicht so richtig, Sam. Du hast mich hundert Mal gezwungen, über meinen Schatten zu springen. Ich verlange lediglich das Gleiche auch von dir.«

»Meine Schatten sind groß, Leena.«

»Das ist dem Licht egal«, flüsterte ich und hob die Hand an, um ihm über die Wangenknochen zu streichen. »Und mir auch.«

»Hast du einen Stift?« Mit gedämpfter Stimme brabbelte er in seinen Bart, und mein Herz sprang mir aus der Brust. Er machte es. Er wollte wirklich etwas notieren.

Fehler eingestehen.

Es waren zwei Worte, und ich runzelte die Stirn, da ich nicht genau wusste, worauf er mit diesen hinauswollte. »Fehler eingestehen?« Ich las es flüsternd vor und bettete meine Wange an seiner Schulter, sah zu ihm auf und heftete den Blick auf seine dunklen Augen, die von einem dichten Wimpernkranz umgeben waren.

»Jep.« Ächzend straffte er seine Schultern und schluckte. »Das ist nicht mein Spezialgebiet, weißt du?«

»Das habe ich schon ein ganz klein wenig gemerkt«,

lächelte ich neckend. »Aber seltsamerweise hast du kein Problem damit, dich zu entschuldigen.«

»Stimmt«, pflichtete er mir bei. »Aus tiefstem Herzen um Verzeihung zu bitten und seine Fehler einzugestehen, sind zwei komplett verschiedene Paar Schuhe.«

»Nicht auf den ersten Blick.«

»Richtig.« Er drehte den Kugelschreiber in seinen Fingern und starrte das Papier an, das auf seinem Oberschenkel lag.

DAD

Drei Buchstaben. Der Stift kratzte langsam über das Papier, und es war so still im Wageninneren, dass ich das Geräusch der Mine auf dem Blatt hörte.

»Dein Dad? Er beschäftigt dich?«

Nickend stieß er die Luft aus seiner Lunge. »Irgendwann sind wir beide in entgegengesetzte Richtungen gelaufen und haben nie wieder den Weg zueinandergefunden.« Seine gebrechliche Stimme zerbrach mir beinahe das Herz, und ich fragte mich, ob es wirklich eine gute Idee war, ihn mitten auf der Landstraße mit seinen Schatten zu konfrontieren.

»Oh Sam«, schniefte ich.

»Ich wurde wütender auf ihn, dabei hatte er versucht, alles irgendwie zu regeln.«

»Vielleicht hattest du von ihm anderes erwartet?«

Er nickte und schloss für einen Augenblick die Augen. »Vielleicht.«

Ich umschloss seine Hände mit meinen und zog ihm langsam den Stift aus den Fingern, griff nach der Liste, um sie zusammenzufalten, damit sie wieder in meine Hosentasche passte. »Danke«, wisperte ich und strich ihm erneut über das Gesicht. »Ich nehme sie wieder an mich, okay?«

Er schluckte und nickte. »Danke.« Ich wusste aus eigener Erfahrung, dass es half, Schmerzliches niederzuschreiben. Sobald ein Gedanke auf Papier sichtbar wurde, war er greifbar. Doch wollte ich ihn nicht überfordern, und ich beschloss, dass zwei Punkte für den Anfang reichten.

16. Kapitel

Sam

Wir fuhren ohne Pause und Worte, ließen unser Abenteuer hinter uns, doch spürte ich, dass das größte noch auf mich wartete. Es jagte ein Wirbelsturm an Emotionen durch meinen Körper, wenn ich an das zurückdachte, was Leena mir am Lagerfeuer an den Kopf geworfen hatte. Dass ich all dies hier für mich tat, statt für sie. Lag sie damit richtig? Keine Ahnung. Womöglich hatte sie nicht unrecht. Warum war mir vorher nicht bewusst gewesen, *wie* kaputt ich wirklich war? Unauffällig wanderte mein Blick von der Straße vor uns für Millisekunden zu Leena, und ich spürte eine warme Welle durch meine Venen fließen. Leena wusste, was für ein Wrack ich war, und blieb trotzdem. Sie hatte meine Mauern mit ihrem Dickschädel eingerannt und wollte mir dabei helfen, die Trümmer zu beseitigen. Sie hatte ihren Kopf mit geschlossenen Augen gegen das Beifahrerfenster gelehnt und atmete entspannt ein und aus. Garantiert war sie genauso erschöpft wie ich von unserer kurzen, ungeplanten Reise. Ein Straßenschild wies mir an, dass uns fünf Meilen vom Stadtkern Saint Mellows trennten. Ich nahm die Umgebung in Augenschein und erkannte das Waldstück um uns herum. Ich war in Gedanken gewesen, dass ich nicht bemerkt hatte, dass wir zu Hause waren. Ich räusperte mich, was die Ruhe des gleichmäßigen Brummens im Dodge störte und Leena aus ihrem Tagtraum riss.

»Hey, Schlafmütze«, neckte ich sie und versuchte mich an einem Lächeln, das meine Augen jedoch nicht erreichte.

»Ich hab gar nicht geschlafen«, krächzte sie, lächelte mich an und gähnte ausgiebig, wobei sie ihre Arme von sich streckte. »Na gut«, murmelte sie. »Vielleicht ein bisschen.« Ich nahm meine Hand vom Lenkrad und klopfte auf die Mittelkonsole, um ihr zu suggerieren, dass sie mir näher kommen sollte. Ungelenk schnallte sie sich ab, robbte vorsichtig zu mir und befestigte den Mittelgurt um ihren Schoß. Seufzend ließ sie sich gegen meine Seite fallen, und ihr wunderbarer Duft umhüllte mich. Urplötzlich schnellte mein Puls in die Höhe, und ich schluckte, denn in diesem Augenblick traf mich eine Erkenntnis: Leenas Duft war nicht mehr einfach eine Prise frischer Apfelblüte für mich, sondern viel mehr. Sobald sie in meiner Nähe war, mich berührte, fühlte ich mich auf eine Weise geborgen, die ich lange vergessen geglaubt hatte. Ihr Duft gab mir die Gewissheit, nicht allein zu sein, mich fallen lassen zu dürfen und von jemandem geliebt zu werden. Dafür brauchte sie diese Worte noch nicht einmal aussprechen. Ich wusste es. Wusste, dass sie meine Liebe erwiderte, und ich war mir sicher, dass es nichts gab, was unsere Verbindung trennte. »Bist du bereit?« Leenas Stimme war kaum mehr als ein Flüstern.

Ich runzelte verwundert die Stirn. »Was meinst du? Wofür?«

»Nach Hause zu kommen, Sam«, hauchte sie.

Ich antwortete nicht direkt, denn ihre Frage traf mich

unvorbereitet, und die Tragweite dieser Frage wurde mir nur langsam bewusst. »Ich weiß es nicht, um ehrlich zu sein.«

»Du kannst bei mir bleiben«, bot sie mir an, leise, dass ihre Worte sich beinahe auf dem Weg zu mir verloren hätten.

Eine eiskalte Welle durchfuhr mich und setzte sich schmerzhaft in meinem Nacken fest. Langsam schüttelte ich den Kopf und suchte nach passenden Worten, um Leena nicht zu verletzen. »Ich sollte nach Hause fahren«, erklärte ich. »Zu meiner Mom. Vielleicht hat sie schon mit Conor gesprochen.«

Leena stimmte mir nickend zu und fuhr sanft mit der Handfläche meinen Arm auf und ab. »Vielleicht solltest du das.« Wir ließen die letzten Meilen stumm hinter uns, und ich hätte alles dafür gegeben, Leenas Gedanken zu lesen. Ich wusste selten, was in ihr vor sich ging, und in Situationen wie dieser hätte es mir geholfen, nicht innerlich durchzudrehen. Eigentlich wollte ich mich nicht von ihr trennen, wäre lieber mit zu ihr gegangen. Doch der Knoten in meinem Magen erinnerte mich daran, dass es so richtig war. Leena brauchte Zeit für sich, das spürte ich, und ich wollte sie ihr geben, sie nicht einengen. Denn wenn ich ehrlich war, hatte ich eine Heidenangst vor dem Gespräch mit meiner Mom und würde mich lieber in Leenas Schlafzimmer verbarrikadieren und mich unter ihrer Bettdecke verstecken wie ein kleiner Junge. Nur war ich nicht mehr dieses Kind, das so fest daran geglaubt hatte, dass alles gut werden würde und die Monster einen unter der Decke nicht fanden. Ich war erwachsen geworden, und all meine geflüsterten Wünsche als Junge waren wie Seifenblasen geplatzt, einer nach dem anderen.

»Woran denkst du?« Sie hielt in ihrer streichenden Bewegung inne und ließ ihre Hand auf meinem Unterarm ruhen.

Kaum merklich verkrampfte ich die Finger um das Lenkrad. »An Seifenblasen«, seufzte ich und schaffte es nicht zu lächeln.

»Okay«, flüsterte sie und lehnte ihren Kopf an meine Schulter, um mir zu zeigen, dass sie meine Antwort akzeptierte, selbst wenn sie zweifelsohne ahnte, dass mehr dahintersteckte. Vielleicht war sie auch einfach zu müde, um mich mit ihren Leena-typischen Fragen zu löchern und aus der Reserve zu locken. »Okay, Sam«, wiederholte sie leise und fuhr wieder mit ihrer Hand über meinen Arm, was mich beruhigte, und ich realisierte, wie mein holpriger Herzschlag sich nach und nach stabilisierte.

Wir passierten das riesige Ortsschild, auf dem in überdimensionalen Buchstaben WILLKOMMEN IN SAINT MELLOWS stand. Ich erinnerte mich daran, wie es vor über zehn Jahren eingeweiht wurde. Und an die Schlagzeilen in der Saint Mellows Times. *Bürgermeisterin Innings verschätzt sich.* Es hatte einen Tumult gegeben, und bis heute hatte Mrs Innings nicht zugegeben, die falschen Maße an den Schildhersteller weitergegeben zu haben. Nach wie vor vertrat sie die hartnäckige Ansicht, es nicht kleiner gewollt zu haben.

»Ich liebe dieses Schild«, kicherte Leena an meiner Schulter und steckte mich an.

»Wieso das?«

»Dadurch wissen Touristen, dass Saint Mellows besonders ist, bevor sie den Stadtkern erreichen«, schmunzelte sie.

»Oder dass diese Stadt an Größenwahn leidet?«, scherzte ich und drückte ihr einen flüchtigen Kuss auf den Scheitel.

»Wohl eher Mrs Innings.« Leena kuschelte sich enger an mich. »Ich liebe unsere Stadt, Sam«, flüsterte sie, und ihre Worte jagten mir einen wohligen Schauder über den Rücken.

»Ich auch«, gab ich flüsternd zu, sodass die Möglichkeit bestand, sie hätte es nicht gehört.

Leena

»Oh nein.«

Ich sah Sam ins Gesicht und folgte mit gerunzelter Stirn seinem Blick. »Was ist los?«

»Schau mal, wer sich unmittelbar vor deinem Gartenzaun miteinander unterhält.« Er wies mit dem Zeigefinger zu meinem Haus, und ich kniff die Augen zusammen, um erkennen zu können, wer dortstand.

»Oh nein«, wiederholte ich Sams Worte mit einem Mix aus Lachen und Stöhnen. »Glaubst du, das ist Zufall?«

»Zufall? In Saint Mellows?« Sam schenkte mir ein Grinsen. »Soll ich noch eine Runde um den Block fahren?«

Seufzend schüttelte ich den Kopf und robbte zurück auf den Beifahrersitz, um mir dort meine hellblauen Doc Martens anzuziehen. »Nein, komm, wir lassen uns überraschen, was die beiden aushecken«, schlug ich schulterzuckend vor.

»Meinetwegen«, brummte Sam. »Wehe, ich bereue das.«

Ich beugte mich zu ihm hinüber und boxte lachend gegen seinen Oberarm. »Das wirst du schon nicht.« Er lenkte den Wagen geübt in die Parklücke auf der gegenüberliegenden Straßenseite und stieß einen Schwall Luft aus, ehe er den Dodge verließ. Augenblicklich vermisste ich das sanfte

Brummen des Motors und die beruhigende Vibration unter mir. Ich tat es Sam gleich, stieg aus, streckte die Gliedmaßen in alle Richtungen und genoss die zarte Brise in meinem Gesicht. »Ich liebe die Luft hier«, säuselte ich mit in den Nacken gelegtem Kopf und schielte zu Sam, der mir mit vor der Brust verschränkten Armen einen amüsierten Blick zuwarf. Ich ließ die Hände in die Taschen meiner Jeans gleiten. Eine plötzliche Unsicherheit überfiel mich. »Was ist?« Verlegen biss ich mir auf die Unterlippe und erwiderte seinen Blick.

»Nichts, Leena«, grinste er. »Nichts.«

»Dann guck mich nicht so komisch an«, bat ich ihn, zog eine Hand aus der Tasche und wies mit ihr auf sein Gesicht.

»Tu ich doch gar nicht«, verteidigte er sich und machte einen Schritt auf mich zu, um blitzschnell nach meinen Fingern zu greifen. Diese Szene erinnerte mich an unsere erste richtige Begegnung im Heißluftballon, als er sich einfach meine Hand geschnappt hatte. Kaum zu glauben, dass seitdem kaum zwei Wochen vergangen waren. Dass wir innerhalb dieser Zeit unser beider Leben komplett auf den Kopf gestellt hatten und ich mir nicht mehr vorstellen könnte, in mein vorheriges zurückzukehren. In mein Leben ohne Sam. Diese Erkenntnis traf mich wie ein Amboss, und ich schluckte. Eine eiskalte Welle suchte sich ihren Weg wie ein Leuchtfeuer durch meine Blutbahnen und bescherte mir eine Gänsehaut. »Alles okay bei dir?« Sam zog an meiner Hand, sodass ich ihm gegen den Brustkorb stolperte. Meine Beine waren kurz davor, mir den Dienst zu versagen, da die Knie so weich waren, als bestünden sie aus Schokoladenpudding.

»J…ja«, druckste ich herum und hoffte, er würde mir nicht anmerken, dass in diesem Augenblick irgendetwas in meinem Inneren explodierte. Dass sich etwas in mir wandelte und ich erkannte, dass ich *mit* Sam genauso *ich* sein konnte. Er würde verstehen, wenn ich Zeit für mich brauchte, und ich müsste kein schlechtes Gewissen haben, ihn darum zu bitten. Mit Sam an meiner Seite verlor ich nichts aus meinem alten Leben, das ich liebte. Aber ich gewann so viel.

»Ich glaub dir nicht ganz«, flüsterte er an meinem Ohr und drückte mir einen Kuss auf die Stelle darunter. »Aber das lasse ich dir ausnahmsweise durchgehen.«

»Wie gnädig«, grinste ich, drehte den Kopf, um ihm in die Augen blicken zu können. Kurzerhand stellte ich mich auf die Zehenspitzen und drückte ihm einen flüchtigen Kuss auf die Lippen, ehe ich ihn an den Handgelenken packte und hinter mir herzog. »Komm«, forderte ich ihn auf und lief schnurstracks auf Mrs Innings und Rupert zu. Sam quittierte es mit einem Brummen, bei dem sich mir unter anderen Umständen die Eingeweide zusammengezogen hätten.

»Ach, wie schön, dass wir uns hier *zufällig* über den Weg laufen«, trällerte Mrs Innings, und ich hörte Sam hinter mir schnauben. Unauffällig trat ich ihm mit der Ferse auf die Schuhspitze und vernahm mit Genugtuung, wie er scharf die Luft einsog.

»Ja, nicht wahr?« Ich setzte das Lächeln auf, das ich aus meinem Repertoire kramte, wenn ich nervtötende Kundschaft in der Parfümerie bediente. »Worüber sprecht ihr?« Rupert zog betont teilnahmslos an der Leine seiner Mopsdame Panda und wich meinem Blick aus. Aha! Wie unauffällig! Hier war etwas im Busch. Statt direkt mit dem Grund herauszurücken, aus dem die beiden fast in meinem Vorgarten standen, räusperte sich Mrs Innings und zupfte unsicher am Saum ihres Blazers herum. Es entstand eine peinliche Stille, die ich nicht von Rupert und unserer Bürgermeisterin gewohnt war, wodurch mir mulmig wurde. »Mrs Innings?«, hakte ich nach und versenkte die Hände in den Hosentaschen. Gute Manieren waren mir jetzt egal, immerhin war ich nicht im Geschäft unter dem strengen Blick meiner Chefin. Einmal hatte ich hinter dem Rücken einer nervigen Kundin die Augen verdreht, wofür ich im Nachhinein eine Standpauke über mich hatte ergehen lassen müssen.

»Wir müssen womöglich das Frühlingsblumen-Festival dieses Jahr ausfallen lassen«, platzte der schwerhörige Rupert so laut heraus, dass wir alle, samt Mops, zusammenzuckten. Als sich mir der Sinn hinter seiner Aussage erschloss, ergriff eine Taubheit von mir Besitz. Es war, als spürte ich plötzlich weder meine Finger noch irgendeinen anderen Körperteil. Sogar meine Gedanken schwirrten ab, in einen Raum, der aus Zuckerwatte bestand und keine Geräusche hineinließ. Dumpf nahm ich die Stimmen von Mrs Innings und Rupert wahr, die haarklein erklärten, warum.

»Leena.« Ich vernahm eine Hand auf der Schulter, schüttelte den Kopf und wandte mich Sam zu. »Was ist mit dir?«

Schluckend presste ich die Augenlider aufeinander, um die Tränen aufzuhalten, die anklopften. Kaum jemand ahnte, was mir dieses Fest bedeutete. Es war mir das wichtigste von allen, denn es erinnerte mich an die Zeit, die ich mit meiner Grandma Edith verbringen durfte. Das Frühlingsblumen-Festival war unser gemeinsames Ding gewesen, und ich hatte mir geschworen, es niemals ausfallen zu lassen. So wie

Grandma. »Entschuldigt«, murmelte ich und fuhr mir mit der Hand über das Gesicht.

Mrs Innings lächelte mich rücksichtsvoll an. »Ich erinnere mich, dass es das Lieblingsfest deiner Grandma war.«

»Stimmt«, pflichtete ich ihr bei, unsicher, wo das Gespräch hinführen sollte.

»Der Unfalltod deiner Grandma hat ein riesiges Loch in Saint Mellows hinterlassen.« Ihre Stimme klang bedrückt.

»Ich weiß«, hauchte ich, stolz, nicht zu weinen. »Aber was ist mit dem Festival?« Ich lenkte das Thema wieder dorthin, da mir in Gegenwart von Mrs Innings unbehaglich wurde.

Verunsichert zog sie die Augenbrauen zusammen. »Wie ich sagte, fehlen uns Freiwillige für die Vorbereitung morgen«, murmelte sie. Garantiert hatte sie das erklärt, als ich mit den Gedanken abgedriftet war.

»Ich helfe«, schlug ich vor, ohne darüber nachzudenken, wie ich Sally erklären sollte, dass ich morgen zusätzlich spontanen Urlaub nehmen würde.

Seufzend lächelte sie mich an. »Ich befürchte, das reicht nicht. Wir müssen bis Dienstag, bis übermorgen, alle Pläne fertig schreiben und Hunderte von Blumenkartons packen.«

Stirnrunzelnd fuhr ich mir mit den Fingern durch die Haare. »Aber was ist denn mit dem Veranstaltungsgremium?«

Sie stöhnte auf. »Es gab ein paar, sagen wir, Differenzen«, murmelte sie und wich meinem Blick aus. Ich zog eine Augenbraue hoch, um ihr zu zeigen, dass mir das als Begründung nicht reichte, und sie warf die Hände in die Höhe. »Okay, ich gebe es ja zu. Ich habe mich bei der Planung im Datum geirrt. Es ist meine Schuld. Das Problem ist, dass das Frühlingsblumen-Gremium nur zur Hälfte zur Verfügung steht. Wir haben Gas gegeben, doch wir schaffen es nicht.«

Ich nickte während ihrer Erklärung. »Wir schaffen das«, beharrte ich ohne Umschweife und nickte Sam zu, der sichtlich unbehaglich neben Rupert stand, der ebenfalls peinlich berührt in der Gegend herumschaute. Bei diesem Anblick hätte ich beinahe losgeprustet, trotz der Trauer, die sich langsam anbahnte.

»Alles okay?« Sam legte mir vertraut einen Arm um die Taille und zog mich an sich. Mrs Innings' schmunzelnder Blick entging mir dabei nicht, und ich spürte, wie mir die Hitze ins Gesicht schoss.

»Ja, alles okay. Hast du morgen schon was vor?« Ich tippelte mit den Fingerspitzen auf seinem Handrücken herum.

»Ich schätze, die korrekte Antwort lautet nein?« Er grinste und sah zwischen der Bürgermeisterin und mir hin und her.

Erleichtert nickte ich und schielte zu ihm hoch. »Jep, wir werden helfen, das Frühlingsblumen-Festival zu retten.«

»Okay?« Er zog eine Augenbraue in die Höhe, und in seiner Antwort schwangen mindestens hundert Fragen mit.

Ich wandte mich Mrs Innings und Rupert zu, der das Wort übernahm. »Sechs Uhr in der alten Halle, in Arbeitskleidung«, ratterte er los, was mich erneut zusammenzucken ließ.

»Sechs Uhr?« Sam ließ gequält die Schultern sacken, lachte auf und richtete sich an Mrs Innings. »Ehrlich?«

Nickend bestätigte sie. »Ich befürchte, ja.«

»Alles klar!« Ich klatschte in die Hände, als würde es bereits losgehen und nahm mit Genugtuung wahr, dass Rupert dabei zusammenzuckte. Ich presse die Lippen aufeinander, um mir ein Lachen ob seines erschrockenen Gesichtsausdrucks zu verkneifen.

»Dann bis morgen früh, habt einen schönen Sonntagabend, ihr zwei Turteltäubchen«, trällerte Mrs Innings, ganz die Alte und winkte uns zum Abschied zu.

»Diese Stadt macht mich fertig«, stöhnte Sam, drehte mich zu sich herum und drückte mir stürmisch einen Kuss auf die Lippen. »Danke, dass du Rupert erschreckt hast«, flüsterte er kichernd an meinem Mund, und ich stieg in sein Lachen ein.

»Gern geschehen«, hauchte ich an seine Lippen. Plötzlich griff er nach meinen Händen, zog mich hinter sich zum Auto.

»Wo willst du denn hin?« Perplex stolperte ich über meine Boots und wies mit der Hand auf mein Haus.

Er öffnete die Beifahrertür und gab mir einen Klaps auf den Hintern. »Planänderung«, murmelte er.

Meine Alarmglocken schrillten. »Sam?« Mit vor der Brust verschränkten Armen verlangte ich eine Antwort.

Er musste an meinem flehenden Blick erkennen, wie ernst es mir war. Ich war kaputt, ausgelaugt, und unter dem Aspekt, dass ich morgen vor sechs Uhr das Haus verlassen musste, wollte ich nichts lieber, als nach Hause zu gehen. »Entschuldige«, seufzte er, gab der Beifahrertür einen Schubs, sodass sie zufiel, und überbrückte den Abstand zu mir, um mich in seine Arme zu ziehen. »Da wäre ich beinahe in alte Muster verfallen«, gab er zu, und bei seinem warmen Atem auf meiner Haut durchfuhr mich ein angenehmes Schaudern.

»Sei mir nicht böse«, murmelte ich und suchte seinen Blick. »Aber ich möchte nach Hause. Du kannst mitkommen, wenn du willst?« Ich schluckte, doch Sam schüttelte den Kopf.

»Nein, nein. Komm, ich bringe dich zur Tür und hole dich morgen früh ab, okay?«

»In Ordnung. Die dreißig Meter bis zur Tür schaffe ich aber selbst, Sam«, witzelte ich und strich ihm sanft mit zwei Fingern über die Wange. »Ich brauche nur meinen Koffer«, grinste ich und wies zum Dodge.

»Klar.« Sam räusperte sich und fuhr sich nervös mit der Hand durch die Haare, ehe er mir das Gepäck reichte.

»Bis morgen«, murmelte ich und bemerkte, wie aufgeregt ich war. In meinem Bauch kribbelte es so stark, dass mir übel wurde. Statt zu antworten, zog Sam mich erneut in eine Umarmung und drückte mir einen Kuss auf den Scheitel.

»Danke, Leena«, flüsterte er, und ich versuchte zu ignorieren, wie eiskalt meine Finger waren und dass ich Probleme hatte, auf meinen Wackelpuddingbeinen aufrecht zu stehen.

Sam

»Sei froh, dass ich dir nicht widerstehen kann«, brummte ich Leena entgegen, als sie mir zu dieser unchristlichen Zeit die Tür öffnete. Zu meiner Verwunderung strahlte sie mich an und sah so erfrischt aus, als wäre es zehn Uhr an einem Samstag und nicht erst kurz vor sechs an einem Montag.

»Guten Morgen, Sonnenschein«, lächelte sie und drückte mir einen Thermobecher in die Hand, während sie zeitgleich die Tür leise hinter sich ins Schloss zog, vermutlich, um ihre Vermieterin nicht zu wecken. Ich hob den Becher an und schenkte ihr einen fragenden Blick. »Kaffee? Für dich?« Sie legte den Kopf schief und deutete stirnrunzelnd auf meine Hose. »*Das* ist deine Arbeitskleidung?«

»Ich habe nur schwarze Jeans.« Schulterzuckend winkte ich ab und begutachtete sie. »Kann ja nicht jeder eine Hose im Schrank haben, die mehr Löcher als Stoff hat«, frotzelte ich und hakte einen Finger in einem der Risse auf ihrem Oberschenkel ein, um sie zu mir heranzuziehen. »Oder hast du das extra angezogen, damit ich den ganzen Tag an nichts anderes denken kann als an deine nackte Haut?«

»Sam«, quiekte Leena erschrocken, und ich registrierte zufrieden, dass ihr die Röte ins Gesicht schoss. »Vielleicht?« Sie stellte sich auf ihre Zehenspitzen, griff nach den Kordeln meines Pullovers, um mich daran zu sich herunterzuziehen. »Du bist ganz schön frech so früh am Morgen«, murmelte sie an meinen Lippen und drückte mir einen Kuss auf den Mund, wobei sie für den Moment die Augen schloss. Sofort schlug mir der frische Duft von Minze entgegen.

»Und du sorgst dafür, dass ich dich am liebsten die Treppe zu deiner Wohnung hochtragen würde, um dich mit mir in eine Decke einzurollen.« Schmunzelnd griff ich nach ihrer Hand und wies mit einem Kopfnicken in Richtung der Alten Halle, wo wir das Festival vorbereiteten. »Komm, lass uns gehen, um uns den ganzen Tag von Rupert anschreien zu lassen.«

Lachend schüttelte Leena den Kopf und strich mir über den Arm, wobei mir auffiel, dass sie heute keinen einzigen Ring trug. »Er ist niedlich, auch wenn er tierisch nervt.«

»Auf jeden Fall wäre Saint Mellows nicht Saint Mellows ohne Rupert«, brummte ich in milder Zustimmung.

»Du hast recht«, seufzte sie und lehnte sich im Gehen gegen mich. Still liefen wir nebeneinander den Weg zur Alten Halle, und mir wurde bewusst, wie schön es war, dass wir beide diese Stadt kannten wie unsere Westentasche. Nach und nach erloschen die Laternen, und die dunkle Nacht wurde von den ersten Sonnenstrahlen verdrängt, die sich kraftvoll durch die Wolken kämpften. Ich blickte mich um und registrierte die vielen Knospen an den Bäumen, an denen sich die ersten Blätter und Blüten zeigten. Die Vorgärten der Mellowianer, die hier im Zentrum lebten, waren übersät von Narzissen und vereinzelten Tulpen. All diese Frühlingsblüher streckten ihre Köpfe mutig gen Himmel und verströmten diesen wunderbar frischen und blumigen Frühlingsduft, den es nur diese wenigen Wochen im Jahr gab. Tief einatmend, genoss ich die kühle Luft, die in meine Lunge strömte. Nicht mehr lang und eine Hitzewelle würde uns wieder überrollen. Mittlerweile war es warm genug, dass es ausreichte, im Hoodie das Haus zu verlassen. Ich schielte unauffällig zu Leena herüber, deren schwarzer Wollpullover so locker saß, dass er garantiert gemütlich war. Die Ärmel waren zu lang, und ich entdeckte, dass sich im Nacken ein kleines Loch befand. Leena gehörte also zu den Menschen, die ihre Kleidung nicht gleich wegwarfen, wenn sie kaputt war, sondern sie für Situationen wie die heutige aufhoben. Scharf sog ich die Luft ein und versuchte, das Grummeln in meinem Magen und das Kribbeln, das Besitz von mir ergriff, zu ignorieren. Es gab vieles, das ich nicht von Leena wusste, und ich freute mich darauf, alles kennenzulernen. Einfach alles.

* * *

»Ich kann keine Primeln, Ranunkeln oder Pomponetten mehr sehen«, stöhnte ich, als Rupert vor Leena und mir eine neue Fuhre positionierte. Erschöpft ließ ich mich auf die Bank hinter uns sinken und wischte mir theatralisch den imaginären Schweiß von der Stirn.

»Hab dich nicht so«, brüllte Rupert, und täuschte ich mich, oder war das auf seinem Gesicht ein dezentes Lächeln?

»Pause«, schniefte Leena, ließ sich wie ein nasser Sack neben mich fallen, sodass die Bank knackte, wodurch sie sich nicht beirren ließ. »Wir sind ultragut in der Zeit, und auch wenn Rupert so brüllt: Wir sind hier nicht beim Militär«, witzelte sie und lehnte ihren Kopf gegen meine Schulter.

»Was schätzt du, wie viele Päckchen wir bereits vorbereitet haben?« Ich deutete zu anderen Helfenden herüber, die die Blumenarten auf die verschiedenen Stationen verteilten. Das Frühlingsblumen-Festival lief so ab, dass jedem Teilnehmer bis zu zehn der von uns gepackten, stapelbaren Blumenkartons in die Hand gedrückt wurden und sie aus einer Schüssel ein Los zogen, auf dem eine Straße stand. Bewaffnet mit Schippe und Harke machte sich ganz Saint Mellows entweder in aller Früh oder spät im Feierabend an die Arbeit und pflanzte die Frühlingsblüher in der zuvor gezogenen Straße an den Straßenrand. Das war die Vorbereitung für das Hauptfrühlingsfest, das in anderthalb Wochen stattfand und zu dem jedes Jahr Hunderte Touristen eintrudelten und dafür sorgten, dass wir uns als Stadt diese Feste leisten konnten. Im Grunde war es ein Teufelskreis, aber ein schöner. Langsam verstand ich, warum Leena das Festival so liebte, denn es gab kaum eines wie dieses, das zeigte, was für eine Gemeinschaft wir hier waren. Genau genommen handelte es sich gar nicht um ein richtiges Fest, denn es war das einzige, das niemals am Wochenende stattfand. Doch über die Jahre hatte es sich so entwickelt, dass es als das Frühlingsblumen-Festival bezeichnet wurde, da die Bewohner von Saint Mellows einfach aus allen Situationen das Beste machten. Und so ist aus einer Aufgabe für die ganze Stadt, nämlich freiwillig Blumen zu pflanzen, ein Festival entstanden. Heute Abend würde es heiße Suppe, Brot und Gebäck für alle in der Alten Halle geben, mit Musik und Gesprächen. Saint Mellows brauchte nicht mehr als Gesellingkeit, um glücklich zu sein. Schon den ganzen Vormittag hatte ich Leena heimlich beobachtet, und mein Gefühl verriet mir, dass da noch irgendetwas war. Es musste einen weiteren Grund geben, warum ihr dieses Festival viel bedeutete. Normalerweise hatte ich nie Hemmungen, sie zu fragen, doch in diesem Fall war es anders. Ihr trauriger, teils verschleierter Blick hielt mich davon ab. Immer wieder war sie in ihre eigene kleine Welt versunken, was ich von mir selbst kannte. Ich räusperte mich und umschlang ihre Hand mit meiner, die sie auf ihrem Schoß zu einer Faust geballt hatte. »Hey«, flüsterte ich ihr ins Ohr.

»Hi«, antwortete sie mir lächelnd, doch ich erkannte mit einem Stechen im Herzen, dass es nicht ihre Augen erreichte.

»Ist alles okay bei dir?«

Sie schluckte, atmete tief ein und wieder aus, schloss für einen Augenblick die Augen und schenkte mir kurz darauf ein tapferes Lächeln. »Nein«, gab sie zu. »Ich ...« Sie schien nach passenden Worten zu suchen. »Ich vermisse meine Grandma sehr.« Sie unterbrach unseren Blickkontakt und lehnte sich stattdessen stärker gegen mich.

Unsicher, wie ich reagieren sollte, legte ich einen Arm um

ihre Schultern, zog sie näher zu mir heran. »Ich bin da, wenn du reden willst, Leena«, murmelte ich.

Als Antwort drückte sie lediglich meine Hand, richtete sich wieder auf, ließ mich los und klopfte sich auf den Oberschenkel. »Weiter geht's!«

Verdutzt hob ich die Augenbrauen an, tat es ihr aber gleich. Ich zog meine Arbeitshandschuhe über und griff routiniert nach einem der Kartons, um exakt sechs Pomponetten hineinzufüllen, band ihn zusammen und schob ihn in den Wagen, der vor unserem Tisch stand. Das vibrierende Handy in meiner Hosentasche holte mich aus meiner Trance, und erschrocken streifte ich die dreckigen Handschuhe von den Fingern, um das Smartphone herauszufischen. »Oh«, murmelte ich und spürte, wir mir augenblicklich die Hitze in sämtliche Nervenenden schoss. Auf diesen Anruf hatte ich gewartet. »Bin gleich wieder da«, stammelte ich zu Leena, die mich beobachtet hatte, und verließ schnellen Schrittes die Halle aus dem Hinterausgang.

Leena

»Hey, Kyle«, sprach Sam in das Handy, während er es mit seiner freien Hand abschirmte. Er fegte so schnell aus der Halle, dass ich kein weiteres Wort hörte. Bildete ich mir das nur ein, oder hatte er sich seltsam verhalten? Aufgelöst hatte er das Telefon aus seiner Hosentasche gezogen, und mir war nicht entgangen, wie seine Finger dabei gezittert hatten. Er hatte mir einen entschuldigenden Blick zugeworfen und war, ohne auf meine Reaktion zu warten, weggerannt. Plante er schon wieder etwas? Er hatte mir von Kyle erzählt, er war sein Mitbewohner in Yale gewesen und in dieser Zeit sein bester Freund geworden. Dass er jetzt so geheimnistuerisch drauf war, war mir nicht ganz geheuer.

»Oh, bitte nicht«, seufzte ich.

»Was, Liebes?« Anne ragte unmittelbar vor mir auf und ließ mich zusammenzucken, sodass mir die lilafarben getupfte Primel aus der Hand fiel, die ich in den niedrigen Pappkarton vor mir hatte legen wollen.

»Du hast mich erschreckt.« Ich schluckte und versuchte krampfhaft, ihr ein Lächeln zu schenken, ignorierte ihre Nachfrage in der Hoffnung, sie würde nicht nachhaken.

»Entschuldige, bitte.« Ohne zu fragen, stellte sie sich neben mich, zog sich ein Paar Handschuhe über und begann, Päckchen zu packen. »Es läuft gut, ich hätte nicht gedacht, dass wir es schaffen.« Sie stupste mich mit ihrer Schulter an, was mir seltsam vertraut war. Es fiel mir wie Schuppen von den Augen, als ich realisierte, woran mich diese Geste erinnerte, und ich presste die Lippen aufeinander. Grandma Edith hatte oft genauso neben mir gestanden und mir kleine Geheimnisse ins Ohr geflüstert oder einen Witz erzählt.

»D-das freut mich«, stotterte ich und war optimistisch, sie würde nicht bemerken, wie wackelig meine Stimme war.

»Hör mal.« Anne füllte ein Päckchen, stellte es auf den Blumenwagen und wandte sich mir zu. Ich ließ mich nicht aus der Ruhe bringen und füllte meinen Karton, positionierte ihn neben Annes auf dem Wagen, ehe ich mich ihr zuwandte und ihr mit einem Blinzeln zu verstehen gab weiterzusprechen. »Ich verrate dir ein Geheimnis, okay?« Sie lächelte mich zartfühlend an und legte mir sogar ihre Hand auf den Unterarm.

Stirnrunzelnd starrte ich auf diese, ahnungslos, was sich hier gerade abspielte. »Okay?«

»Edith war jedes Jahr dafür verantwortlich gewesen, die Lose mit den Straßennamen zu schreiben.« Sie senkte die Stimme, damit uns niemand belauschte.

»Okay?« Ich wiederholte mich, aber das war mir egal.

»Hast du dich nie gewundert, dass ihr immer in derselben Straße gepflanzt hattet, wenn doch alle anderen jedes Jahr woanders eingeteilt waren?«

Ich legte den Kopf schief, unwissend, wie ich darauf reagieren sollte, denn genau genommen war es mir nie aufgefallen. Nun realisierte ich, dass meine Erinnerungen an das Fest mit Grandma Edith sich auf diese eine besondere Straße beschränkten. »Kann sein«, nuschelte ich und atmete tief ein und aus. »Was bedeutet das?« Mein Atem stockte. »Was willst du mir damit sagen?« Statt mir zu antworten, griff sie in die Tasche ihres übergroßen Cardigans. Ich hörte Schlüssel aneinanderklimpern und starrte wie gebannt auf ihr Handgelenk. Schließlich zog sie einen Zettel daraus hervor, reichte ihn mir mit einem Augenzwinkern und wandte sich ohne ein weiteres Wort ab. »Was zur Hölle war das denn?« Ich zog verwirrt die Augenbrauen zusammen und begutachtete den Streifen Papier, den sie auf meine Handfläche gelegt hatte. Wollte ich wissen, was darauf stand? Wusste ich es nicht eigentlich schon? Hatte Anne mir die Straße zugemogelt, die Grandma so geliebt hatte? Erinnerung nach Erinnerung prasselte auf mich ein, wie ich so in der Alten Halle stand, eine Hand umhüllt von einem dreckigen Handschuh, vor einem Klapptisch, auf dem sich unzählige Blütenfarben tummelten, und den Blick wie gebannt auf den Papierfetzen gerichtet. Ich erinnerte mich an Spaziergänge in dieser Straße, daran, wie wir dort jede Woche die Bibliothek besucht hatten und sie mir im Sommer sonntags ein Eis gekauft hatte. Ich sog tief die Luft ein, klemmte mir die Hand zwischen die Oberschenkel, um den Handschuh abzustreifen, wobei mir egal war, dass meine hellblaue Jeans eindreckte. Zögerlich drehte ich das Papier um, und mir sprang der Name der Straße entgegen, die meiner Grandma scheinbar so viel bedeutet hatte.

Cherry Blossom Court

»Oh, Granny«, schluchzte ich. Der Cherry Blossom Court war eine kreisförmige Straße, von der vier Wege abgingen, und die einzige dieser Art hier in Saint Mellows. In ihrer Mitte gab es einen winzigen Park mit gerade einmal vier oder fünf Parkbänken und einem Weg ohne Abzweigungen. Doch das Besondere waren die Kirschbäume, die ausschließlich dort wuchsen. Es gab keinen anderen Ort in Saint Mellows, an dem Kirschblüten standen, und er war Anlaufstelle Nummer eins für Hochzeitsfotos. Während ich in Gedanken den Court abging, blieb meine Aufmerksamkeit an der Kirche hängen, in der meine Großeltern und meine Eltern geheiratet hatten. Eine Gänsehaut ergriff mich, so schnell, dass ich sie nicht hatte kommen sehen, und ich begann zu frösteln. Grandma hatte ihren Mann früh verloren, damals war Mom noch ein Kind gewesen, weshalb sie ohne Dad aufgewachsen war. In mir setzte sich ein Puzzleteil nach dem nächsten zusammen, und ich verstand endlich, warum Grandma den Cherry Blossom Court so geliebt hatte, denn er erinnerte sie an Grandpa Lennart. Eine einzelne Träne suchte sich ihren Weg über meine Wange, und blitzschnell wischte ich sie weg, hob das Papier in die Höhe und presste es an meine

Brust. Als ich den Blick hob, begegnete ich dem von Anne, die lächelte. Ich formte ein stummes *Danke* mit den Lippen, und Anne winkte liebevoll ab, ehe sie ihren Weg durch die Halle fortsetzte. Schnell verstaute ich das Los in meiner Hosentasche und widmete mich lächelnd den Primeln, die darauf warteten, verstaut zu werden. Wie im Rausch verrichtete ich die Arbeit und war so in Gedanken, dass ich nicht gemerkt hatte, wie Sam wieder neben mich getreten war.

»Wow, du bist ja fast fertig.« Anerkennend pfiff er und ließ seine Hüfte sanft gegen meine Taille knallen, woraufhin ich zur Seite stolperte.

»Ey«, lachte ich und drohte damit, ihn mit einer Ladung Erde zu bewerfen, indem ich diese in die Höhe hielt. »Benimm dich, Mister.«

»Aye, aye, Sergeant Leena«, salutierte er albern, was mich verwirrte.

»Alles in Ordnung?« Misstrauisch und zugleich amüsiert hob ich eine Augenbraue. »Du verhältst dich nicht wie Sam.«

Lachend warf er den Kopf in den Nacken und umfasste meine mit Erde gefüllte Hand, um sie zu senken. »Sondern?«

»Wie ein Clown«, kam es prompt aus meinem Mund, und ich presste die Kiefer aufeinander, um ein Lachen zu unterdrücken.

»Na, danke«, grunzte er und widmete sich wieder dem Päckchenpacken, als wäre er nicht für zehn Minuten oder länger aus der Halle verschwunden gewesen, ohne mir zu verraten, warum. Ich entschied, ihn nicht zu fragen, denn er würde es mir schon irgendwann erzählen, falls es wichtig war. Würde er doch, oder?

17. Kapitel

Sam

Manchmal hasste ich mich selbst. Den ganzen Tag hatte ich Leena von den Neuigkeiten berichten wollen, die Kyle mir verkündet hatte. Doch je länger ich gewartet hatte, desto mehr war der *richtige* Moment in den Hintergrund gerückt. Selbst als wir zurück zu ihrer Wohnung spaziert waren, hatten mir die passenden Worte gefehlt. Dennoch: Es war eine riesengroße Sache, die mein Leben vielleicht komplett auf den Kopf stellte. Dieser Frühling war nicht nur das Ende des Winters, es fühlte sich für mich nach dem Ende einer Zeit an, die ich längst hinter mir gelassen haben sollte. Ich hing mitten in einem Neuanfang, und beim Gedanken an das Telefonat durchfuhr mich ein Kribbeln, das seinen Weg von meinem Magen bis in meine Fingerspitzen fand. Aufgeregt tippelte ich auf das Lenkrad und bog in die Einfahrt ein, die zu meinem Elternhaus führte, doch plötzlich ließ mich ein großer Stein im Magen auf die Bremse treten. Ich hatte mir überhaupt keine Gedanken darüber gemacht, was Mom und Dad sagen würden. Wären sie einverstanden? Brauchte ich ihr Einverständnis überhaupt? Lähmende Fragen prasselten auf mich ein. Das einzige Geräusch, das an meine Ohren drang, war das monotone Brummen des Wagens, und ich zwang mich, meine Gedanken wieder in Leenas Richtung zu lenken. Ich war mir sicher, dass sie sich freuen würde, vielleicht erleichtert wäre. Nur warum war es mir den ganzen Tag schwergefallen, mit ihr darüber zu reden? Fürchtete ich mich vor ihrer Reaktion?

»Unsinn«, fluchte ich. Ich tat es wieder: Ich ließ mich in einen Strudel aus schwarzen Was-wäre-wenn-Gedanken hineinziehen und das, obwohl es dafür keinen Grund gab. Ich versuchte doch nur, den perfekten Mittelweg zu finden. Für uns alle. Für Leena. Für Mom und Dad, vielleicht für Conor. Und für mich. Beim Gedanken an Conor flammte in meiner Kehle eine Hitze auf, die sich bis in den Magen ausbreitete wie ein Lauffeuer. Nach wie vor war ich enorm wütend auf ihn und ahnte nicht, wie lang dieses Gefühl anhalten sollte. Bloß an seinen Namen zu denken, ließ eine ungeheure Wut in mir aufsteigen, die ich seit Ewigkeiten nicht mehr gespürt hatte. Ich atmete tief durch, ehe ich den Gang einlegte, um in Schrittgeschwindigkeit unsere Einfahrt entlang bis zu den Garagen zu tuckern. »Ich bin einfach müde«, murmelte ich mir zu und versuchte, meinen eigenen Worten Glauben zu schenken. Morgen. Morgen würde ich es Leena erzählen. Während ich auf leisen Sohlen die breite Treppe hinaufschlich, ließ ich den Tag vor meinem geistigen Auge Revue passieren. Es war ein berauschendes Gefühl gewesen, als Mrs Innings und Rupert uns Helfern am frühen Abend verkündet hatten, dass wir unser Ziel erreicht hatten und das Frühlingsblumen-Festival stattfinden konnte. Wir hatten unzählige Pflanzen verpackt, die Alte Halle im Anschluss festlich geschmückt, sogar ein Karussell für die Kinder war für das Hauptfrühlingsfest angeliefert worden, das wir gemeinsam zum Laufen gebracht hatten. Wir hatten nicht bemerkt, wie die Sonne hinter den Gebirgen in der Ferne untergegangen und durch das schummrig gelbe Licht der Straßenlaternen ersetzt worden war.

Ich ließ mich seufzend aufs Bett fallen, wobei mir egal war, dass meine Klamotten voller Erde waren und ich von der ganzen körperlichen Arbeit nicht einladend roch. Ächzend stützte ich mich auf den Ellenbogen auf. Die Müdigkeit traf mich wie ein Lkw, und wenn ich nicht aufstand, würde ich auf der Stelle einschlafen. »Na, los«, feuerte ich mich an und schlurfte zum Badezimmer, entledigte mich der Kleidung und stellte das Wasser auf eine Wärme, die meine verspannten Muskeln entspannte. Während ich unter der Dusche stand und das wohlig warme Wasser auf mich niederprasselte, schwirrten meine Gedanken zu Leena. Je länger ich an den heutigen Tag zurückdachte, desto sicherer wurde ich mir, dass da irgendetwas war. Lag es am Telefonat? »Verdammt«, murmelte ich, was ich gleich bereute, da mir dadurch bitteres Shampoo in den Mund lief. Ich war heute mit mir selbst beschäftigt gewesen, dass ich mich nicht mehr auf Leena fokussiert hatte.

Blitzschnell schrubbte ich meinen schmerzenden Körper und ignorierte die Eiseskälte, die in die Duschkabine drang, als ich sie öffnete, um nach einem Handtuch zu fischen. Als wäre jemand hinter mir her, rubbelte ich mich trocken und stolperte über meine eigenen Füße, als ich zum Kleiderschrank hechtete, um frische Schlafkleidung herauszuholen. Ich bückte mich zu dem dreckigen Kleiderhaufen herunter und fummelte das Handy aus der Hosentasche, um Leena anzurufen. Sie ging nach dem zweiten Tuten ran.

»Sam?« Ihre Stimme war piepsig. Müde? Traurig? Shit. Ich räusperte mich und versuchte, normal zu klingen. »Hey«, nuschelte ich und setzte mich auf den Rand des Bettes. »Schläfst du?«

Ich hörte sie kichern, was mein Herz leichter werden ließ. »Offensichtlich nicht.«

»Stimmt«, grinste ich. Nervös fuhr ich mir mit der Hand durch die Haare, und mir fiel auf, dass ich Leena das erste Mal nachts anrief. »Irgendwie hatte ich das Bedürfnis, dich anzurufen, entschuldige.«

Sekunden später, die sich anfühlten wie eine Ewigkeit, antwortete sie. »Dafür musst du dich nicht entschuldigen.«

»Entschuldige.« Ich verdrehte die Augen, als mir auffiel, dass ich mich dafür entschuldigte, mich zu entschuldigen. Ein Klassiker.

»Sam«, lachte Leena. »Ist alles okay bei dir?«

»Mehr als das«, flüsterte ich und nahm mit Genuss wahr, dass sie leise in den Hörer japste. »Obwohl …«, murrte ich.

»Obwohl was?« Ich sah genau vor mir, wie sie sich auf die Unterlippe biss.

»Es ginge mir noch besser, wenn ich bei dir wäre und nicht nur deine Stimme hören würde.«

Leena entgegnete nichts, und mit jeder verstreichenden Sekunde, kam ich mir entblößter vor. Allerdings meinte ich es, wie ich es sagte. Auf keinen Fall machte ich einen Rückzieher, denn die Worte hatten meinen Mund verlassen. »Dann komm her«, hauchte sie. Es klang, als wäre ihre Stimme belegt, war sie traurig? Hatte ich tatsächlich etwas übersehen?

»Gleich da«, rief ich aus und legte auf. Ich sprang vom Bett auf, riss mir Jeans, Pullover und Socken aus dem Kleiderschrank, warf frische Kleidung und meine Zahnbürste in den Rucksack, flitzte die Treppe herunter und saß keine fünf Minuten später im Dorian Grey.

Luna

Was zur Hölle war los mit mir? Ich liebte das Alleinsein. Wenn ich allein mit meinen Gedanken war, schaffte ich es, sie zu ordnen. Mit dem Wissen, dass Sam bald hier auftauchte, entstand ein noch größeres Wirrwarr in meinem Oberstübchen. Und war das Aufregung in meinem Magen? Keine zwei Sekunden nach unserem Telefonat war ich wie von der Tarantel gestochen vom Bett aufgesprungen, um halbwegs Klarschiff zu machen. Klar, es war nicht das erste Mal, dass Sam und ich eine Nacht miteinander verbringen würden. Allerdings war es die erste in Saint Mellows. Schlimmer: in meiner Wohnung, in meinem Bett. Dem Ort, wo getragene Socken und mein Schlüppi auf dem Klamottenhaufen thronten. Unter der Dusche hatte ich entschieden, mich heute nicht mehr um die Wäsche oder etwas anderes Erwachsenes zu kümmern. Mein Abend hätte ruhig enden können. Stattdessen fegte ich wie vom Blitz getroffen durch die Räume und wischte mit einem Lappen überall dort entlang, wo sich Staub sammelte. Sämtliche Kleidungsstücke hatte ich im Wäschekorb versteckt, dessen Deckel sich gefährlich wölbte. Ich schüttelte die Kissen auf dem Sofa auf, faltete meine überdimensionale Kuscheldecke zusammen, drapierte sie, als würde gleich eine Horde Fotografen in meine Wohnung stürmen, um mein Wohnzimmer für ein

Interieur-Magazin abzulichten. Seufzend stemmte ich die Hände in die Hüfte und ließ einen letzten prüfenden Blick über meine überschaubare Wohnung gleiten. Er blieb an der Küchenzeile hängen, und ich ließ stöhnend die Schultern sinken. »Och, nö«, maulte ich und presste die Augen aufeinander, in der Hoffnung, dass meine Kaffeetassen sich innerhalb von zwei Sekunden einfach selbst spülten. »Ihr seid mir jetzt egal«, erklärte ich. »Echt.« Ohne groß darüber nachzudenken oder auf die Uhrzeit zu achten, hechtete ich zu meinem kleinen Beistelltisch am Sessel, wo ich mein Handy abgelegt hatte. »Sue, Sue, Sue«, murmelte ich gehetzt, scrollte zu ihrem Kontakt und wählte ihre Nummer an. Keine fünf Sekunden später ging sie ran.

»Hey, Leeni, was ist los?« Sie klang müde.

Ich sog die Unterlippe ein. »Alles okay bei dir?«

Sue lachte in den Hörer. »Ja, ich lerne nur gerade.«

»Ich wollte dich nicht stören.« Mein schlechtes Gewissen, sie aus ihrer Büffelei gerissen zu haben, verstärkte sich.

»Quatsch keinen Unsinn, was gibt's Neues?« Ich hörte sie gähnen und stellte mir bildlich vor, wie sie sich streckte.

»Sam kommt her«, erklärte ich mit erstickter Stimme.

Sue prustete in den Hörer. »Okay? Und?«

»Er wird hier *schlafen*, Sue!« Es auszusprechen, weckte die Horde Kätzchen in meinem Unterleib.

»Und?« Ich konnte ihr breites Grinsen in ihrer Stimme hören. »Ist doch wohl nicht das erste Mal, dass ihr …«

»Das nicht«, unterbrach ich sie lachend. »Aber er wird das *erste Mal* bei *mir* übernachten, Sue. *In meinem Bett*.«

Es entstand eine Pause, und als ich wieder das Wort ergreifen wollte, sprach Sue endlich weiter. »Deine Panik ist unbegründet, Leeni«, hauchte sie liebevoll in den Hörer. »Sam wird nicht mehr verschwinden, das weiß ich.«

Es war, als hätte jemand einen Eimer eiskalten Wassers über mir ausgekippt. Woher wusste Sue, welche Sorge tief unter meiner Oberfläche schlummerte, noch bevor ich sie selbst zu greifen bekam? »Ich hoffe es«, flüsterte ich.

»Ich weiß es«, bekräftigte Sue und gähnte erneut.

Das Surren der Hausklingel ließ mich zusammenfahren, und stirnrunzelnd blickte ich zur Wanduhr. Sam hatte keine fünfzehn Minuten zu mir gebraucht – hatte er das geplant? »Sam ist da«, quiekte ich atemlos. »Ich muss auflegen, geh schlafen, du klingst so müde. Und, Sue?«

»Ja?«

»Ich vermisse dich so«, nuschelte ich in mein Smartphone.

Sue kicherte. »Ich dich viel mehr, und jetzt atme durch und lass Sam rein.« Sie legte auf, und ich schlüpfte in einen extragroßen Wollpullover, fischte die Schlüssel von der Kommode und schlich die Treppe hinunter, um Sam zu öffnen.

»Hi.« Außer Atem stand er vor mir, seinen Rucksack über einer Schulter und den Mund zu einem schiefen Lächeln verzogen, dass sich mir die Eingeweide zusammenzogen.

»Komm«, flüsterte ich und streckte meine Hand aus. Mucksmäuschenstill folgte er mir die Treppe hinauf, und kaum, dass ich die Tür hinter uns geschlossen hatte, zog er mich in eine stürmische Umarmung. »Sam«, quiekte ich erschrocken und legte die Hände auf seinen Schultern ab. »Was machst du da?« Lachend umfasste ich seine Wangen mit den Fingern, strich mit den Daumen darüber und ließ mich in seinen Blick fallen. Statt mir zu antworten, seufzte er und fuhr mit seinen breiten Händen meinen Rücken auf und ab, wobei er mich näher an sich drückte. Ich spürte, wie mein Puls von Sekunde zu Sekunde rasanter wurde und mir das Herz aus der Brust zu springen drohte. Sein Lächeln war urplötzlich verschwunden und machte einem tieferen Ausdruck auf seinem Gesicht Platz. In seinen Augen las ich Verletzlichkeit, Sehnsucht und – Hoffnung? »Sam«, hauchte ich in die Stille und leckte mir mit der Zungenspitze über die trockenen Lippen. Er senkte sich herab, sodass sich unsere Nasenspitzen berührten.

»Das war die richtige Entscheidung«, murmelte er, fuhr mit seinen Lippen eine sanfte Spur meine Wange entlang, bis er an der empfindlichen Stelle unter meinem Ohr ankam und mir dort einen Kuss hinhauchte. Ich hätte niemals gedacht, dass Sam es schaffen würde, mir eine noch intensivere Gänsehaut zu bescheren, wie stellte er das nur an?

»Ich will nicht allein schlafen«, gab ich zu und erschrak vor meinen eigenen Worten, denn ich hatte mich bis zu diesem Moment nicht einmal getraut, diesen Gedanken zuzulassen.

Erleichtert senkte er seine Stirn gegen meine, und ich sah ihn lächeln. »Du machst mich glücklich, Leena.«

»Gern geschehen?« Die Stimme versagte mir, sodass die Worte kaum lauter waren als ein Flüstern.

»Leena?« Er löste unsere Konstellation auf, legte mir einen Arm um die Schultern und lotste mich zum Sofa.

»Ja?«

»Möchtest du vielleicht …« Er brach ab.

Verwirrt hob ich die Augenbrauen an. »Möchte ich was?«

»Reden?« Er knautschte sich ein Kissen zurecht, um es sich in den Rücken zu legen, ehe er nach meinem Handgelenk griff, um mich zu sich zu ziehen. Warum hatte ich ständig Déjà-vus? Mir kam der Abend in der Hütte in den Sinn, an dem wir auf dem Sofa kuschelnd eingeschlafen waren. Langsam glaubte ich, die alte Leena bei der Notlandung verloren zu haben.

Ertappt biss ich mir auf die Unterlippe und strich mit einer Hand über meinen Oberarm. »Wie kommst du darauf?« Ich war feige. Natürlich wollte ich nach diesem für mich aufwühlenden Tag reden, wollte ihm von Grandma erzählen, aber irgendetwas hielt mich davon ab. Als würde ich mich ihm nicht aufdrängen wollen, da er selbst so viele schwarze Gedanken zu bewältigen hatte. Warum sollte ich ihm auch noch meine aufbürden? Und war ich abgesehen davon bereit dafür, ihm zu erklären, wieso ich *wirklich* diese Angst hatte, aus meiner Routine auszubrechen? Ich hatte keine Ahnung. Ich wusste nicht, ob ich es jemals bemerken würde, wenn es so weit war. Vielleicht gab es dieses Gefühl vom Bereitsein überhaupt nicht? Vielleicht war man erst gewappnet, wenn es eh zu spät war? »Einen Versuch ist es wert«, flüsterte ich.

»Ich höre dir zu, Leena.« Sam zog erneut an meinem Handgelenk, da ich nach wie vor wie eine Statue vor ihm stand. »Komm her.« Er breitete seine Beine aus, damit ich gemütlich zwischen ihnen Platz fand. Langsam ließ ich mich gegen seine Brust sinken. Er drückte mir einen Kuss auf den Scheitel, bevor er seine Arme um mich schlang und mich sanft wog, als wäre ich ein Baby.

»Sam«, lächelte ich, sah zu ihm hoch und atmete tief durch, ehe ich entschied, bereit zu sein. Jetzt oder nie. »Ich weiß nicht, wo ich anfangen soll.«

»Lass dir Zeit, Spitzenhöschen«, flüsterte er und zog sanfte Kreise auf meinen Schultern. »Ich laufe nicht mehr weg.«

Ein Kloß in meinem Hals, so groß wie alle Ozeane der Welt zusammen, schnürte mir die Luft ab und sorgte dafür, dass mir eine einzelne Träne über die Wange rollte. »Das hoffe ich«, schluchzte ich im Versuch, die Welle an Traurigkeit daran zu hindern, über das Ufer zu laufen und mich zu überschwemmen.

»Ich verspreche es dir.«

Ich griff zittrig nach seiner Hand, um Halt zu finden, verschränkte seine Finger mit meinen und starrte seine Haut an. Ich fuhr mit der Fingerspitze seine Knöchel nach und fühlte, wie sich gemächlich eine Ruhe in meinem Inneren ausbreitete. »Weißt du, meine Grandma war der wichtigste Mensch für mich«, murmelte ich und strengte mich an, Kraft in meine Stimme zu legen, damit sie nicht brach. Statt zu antworten, drückte er mich. »Sie war die Mutter meiner Mom und hat sie allein großziehen müssen, weil ihr Mann früh starb.«

»Oh Leena«, hauchte Sam und verstärkte seinen Griff.

»Sie hat mich aus dem Kindergarten abgeholt, später aus der Schule und hat mit mir *jedes* schräge Stadtfest besucht. Erst später hatte Mom mir erzählt, dass Grandma überall mitgeholfen hatte.«

»Deswegen hast du gestern ohne zu zögern gesagt, dass wir helfen«, zählte Sam eins und eins zusammen.

»Genau«, stimmte ich zu und schluckte. »Grandma war ein Gewohnheitstier, bestimmt habe ich das von ihr.« Ich lachte leise, was eher klang wie ein Mix aus Schnauben und Japsen. »Sie ist immer an den gleichen Tagen einkaufen gegangen, sie hatte ihre Routine und war glücklich mit ihr. Wirklich.«

Sam unter mir bebte, und ich sah zu ihm, erkannte, dass er lächelte. »Ich glaube dir das«, versicherte er mir, und ich verdrehte ertappt die Augen.

»Jedenfalls ist meine Grandma eines Tages aus ihrer Routine ausgebrochen. Sie schnappte sich ihren Wagen, um in der Nachbarstadt spontan eine Freundin zu besuchen.« Ich stoppte, weil sich mein gesamter Körper verkrampfte. Bei der Erinnerung an diesen Tag gefror sämtliches Blut in mir, und ich begann augenblicklich zu frösteln.

»Sch-sch«, tröstete mich Sam und angelte ungelenk mit seinem Fuß nach der Decke, die ich zuvor zusammengefaltet hatte, griff mit einer Hand nach ihr und breitete sie über uns aus. »Versuch, deine Muskeln zu entspannen, dann wird dir wärmer«, erklärte Sam, und ich bemerkte, dass er recht hatte. Mein Körper stand unter Strom. Mit geschlossenen Augen bettete ich den Kopf auf seiner Brust, nachdem ich mir die Decke bis zum Kinn hochgezogen hatte, und wackelte hin und her, um mich tiefer in seinen Schoß sinken zu lassen. Ich rechnete es Sam hoch an, dass er mich nicht drängte, die Geschichte weiterzuerzählen. Keine Ahnung, wie viele Minuten vergingen, ehe ich wieder genug Kraft fand, den schrecklichsten Tag meines Lebens in Worte zu fassen.

»Auf dem Heimweg gab es einen furchtbaren Autounfall, bei dem sie starb«, flüsterte ich und scherte mich nicht darum, dass meine Tränen unaufhaltsam auf die Decke kullerten. »Sie hatte es nicht mehr ins Krankenhaus geschafft, weißt du?«

»Es tut mir verdammt leid, Leena.« Sams kräftige Arme hielten mich fest umschlungen, die Beine hatte er aufgerichtet und gegen mich gedrückt, um mich zu halten. Sanft wog er mich von einer Seite auf die andere, und noch nie in meinem Leben hatte ich mich derart geborgen und verstanden gefühlt wie in diesem Augenblick. Aber etwas an diesem Gefühl war größer: Ich wurde ernstgenommen. Fühlte, dass meine Worte etwas bedeuteten und ich nicht einfach nur empfindlich war.

»Vielleicht verstehst du jetzt, warum ich so bin, Sam, und kannst es akzeptieren«, schluchzte ich und bemerkte, dass es klang wie ein Vorwurf.

»Ich verstehe dich, Leena. Aber glaub mir, akzeptiert habe ich alles an dir seit der ersten Sekunde. Im Grunde musste ich nicht *verstehen*, was in dir vorgeht und warum du bist, wie du bist. Ich wollte nie etwas anderes als dich, Leena.«

Seine Worte trafen mich mitten ins Herz, und ich erkannte, dass er den größten Platz darin eingenommen hatte und ich ihn niemals wieder gehen lassen wollte.

Sam

Es fiel mir ungeheuer schwer, den Blick von Leena abzuwenden. Wir waren lang im Bett geblieben, bis es zu spät für einen gemütlichen Morgen geworden war. Voller Hektik waren wir unter der Dusche verschwunden. Wortlos hatte sie mir ein Sandwich und einen Becher mit Kaffee in die Hand gedrückt, ehe sie mich herrisch die Treppe hinuntergescheucht hatte. Wir waren zur Alten Halle gejoggt, wo uns

Mrs Innings und Rupert samt Mops erwarteten. Leena und ich waren heute dafür verantwortlich, die von uns gepackten Kartons an die pflanzwütigen Mellowianer zu verteilen, ehe wir uns selbst ans Pflanzen machen durften. Die ersten Blumenliebhaber waren schon vor Ort, um vor der Arbeit ihre Päckchen abzuholen, und ich beobachtete Leena erstaunt dabei, wie sie mit einem Strahlen im Gesicht die Pakete verteilte. Für jede Person, die teilnahm, hatte sie ein Lächeln übrig, wünschte einen wunderschönen Tag und hielt einen kurzen Small Talk ab. Ich hätte nicht gedacht, dass sie diesen gut beherrschte, denn wenn wir beide allein waren, zeigte sie mir eine andere Seite von sich. Das Herz klopfte wie wild in meiner Brust, weil sie sich bei mir fallen ließ. Als niemand bei uns anstand, wandte sie sich mir zu und versteckte ihre Hände in den Taschen ihrer fliederfarbenen Cord-Latzhose. »Was?« Sie legte wie so oft den Kopf schief und bedachte mich mit dem Leena-typischen, fragenden Blick. Ertappt hob ich den Arm an, um mir durch die Haare zu fahren. »Nichts?«

»Lügner«, grinste sie. »Du starrst mich schon den ganzen Morgen an, ich kriege das mit.« Sie zuckte mit den Schultern. »Du wärst ein grausiger Detektiv.«

Empört verschränkte ich die Arme vor dem Oberkörper. »Wäre ich überhaupt nicht.«

Leena zog ihre Hand aus der Hosentasche und verdeckte blitzschnell ihren Mund, da sie auflachte. Sofort sprang ich auf sie zu, um sie daran zu hindern. »Nicht«, murmelte ich und sah ihr tiefgehend in die Augen. »Nicht verstecken.«

»Du machst mich fertig, Sam.«

»Du wiederholst dich, Leena.«

Damit der Moment nicht inniger wurde, brach Leena unseren Augenkontakt ab und deutete auf den Wagen, aus dem wir die Blumenpäckchen verteilten. »Komm, lass uns die kurze Pause nutzen und hier wieder auffüllen«, schlug sie vor, griff nach meiner Hand und zog mich hinter sich her zu einem weiteren Raum, in dem sämtliches Equipment lagerte.

»Sicher, dass es eine gute Idee ist? Rupert schreibt dir bestimmt einen Strafzettel, weil du nicht vorn an der Verteilstation bist«, hüstelte ich.

»Du spinnst gewaltig«, kicherte Leena, schnappte sich einen leeren Blumenwagen, füllte ihn und schob ihn zum Ausgang. Ich tat es ihr gleich und folgte ihr. Schnaufend hielt sie auf der Hälfte des Weges inne und wischte sich ihre Hände an ihrer Hose ab. »Hast du eine Ahnung, wie viele Päckchen das sind?«

»Es sollten an die fünfhundert Stück sein«, trällerte plötzlich Mrs Innings hinter uns und klatschte erfreut in die Hände, eine Geste, die zu ihr gehörte wie Rudolph zum Weihnachtsmann.

Leena verzog den Mund zu einer Grimasse. »Das heißt, ab heute werden dreitausend Blumen gepflanzt?« Ungläubig fiel ihr die Kinnlade herunter, und ich prustete los, wofür ich mir einen finsteren Blick ihrerseits einheimste.

»Richtig«, bestätigte unsere Bürgermeisterin lachend.

Nickend pfriemelte Leena am Saum ihrer Ärmel herum. »Nehmen denn viele Mellowianer teil dieses Jahr?« Ich erkannte Sorge in ihrer Stimme. Sie ging auf in dieser Festivalplanung, dass es mir warm ums Herz wurde.

»Klar«, mischte ich mich ein, stellte mich direkt hinter

sie und legte meine Arme um ihre Schultern. »Die meisten haben sogar Urlaub genommen, so wie du. Oder hast du vergessen, in welcher Stadt wir leben?«

Sie grinste. »Als ob ich das jemals könnte.«

»Samuel hat recht«, pflichtete Mrs Innings mir bei. »Wenn ich mich nach all den Jahren, in denen ich Bürgermeisterin dieser wunderschönen Stadt bin, auf eines verlassen kann, dann darauf, dass wir alle zusammenhalten. Und darauf, dass jeder auf Knien durch den Stadtpark und die Straßen robbt, um unser Zuhause in ein Frühlingswunderland zu verwandeln.«

»Ihr Wort in Gottes Ohr«, murmelte Leena lächelnd und strich mir gedankenverloren über den Unterarm.

»Warum steht hier niemand an der Ausgabe?«, hörten wir Rupert brüllen und zuckten simultan auf der Stelle zusammen.

»Das nächste Wohltätigkeitsevent veranstalten wir für Rupert, damit er sich endlich ein funktionierendes Hörgerät kaufen kann«, murrte Mrs Innings uns zu. Leena war zuerst genauso geschockt wie ich über ihre Aussage, doch wenige Augenblicke später brachen wir drei in Gelächter aus.

»Sehr gute Idee«, japste Leena und hielt sich den Bauch. »Ich wette, die Spenden dafür werden die Kasse sprengen.«

Ich stupste sie mit meiner Seite an und deutete zur Ausgabe, an der Rupert mit in die Hüften gestemmten Händen stand und auf uns wartete. »Wenn wir es uns nicht mit ihm verscherzen wollen, sollten wir besser an die Arbeit gehen.«

»Ja«, seufzte Mrs Innings. »Macht das lieber, glaubt mir, ein erzürnter, schwerhöriger Rupert ist noch anstrengender als der bloß schwerhörige.«

»Mrs Innings!« Leenas ermahnende Stimme wurde unterbrochen von einem leisen Japsen.

»Ist doch wahr, er treibt mich noch zur Weißglut«, murmelte die Bürgermeisterin, atmete tief durch, straffte die Schultern und lief auf Rupert zu.

»Los. Hinterher«, feuerte ich Leena an. »Je schneller wir alle Blumen verteilt haben, desto eher können wir ein Los ziehen und abhauen.« Abrupt blieb sie stehen, sodass ich sie mit meinem Wagen fast über den Haufen gefahren hätte.

»Wir haben schon eine Straße«, flüsterte sie. Langsam wandte sie sich zu mir um, wobei sie meinen Blick mied.

»Okay?«

»Anne hat mir ein Los zugesteckt«, gab sie leise zu und ließ die Schultern hängen.

»Okay?« Ich wiederholte mich. Verdammt, ich verstand nur Bahnhof. Räuspernd ließ ich vom Wagen ab. »Alles okay?«

Sie stieß die Luft aus und öffnete den kupferfarbenen Reißverschluss an ihrer Brusttasche, um einen Zettel aus ihr hervorzuholen. »Hier.« Auffordernd hielt sie ihn mir hin.

»Cherry Blossom Court«, las ich und suchte ihren Blick.

»Ja«, seufzte sie. »Dort habe ich immer mit meiner Grandma gepflanzt, weißt du?« Ein schüchternes Lächeln huschte auf ihr Gesicht. »Anne wusste das und verriet mir, dass Grandma geschummelt und sich Jahr für Jahr dieses Los gemopst hat.«

Grinsend reichte ich ihr den Zettel, den sie wieder sorgsam zusammenfaltete und in der Tasche versteckte. »Das ist doch schön. Oder nicht?«

Nickend bestätigte sie. »Ist es. Ich habe nur Angst ...« Sie brach mitten im Satz ab.

»Wovor hast du Angst?« Ich überbrückte den halben Meter zwischen uns und legte meine Hände auf ihre Schultern, strich mit den Daumen an ihrem Hals entlang. Ich senkte den Kopf ein Stück zu ihr herunter, damit ich ihr besser in die Augen sehen konnte.

Stöhnend suchte sie meinen Blick. »Davor, dass ich dort gleich traurig sein werde. Davor, dass mich Erinnerungen einholen. Davor, dass sie mir noch mehr fehlen wird.«

Schluckend versuchte ich, die Beklemmung, die durch ihre Ehrlichkeit entstanden war, verschwinden zu lassen. »Leena«, räusperte ich mich im Versuch, nicht zu klingen wie ein Hobby-Psychologe. »Du darfst dort gleich traurig sein. Du darfst dich auch erinnern, und deine Grandma darf dir fehlen. Es ist normal, dass du sie an manchen Tagen mehr, an anderen weniger vermisst.« Während ich sprach, senkte sie den Blick, doch ich hob ihr Kinn wieder an, indem ich mit meiner Hand darüberstrich. »Ich bin da, okay?«

Nickend kaute sie auf ihrer Unterlippe und schluckte. Ihr gedämpftes »Okay« war kaum hörbar.

»Komm.« Ich zog sie zu mir heran, drückte ihr erst einen Kuss auf den Mund, dann auf die Stirn und deutete mit dem Blick zum Eingang der Alten Halle. »Lass uns schnell alles verteilen, Rupert geht nicht gerade auf in seiner Rolle.«

Sie folgte meinem Blick, sah, wie er die Päckchen über den Tresen schleuderte, wodurch nicht wenige Blüten verloren gingen, und schnaubte lachend. »Oh Rupert.«

Luna

Ich bin nicht allein, ich bin nicht allein, ich bin nicht allein. Immer wieder sprach ich mir diese Worte stumm vor wie ein Mantra, als Sam und ich auf dem Weg zum Cherry Blossom Court waren. Der Sturkopf trug die übereinandergestapelten Blumenkartons vor seinem Bauch und ließ mich ihm keinen einzigen abnehmen. Wie oft hatte ich diese Straße umgangen, seit Grandma Edith gestorben war? Keine Ahnung, und wenn ich genauer darüber nachdachte, fiel mir auf, dass es nie meine Absicht gewesen war. Eher intuitiv hatte ich diesen Ort gemieden, an dem mich jedes Geschäft, jede Häuserfassade und der Kirschblütengarten an sie erinnerte. »Wir sind gleich da«, nuschelte ich und verkrampfte meine Finger.

»Ich weiß«, lächelte er mir zu. »Ich bin auch hier aufgewachsen, schon vergessen?«

Verlegen strich ich mir mit der Hand die Haare hinter das Ohr. »Bitte rede einfach mit mir.« Meine Stimme war kaum zu hören, doch an der Art, wie Sam für eine Millisekunde stockte, erkannte ich, dass er verstand. Es war nicht das erste Mal, dass ich ihn darum bat, mit mir zu sprechen, um nicht die Fassung zu verlieren.

»Okay.« Sam blickte sich um, vermutlich auf der Suche nach einer Idee, worüber wir uns unterhalten konnten. Als er lachte, hob ich neugierig den Blick. Er deutete mit einem Nicken zu einem riesigen Ahorn. »Dort sind Conor und ich als Kinder hochgeklettert, um uns vor Mom zu verstecken.«

»Seid ihr nicht! Wie gemein.«

»Doch, wir hatten nur Flausen im Kopf.« Er zuckte mit den Schultern.

»Hat eure Mom euch gefunden?«

Lachend schüttelte Sam den Kopf. »Nein, sie ist überall langgelaufen und hat nach uns gerufen.«

»Ihr Satansbraten.«

»Irgendwann wurde es uns langweilig, und wir riefen sie.«

»Und dann?«

»Für eine Sekunde war Mom erleichtert gewesen, danach hat sie jeden von uns an einem Ohr hinter sich her zum Auto geschleift. Ich wünschte wirklich, ich würde übertreiben.«

»Das hattet ihr verdient«, grinste ich. »Es ist nicht witzig, jemandem so einen Schreck einzujagen, Mr Forsters.«

»Ja, ja, ja«, stöhnte er. »Es ist echt ein Wunder, dass Mom es niemals in Betracht gezogen hatte, uns wegzugeben«, blödelte er herum.

Ich lächelte in mich hinein und stellte mir Sam als kleinen Jungen vor. Es half mir, auf andere Gedanken zu kommen, und ich ließ den Blick schweifen, wobei ich ausgerechnet Maddys streifte. »Na super«, seufzte ich leise. »Was will der denn hier?«

Sam neben mir lachte auf. »Könntet ihr euren Groll gegeneinander bitte endlich beenden?«

»Aber er war unmöglich.« Schmollend verschränkte ich die Arme vor der Brust.

»Er hat sich doch nur Sorgen gemacht. Genieß es doch einfach, dass die Mellowianer dich beschützen wollen.«

Ich verdrehte die Augen. »Ich bin doch aber kein kleines Kind mehr, Sam.«

»Für Maddy und George, für Anne, sogar für Mrs Innings und Rupert wirst du das aber immer bleiben, ob du nun willst oder nicht«, erklärte Sam ruhig und stupste mir in die Seite. »Gib dir einen Ruck und sag ihm einfach Hi.« Er deutete mit einem Nicken zu Maddy. »Los, geh schon.«

Ich atmete theatralisch aus. »Meine Güte, du kannst ganz schön nerven.« Wir blieben an einer Kreuzung stehen, und Sam wartete auf mich. Nervös lief ich auf Maddy zu, der gerade dabei war, gelbe Primeln an den Straßenrand zu pflanzen. Wie passend: Gelbe Blumen für die Lemon Alley. »Hallo, Maddy«, begrüßte ich ihn eine Spur zu steif und lockerte unauffällig meine Schultern.

»Leena.« Er nickte mir zu, und es mussten mindestens dreißig Sekunden vergangen sein, in denen er mich grimmig anstierte, ehe sich ein kleines Lächeln auf seinen Lippen bildete. »Ich backe nächste Woche Apfelkuchen«, räusperte er sich, und ich lachte erleichtert auf. Das war seine Art einer Entschuldigung.

»Ich komme vorbei. Grüß George von mir.« Ich wollte mich gerade umdrehen, als ein Räuspern von Maddy mich innehalten ließ.

»Bring Sam ruhig mit«, grinste er und zwinkerte mir zu, wodurch mir die Hitze ins Gesicht schoss.

»Okay«, piepste ich und winkte ihm zum Abschied zu, ehe ich schnellen Schrittes auf Sam zulief.

»Und? Wie lief es?« Neugierig legte Sam den Kopf schief.

»Nächste Woche gibt es Apfelkuchen, und ich soll dich mitbringen«, erklärte ich und zog ihn am Arm, damit wir weiterliefen. »Erzähl mir noch eine Geschichte von Conor und dir«, bat ich und hoffte, er würde nicht abblocken. Ich hatte nicht vor, ihn traurig zu stimmen, merkte aber, dass es half, ihn glücklich über seine Kindheit reden zu hören.

»Lass mich überlegen.« Mit einem ungelenken Hüpfen richtete er den Rucksack auf seinem Rücken, in dem er unsere Harken und Schippen transportierte. Plötzlich warf er lachend den Kopf in den Nacken. »Oh, ich weiß was.«

»Los, erzähl!« Sein Lachen war ansteckend.

»Einmal im Winter wollten Conor und ich unbedingt in ein Schwimmbad fahren«, begann Sam zu erzählen, und ich hörte in seiner Stimme einen Umschwung. Er klang nahezu unbeschwert und schien sich gern daran zu erinnern.

»Ich hoffe, die Geschichte geht mit einer gewaltigen Portion Hausarrest und Fernsehverbot aus.« Kichernd stupste ich ihm meinen Ellenbogen in die Rippen.

»Schlimmer.« Er stupste mich mit seiner Hüfte an, woraufhin ich meine Arme mit seinen verhakte.

»Dad war arbeiten, und Mom hatte alle Hände voll zu tun mit der Vorbereitung für irgendeins ihrer Feste, die sie ständig auf unserem Anwesen ausrichtete. Eine Art Wintersoireé, frag mich nicht.«

»Klingt fancy.«

»Es hätte dir gefallen. Mir jetzt vielleicht auch«, gab er zu. »Als Kinder fanden wir diese Events langweilig.«

»Verständlich.«

»Unser Kindermädchen war krank, und Mom wollte deswegen nicht, dass sie mit uns schwimmen ging, damit sie sich nicht noch mehr erkältete.«

»Ich ahne Böses, Sam«, kommentierte ich.

»Ach, so schlimm war es nicht«, winkte er ab. »Für uns«, ergänzte er flüsternd, woraufhin ich gespielt missbilligend mit der Zunge schnalzte. »Wir hatten uns in Badehosen, Taucherbrille und Schnorchel ins Master-Badezimmer geschlichen, die Tür verriegelt und ein Handtuch vor den Spalt gelegt. Wir dachten uns, wenn wir nicht ins Schwimmbad fahren dürfen, holen wie den Pool eben zu uns ins Haus.«

Geschockt blieb ich stehen und schlug mir lachend die Hand vor den Mund. »Das ist nicht dein Ernst.«

»Doch, aber zugegeben, das war nicht unser bester Einfall. Wir drehten alle Wasserhähne voll auf. Es dauerte nicht lang, bis wir kapierten, dass es länger dauern würde, bis der Raum sich komplett mit Wasser füllt.«

»Wow«, prustete ich. »Blitzmerker.«

»Ey«, echauffierte er sich grinsend. »Wir waren Kinder.«

»Jaja.« Beschwichtigend hob ich beide Hände in die Höhe.

»Mom hat uns dabei erwischt, und ich schwöre dir, ich kann mich genau an ihren geschockten Gesichtsausdruck erinnern.«

»Deine Mom tut mir leid.«

»Mir auch. Rückblickend.«

»Wie viel Hausarrest gab es?« Ich presste die Kiefer zusammen, um mein schelmisches Grinsen zu verstecken.

»Schlimmer«, hustete Sam. »Die Bestrafung war grausam.«

»Lass dir nicht alles aus der Nase ziehen«, bat ich ihn und verdrehte ungeduldig die Augen.

»Es waren Winterferien, und Conor ging noch in den Kindergarten. Wir wurden nach Boston zu Moms Cousine gebracht, eine fürchterlich strenge Frau.«

Lachend legte ich den Kopf schief. »Das geschah euch so was von recht.«

»Es war die schrecklichste Woche, die du dir vorstellen

kannst, Leena.« In Erinnerung daran biss er sich von innen auf die Wange. »Wir durften nicht ausschlafen und mussten ihren ganzen Haushalt schmeißen.«

»Aber hattet ihr daraus gelernt?«

Er legte den Kopf schief und schenkte mir einen bedeutungsschweren Blick. »Was denkst du denn?« Er drückte mir einen Kuss unter das Ohr.

»Höchstwahrscheinlich nicht«, quiekte ich.

»Korrekt.«

Lächelnd kuschelte ich mich wieder tiefer an seine Seite und vergrub meine Nase für einen Augenblick in seinem Pullover, sog gierig den Duft seines Shampoos, das nach Wald und Minze roch. »Danke, Sam.« Ich dankte ihm, dass er dafür gesorgt hatte, dass ich für wenige Minuten aus meinem Gedankenkarussell aussteigen konnte.

Abrupt blieb er stehen, bückte sich, um die Kartons abzustellen, atmete tief ein und stellte sich vor mich, griff nach meinen Händen, die unbemerkt eiskalt geworden waren. Er hob sie zu seinem Gesicht und drückte sie gegen seine Wangen, um sie zu wärmen. »Ich danke *dir*, Leena. Wieder einmal. Du erinnerst mich daran, dass es auch eine Zeit vor dem Unfall gab. Ich hatte sie komplett ausgeschlossen und meine Kindheit als ein schwarzes Kapitel abgetan. Es hatte viel mehr Seiten, als die, die nach dem Unfall kamen.«

Gerührt und geschockt von seinem Geständnis, schnürte mir ein unsichtbares Band die Kehle zu. »Plot Twist?«, flüsterte ich und bereute es eine Sekunde später. Erneut schaffte ich es, eine Situation zu ruinieren, weil ich ihr nicht gewachsen war und Quatsch plapperte. Doch zu meiner Überraschung fing Sam an zu lachen und zog mich in eine feste Umarmung. Sein bebender Körper vibrierte an meinem, und ich hob ungelenk die Arme, um sie in seinem Nacken zu verschränken.

»Lass uns pflanzen gehen«, lächelte Sam wenige Augenblicke später und nahm die Kisten wieder auf. Wir waren in einer Seitenstraße des Cherry Blossom Court, und mit jedem weiteren Schritt, den ich auf meine Vergangenheit zusetzte, pochte das Herz stärker in meiner Brust. Es fehlte nicht viel, und es würde mit Vollkaracho aus meinem Körper fliegen, da war ich mir sicher. Sam verstärkte seinen Griff, was mir Rückhalt gab. Resigniert schüttelte ich den Kopf, denn was sollte passieren? Im Grunde war es eine normale Straße, und ich erkannte, dass es Zeit war, ihr nicht mehr den Rücken zu kehren, aus Angst vor meiner Trauer. Trauerwellen kamen und gingen, und wenn ich etwas gelernt hatte, dann, dass es weiterging. Irgendwie. Vor fünf Jahren hätte ich mir niemals träumen lassen, dass ausgerechnet Sam der Mann werden würde, der an meiner Seite stand. Für immer fühlte sich plötzlich gar nicht mehr abwegig an. »Okay«, flüsterte ich mir stumm zu und straffte die Schultern. Ich setzte einen Fuß auf das Pflaster des Cherry Blossom Court und musste nicht lang auf die verschiedensten Empfindungen warten, die in Windeseile auf mich einprasselten. Ich ließ meinen Blick an den Häusern entlanggleiten, die kreisförmig um den Straßen-Kreisel aneinandergereiht waren. Wer diese Stadtplanung übernommen hatte, hatte hier etwas Besonderes geschaffen. Zuallererst sah ich zur Bibliothek herüber, die ich so geliebt hatte. Kaum zu glauben, dass ich ihr den Rücken gekehrt hatte. Das alte Gebäude hatte eine Fassade aus roten Backsteinen und ein rundes Eingangstor. Früher hatte es sich für mich angefühlt, als würde ich durch es in eine andere Welt gelangen. Ich entdeckte ein Restaurant und runzelte die Stirn. »Kennst du das dort?« Ich wies mit dem Finger zu dem breiten Fenster, bei dem es sich um einen Italiener zu handeln schien.

»Ja, das *Julio's*«, nickte Sam.

»Lass uns dort bald essen gehen«, schlug ich ihm vor.

»Si«, antwortete er mit einem breiten Grinsen. »Aber erst pflanzen wir den Zentner Blumen, den ich mit mir herumschleppe, okay?«

Ohne lange Umschweife ging er in die Hocke, um die Kartons abzustellen, drückte mir Handschuhe, eine Schaufel und eine pinkfarbene Ranunkel in die Hand, drehte mich an den Schultern zum unbepflanzten Straßenrand herum und klatschte mir auf den Hintern. »Ey, benimm dich«, tadelte ich ihn lachend, hockte mich an den schmalen Rasenstreifen, der den Gehweg von der Straße trennte, und stach nachdrücklich in die bereits aufgelockerte Erde.

18. Kapitel

Sam

»Das ist Samantha«, grinste ich triumphierend. Leena brummte etwas Unverständliches, wies mit dem Zeigefinger auf einen Mann nicht weit von uns. Ich hob die Augenbraue an, hüstelte und legte den Kopf schief. »Ist das dein Ernst?«

»Ja?« Leena kniff ob der Dunkelheit die Augen zusammen. »Natürlich kenne ich den.«

»Dann sag seinen Namen, du Schlauberger.« Sie verschränkte die Arme vor der Brust.

»Das ist Mr Collins. Der trottelige Geschichtslehrer von der Saint Mellows High, der dieses Jahr endlich in Rente geht?« Ich schüttelte lachend den Kopf und nahm zwei Stöcke aus einem Eimer, reichte Leena einen davon.

Sie raufte sich gespielt frustriert die Haare. »Das darf doch nicht wahr sein!«

»Ich habe dir doch gesagt, dass ich fast jeden hier kenne.« Ich legte den Arm um Leenas Schultern und deutete auf den Platz vor der Alten Halle, wo ein Lagerfeuer entfacht worden war. »Lass uns aufwärmen gehen.«

»Und Stockbrot rösten«, freute sich Leena und zog mich hinter sich her zur Schlange, an der wir den Teig bekamen.

»Hi!« Ein kleines Mädchen, das neben ihrem Dad stand,

strahlte uns an und hielt den für sie viel zu schweren Behälter in die Höhe. »Wollt ihr davon was haben?«

Ihr Dad kam ihr lachend zur Hilfe und griff den Eimer am Henkel. »Elsie, Vorsicht«, ermahnte er sie. »Das ist zu schwer für dich.«

»Gar nicht«, murrte sie eingeschnappt und zog einen Schmollmund.

»Devon, hi!« Leena trat überrascht um den provisorischen Tresen herum und umarmte den Typen. Verdattert schüttelte ich den Kopf, da mir ausgerechnet jetzt nicht einfallen wollte, woher ich ihn kannte, egal, wie ich mich anstrengte.

»Leena«, strahlte er. »Schön, dich zu sehen!«

»Was machst du hier? Ist das etwa deine Tochter?« Leena kniete sich neben das Mädchen, damit sie auf gleicher Augenhöhe waren. »Willst du mir helfen, den Teig um meinen Stock zu schlingen?«

»Jaaaaa«, kreischte sie und klatschte überschwänglich in die Hände.

»Elsie, nicht so laut«, ermahnte ihr Dad sie liebevoll, strich ihr dabei den Pony aus dem Gesicht, der zu lang war, aber nicht in den pink glitzernden Haarspangen hielt und ihr vor die Augen fiel. »Sie hatte heute einen ausgiebigen Mittagsschlaf und wird mich noch die halbe Nacht wachhalten«, erklärte er augenzwinkernd und hielt mir die Hand hin. »Hey, ich bin Devon.«

»Sam«, stellte ich mich ebenfalls vor, obwohl ich tief in mir wusste, dass ich ihn irgendwoher kannte. »Sie ist süß«, lächelte ich und nickte zu Leena und Elsie.

»Und Leena konnte schon immer gut mit Kindern und Tieren.«

Ein Stechen in der Magengrube, das sich neu für mich anfühlte, ließ mich schlucken. Keine Ahnung, warum, aber es störte mich, dass dieser Kerl Leena gut zu kennen schien. War das Eifersucht? Ich atmete tief durch. Mir war bewusst, dass diese Gefühle absolut fehl am Platz waren, denn ich vertraute Leena.

»Was machst du hier?« Leena richtete sich auf und wandte sich Devon zu. »Seid ihr zu Besuch bei deinen Eltern?«

Devon wand sich, ehe er weitersprach. »Erst mal ja, aber ich habe vor, wieder herzuziehen.«

»Saint Mellows kann eben doch niemand entkommen. Wir sehen uns, Dev.« Sie zog ihn erneut in eine Umarmung, griff nach meiner Hand, was mich überrumpelte, da das bisher von mir ausgegangen war, und zog mich hinter sich her zum Lagerfeuer.

»Woher kennst du ihn?«

»Devon?« Leena sah zu mir auf und runzelte die Stirn.

»Nein, Rupert«, grinste ich und verdrehte die Augen.

Leena stellte sich begriffsstutzig. »Also Rupert habe ich das erste Mal wahrgenommen, ich glaube, da war ich drei Wochen alt, und er schrie in den Kinderwagen, weil er schon immer taub war.«

»Mann, du Nuss«, lachte ich, hob die Hand an und wuschelte ihr über den Kopf. »Natürlich meine ich Devon.«

»Lass das«, funkelte sie mich an und sortierte ihre Haare. »Ich bin mit Devon in einer Klasse gewesen, seit der Vorschule. Er ist ein absolut korrekter Typ, weißt du?« Ich nickte und versuchte, die Frage, die mir vorschwebte, einfach zu ignorieren, da sie nichts bedeutete und nichts an Leena und mir ändern würde. »Spuck es aus, Sam.« Leena setzte sich neben einen Jungen auf eine der Bänke am Feuer und klopfte auf den Platz neben sich.

»Was meinst du?«

»Ich kann mittlerweile in deinem Gesicht lesen wie in einem offenen Buch. Sogar jetzt, wo die Schatten des Feuers in deinen Augen tanzen.«

Ich ließ mich nieder und stöhnte auf. »Ich weiß auch nicht, warum mir solche Gedanken im Kopf herumschwirren.«

»Das ist normal«, murmelte sie, drückte mir einen Kuss auf die Wange und lehnte ihren Kopf an meine Schulter. »Und irgendwie finde ich es schön, weißt du?«

»Okay«, lenkte ich ein. »War da mal mehr zwischen euch?«

Zu meiner Überraschung schüttelte Leena den Kopf. »Nein, du kannst beruhigt sein. Dev und ich waren einfach Schulkameraden, vielleicht so was wie Freunde. Aber niemals mehr. Außerdem waren seine Freundin und er *das Traumpaar* überhaupt. Ich war traurig gewesen, als er zum Studieren weggezogen war, aber es war klar, dass er den Abstand zu Saint Mellows gebraucht hatte.« Sie stockte nachdenklich. »Ich habe heute das erste Mal seine Tochter gesehen, kannst du dir das vorstellen?« Seufzend hielt sie ihren Stock in das Feuer.

Auf seltsame Art und Weise erleichtert, stieß ich in einem Schwall Luft aus. »Du wusstest, dass er eine hat?«

Sie nickte, und ich erkannte an ihrem starren Blick, dass sie drohte, in ihre eigenen Gedanken abzudriften, während sie ins Feuer schaute. »Jep«, murmelte sie, und täuschte ich mich, oder klang es, als hätte sie einen Kloß im Hals? »Das wussten wir alle«, hauchte sie und schluckte.

»Ist seine Highschool-Freundin die Mutter?«

Leena schüttelte den Kopf, wie um sich wieder ins Hier und Jetzt zu manövrieren. »Nein«, erwiderte sie kurz angebunden und blickte mich an. »Ey, wo ist dein Einsatz?« Sie tippte mit ihrem Zeigefinger gegen meinen Stock, den ich wie eine Fahne in der Hand hielt. »Ab ins Feuer damit.«

»Ups«, lächelte ich verlegen und entschied, erst einmal nichts weiter zu Devon zu fragen, auch wenn mich ein Gefühl beschlich, dass da mehr war, was sie bedrückte.

»Und zum Nachtisch gibt es Marshmallow-Burger.« Sie kuschelte sich enger an mich, und ich drehte sie ein Stück zum Feuer, damit sie nicht fror.

»Oh, bitte nicht«, stöhnte ich und verzog den Mund. »Ich hasse Marshmallows.«

»Pssssst!« Empört riss sie den Kopf zu mir herum. »Das darfst du nicht laut sagen. All unser Souvenir hat mit Marshmallows zu tun, was, wenn das Touristen hören?«

»Leena?« Ich zog eine Augenbraue hoch und deutete mit meinem Stock auf all die Menschen am Feuer und die, die sich am Eierpunsch-Stand miteinander unterhielten.

»Ja?«

»Siehst du hier Touristen? Irgendein Gesicht, das dir nicht bekannt vorkommt?«

Sie kniff die Augen zusammen und ließ den Blick über die Menge schweifen. »Tatsächlich nicht«, murmelte sie.

»Ich glaube, nur der älteste Kern von Saint Mellows ist hier«, seufzte ich lächelnd. »Kannst du dir vorstellen, dass ich noch vor einem Monat auf gar keinen Fall zurückkommen wollte?« Eine Gänsehaut bedeckte meinen gesamten Körper bei dem Geständnis. Ich hatte es bisher nicht laut ausgesprochen, aber es stimmte. Ich hatte nie vorgehabt zurückzukommen, da es hier zu viel gab, das drohte, mich zurück in das schwarze Loch zu ziehen, aus dem ich allein nicht herauskam.

»»*Wolltest* du nicht?« Leenas Stimme klang traurig. »Oder *willst* du nicht hierbleiben?«

Ich drückte ihr einen Kuss auf den Scheitel. »Du hast alles verändert«, flüsterte ich und umging ihre Frage dadurch, das war mir bewusst. Eigentlich war jetzt der beste Zeitpunkt, ihr von dem Telefonat zu erzählen, aber irgendetwas hielt mich davon ab, fast so, als wäre dies hier nicht der richtige Ort. »Ich bin nur zurückgekommen, weil ich keine andere Option hatte. Zurück in mein Elternhaus zu kommen war ein schwerer Schritt für mich.«

»Das kann ich verstehen«, nuschelte sie und drehte ihren Stock, stupste mit ihm gegen meinen, um mir zu suggerieren, dass ich ihn auch drehte, damit das Brot nicht verbrannte.

»Alles an Saint Mellows war schrecklich für mich gewesen, jede Ecke, jedes Geschäft, jedes Gesicht. Hinter alldem hatten sich Erinnerungen versteckt, die ich umgehen wollte.«

»Also ist ganz Saint Mellows für dich wie der Cherry Blossom Court für mich«, schloss Leena daraus und zog den Stock aus dem Feuer. »Du hast mir heute geholfen, Sam«, schniefte sie, und ich sah im schummrigen Licht, dass eine einsame Träne ihre Wange hinabrann. »Ich glaube, ich habe kein Problem mehr, diese Straße und den Kirschblütenpark zu betreten, und das dank dir.«

»Wir reparieren uns gegenseitig, oder?« Der Kloß in meinem Hals machte es mir schwer, deutlich zu sprechen, doch in Leenas Augen erkannte ich, dass sie jedes Wort verstand.

»Irgendwie schon, ja.« Sie legte den Kopf schief und entließ mich nicht aus ihrem Blick. Sie leckte sich über die Lippen, und aus dem Augenwinkel sah ich, dass sie bebten. Ich spürte sie zittern und dachte erst, dass sie fror, doch sie sprach weiter und sorgte dafür, dass die schwarzen Wolken, die über mir schwebten, aufbrachen. »Ich liebe dich«, hauchte sie und presste sofort die Kiefer aufeinander, als hätten die Worte ihre Zunge verbrannt.

Ihre Worte sorgten dafür, dass in mir ein Sturm tobte. Wie das Gewitter, das uns vor Wochen zusammengebracht hatte. Ich räusperte mich. »Ich liebe dich auch, Leena Pierson, und du machst mich zum glücklichsten Menschen der Welt.«

Leena senkte verlegen ihren Blick und sah zum Feuer. »Ups«, lächelte sie und wies auf mein Brot, das ich ohne zu drehen in die Flammen gehalten hatte. »Ich glaube, jetzt musst du Elsie lieb fragen, ob du neuen Teig bekommst.« Leena schmunzelte und biss genüsslich von ihrem eigenen Stockbrot ab, das nicht so kohlrabenschwarz war wie meins.

Lachend richtete ich den Blick zum Himmel und stand auf, um zu Devon und Elsie zu gehen. »Das muss ich wohl.«

Leena

»Du bleibst heute bei mir, oder?« Fest umschlungen, spazierten Sam und ich zu mir. Wir waren so lang geblieben, bis vom Feuer nicht mehr viel übrig und uns die Kälte der Mainacht in die Knochen gekrochen war. Annes Eierpunsch war bis zum letzten Tropfen geleert, auch wenn Phil dieses

Mal nicht der Übeltäter gewesen war. Statt ihm hatte Rupert zu viel getrunken, und zu unserer Verblüffung war er leiser geworden. Eierpunsch half anscheinend gegen Schwerhörigkeit. Es war nochmal Action in den Abend geraten, als Rupert seinen Mops Panda verloren hatte, die seelenruhig in einem der Container geschlummert hatte, in denen wir die Blumenabfälle und überschüssige Erde gesammelt hatten. Niemand von uns konnte sich erklären, wie die Mopsdame dort hineingekommen war, aber wir alle waren froh, dass sie wohlauf war. Irgendwie waren wir einfach eine große, einmalige Familie, egal, ob wir zwei oder vier Beine hatten.

»Natürlich.«

»Alles okay?« Es kam mir seltsam vor, dass er wortkarg war. Der Ein-Wort-Sam war mir nicht geheuer.

Seufzend stieß er die Luft aus. »In meinem Kopf wirbeln viele Gedanken durcheinander.«

»Einen Penny für deinen Gedanken«, schlug ich ihm vor und sah zu ihm hoch.

Lächelnd schüttelte er den Kopf. »Das hat seit Jahren niemand mehr zu mir gesagt.«

»Ich stehe auf Traditionen.«

»Das wundert mich überhaupt nicht.« Sam versteckte seine Hand in der Bauchtasche seines Pullovers, ehe er sprach. »Ich denke an Conor. An unseren Streit. Ich grüble jeden Tag darüber nach. Er hat mich so wütend gemacht«, brummte er.

Nickend hörte ich ihm zu. »Er hat dich verletzt. Ihr beide habt gegenseitig eure Grenzen überschritten.«

»Jep.«

»Einer von euch muss den ersten Schritt machen.« Es widersprach meiner Natur, so was zu sagen. Ich bevormundete nicht gern, doch hatte ich mittlerweile gelernt, dass man Sam manchmal mit der Nase direkt auf eine mögliche Lösung stoßen musste, da er sie nicht sah, auch wenn sie greifbar war.

Sam seufzte. »Ich weiß, Leena. Aber ich möchte nicht schon wieder der sein, der nachgibt.«

»Sam«, seufzte ich, doch er schnitt mir das Wort ab.

»Noch nicht, okay?«

Ich knabberte an meiner Unterlippe. »Okay.«

»Ich werde übrigens niemals wieder das Bild vergessen, wie der angetrunkene Rupert zu Panda in den Container geklettert war, ohne sich Gedanken darüber zu machen, dass er dort einsinkt und allein nicht wieder herauskommt.« Er lachte, was sich entfernt anhörte wie ein Grunzen, und ich stieg mit ein.

»Gott, ja. Ich hoffe, dass jemand ein Foto von ihm geschossen hat, er hätte es so was von verdient, wenn zur Abwechslung mal ein prekäres Foto von *ihm* in der *Saint Mellows Times* abgedruckt wird.«

Wir liefen den Rest des Weges stumm nebeneinanderher, und ich genoss das Gefühl von seinem Arm um meine Schultern. Er schenkte mir Sicherheit, von der ich nicht geglaubt hätte, sie zu finden. Oder sie gar zu brauchen. Sam gab meinem Leben ein Upgrade, obwohl ich nicht gewusst hatte, dass ich *mehr* wollte. Und jetzt wusste ich, dass niemals wieder *weniger* infrage kam.

Sam

Seit dem Frühlingsblumen-Festival waren einige Tage vergangen, in denen meine Zuneigung für Leena noch mehr gewachsen war. Wir verbrachten täglich Zeit miteinander, und ich knirschte mit den Zähnen, sobald Leena das Bett verließ, um sich für die Arbeit fertig zu machen. Wenn es nach mir gegangen wäre, hätte sie gern einfach wochenlang Urlaub nehmen können. Heute früh hatten Leena und ich im *Anne's* gefrühstückt und waren von ihrer besten Freundin Sue unterbrochen worden, die angerufen hatte. Nachdem Leena mir den fünften entschuldigenden Blick zugeworfen hatte, war ich lächelnd aufgestanden und hatte ihr einen Kuss auf die Wange gedrückt. Verdattert hatte sie mich angestarrt und Sue kurz abgewürgt, damit ich ihr zuflüstern konnte, dass ich sie in zwei Stunden abholen würde und sie sich Zeit für ihre beste Freundin nehmen sollte. Ich war zu Anne herübergelaufen, die mir ein schelmisches Grinsen geschenkt hatte, und hatte sie gebeten, Leena einen weiteren Lavender Latte zu bringen. Anne hatte sich übertrieben gerührt ans Herz gefasst und mir gesagt, dass ich ein lieber Junge wäre. Was auch immer das bedeuten sollte. Doch ich wusste, dass alles, was Anne sagte, gut gemeint war. Durch die Fensterfront hatte ich Leena zugewunken und war zum Dodge gelaufen. Jetzt, zwei Stunden später, stand ich wie versprochen vor Leenas Haus und schaltete den Motor aus. In dem Moment, in dem ich die Autotür zuschlug, erschien Leena in ihrer Haustür und winkte mir zu. Sie trug wieder ihre hellblauen Schnürstiefel mit der breiten Sohle, eine schwarze Jeans und einen apricotfarbenen Wollpullover, unter dem eine weiße Bluse hervorlugte. Selbstredend hatte sie ihren Rucksack geschultert, ohne den sie nie das Haus verließ, erst recht nicht, wenn sie nicht wusste, was ich mit ihr vorhatte.

»Hey«, begrüßte sie mich, stellte sich auf die Zehenspitzen und spitzte ihre Lippen, damit ich ihr einen Kuss gab.

»Hach, was sind wir süß«, grinste ich sie an und gab ihr einen Klaps auf den Hintern.

»Samuel Forsters«, funkelte sie mich an, doch konnte sie ein Grinsen nicht unterdrücken. »Irgendwann hacke ich dir deine frechen Finger ab«, drohte sie mir, wobei ihre Nasenflügel bebten, was ihren Nasenring betonte.

»Ja, ja, ja, aber nicht heute«, trällerte ich, drehte sie um und führte sie zur Beifahrertür. »Wir fahren jetzt zu einem schönen Ort, an dem wir spazieren gehen.«

»Wohin?« Sie ließ sich auf den Sitz fallen und griff nach dem Gurt, um sich anzuschnallen.

Ich hob eine Augenbraue. »Du weißt doch, wie es läuft.«

»Wie jetzt?«, empört riss sie die Augen auf. »Ich dachte, diese Geheimnistuerei wäre beendet?«

»Niemals.« Ich schüttelte vehement den Kopf und lachte heimlich in mich hinein, während ich um den Wagen herumlief.

* * *

»Wo sind wir?« Leena drehte und wendete ihren Kopf, vermutlich auf der Suche nach etwas, das ihr bekannt vorkam.

»Sag ich nicht?« Ich spürte einen Triumph im Magen hüpfen.

»Es ist wunderschön hier«, hauchte Leena und drehte sich im Kreis. In meinem Inneren rumpelte es. Wenn ihr bereits der Parkplatz gefiel, der umringt war von einem Wildblumenfeld, würden ihr bei unserem Ausflugsziel erst recht die Augen aus dem Kopf fallen.

»Na komm, das ist nicht unser Ziel.« Schmunzelnd hielt ich ihr die Hand hin und schnallte, dass sie meinen Rucksack zweifelnd beäugte.

»Was schleppst du da mit dir rum? Ein Zelt?« Sie zog eine Augenbraue hoch, und das Zittern in ihrer Stimme verriet mir, dass sie Furcht überkam.

Lachend schüttelte ich den Kopf. »Keine Sorge, du wirst heute Abend sicher in deinem Bett liegen, außer ...« Ich wackelte verführerisch mit den Augenbrauen.

»Außer was?« Sie setzte einen blitzschnellen Schritt auf mich zu, um zum Reißverschluss des Rucksacks zu greifen.

Ich wich ihr pfeilschnell aus. »Außer du willst woanders sein«, beendete ich meinen Satz. »Und beruhige dich, hier ist eine Decke drin, falls wir uns hinsetzen wollen.«

»Ich glaube dir das einfach mal«, murrte Leena und nahm schließlich lächelnd meine Hand. »Aber beantworte mir eine kleine Frage.« Fordernd hielt sie mich zurück.

»Alles.«

»Spielt ein Wald eine Rolle?«

Stöhnend ließ ich die Schultern ein Stück heruntersacken. »Ein winziger, ja.« Ich hob meine Hand in die Höhe, damit sie mich nicht unterbrach. »Wir leben in Wisconsin, Leena. Man muss *immer* durch einen Wald, um bei den schönen Plätzen anzukommen.«

Schmunzelnd biss sie sich auf die Unterlippe. Diese Geste

machte mich nach wie vor verrückt. »Das habe ich mir gedacht.« Seufzend straffte sie ihre Schultern. »Dann los.«

»Hier entlang.« Ich deutete auf einen schmalen Trampelpfad, der direkt durch das Blumenfeld führte. Überall um uns herum wuchsen bunte Blumen. Violette und pinkfarbene, blaue Kornblumen, gelbe Margeriten. Der Frühling war wie eine Bombe in dieses Feld eingeschlagen.

»Es duftet himmlisch hier«, sinnierte Leena und sog mit geschlossenen Lidern gierig die Luft ein. »Ich kann mir kaum vorstellen, dass es gleich noch schöner wird.«

»Ich würde eher sagen, dass man die zwei Flecken Erde nicht miteinander vergleichen kann.«

»Jetzt bin ich noch neugieriger.«

»Wie gut kannst du in deinen Schuhen bergsteigen?«

»Das ist jetzt nicht dein Ernst?«

»Doch …«

»Sag mir so was vorher«, echauffierte sie sich, doch ich erkannte den Schalk in ihrer Stimme, der mir zeigte, dass sie mir nicht böse war.

»Nächstes Mal«, erklärte ich schulterzuckend, und wir beide wussten, dass das nicht geschehen würde. Niemals würde ich aufhören, Leena zu überraschen. Dafür liebte ich ihren empörten Gesichtsausdruck zu sehr, wenn er direkt abgelöst wurde von Erstaunen.

»Als ob«, prustete sie und verdrehte die Augen. Sie wies mit ihrer Hand auf einen Wald, der sich in die Höhe erstreckte. »Lass mich raten, wir werden gleich dieses Waldstück betreten und darin einen Berg hinaufkraxeln?«

Ich wich ihrem Blick aus. »Ja und nein.«

»Was soll das denn heißen?«

»Dass eine deiner Aussagen stimmt und die andere nicht.«

»Du bist heute besonders witzig.« Leena schnaubte lachend.

»Wir werden nicht bergsteigen, ich wollte dich nur ärgern«, gab ich zu und fuhr mir lachend durch die Haare.

Als wir das Waldstück betraten, bescherte der plötzliche Schatten mir eine Gänsehaut, und ich wusste nicht, ob es daran lag, dass es frischer hier war, oder weil wir gleich am Ziel waren. Ich hatte nicht gelogen, als ich ihr versichert hatte, dass wir uns nicht lange in einem Wald aufhalten würden. Genau genommen mussten wir nur einen winzigen Abschnitt hinter uns bringen. »Ich höre es«, flüsterte sie und drückte meine Hand. »Ich kann ihn hören.«

»Man kann dich wirklich kaum überraschen«, murrte ich und versuchte, mir die Enttäuschung nicht anmerken zu lassen.

Sie lachte auf. »Du überraschst mich jeden Tag.«

»Schau, dort!« Ich hob ihre Hand hoch und deutete auf ein paar Baumstämme, durch die das Glitzern der Wasseroberfläche zu sehen war.

»Das ist wunderschön und eindeutig eine der märchenhaft-magischen Seiten eines Waldes.«

»Mom und Dad sind manchmal mit Conor und mir hier gewesen.« Die Worte hatten meinen Mund verlassen, bevor ich darüber nachdenken konnte.

»Das klingt schön. Ich wette, hier ist es zu jeder Jahreszeit atemberaubend.« Sie strich mir mitfühlend mit dem Daumen über den Handrücken, und aus dem Augenwinkel sah ich, dass sie zu mir emporsah.

»Ist es. Weißt du, was mich dabei fertigmacht?« Ich atmete tief ein, hielt den Atem an und stieß ihn wieder aus.

»Sag es mir«, bat sie mich in dem Moment, als sie den Steg entdeckte, der mein Ziel gewesen war. »Schau«, rief sie aus. »Lass uns bis zum Ende rennen wie das letzte Mal.« Ich hörte ihr an, dass sie unsicher in ihrer Aussage war. Wusste sie denn immer noch nicht, dass es nichts gab, das sie sagen konnte, worüber ich mich je lächerlich machen würde?

Ich legte ihr meine Hände in die Taille und zog sie stürmisch zu mir, neigte den Kopf und drückte ihr einen festen Kuss auf den Mund, dass es beinahe schmerzhaft war. »Perfekte Idee«, hauchte ich an ihren Lippen und stellte mich neben sie, zog mit der Schuhspitze eine Linie in den Erdboden. »Bereit?«

Leena fuhr mit ihrer Zungenspitze ihre Lippen nach und klatschte sich auf die Oberschenkel. »Immer.«

»Drei, zwei, eins, los«, zählte ich herunter, setzte den ersten Fuß vor den anderen und spürte Leena direkt neben mir. Es waren geschätzt fünfhundert Meter bis zum Ziel, und wir rannten im Gleichschritt. Jedes Mal, wenn meine Sohlen die Erde berührten, war es, als stampfte ich einen Teil meiner Sorgen in diesen Wald. Als würde ich sie hier endlich hinter mir lassen. Jeder Meter, den wir überbrückten, ließ mich freier fühlen. Mein keuchender Atem schmerzte bald in meiner Kehle, doch hielt mich das nicht davon ab, weiterzurennen. Ich genoss den Wind, der mir ins Gesicht peitschte, und die Sonnenstrahlen, die sich in meine Wangen brannten. Mit jedem Schritt kamen wir dem Wasser näher, und schon bald wurde das dumpfe Geräusch der Schritte auf dem Erdboden vom Klopfen abgelöst, als sie auf die Holzbretter des Stegs trafen. Auf der Hälfte riss Leena die Arme zur Seite und lachte. Ich tat es ihr gleich, verlangsamte meinen Schritt und begann, mich zu drehen, den Blick in den wolkenlosen Himmel gerichtet. Ich sog gierig die frische Luft ein und war von der Situation so überwältigt, dass ich schlucken musste, damit mir keine Tränen kamen. Ich konnte nicht benennen, wie lang ich mit ausgestreckten Armen in den Himmel gestarrt hatte, konnte nicht mal sagen, wann ich aufgehört hatte zu laufen. Das befreiende Gefühl drang bis tief in mein Herz vor und bescherte mir eine Gänsehaut wie nie zuvor. Hätte ich vorher gewusst, dass man sich seine Sorgen von der Seele rennen konnte, hätte ich das eher gemacht. Vielleicht lag es an Leena? Ich fuhr mir mit den Handflächen über das Gesicht und realisierte, dass es nass war. Ich hatte geweint. Schnell rieb ich mir mit den Pulloverärmeln über die Augen und straffte die Schultern, ehe ich zu Leena lief, die sich ans Ende des Stegs gesetzt hatte. Als ich bei ihr ankam, hockte ich mich direkt hinter sie, um meine Arme um ihre Schultern zu legen und ihren Duft nach Apfelblüte tief einzusaugen.

»Hi«, hauchte sie mit geschlossenen Augen.

Ich rappelte mich auf, bloß, um mich wieder direkt neben sie fallen zu lassen, wobei ich ihr versehentlich das Knie in den Oberarm rammte, was sie nicht zu stören schien. »Öffne die Augen«, bat ich sie flüsternd, doch zu meinem Erstaunen schüttelte sie lächelnd den Kopf und tastete blind nach meiner Hand, die in meinem Schoß lag.

»Nein«, hauchte sie. »Schließ du deine Augen, Sam.« Ihre Stimme klang so stark und bestimmend, dass es mir schwerfiel, ihr zu widersprechen. Alles in mir sträubte sich dagegen, die Augen zu schließen und die Natur zu ignorieren.

»Leena.« Ich schluckte schwer.

»Vertrau mir«, bat sie mich mit gesenkten Lidern. »Bitte.« Seufzend ließ ich den Blick über den See gleiten, dessen stille Oberfläche in der Sonne glitzerte. In der Ferne sah ich ein Schwanenpaar. Die Bäume um uns herum tauchten alles in ein sattes Frühlingsgrün, und hier und da entdeckte ich Vögel, die sich am Himmel jagten. Warum sollte ich die Augen vor all dem verschließen? »Bitte, Sam«, flüsterte sie erneut, als spürte sie, dass ich es noch nicht über mich gebracht hatte. »Tu es für Conor.«

Die Worte trafen mich wie ein Dolch mitten ins Herz. »Für Conor?« Ungläubig schüttelte ich den Kopf. Genau wegen ihm brachte ich es nicht zustande. Wir mussten die Welt genießen, wie sie war, wenn wir die Möglichkeit dazu hatten. Ich durfte nicht die Augen schließen und all das hier nicht mehr sehen. Conor würde es hassen, wenn ich mir das entgehen ließ. Ich hasste mich selbst dafür, dass ich sehen konnte und er niemals wieder.

»Ich möchte dir etwas zeigen.« Leenas Stimme war unerwartet fest und duldete keine Widerrede, war aber zeitgleich so einfühlsam, wie ich es noch nie von ihr gehört hatte.

»Okay«, gab ich nach und schloss meine Augen. »Ich sehe nichts mehr.« Meine Stimme brach.

»Was spürst du, Sam?«

»Was?« Verwirrt kniff ich die Augen zusammen. Wollte sie mich foltern?

»Beantworte meine Frage, Sam.«

Ich versuchte, in mich hineinzuhören. »Ich spüre den Steg, auf dem wir sitzen«, zählte ich auf.

»Gut.« Ich glaubte, sie lächeln zu hören. »Was noch?«

»Wind«, nuschelte ich.

»Exakt. Weiter, Sam.«

»Deine Hand.«

Leena neben mir regte sich. »Du kannst es, Sam«, flüsterte sie an mein Ohr und jagte mir dadurch einen Schauer über den Rücken. Und in diesem Augenblick verstand ich.

»Oh Leena«, schluchzte ich und spürte, wie eine einzelne Träne auf der Hand in meinem Schoß landete – meine eigene?

»Gib nicht auf, mach weiter, Sam.«

»I-ich«, stotterte ich, überwältigt von den Emotionen, die auf mich einprasselten. »Ich kann das Wasser riechen. Und die Bäume.« Leena strich mir motivierend über den Oberarm. »Ich höre Vögel, die im Wald verschwinden.« Vorsichtig hob ich eine Hand und fuhr mit dieser sanft über den Holzsteg, auf dem wir saßen. »Ich kann die Maserung des Holzes unter meinen Fingerspitzen fühlen.« Ich atmete mit geöffnetem Mund ein. »Und ich schmecke irgendetwas. Was ist das, Leena?«

»Frühling, Sam. Was du hier schmeckst, ist der Frühling.«

Ich schloss den Mund. »Ich spüre die Wärme der Sonne auf meiner Haut«, erklärte ich weiter. »Danke, Leena«, japste ich, und es war mir egal, dass ich wie ein kleiner Junge wirkte. »Ich höre die sanften Wellen, die ans Ufer stoßen.«

»Erkennst du, was ich dir zeigen will?« Ihre leise Stimme drang direkt in mein Innerstes.

Nickend bestätigte ich. »Du zeigst mir, dass Sehen nicht alles ist, oder?« Ich konnte meine eigenen Worte kaum hören, so leise drangen sie aus meiner zugeschnürten Kehle.

»Ja, Sam. Genau.« Ich spürte, wie sie sich hinter mich kniete, mir ihre Arme um die Schultern legte und mich fest an ihre Brust zog. Vorsichtig wog sie mich vor und zurück, und ich versuchte weiterhin, all die Empfindungen, die auf mich einprasselten, einzufangen. Meine Finger fühlten sich an wie Eisklötze.

Ich ballte die Hände zu Fäusten und wusste, was ich tun musste. »Ich öffne jetzt die Augen«, informierte ich Leena leise, und sie ließ zögerlich von mir ab.

»In Ordnung.«

»Bin gleich wieder da«, nuschelte ich ihr zu und erhob mich wackelig. Meine Beine fühlten sich an wie Pudding, und es kostete mich enorme Anstrengung, dass sie nicht unter mir zusammenklappten. Ich suchte ihren Blick.

»Okay.« Leena lächelte mich unsicher an, ließ sich in einen Schneidersitz nieder. »Ich warte hier auf dich.«

Ich wollte keine Sekunde verstreichen lassen, taumelte den Steg entlang zum Ufer und wählte Conors Handynummer an.

»Komm schon, geh ran«, motzte ich nervös, und mit jedem weiteren Tuten sank mein Mut, bis es in der Leitung knackte und ich Conors Stimme vernahm.

»Hi, Sam«, begrüßte er mich seufzend.

»Conor«, startete ich und entschied, dass die einfachste Art, sich zu entschuldigen, war, sich ganz einfach zu entschuldigen. »Es tut mir leid, kleiner Bruder.«

»Das weiß ich doch«, nuschelte er. »Mir tut es noch viel mehr leid, Sam«, erklärte er.

»Stopp«, unterbrach ich ihn, doch er ließ mich nicht.

»Nein, hör mir zu. Du hattest mich echt hart getroffen, aber weißt du auch, warum? Weil du recht hattest. Weißt du, was mir in den letzten Wochen klar geworden ist?«

Ich schluckte und räusperte mich. »Was?«

»Dass *wir* es nicht waren, die etwas dafür konnten. Lass uns nie wieder über Dinge streiten, für die wir nichts können. Es lag niemals an dir oder an mir, dass unsere Eltern und alle anderen uns behandelt haben, wie sie es eben getan haben.«

»Ich weiß«, nuschelte ich. »Es tut mir leid, Conor.«

Ich hörte ihn lachen. »Mir mindestens genauso, Bruder.«

»Wieder alles gut?« Ich lächelte und registrierte, dass ich die Augen geschlossen hatte, wie immer, wenn ich mit meinem Bruder telefonierte.

»Mehr als das.«

»Ich komme dich bald wieder besuchen.«

»Bring Leena mit.« Ich konnte hören, dass er breit grinste. »Diese Frau muss ich dringend kennenlernen.«

Ich biss mir grinsend auf die Unterlippe. »Warum?«

»Ich liebe sie einfach jetzt schon«, lachte er in den Hörer, und ich kannte ihn gut genug, um zu wissen, dass er mir den Sinn dahinter nicht verraten würde.

»Okay, ich bringe sie mit«, lenkte ich ein und verdrehte unter meinen gesenkten Lidern die Augen. »Versprochen.«

»Bis bald, Sammy.«

»Bis bald, Nervensäge«, nuschelte ich, nahm das Handy von meinem Ohr und beendete das Gespräch, das keine zwei Minuten gedauert hatte. Keine zwei Minuten, um die Beziehung zu meinem Bruder zu kitten. Ich nahm mir ein paar Augenblicke, ehe ich zu Leena zurückging, sog den herben und zugleich frischen Duft des Waldes in meine Lunge und genoss die zarte Brise, die mir um die Nase wehte.

Leena hatte mich gerettet, obwohl ich doch immer der Superheld sein wollte.

19. Kapitel

Leena

Mit nervösen Fingern umklammerte ich das Stück Papier, das ich wie einen geheimen Schatz vor Sam versteckt hielt. Tief durchatmend, straffte ich die Schultern und kreiste den Kopf, um mich zu beruhigen. Ich warf einen kurzen Blick zur Wohnungstür, um mich zu vergewissern, dass Sam noch nicht wieder da war, ehe ich mich in das weiche Polster meines Sofas zurückfallen ließ. Nach dem Telefonat mit Conor hatte Sam auf mich gewirkt, als könnte er plötzlich fliegen. Als wäre seine Aura leichter geworden, als hätte er Veränderung gespürt. Nein, als hätte er sich eingestanden, sein Leben selbst in die Hand nehmen zu können und sich mit seinen Dämonen der Vergangenheit zu konfrontieren. Ich entfaltete das Papier, atmete tief durch und blickte auf die Worte, die Sam draufgeschrieben hatte.

- *Fehler eingestehen*
- *DAD*

»Fehler eingestehen«, las ich flüsternd vor und realisierte, wie sich meine Mundwinkel nach oben bogen. War Sam überhaupt bewusst, dass er das längst getan hatte? Dass er nicht nur seinen Fehler eingestanden, sondern diesen direkt aus dem Weg geräumt hatte, indem er den ersten Schritt auf seinen Bruder zugesetzt hatte? Vorsichtig strich ich mit dem Daumen über das Geschriebene, fast so, als würde ich mich dadurch verbundener mit ihm fühlen. Der zweite Punkt würde für Sam schwieriger sein, zumindest glaubte ich das. Keiner ahnte, welches Päckchen er mit seinem Dad zu tragen hatte, das wussten nur die beiden selbst. Dennoch hörte ich diese leise Stimme in meinem Hinterkopf, die mich darum bat, Sam den benötigten Schubs zu geben. Auf seinen Dad zu.

»Hey, was hast du da?« Er klimperte mit meinem Ersatzschlüssel, den ich ihm für heute gegeben hatte.

Erschrocken schrie ich auf, sprang vom Sofa und versuchte vergeblich, Sams Liste galant zu verstecken. »Nichts?« Ich biss mir von innen auf die Wangen und hätte über mich selbst die Augen verdreht, wenn Sam mich nicht so angestiert hätte.

Er zog schmunzelnd eine Augenbraue hoch und wies auf meine hinter dem Rücken versteckten Hände. »Ach ja?«

Seufzend zuckte ich mit den Schultern. »Erwischt.« Ich kniff die Augen für ein paar Sekunden zusammen, ehe ich ihm das Papier hinhielt. Ich verfolgte seine Bewegungen, beobachtete, wie er langsam um die Couch herumlief, den Blick starr auf meine ausgestreckte Hand gerichtet.

»Oh«, räusperte er sich, als er erkannte, worum es sich handelte. »Das.« Ich schluckte nickend, ließ mich auf das Sofa sinken und klopfte auf die Fläche neben mir, damit er sich setzte. »Das hatte ich fast vergessen.« Er sank mit geschlossenen Augen gegen die Lehne und fuhr sich mit den Handflächen über das Gesicht.

Enttäuscht zog ich einen Flunsch. »Hast du?«

Sam drehte den Kopf zu mir und lächelte augenzwinkernd. »Nein, aber ich habe es versucht«, gab er zu und streckte einen Arm nach mir aus, um mich eng an sich zu ziehen.

»Warum?« Meine Stimme war kaum mehr als ein Hauchen.

»Weil diese Liste abzuarbeiten, mein Endgegner wird.«

Schmunzelnd stupste ich ihm gegen den Bauch. »Jetzt übertreibst du.« Er schüttelte vehement den Kopf. Zögerlich hob ich das Papier an, um es ihm hinzuhalten. »Schau es dir an«, bat ich ihn nachdrücklich. »Los, bitte.«

Sam sah abwechselnd zwischen mir und dem gefalteten Blatt hin und her, ehe er stöhnte, mir einen Kuss auf die Schläfe drückte, sich aufrecht hinsetzte, um widerwillig nach seiner Liste zu greifen. »Du machst mich fertig, Leena Pierson.«

»Und das mit Freude«, schmunzelte ich und kuschelte mich tiefer an seine Brust. »Komm schon«, feuerte ich ihn an und tippte auf seinen Handrücken, damit er das Blatt entfaltete.

»Tyrannin«, kommentierte er meine Hartnäckigkeit, tat aber wie geheißen und öffnete die Liste. »Ich würde ja gern leugnen, dass ich das geschrieben habe«, brummelte er.

»Warum wünschst du dir, dass sie nicht von dir ist, Sam?« Was war los mit mir? Warum setzte ich Sam heute dermaßen die Pistole auf die Brust? Ich würde mindestens einen inneren Tobsuchtsanfall erleiden, täte er das mit mir.

»Weil da nichts von *Eis essen gehen* draufsteht?« Er hüstelte verhalten, wollte die Stimmung lockern, doch ich entschied, ihn nicht aus meinem Klammergriff zu entlassen.

»An den ersten Punkt kannst du schon einen Haken setzen«, erklärte ich ihm und strich mit der Hand über seinen Bauch, der sich durch das T-Shirt wohlig warm anfühlte. Er gab ein Schnauben von sich, starrte die Worte an, und ich sah seine Kieferknochen hervortreten. »Du bist es doch gewesen, der den ersten Schritt nach einem Streit gemacht hat«, zählte ich auf. »Dazu gehörte, dass du deinen Fehler erkennst und ihn eingestehst. Du warst es, der Conor angerufen und um Verzeihung gebeten hat.« Ich schluckte, da mir die Stimme versagte. »Das warst ganz allein du, Sam. Nur du.«

Stumme Sekunden vergingen, wandelten sich in Minuten, in denen keiner von uns ein Wort sprach oder sich regte. Das einzige Geräusch, das ich vernahm, war sein ruhiger Atem, das monotone Ticken meiner Wanduhr und das Brummen der Autos von der Straße, das durch mein geöffnetes Fenster drang.

»Vielleicht hast du recht«, flüsterte er, und doch dröhnten die Worte laut in meinen Ohren.

Ich stützte mich ein Stückchen hoch, um ihm in die Augen blicken zu können. »Darum geht es nicht.«

»Ich weiß«, lächelte er, und ich fiel in sein Lächeln ein. Wie oft er diese zwei Worte schon zu mir gesagt hatte.

»Du bist stark, Sam.« Ich richtete mich auf den Knien auf, sodass sich unsere Gesichter auf der gleichen Höhe befanden. »Und diesen letzten Punkt wirst du auch abhaken.«

Er schnaubte und drehte den Kopf weg. »Wie denn? Leena, das sagst du so leicht.«

»Weil es leicht ist«, beharrte ich. »Zumindest der Versuch ist kein Hexenwerk.«

Lachend schüttelte Sam den Kopf und warf die Liste auf

meinen Couchtisch, was mir einen kurzen Stich versetzte. »Du glaubst ernsthaft, es wäre *kein Hexenwerk*, all die verlorenen Jahre mit meinem Dad wieder aufzuholen?«

Seufzend legte ich den Kopf schief. »Nein, natürlich nicht, Sam. Man kann nichts zurückholen, was fort ist. Das weiß kaum jemand besser als ich.« Ich spürte, wie das Blut in meinen Venen zu Eis gefror. Meine Handflächen fühlten sich feucht an. Der plötzliche Kloß in meiner Kehle schnürte mir die Luft ab und machte es mir schwer zu sprechen. »Aber man kann die Zeit retten, die vor einem liegt.«

Sam senkte die Lider. »Wie denn?«

»Sprich mit ihm.«

»Und du meinst, dann ist alles wieder im Lot?« Er öffnete die Augen und sah mich an, malmte die Kiefer, was ihm einen beinahe zornigen Ausdruck verlieh.

»Keine Ahnung. Aber ich weiß, dass das zumindest der einzig sinnvolle Schritt in die richtige Richtung ist.«

»Man kann nicht nur durch Worte alles wieder hinbiegen«, murmelte Sam.

»Und ohne ein einziges Wort hat man es nicht einmal versucht.«

Sam

Mir war nicht entgangen, dass Leena versucht hatte, ihre Enttäuschung zu verbergen. Die Stille zwischen uns, die auf ihre Ein-Satz-Standpauke gefolgt war, war unerträglich gewesen. Normalerweise schweig ich gern mit Leena, denn anders als bei anderen Menschen schwebte die Ruhe nicht wie ein Damoklesschwert über unser beider Köpfen. Aber meine Reaktion hatte sie unverkennbar verletzt. Ich hatte in der letzten Nacht kaum ein Auge zugetan. Was, wenn das, was sie gesagt hatte, der Wahrheit entsprach? Wenn der erste Schritt zur Versöhnung mit Dad Worte waren? Schlichte Worte? Worte konnten zerstören, aber vielleicht stimmte es, dass ein simples Wort ebenso einen Neuanfang heraufbeschwören konnte?

»Verflixt«, fluchte ich kopfschüttelnd und schaffte es nicht, ein sachtes Lächeln zu unterdrücken. Sie hatte recht. Das einzig Richtige war, Dad um ein Gespräch zu bitten. Und urplötzlich kam mir eine Idee, wie ich es am besten anstellen würde. Ein Kribbeln entstand in meinem Magen, das sich bis in die Fingerspitzen ausbreitete. Ich parkte den Dodge vor unseren Garagen und hechtete zum Haus. Wenn ich Glück hatte, war Dad da und würde sich darauf einlassen. Nervös legte ich die Hand auf den gusseisernen Knauf unserer Eingangs-Doppeltür. Ich atmete tief durch, ehe ich ihn drehte, eintrat und im Foyer meines Elternhauses stand, von dem aus ich direkt in den ersten Stock und zu Dads Arbeitszimmer gelangte. Selten hatten sich meine Schritte angefühlt, als wären meine Schuhe mit Steinen oder Blei gefüllt. Noch seltener war mir mit jeder Treppenstufe übler und übler geworden. Am oberen Treppenabsatz hielt ich mich am Geländer fest und atmete tief durch. Alles um mich herum drehte sich. Aber das, was ich vorhatte, gehörte auch nicht zu den Dingen, die man als alltäglich bezeichnete. Ich strauchelte nach rechts, zu Dads Büro, und lauschte. Weder hörte ich ihn telefonieren, noch war eine andere Person anwesend. Perfekt. Mir brach der Schweiß aus, als ich wie gebannt die dunkle Holztür anstarrte und wünschte, die nächsten Minuten einfach überspringen zu können. Ich hob die Faust, um anzuklopfen, doch zögerte ich. War das wirklich eine gute Idee? Ich hatte nicht lange genug darüber nachgedacht. Andererseits hatte ich so auch nicht die Möglichkeit gehabt, mir mein Vorhaben zu *zer*denken. »Jetzt oder nie«, seufzte ich und vernahm ein Klopfen, ehe ich realisierte, es selbst verursacht zu haben.

»Ja?« Dads Stimme drang zu mir, und kurz wog ich ab, wie ein Fünfjähriger die Beine in die Hand zu nehmen, um zu flüchten. Nur war ich leider zu alt für Klopfstreiche.

Mit schweißnassen Händen und pochendem Nacken drückte ich die Klinke herunter, schob die schwere Tür auf, die stockend über den dicken Teppich fuhr. Dad saß aufrecht an seinem Laptop, die Hände auf der Tastatur. »Hi. Dad«, räusperte ich mich, fuhr mir mit der Hand durch die Haare und zwang mich mit aller Macht, nicht die Hände in meinen Jeanstaschen zu versenken. Ich betete, dass mir nicht die Stimme versagte.

Verdattert blickte Dad vom Bildschirm auf und klappte den Laptop zu. »Sam«, begrüßte er mich argwöhnisch. »Ist alles okay? Gibt es ein Problem?« Ich wusste nicht, was ich von der Sorge in seiner Stimme halten sollte. Glaubte er, ich war hier, weil ich in Schwierigkeiten steckte? Andererseits konnte ich es ihm nicht verübeln. Verdammt, ich musste einen kühlen Kopf bewahren, sonst ging das alles nach hinten los.

»Ja, alles in Ordnung«, erklärte ich und setzte einen Schritt in sein Büro. An den Wänden standen dieselben deckenhohen, dunklen Bücherregale, und auch sein Mahagoni-Schreibtisch war derselbe wie vor vielen Jahren. Einzig die Sessel, die davorstanden, kannte ich nicht.

»Setz dich«, bat er mich und verwies auf ebendiese. Ich schüttelte den Kopf, wollte nicht *hier* mit ihm reden, denn die vier Wände seines Arbeitszimmers schüchterten mich auf ihre ganz eigene Art ein.

»Nein, es dauert nicht lang.« Ich wartete nicht, ob er etwas erwiderte. Dieses Pflaster zog ich mit einem Ruck ab, damit es mir keine Schmerzen bereitete. »Ich würde dich gern nachher treffen. Um vier auf dem Feld hinter dem Haus.«

Überrumpelt zog mein Dad die Augenbrauen hoch und schien nach passenden Worten zu suchen. »Sam«, stammelte er, fuhr sich durch die Haare. »In Ordnung, ich werde da sein.«

»Okay.« Erleichterung durchfloss mich, und ich setzte einen Schritt zurück, bis ich die Tür im Rücken spürte. Ich krallte mich an die Klinke wie an einen Rettungsring und zog sie hinter mir zu, ohne den Augenkontakt zu Dad abzubrechen. »Bis später«, rief ich durch die geschlossene Tür und fühlte mich, als würde ich auf Wolken laufen. Der erste Schritt war getan. Jetzt musste ich die verbleibenden Stunden herumbringen, ohne vor Aufregung den Verstand zu verlieren.

Leena

Kaum eine Stunde nachdem Sam meine Wohnung verlassen hatte, klingelte das Handy, und ich las seinen Namen auf dem Display. Ich wischte mir die vom Abwasch nassen

Hände an der Jogginghose ab und versuchte, den Anruf entgegenzunehmen. »Meine Güte«, stöhnte ich mein Smartphone an, als es nicht reagierte, und benutzte kurzerhand die Nase. Zum Glück konnte niemand in meine Wohnung schauen und mich dabei beobachten. »Hi«, begrüßte ich ihn atemlos, aber lächelnd.

»Und jetzt?« Sam klang verzweifelt und so, als hätte ich ihm heißen Kaffee über die Jeans gekippt.

»Und jetzt was?« Ich zog amüsiert eine Augenbraue hoch und schlenderte zum Wohnzimmerfenster, um die wohltuende Frühlingsluft zu inhalieren.

»Wegen dir muss ich mit Dad reden«, echauffierte er sich.

»Und das ist meine Schuld, weil?«, hakte ich nach und presste die Lippen aufeinander, damit ich nicht versehentlich laut lachte. Mir war durchaus bewusst, dass die Situation eine ernste war, aber Sams Art war einfach zu skurril.

»Weil du gesagt hast, dass ich das tun soll«, maulte er mich durch den Hörer an.

Nun hatte er mich so weit, dass ich doch lachte. »Habe ich gar nicht«, erwiderte ich. »Außerdem hast du ganz allein den Punkt auf deine Liste geschrieben.«

»Ja, aber nur, weil du es wolltest«, murmelte er.

»Stimmt nicht«, flötete ich grinsend und beobachtete, wie zwei Katzen sich durch die Straße jagten. Es blieb still zwischen uns, und Unbehagen breitete sich in mir aus. »Sam?«

»Ich weiß nicht, worüber ich mit ihm reden soll, Leena«, gab er zu und klang so traurig, dass ich ihn am liebsten durch das Handy zu mir gezogen hätte, direkt in meine Arme.

»Ich glaube, dabei kann ich dir nicht helfen«, nuschelte ich und wünschte mir, es wäre anders. Wie gern hätte ich ihm die Unterstützung gegeben, die er brauchte. Egal, wie man es drehte und wendete: Das Gespräch mit seinem Dad musste er allein führen. Niemand würde ihm das abnehmen können.

»Was, wenn das alles nach hinten losgeht?«

»Sam.« Ich seufzte schwer und lehnte meine Stirn gegen den Fensterrahmen. »Zum einen glaube ich das nicht. Und falls es wirklich ganz schrecklich wird, hast du es wenigstens versucht. Ich werde da sein, okay?«

»Holst du mich ab?« Seine Stimme war so leise und gebrechlich wie die eines Vierjährigen, der aus dem Kindergarten abgeholt werden wollte, weil ihn jemand geärgert hatte.

»Natürlich« versicherte ich ihm, auch wenn das hieß, dass ich die Reifen meines Fahrrads aufpumpen musste, denn zu Fuß war der Weg bis zu seinem Elternhaus zu weit, und die einzige Buslinie in Saint Mellows war alles außer zuverlässig. Hoffentlich hatte ich keinen Platten.

»Ich schätze, halb sechs sollten wir fertig sein«, murrte Sam in den Hörer und klang wieder mehr nach ihm selbst.

»Ich werde da sein«, versprach ich ihm.

»Okay, bis später dann.« Er legte auf.

»Okay?« Verdutzt starrte ich meinen Home-Bildschirm an, denn Sam hatte noch nie einfach aufgelegt. Er musste wirklich durch den Wind sein. »Bis später dann«, wiederholte ich seine Worte schulterzuckend und widmete mich wieder dem dreckigen Geschirr, ehe ich mich im vollgemüllten Schuppen zu meinem Fahrrad kämpfen würde.

20. Kapitel

Sam

»Was hast du vor, Sam?« Dads Stimme wurde vom Wind zu mir getragen, und ich zuckte vor Schreck zusammen.

Nervös wischte ich meine dreckigen Finger an der Jeans ab und versuchte mich an einem Lächeln, das Dad zu meiner Überraschung erwiderte. »Hi, Dad.« Mir fiel auf, dass er sich seines Anzugs entledigt hatte. Er sah wieder aus wie damals, als wir zu viert Ausflüge unternommen hatten. Seine Beine steckten in einer klassischen Bluejeans, er trug beigefarbene Sneakers und einen alten Wollpullover mit hohem Kragen, als hätte er geahnt, was ich mit ihm vorhatte.

»Wird es das, wonach es aussieht?« Er überbrückte die Distanz zu mir und legte eine Hand auf die Balustrade des Heißluftballons, mit der anderen schirmte er seinen Blick vor der Sonne ab.

»Ja.« Ich schluckte und fühlte mich plötzlich klein. Noch viel kleiner als klein: winzig. War es eine gute Idee, mit Dad hochzusteigen? Das letzte Mal, dass wir beide mit dem Heißluftballon gefahren waren, lag Jahre zurück und war kein Vergnügen gewesen, für niemanden von uns, denn es hatte den Zweck gehabt, es mich zu lehren.

»Okay, Samuel.« Seine Stimme war nach wie vor fest, aber

ich sah ihn schlucken. Er checkte die Seile, die ich befestigt hatte. »Perfekt«, kommentierte er meine Vorarbeit. »Wir sind startklar, oder?«

Ich nickte aufgeregt. Nervosität breitete sich in mir aus, was ich für den Start nicht gebrauchen konnte. »Sind wir.« Dad öffnete die Tür und schlüpfte ins Innere, deutete mit dem Kopf neben sich, um mir zu suggerieren einzusteigen. Ich tat es ihm gleich, und er legte hinter mir den Riegel um. Wir griffen zeitgleich zu dem Ventil, um es zu öffnen, wobei sich unsere Hände streiften. Ruckartig zuckten wir zurück, was der Situation eine unangenehme Komik verlieh. Er war mein Dad, und ich war sein Sohn. Wir sollten nicht voreinander zurückschrecken, weil wir uns versehentlich berührten. »Ich das Ventil, du die Sandsäcke?«, schlug ich blitzschnell vor und deutete auf die Gewichte, die heruntergelassen werden müssen, sobald ich das Ventil weiter öffnete.

Dad nickte, und täuschte ich mich, oder erkannte ich einen winzigen Anflug von Stolz in seinem Blick? »So machen wir es.« Ich wandte mich schnell ab, bevor sein undurchschaubarer Blick mich mehr verunsicherte. Dad war anders, als ich dachte. Er sprach ruhig mit mir und überließ mir das Steuer. Konnte es sein, dass ich derjenige war, der all die Jahre ein Monster gesehen hatte, wo vielleicht keins gewesen war? Das ohrenbetäubende Rauschen des Gases umhüllte uns und nahm mir den Druck, sprechen zu müssen. Die nächsten Minuten war es zu laut, um sich miteinander zu unterhalten, was mir half, meine Gedanken zu sortieren. Ich spürte, wie der Korb sich unter uns vom Boden löste, und das geliebte Gefühl der Schwerelosigkeit setzte sich in meinem Magen fest. Viele Jahre hatte ich mir eingeredet, es zu hassen. All das hier zu hassen. Doch das stimmte nicht. Ich hatte meinen Hass mit Angst verwechselt, das erkannte ich nun. Wir stiegen höher, und ich genoss die milde Frühlingsbrise, die mir um die Nase wehte. All die Bäume um uns herum blühten, und es dauerte nicht lang, bis wir ausreichend Höhe erreicht hatten, um die entfernten Blumenfelder zu erkennen, die in den schillerndsten Farben leuchteten. Ich entschied, dass wir hoch genug gestiegen waren, und drosselte die Gaszufuhr, wodurch es ruhiger wurde. Obwohl einem hier oben immer der Wind und das Gas in den Ohren rauschten, konnte man sich nun unterhalten. Dad hatte seine Unterarme locker auf der Brüstung abgelegt, stützte sich ab und ließ den Blick über die Felder gleiten. Man sah ihm an, wie er es liebte, hier zu sein.

Ich räusperte mich, damit Dad zu mir sah, und um zu checken, ob meine Stimme mir den Dienst versagte. »Dad?« Er wandte sich zu mir um, und da war zwar kein Lächeln mehr auf seinem Gesicht, aber auch keine Verurteilung. Genau genommen blickte er mich neugierig an, was ich ihm nicht verübelte, denn ich hatte ihn heute überrumpelt. »Du fragst dich bestimmt, was wir beide hier tun.« Ich realisierte, dass es mir unheimlich schwerfiel, mit ihm zu sprechen, wenn sein Blick mich durchbohrte wie ein Dolch. Kurzerhand setzte ich einen Schritt auf ihn zu und stützte mich auf der Begrenzung ab. Dad verstand und tat es mir gleich, sodass wir uns direkt nebeneinander befanden, jedoch nicht zum Augenkontakt gezwungen waren.

Dad seufzte, und aus dem Augenwinkel sah ich, dass er die Augen schloss und die Sonnenstrahlen auf der Haut genoss. »Richtig.«

»Ich«, begann ich und stöhnte lachend auf. »Ich weiß es selbst nicht so genau.«

Meine Ehrlichkeit entlockte Dad ein Glucksen, aber er erwiderte nichts. Er war schon immer eher der wortkargere Typ gewesen, was einen um den Verstand bringen konnte.

»Dad«, versuchte ich es erneut, kniff die Augen zusammen und bemerkte, wie ich die Hände zu Fäusten ballte. Jeder Muskel, jede Faser in meinem Körper war zum Zerbersten angespannt. Es waren nur wenige Worte, die mir auf der Seele brannten, und doch fiel es mir schwer, sie auszusprechen. Dabei waren es nur Worte. Nichts weiter als Worte. »Es tut mir leid.« Als die Entschuldigung meinen Mund verließ, fühlte ich nichts. Es war, als fiele ich in einen niemals enden wollenden Tunnel ohne Licht, ohne Geräusche und ohne Seelen. Ich wagte es nicht, die Augen zu öffnen, presste die Lider fest aufeinander, auch weil ich bemerkte, wie sich Tränen in ihnen bildeten. Keine Ahnung, ob aus Wut, Trauer oder aus Scham. Meine Gefühle schlugen auf mich ein wie eine Bombe, zu viele, als dass ich sie hätte benennen können.

Ich konnte nicht sagen, wie viel Zeit vergangen war, da es sich wie eine Ewigkeit anfühlte. Plötzlich spürte ich Dads Hand auf meiner Schulter, mit der er mich zu sich herumdrehte. Zögerlich öffnete ich die Augen. Es lag Schmerz in seinem Blick, er wog den Kopf sachte hin und her, atmete schwer aus und zog mich in eine feste Umarmung. Die ersten Sekunden war ich nicht fähig, diese zu erwidern. Als würden meine Arme mir den Dienst versagen, hingen sie wie nasse Säcke an meinen Seiten herab. Als ich die Fassung wiedererlangte, schaffte ich es, sie anzuheben und um Dads

Oberkörper zu schlingen. Er war größer, sodass ich die Stirn auf seine Schulter sinken ließ. Nie zuvor hatte ich mich so verletzlich und geborgen zugleich gefühlt. Es verging Minute um Minute, in der wir so dastanden, ohne die Blicke anderer, hoch oben am Himmel, um uns herum die Sonne, die uns erwärmte. Unser beider Puls beruhigte sich, und schließlich fasste mich Dad mit den Händen bei den Oberarmen und drückte mich ein Stück von sich weg, damit sich unsere Blicke wiederfanden.

»Sam«, seufzte er tieftraurig. »Dir muss nichts auf dieser Welt leidtun. Nichts.«

»Aber«, wollte ich protestieren, doch schnitt er mir das Wort ab, indem er den Kopf schüttelte.

»Nein. Mir tut es leid. Einzig und allein mir. Das tat es all die Jahre, nur war ich nie so mutig gewesen wie du heute, und dafür danke ich dir, mein Sohn.«

Beim Wort *Sohn* drohten mir die Beine wegzuknicken. »Dad«, begann ich, denn ich wollte so vieles sagen und doch so wenig.

»Du warst ein Kind, Sam. Kinder sind niemals die Schuldigen, verstehst du? Niemals.« Dad presste angestrengt die Kiefer aufeinander und legte den Kopf in den Nacken, wie ich es tat, wenn mir die Gedanken zu schwer wurden.

»Okay«, flüsterte ich, was er unmöglich hatte hören können.

»Komm.« Dad wandte sich der Balustrade zu und klopfte auf den Platz neben sich. »Lass uns diesen Maitag genießen, bis die Sonne ihre Kraft verliert.«

Ich nickte und stellte mich neben ihn. Ohne ein weiteres Wort zu sagen, legte Dad seinen Arm um meine Schultern und zog mich ein Stückchen näher zu sich heran. Diese Geste heilte mehr zwischen uns, als Worte es jemals hätten tun können. Und doch hatte Leena recht gehabt, denn ganz ohne Worte wäre es niemals dazu gekommen.

Leena

»Wow!« Die Einfahrt zu Sams Elternhaus war innerhalb der letzten Wochen noch schöner geworden. Sämtliche Bäume waren ergrünt, und die Frühlingsblumen sprossen miteinander um die Wette aus der Erde. Der blumig frische Duft wehte mir in die Nase, der, gepaart mit dem Lavender Latte, den ich bei Anne geholt hatte, einfach himmlisch war. Für Sam hatte ich ebenfalls einen, und ich hoffte, dass die Thermo-To-go-Becher dicht hielten. Ungelenk versuchte ich, den Oberkörper zu drehen, um in mein hinteres Körbchen zu schielen, und atmete erleichtert auf. Nichts war ausgelaufen. Mit jedem Meter, dem ich dem Anwesen, denn als Haus konnte man es kaum bezeichnen, näher kam, rumorte es gefährlicher in meinem Magen. Wieso hatte ich ihm zugesagt, ihn abzuholen? Was, wenn ich seinen Eltern über den Weg lief? Die dachten womöglich, ich wäre verwirrt oder eine Einbrecherin. Oder eine verwirrte Einbrecherin, die Kaffee mitbrachte? Seit ich den Stadtkern Saint Mellows' verlassen hatte, war mir ein Heißluftballon am Himmel aufgefallen, und langsam beschlich mich das Gefühl, dass Sam dort oben war, denn er verfolgte mich. Wirklich! Immer, wenn ich den Blick gen Himmel richtete, war es, als fliege er direkt über mir. Und jetzt erschien es, als verlor er an Höhe.

Garantiert war Sam an Bord. Die Reifen meines Fahrrads knirschten auf dem Kies, ein Geräusch, das ich liebte. Knapp hundert Meter vor den Garagen betätigte ich die Bremse, die so laut quietschte, dass jeder im Umkreis von zehn Meilen es gehört haben musste. Ich wollte die letzten Meter zu Fuß gehen, was daran lag, dass sich meine Knie immer mehr in Wackelpudding verwandelten, je näher ich kam. Nicht auszumalen, wenn ich vom Sattel gekippt wäre und unsere Getränke über den Kies verteilt hätte.

Als ich fast auf Höhe der Garagen war, vernahm ich das Geräusch eines anrollenden Autos und wandte mich um. »Oh nein, ach, verdammt«, fluchte ich. Wenn ich mich recht erinnerte, war es das Auto, das vor Conors Haus gestanden hatte. Es war Sams Mom. Wusste sie überhaupt von mir? Wie begrüßte man die Mutter des Freundes, wenn man keine Ahnung hatte, ob sie von der eigenen Existenz wusste? »Beruhige dich, Leena«, schalt ich mich selbst und atmete tief durch.

Das Auto hielt nicht weit von mir an. Eine hochgewachsene, hübsche Frau stieg aus und schenkte mir ein breites Lächeln, als würden wir uns seit Jahren kennen. Sie hatte die gleiche blonde Haarfarbe wie Sam und war unverkennbar seine Mom. Seltsam, dass sie mir nie zuvor aufgefallen war, wo Saint Mellows doch so ein Kaff war.

»Hi, du musst Leena sein?« Statt auf mich zuzukommen, umrundete sie ihr Auto, öffnete den Kofferraum und wechselte ihre Sneakers gegen Pumps. Sicherheit gegen Stil.

Verdattert krampfte ich die Finger um den Fahrradlenker und musste mich daran erinnern, wie man sprach. »J-ja«, stotterte ich und atmete durch. »Hi, ich bin Leena«, stellte ich mich vor und winkte ihr unbeholfen zu, obwohl sie keine fünf Meter von mir entfernt stand.

»Möchtest du mit uns zu Abend essen, Leena?«

»Ich wollte eigentlich Sam abholen«, erklärte ich schulterzuckend und erinnerte mich daran, dass es unhöflich war, eine Essenseinladung auszuschlagen. »Ich weiß nicht, was Sam vorhat, aber ansonsten gern«, lächelte ich scheu und spürte, wie mir die Hitze zu Kopf stieg. Ich war ausgesprochen dankbar für den Fahrradlenker, an den ich mich klammern konnte.

»Prima, ich bin übrigens Lydia Forsters, aber nenn mich gern Liddy«, stellte sie sich ebenfalls vor. Sie schritt zur Beifahrerseite ihres Autos, und erst jetzt sah ich, dass dort jemand saß. Sie klopfte sachte gegen die Scheibe, ehe sie die Autotür öffnete. »Möchtest du nicht aussteigen, Schatz?« Sie lachte scheinbar verwundert darüber, dass die Person nicht von selbst ausgestiegen war. Sie entgegnete etwas, das ich nicht verstand, und in diesem Moment kapierte ich, dass es sich dabei um Conor handelte. Oh mein Gott, Sam ließ mich heute lachend in die Kreissäge rennen. Neue Leute kennenzulernen, war ein Graus für mich, und gerade bei seiner Familie hätte ich ihn schon gern an meiner Seite gehabt.

»Ich gehe schon mal rein und bereite das Essen vor«, trällerte Liddy, winkte mir zu und eilte unglaublich elegant zum Hauseingang. Hätte ich Pumps getragen, wäre ich auf dem steinigen Boden garantiert mit jedem Schritt umgeknickt.

»Okay«, rief ich ihr hinterher und schüttelte den Kopf über mich selbst. Wie standen die Chancen, dass sie mich nicht für komplett plemplem hielt? Und wo, verdammt, war Sam? Ich richtete den Blick erneut zum Himmel und erschrak, da der Heißluftballon tief flog. Für mich als Laien sah es aus, als würde er direkt auf das Anwesen krachen.

»Ach du Scheiße«, quiekte ich und riss den Blick vom Ballon los, da ich die Autotür zuschlagen hörte. Okay, das war Conor. Auch wenn ich bisher kein Foto von ihm gesehen hatte, war sofort klar, dass er es war. Er klappte einen Blindenstock aus, was mich dermaßen einschüchterte, dass ich die Luft anhielt. Was ich damit bezweckte, war mir unklar.

Mit überragend sicherem Gang machte er sich auf zur Haustür, und mir fiel ein Stein vom Herzen. Ich war nicht bereit dafür, ihn kennenzulernen. Hier und jetzt, so ganz allein. Ohne Sam. Ich beobachtete Conor und fühlte mich dabei wie ein Voyeur. War es falsch von mir? Garantiert. Doch anders, als ich gehofft hatte, schlüpfte er nicht durch die Haustür, sondern ließ sich auf den Stufen davor nieder. Er klappte den Stock zusammen, warf den Kopf in den Nacken, genauso wie Sam es oft tat und atmete tief durch.

»Willst du nicht herkommen?«, rief er in meine Richtung, und vor Schreck hätte ich fast das Fahrrad losgelassen. Meinte er mich? Schluckend und mucksmäuschenstill lehnte ich mein Rad gegen das Garagentor. »Leena?« Er klang amüsiert, was meine Scheu eindämmte. Ich schloss für einen Moment die Augen, straffte die Schultern und atmete tief ein, wobei ich mich um ein Haar an meiner eigenen Spucke verschluckt hätte.

»Ähm, ich komme«, rief ich und schnappte mir meinen Rucksack sowie die beiden Thermobecher mit dem Lavender Latte. Meine Schritte knirschten verräterisch auf dem Kies, was ich begrüßte, denn so hörte er genau, wann ich vor ihm stand.

»Setz dich.« Er lächelte und blickte mir zielgenau ins Gesicht, als könnte er mich wirklich sehen, was mir nahezu die Luft raubte. Er verfehlte meine Augen nur um Millimeter. »Leena?« Conor klopfte direkt auf die Treppenstufe neben sich, und ich schüttelte den Kopf über mein unsicheres Verhalten.

»Sorry, klar, ja, ich setze mich hin«, erklärte ich ihm, was vermutlich nicht nötig gewesen wäre, da er meine Bewegungen hören und den Luftzug spüren musste.

»Ist das ein Lavender Latte von Anne?« Er sog gierig stöhnend die Luft ein und tippelte mit seinen Fingern auf seiner schwarzen Jeans herum. Er sah Sam ähnlich, war aber ein ganzes Stück größer als er.

»Jep«, grinste ich und entschied intuitiv, ihm den Kaffee zu geben, den ich ursprünglich für Sam mitgebracht hatte. »Hier«, ich hielt ihm den vollen Becher hin, unsicher, ob ich ihm das Getränk direkt in die Hand geben oder es diskret auf seinem Bein abstellen sollte, bis er danach griff. Warum lernte man nicht in der Schule, wie man sich gegenüber beeinträchtigten Menschen verhielt, ohne sie vor den Kopf zu stoßen? Denn das war das Letzte, das ich wollte. »Den habe ich für Sam mitgebracht, aber du kannst ihn gern haben.«

Er hob seine Hand an und formte mit dieser ein U, sodass ich ihm den Becher direkt hineingeben konnte, wobei ich darauf achtete, diesen mit der Trinköffnung an seinem Daumen zu positionieren. »Danke«, lächelte er in meine Richtung, hob den Kaffee zu seinem Mund und nahm einen Schluck. Stöhnend schüttelte er den Kopf. »Keine Ahnung, wie lang ich keinen Lavender Latte von Anne mehr getrunken habe«, sinnierte er und griff mit der zweiten Hand nach dem Becher, hielt ihn locker zwischen seinen Beinen.

Ein wenig schämte ich mich dafür, ihn anzustarren. »Ich liebe ihn«, grinste ich und riss meinen Blick schließlich von ihm los, damit es mir müheloser war, mit ihm zu reden.

»Wen?«, lachte Conor unvermittelt. »Den Lavender Latte oder Sam?«

Es war, als hätte jemand einen Eimer eiskalten Wassers über mir ausgekippt, und ich schnappte erschrocken nach Luft, verkrampfte die Finger um meinen Becher und schluckte. »Ich ...«, nuschelte ich. »Beide?« Meine Stimme war kaum mehr als ein Hauchen.

Conor lachte und stupste mich federleicht mit seiner Schulter an. »Ich necke dich nur, das machen jüngere Brüder, weißt du?«

Irgendetwas an seiner Art sorgte dafür, dass ich sofort wieder auftaute. »Daran muss ich mich dann wohl gewöhnen.«

»Hör mal.« Conor räusperte sich. »Ich weiß zwar nicht, was genau du angestellt hast, aber ich danke dir.«

Perplex zog ich die Augenbrauen hoch und spürte, wie mein Gesicht knallrot anlief, da mir heiß wurde. »Wofür?«

»Das weiß ich nicht genau«, lachte er, und ich konnte nicht anders, als in sein Lachen einzusteigen.

»Na dann: gern geschehen«, blödelte ich und nahm ebenfalls einen großen Schluck von meinem Heißgetränk.

»Nein ehrlich, ich glaube, du bist das Beste, das Sam hätte passieren können.« Aus dem Augenwinkel sah ich, wie er mir das Gesicht zuwandte. Er lächelte aufrichtig, sodass mir das Herz schwer wurde.

»Sam hat mich genauso gerettet«, flüsterte ich und realisierte meine Worte in dem Moment, in dem ich sie ausgesprochen hatte. Es entsprach der Wahrheit. Sam hatte mich aus einem Trott herausgeholt, von dem ich geglaubt hatte, ihn zu lieben.

»So soll es sein.« Conor lächelte mich an, und für den Bruchteil einer Sekunde war ich tieftraurig, dass er nicht sah, wie ich sein Lächeln erwiderte.

»So soll es sein«, wiederholte ich seine Worte mit einem Lächeln auf den Lippen und in der Stimme. »So soll es sein.«

Sam

Behutsam drückte ich meine Zimmertür hinter uns ins Schloss und ließ mich erschöpft seufzend dagegensinken.

»Es tut mir unendlich leid«, versicherte ich Leena mit einem Lächeln, die sich allerdings kaum für meine Entschuldigung interessierte und stattdessen den Raum in Augenschein nahm. Sie war noch nie hier gewesen, und ich entschloss mich, ihr morgen das ganze Haus zu zeigen.

»Schon okay«, lächelte sie mir kurz zu und zuckte mit den Schultern. »Sie haben sich alle Mühe gegeben, oder?« Sie fuhr mit ihren Fingerspitzen sanft über meine Bettdecke und ließ sich auf die Bettkante plumpsen, die leicht zurück federte. »Deine Mom ist wunderbar, Sam.«

Ich nickte, und mein Atem stockte. »Ist sie.«

»Was ist los?« Leena bedachte mich mit schief gelegtem Kopf und zog die Augenbrauen ein Stück zusammen.

»Ich hasse es, so viel Zeit mit ihnen verloren zu haben«, gab ich zu, löste mich von der Tür und schlenderte zu ihr herüber, um mich an ihre Seite fallen zu lassen. Ich griff nach ihrer Hand und umschloss sie mit meinen. Nachdem

Dad und ich gelandet waren, hatte ich Leena neben Conor auf unseren Eingangsstufen sitzend vorgefunden. Die beiden hatten sich unbeschwert unterhalten, ja sogar gelacht. Ich hatte keine Ahnung, dass Conor vorgehabt hatte, nach Hause zu kommen. Wie viele Überraschungen passten in einen einzigen Tag? Wie viele Wendungen und Gefühle?

»Aber der heutige Abend war ein Schritt in die richtige Richtung, oder?« Leena wandte sich um, suchte meinen Blick.

»Wie meinst du das?« Perplex hob ich einen Mundwinkel.

»Wann saßt ihr denn zuletzt als Familie am Tisch, habt gegessen und euch unterhalten?« Sie stupste mich lächelnd in die Seite. »Ich fand es schön, euch alle so zu sehen, auch wenn ich vor Nervosität kaum etwas heruntergekommen habe.«

Lachend warf ich den Kopf in den Nacken. »Und da ist dir wirklich was entgangen, Moms Vier-Käse-Nudeln sind die besten der Welt.«

»Vielleicht darf ich sie irgendwann noch einmal probieren«, feixte Leena und streckte mir die Zunge heraus. Wie vom Blitz getroffen schoss mein Puls in die Höhe. Jetzt. Genau jetzt war der richtige Zeitpunkt, ihr von meinen Neuigkeiten zu erzählen, die ich seit Tagen für mich behielt, weil ich nicht wusste, wie ich sie ihr verkünden sollte. Ich wollte, dass sie die Erste war, die von meinen Plänen erfuhr, denn sie war es, die die Samen dafür in meinen Kopf gepflanzt hatte, ohne es zu ahnen. »Sam?« Leena runzelte die Stirn und zog einen Mundwinkel nach oben. »Alles okay? Du bist so blass, als hättest du einen Geist gesehen«, lachte sie verlegen, und mir fiel auf, dass sie ihre Hand nicht angehoben hatte, um ihre Zahnlücke zu verbergen. Diese kleinen Details liebte ich so sehr. Ich liebte es zu sehen, wie sie zu sich selbst wurde, sich akzeptierte. Wir hatten nie über unsere gemeinsame Zukunft gesprochen, obwohl es klar war, dass ich nicht bis in alle Ewigkeit in meinem Elternhaus bleiben und von meinem Ersparten leben konnte. Das wollte ich nicht.

Räuspernd senkte ich den Blick auf unsere ineinander verschlungenen Hände und drückte ihre fest, bevor ich sprach. »Ich war auf Jobsuche«, murmelte ich und spürte, wie sich Leena neben mir versteifte.

»Du gehst?«, hauchte sie, und ich hörte, dass sie den Tränen nahe war.

Lächelnd hob ich meine freie Hand an, um ihr Kinn anzuheben, damit sie mir in die Augen sah. Langsam schüttelte ich den Kopf und realisierte, dass meine Finger nicht nur eiskalt wurden, sondern auch zitterten. »Nein, Leena«, flüsterte ich. »Ich werde bleiben, in Saint Mellows.«

Verdattert starrte sie mich an, die Verwirrung stand ihr mitten ins Gesicht geschrieben. »Aber, wie? Wo willst du arbeiten? Ich habe oft darüber nachgedacht. Du wirst wohl kaum im Reifenladen jobben, oder als Aushilfe bei Anne. Und für das Käseblatt der Stadt bist du zu gut. Du darfst deine Karriere nicht wegen mir vernachlässigen, du hast so viel geschafft. Außerdem ...« Ich legte ihr schmunzelnd einen Finger auf die Lippen, damit sie verstummte.

»Sch-Sch, Spitzenhöschen«, beruhigte ich sie und verschloss den Mund, um mein Lächeln zu unterdrücken. »Ich habe mir einen Redaktionsjob eines unabhängigen, landesweiten Online-Magazins verschafft, bei dem Kyle auch seit Kurzem arbeitet«, erklärte ich ihr und glaubte meinen eigenen Worten kaum, denn es war die beste Chance meines Lebens.

»Landesweit«, wiederholte Leena argwöhnisch, als würde sie die Lunte riechen. »Und das geht von Saint Mellows aus?«

»Ja. Und nein«, gab ich zu und fuhr mir genierlich mit der Hand durch die Haare.

»Um Himmels willen, Samuel Forsters, jetzt kläre mich endlich auf und lass dir nicht jede Information einzeln aus der Nase ziehen.« Erbost funkelte sie mich an, und ich konnte mir ein Lachen ob ihrer Ungeduld nicht verkneifen.

»Okay, okay.« Ich atmete tief ein und streckte den Rücken durch. »Ich werde auf Rechercherreisen sein, aber nie lang. Die meiste Zeit werde ich hier sein. Bei dir. In Saint Mellows. Und ich habe den Wunsch, Dad im Familienunternehmen unter die Arme zu greifen.« Ich stockte kurz. »Vorausgesetzt, er nimmt meine Hilfe an.«

»Auf Reisen«, wiederholte Leena, als würde sich ihr der Sinn dieser Worte erst offenbaren, wenn sie sie aussprach. »Deinem Dad helfen.«

»Was sagst du dazu?« Die Nervosität saß mir in den Knochen, und es sprühte dieser kleine Funken Angst in mir, dass ihre Reaktion nicht ausfallen würde, wie ich es mir erhoffte.

»Oh Sam. Das ist viel mehr, als ich mir für uns hätte wünschen können.« Eine einzelne Träne suchte sich ihren Weg über Leenas Wange und mündete in ihrem Mundwinkel. Sie wischte sie weg und kicherte. »Ich glaube, die Chancen stehen gut, dass ich noch öfter in den Genuss der Vier-Käse-Nudeln deiner Mom komme, oder?«

Ich gab ihre Hand frei, um ihr meinen Arm um die Schultern zu legen, ließ mich rücklings auf das Bett fallen und zog sie mit mir. »Ich glaube, Mom, Dad und Conor lieben dich«, flüsterte ich an ihr Ohr und registrierte ihr leises Japsen mit Genugtuung.

Leena drehte sich auf die Seite, sodass ihr Mund an der empfindlichen Stelle unter meinem Ohr lag. »Und ich weiß mit Sicherheit, dass sie dich lieben, Sam. Das tun wir alle«, hauchte sie die Worte im Flüsterton, weil sie nur für mich bestimmt waren.

Epilog

Leena

5 Monate später.

Die ersten feuerroten gefallenen Blätter des Herbstes sammelten sich in den sanften Wellen, die am Ufer des Sees ausliefen. Die heiße Sommerbrise hatte dem frischen Herbstwind Platz gemacht, der kräftig um unsere Nasen wehte. Bedachtsam, damit er es nicht bemerkte, wandte ich den Kopf zu Sam, der mit gesenkten Lidern neben mir am Ende des Stegs saß und die Welt fühlte. Ich lächelte. Es war zur Tradition geworden, dass wir am Tag seiner Rückkehr zu *unserem* See fuhren, tief durchatmeten und uns an all das erinnerten, was seit unserer Begegnung im Frühling geschehen war. Sosehr es mir das Herz brach, ihn für einige Tage gehen lassen zu müssen, so sehr sprang es auf und ab, sobald er wieder in meiner Wohnungstür stand. Ich krampfte die Finger um das Papier, das ich zusammengefaltet in der Tasche meines übergroßen Woll-Cardigans versteckt hielt. Nervös legte ich den Kopf schief und schirmte meine Augen mit der freien Hand vor der Sonne ab, die hoch am Himmel stand. Das hier war ein vollkommener Moment. Wie das unaufdringliche Plätschern des Sees sich mit dem Geschnatter der

Enten mischte, die sich bald auf den Weg in wärmere Gefilde begeben würden. Der Geruch von frischem Laub, gepaart mit dem markanten Duft der Nadelbäume, kribbelte in meiner Nase. Langsam, um nichts zu verpassen, ließ ich den Blick um den See kreisen, nahm all die Farben in mich auf, vom Orangerot der Bäume über das Grau des Sees bis zum satten Blau des Himmels. Das hier war er. Das hier war der schönste Fleck auf der gesamten Welt, und doch hatte Sam eine Seite in mir geweckt, von der ich nie gedacht hätte, sie zu besitzen.

»Einen Penny für deine Gedanken«, riss mich Sams ruhige Stimme aus der Trance. Kopfschüttelnd ließ ich den Kopf auf seine Schulter sinken, nachdem ich ihm mit einem breiten Grinsen einen Kuss auf die Lippen gedrückt hatte. Ich strich über das Papier in meiner Jackentasche und zog es hervor.

»Was ist das?« Ich spürte Sam unter mir sachte beben, ehe er mir wie so oft einen Kuss auf den Scheitel gab.

»Listen«, murmelte ich, übermannt von meiner Aufregung.

»Ah«, lachte er, legte mir seinen Arm um den Rücken, fasste mich am Oberarm und drückte mich fest an sich. »Das ist ja was ganz Neues«, neckte er mich, wofür er einen lockeren Klatscher auf den Oberschenkel erntete. »Autsch.«

»Das hast du verdient«, murrte ich trotzig, konnte mir ein Grinsen allerdings nicht verkneifen.

»Darf ich sie sehen?« Er hielt mir die Handfläche hin, doch ich schüttelte den Kopf, richtete mich auf.

Ich schluckte. »Warte«, bat ich ihn. »Das sind zwei Listen«, erläuterte ich und wedelte damit herum. Sam wartete nachsichtig, bis ich weitersprach. Ich faltete die obere auf und seufzte, fühlte mich nackt, auch wenn ich wusste, dass es nichts gab, wofür ich mich vor Sam zu schämen brauchte. »Das ist eine Liste mit Orten, die ich mit dir bereisen möchte.« Ich bemerkte, wie das Papier vor unseren Augen auf und ab wankte, da meine Finger zitterten.

Sam griff nach meiner eiskalten Hand, um sie zu stützen. »Rom?«, las er vor, und ich nickte.

»Ich habe mir viele Jahre vorgemacht, nichts weiter zu brauchen als Saint Mellows. Irgendwie stimmt das«, flüsterte ich. »Aber durch dich ist mir klar geworden, dass ich mehr *möchte*. Zum Glücklichsein brauche ich nur dich und unsere flippige Stadt. Trotzdem wünsche ich mir, mehr zu sehen.«

»Ich buche uns gleich morgen einen Flieger«, flüsterte er in mein Ohr, und ich versteifte mich.

»Sam!« Meine schrille Stimme schreckte ein Entenpaar auf, das direkt vor unseren Füßen plantschte und nun wild quakend davonpaddelte.

Er lachte, hob eine Augenbraue und zog mein Kinn zu seinem Gesicht, um mir einen sanften Kuss auf den Mund zu drücken. »Das war ein Scherz, alles in deinem Tempo«, versprach er mir und senkte seine Lippen erneut auf meine.

»Und das hier«, hauchte ich an seinem Mund, hielt die zweite Liste in die Höhe, »ist eine Auflistung von dem, vor dem ich ohne dich für immer die Augen verschlossen hätte.« Ich löste mich von ihm, spürte, wie er sich versteifte.

»Zeigst du mir sie?«

Ich nickte lächelnd, entfaltete sie und hielt sie vor uns, damit wir beide sie lesen konnten.

»Man muss aus seiner Routine ausbrechen, um zu erfahren, was man liebt«, las Sam flüsternd den ersten Punkt vor, nahm mir die Liste aus der Hand, faltete sie zusammen und verstaute sie in seiner Jackentasche. Er zog mich enger zu sich, griff unter meine Beine und legte sie über seinen Schoß, sodass kein Luftzug mehr zwischen uns passte. »Danke«, flüsterte er in den leisen Wind und senkte erneut die Lider.

Ich wusste nicht, wem dieses *Danke* galt, doch war das nicht wichtig. Wichtig waren einzig und allein wir. Im Hier und Jetzt.

ENDE

Danksagung

Die Geschichte um Leena und Sam hat mich viele Jahre begleitet. Viel länger als alle anderen. Einen Großteil der Zeit haben die beiden in meiner Schublade gefristet. Dort, wo sie sicher waren vor Ablehnung. Wer hätte gedacht, dass die beiden irgendwann wirklich ihre Reise antreten würden? Ich sicher nicht.

Die ersten Worte waren 2018 aufs Papier geflossen, im Umfang einer Kurzgeschichte für eine Anthologie. Schnell stellte sich heraus, dass Leenas und Sams Geschichte mehr konnte, sodass ich sie wieder zurückzog. Danke, Elly, fürs Lesen, Fangirlen und unbewusstes Weichen stellen.

Viele Menschen haben mich auf meinem Weg zu dieser Veröffentlichung begleitet. Manche etappenweise, andere sind noch immer da, wofür ich nicht dankbarer sein könnte. Michi, du bist einer dieser Menschen, und wehe, du kommst mir irgendwann abhanden.

Ganz klarer Dank gilt meiner Agentin. ooSarah, du warst von dieser Geschichte, von Motte, sofort angetan, obwohl ich mich nicht mal direkt mit ihr beworben hatte. Niemals hätte ich geglaubt, dass sich tatsächlich jemand dieser annehmen möchte. Ich verdanke dir viel.

Was wäre eine Geschichte ohne Testlesende, die jedes Wort auf die Goldwaage legen? Ich danke euch, Franzi, Laili, Bianca und Stephie, ihr habt mir sehr geholfen.

Bloß nicht zu vergessen ist die Co-Working-Crew. Gemeinsam schreiben macht doch einfach alles schöner und lässt Zweifel schrumpfen. Danke an Kati, Franzi, Laili, Marie und Simone.

Danke auch an Neyney, du findest immer Worte, die mich aufbauen und mich an meinen großen Traum vom Schreiben glauben lassen.

Isabel, deine motivierenden Sprachnachrichten zaubern mir immer wieder ein Lächeln ins Gesicht.

Lieblings-Miri, was bin ich froh, dich kennengelernt zu haben. Wer hätte gedacht, was für eine langjährige Freundschaft sich zwischen zwei Umzugshelferinnen entwickeln kann?

Danke Justine Pust, für deinen wunderschönen Blurb und danke an Lilly Lucas für deine lieben Worte.

Und danke an meine Patrons! Insbesondere an Wiebi, die seit meiner allerersten Veröffentlichung an mich glaubt, und Isy, der ich einfach nicht genug danken kann für ihre Unterstützung. Ihr alle helft mir dabei, meinem großen Traum Stück für Stück näher zu kommen.

Selbstverständlich gilt mein riesiger Dank dem Blanvalet Verlag, insbesondere Lisa, die an Leenas und Sams Geschichte glaubt. Manchmal erscheint mir diese ganze Reise noch immer surreal und ich muss innehalten und tief durchatmen, um mir vor Augen zu führen, welchen Traum ich hier leben darf.

Und ich danke dir! Dafür, dass du Where my soul belongs gelesen hast. Was wäre ein Buch ohne Menschen wie dich, die durch die Seiten blättern und ihm ein Zuhause geben?

Zu guter Letzt danke ich meiner Familie. Meiner Mama, deren Worte ich immer ganz leise im Hinterkopf höre: Dass man nicht laut sein muss, um weiter zu kommen. Du hast so Recht.
    Und Paul. Zwischen all dem Stress, dem Zeitdruck, meinen Zweifeln und immer wiederkehrenden Glücksmomenten sind wir Eltern geworden. Die Nächte sind kurz, Zeit füreinander ist rar und ohne deine Unterstützung würde ich kaum ein Wort zu Papier bringen. Unsere Tochter wird mal verdammt stolz auf uns sein, ich bin es schon.